EL SECRETO DE LAS OLAS

GREGG DUNNETT

Traducido por
M L CHACON

Old Map Books

CAPÍTULO UNO

Mi padre murió de una forma tan ridícula que un periódico le otorgó el Premio Darwin. No es un premio de verdad, es de coña. Se lo dan a la gente que se muere de una manera tan estúpida que se considera que le han hecho un servicio a la humanidad. Ya sabes, por lo de eliminar su ADN de la reserva genética. Pero lo más gracioso fue que todo el mundo estaba tan ocupado riéndose que nadie se dio cuenta de que ya era demasiado tarde. Yo ya estaba aquí.

Tenía 12 años cuando él murió. Era miércoles por la tarde. Me gustaban los miércoles porque el colegio terminaba antes y papá solía llevarme a la playa. Él leería el periódico por encima y después lo dejaría junto a la caja de cervezas mientras yo hacía surf, aunque por aquel entonces las cosas ya se habían puesto un poco raras. Ese día estábamos en el jardín, trabajando en su último proyecto a la sombra del ficus.

—Va a estar genial. Tú y yo, juntos en el colegio —dijo papá por tercera vez esa tarde. Tenía las gafas de plástico en la frente y el pelo encrespado como un puercoespín.

—Sí —dije, queriendo decir no. En realidad, no me gustaba nada la idea y esperaba que no pasase, pero sabía que con desearlo no era suficiente.

—Ya casi está esto preparado para la prueba de erupción.

Sonaba muy satisfecho de sí mismo.

Hacía dos semanas le había tocado el turno a un cohete hecho con tuberías que se suponía iba a demostrar el efecto de la presión o algo parecido. Dio un pitido, un silbido estridente como el que hace una tetera cuando está a punto de hervir; pero cuando la aguja del compresor alcanzó la parte roja del indicador, debió de haber una fuga y el cohete empezó a dar tumbos de arriba a abajo hasta que acabó chocándose con la valla del jardín. Todos los experimentos de papá terminaban explotando por los aires. La mayoría también rompían algún panel de nuestra verja.

—Me apuesto lo que quieras a que nunca has hecho un proyecto como este en Ciencias, Jesse.

—Ya te dije que lo hicimos en Geografía, en 2º o en 3º, creo.

Una pequeña duda se apoderó de él, pero la abandonó en seguida.

—Bueno, como este seguro que no fue. Este va a ser genial.

Esa tarde mezclamos varios elementos químicos en un gran bol de cristal de mamá, el que usa para hacer las tartas de cumpleaños. No teníamos uno de esos mecheros Bunsen, pero papá improvisó usando el hornillo del Campingaz. Aunque no se podía ver nada porque estaba escondido dentro de la montaña hecha de papel y cartón y cubierta con pasta de papel. Papá lo había pintado la noche anterior y tengo que reconocer que parecía un poco más realista. Por lo menos se podía intuir que era un volcán.

—Claro que a lo mejor no voy a enseñar en tu clase, pero si lo hago este experimento estará bien, ¿a qué sí?

Papá había dejado su trabajo hacía unos meses y ahora se estaba preparando para dar clases. Quería ser profesor de Ciencias porque había trabajado con químicos en la fábrica. Decía que quería hacer algo más productivo con su vida. Y yo de alguna manera lo entendía. Había ido con él a la fábrica algunas veces y era como estar rodeado de todos los tontos de mi colegio, pero en viejos. Aun así, no me hacía mucha gracia la idea. Me preocupaba lo que mis amigos pudieran pensar de que mi padre fuera su profesor. Quizás él lo intuía. Tal vez eso explicaba los experimentos.

—A tus amigos les va a encantar este experimento Jesse —dijo—.

Ya está bien de los experimentos de mierda del, ¿cómo se llama? ¿el señor Carter? Esto no es como las chuminadas esas que os ha estado enseñando él. La química debe tener drama. ¡El drama es fundamental! ¡Boom!

Me lo demostró echando algo rojizo y aceitoso por la boca del volcán y ajustando la clavija. Lo rojo era la lava.

—Entonces, si has estado prestando atención sabrás lo que está pasando dentro de nuestro volcán. ¿Cómo se llama la reacción química, Jesse?

Estaba indeciso. No quería animarlo. No quería mostrar interés porque si acabábamos pronto todavía tendría tiempo para ir un rato a la playa antes de la cena. Y había algo chulo acerca de que tu padre viniera al colegio a arruinar los aburridísimos experimentos de Ciencias. Literalmente, arruinarlos.

—Zinc verde… verdoso.

—Zinc musgoso, Jesse. Pequeños nódulos de zinc que se enfrían en el agua y tienen una superficie específica más alta que la de las fibras de zinc. —Yo solo asentía. Había crecido con el garaje lleno de chismes que papá usaba en su trabajo—. Y cuando se mezcla con el ácido clorhídrico, produce ¿qué gas?

Me lo había dicho tantas veces que lo podía recitar de memoria.

—Hidrógeno.

—Exactamente, el componente que le va a dar un poquito de emoción a esta erupción —soltó una carcajada y se paró de repente—. ¿Usasteis bicarbonato de soda en el colegio cuando hicisteis este experimento? —me preguntó—. ¿Cuándo hicisteis esto en 2º o en 3º? Lo usasteis ¿a que sí? Me apuesto lo que quieras a que sí. Pues bien, hijo, esto no es bicarbonato de soda. Aquí tenemos un poquito más de potencia. —Le dio una palmadita al volcán mientras yo lo miraba fijamente, sin expresión alguna.

Puso el volcán en la lámina de plástico sobre el césped, no llegaba al metro de altura. Quizá era un poco más alto que la mesa del jardín que estaba al lado.

—Creo que ya está listo. ¿Quieres encenderlo tú, Jesse?

Me costaba mostrar entusiasmo. Pensaba en las olas que me estaba perdiendo y en lo buenas que serían.

—No.

Intentó disimular, pero noté que mi falta de entusiasmo le había dolido. Nos habíamos esforzado tanto, al menos él.

—Muy bien. Coge la cámara, apártate y empieza a grabar. Yo lo encenderé.

Hice lo que me dijo, me eché hacia atrás hasta asegurarme de que me cabía todo el volcán en la pantalla de la cámara de video. Si hubiese sabido lo famoso que se iba a hacer este video habría puesto un poquito más de empeño en la grabación.

—¿Contento? —Después del incidente pude oír mi propia voz en la grabación, sonaba aguda y de pito, con tono sarcástico.

A través del visor vi cómo sonrió a la cámara y se arrodilló. Habíamos dejado un agujero en el lado del volcán para encenderlo. Se acercó e hizo una mueca mientras abría la válvula del gas. Enseguida noté la frustración en su cara.

—Menuda mierda —soltó cabreado.

—¿Qué pasa?

—Tengo la mano demasiado grande para encender el gas. Acércate, Jesse, y ayúdame.

Entonces me acerqué, le di la cámara a papá y metí la mano por el lateral del volcán. Busqué la válvula del gas, una pequeña rueda áspera al final del fogón.

—¿La tienes? ¿La puedes tocar? No la abras del todo, un poquito solo. Solo necesitamos un poco de gas y tendremos una explosión enorme. —La idea le hizo sonreír.

Sentí mis nudillos tocando contra el bol de cristal mientras la giraba. Si hubiese estado prestando atención hubiese notado que estaba mal, que se había salido de su sitio. Pero no estaba prestando atención. Saqué el brazo.

—Todo tuyo —dije, caminando hacia atrás para mantener la cámara enfocada en el volcán.

Cogió el mechero y encendió una cerilla. Le costó un montón mantenerla encendida ya que, a pesar de que no hacía viento, se le apagaba constantemente. Mi padre refunfuñó. Finalmente desistió y metió la mano dentro con el mechero.

—¿Preparado?

Me encogí de hombros.

—Dale —dije.

Ya sabrás que no salió bien. Mi padre esperaba que fuese como una erupción hawaiana, conocida así por la lava roja que sale disparada como una fuente de fuego. Son erupciones predecibles. Se llaman así por los volcanes de Hawai, donde los autobuses llegan llenos de turistas para ver el espectáculo. Pero lo que mi padre consiguió fue una explosión, en vez de una erupción, por todo el gas que había. O a lo mejor fue como una bomba. Pero algunos volcanes son así, impredecibles. Te dije que lo hicimos en Geografía.

En cualquier caso, independientemente de lo que él hubiese querido conseguir, ni siquiera tuvo tiempo para sacar el brazo porque saltó por los aires.

Si no hubiera sido por el bol de cristal, a lo mejor solo habría perdido el brazo. Pero el bol ni siquiera era resistente al horno, mucho menos resistente a la mierda de volcán casero que habíamos construido. El bol estalló en mil pedazos y uno de ellos se clavó en el tronco del ficus tras el cual me cobijaba. Encontraron otro pedazo en el jardín de delante, había volado por encima del garaje. Aunque la mayoría de los cristales no viajaron mucho porque el pecho de papá estuvo delante para pararlos. Lo reventó por completo. Su camiseta blanca se tiñó de rojo en un instante. Algunos de los pedazos de cristal le atravesaron el torso con la misma facilidad con la que atravesaron el cartón. Lo grabé todo, sin temblar. No apagué la cámara hasta que mi padre murió, abrazando el volcán de mierda, justo en el centro de la imagen.

CAPÍTULO DOS

Fue un vecino quien llamó a la ambulancia. El de la valla rota. Debió de oír la explosión y se asomó a través de un panel caído con unas tijeras de podar en la mano. Vio a mi padre desplomado, rodeado de más sangre de la que te imaginas que puede correr por nuestras venas. Y claro, la mitad de la sangre en realidad era lava hecha con pintura roja y aceite. Las tijeras de podar se le cayeron de la impresión y casi se le clavan en el pie.

—¡Me cago en la leche! —exclamó.

* * *

LA POLICÍA DIJO que hicieron el video público para advertir de los peligros de hacer proyectos caseros, como si fuese un problema que sucediera con frecuencia. Vaya tontería. Lo sacaron porque alguien pensó que era jodidamente gracioso o porque cobraron por ello o por ambos motivos. Lo vi desde la cama del hospital en la que me encontraba, no porque estuviese herido, sino porque estaba en estado de *shock* o algo parecido. El presentador hizo lo que pudo para parecer sombrío, pero se le notaba que se estaba aguantando la risa. No pusieron el video completo, solo la parte en la que aparecía papá, orgulloso de su mierda de volcán y se oía mi voz de pito de fondo. Entonces la cinta se cortaba debido a la explosión. Fue un éxito y salió en todas las cadenas de televisión. También publicaron imágenes sacadas del video en las portadas de todos los periódicos. A pie de página se veía otra foto de papá y una mía del colegio que no sé de dónde la habrían sacado.

Al principio lo describieron como una tragedia horrible. Sin embargo, cuando un periódico decidió otorgar a mi padre el Premio Darwin, el tono cambió y pasó del drama a la guasa y las risas.

* * *

FUI al funeral desde el hospital. Los fotógrafos nos siguieron hasta el cementerio y desde detrás de unos árboles nos sacaron fotos sin parar. Era como si fuese el entierro de alguien famoso. Como si papá fuese una leyenda y no el mayor gilipollas de Queensland, o probablemente de toda Australia. El cura se pasó todo el tiempo mirándolos y frunciendo el ceño molesto por que estuvieran ahí. Pero la verdad es que todo el mundo en el cementerio tenía esa expresión como de que no es apropiado reírse ahora pero, cada vez que me acuerdo, me parto de la risa.

Cuando llegué a casa, los fotógrafos estaban esperando en la puerta. Parecían estar acampados afuera, como si se fuesen a quedar. Nunca lo hablé con mi madre, pero creo que fue por eso por lo que nos mudamos. No solo por los fotógrafos, por todo. Fue el acontecimiento del año en mi barrio y mi madre pensó que siempre la recordarían como la viuda del idiota que voló por los aires por un estúpido proyecto de Ciencias. Lo siguiente que pasó fue muy extraño. Una semana después, cuando llegué a casa, mamá me dijo que preparase las maletas y cogimos un avión que nos llevó a Londres, Inglaterra.

—Vamos a visitar a unos familiares —me dijo. Pensé que eran de esos familiares lejanos que te mandan cartas en tu cumpleaños y en navidades pero que en realidad nunca los vas a conocer. ¡Qué equivocado estaba!

Nunca más regresamos a Australia. Mamá vendió la casa y con ese dinero compró un camping en la costa de Gales. Me refiero a Gales esa zona deprimente pegada a Inglaterra. No a Nueva Gales del Sur. Ni siquiera a una zona un poco interesante como Sidney, no. No espero que lo entiendas ahora más de lo que yo lo entendí en ese momento. Cuando tienes 12 años nadie te consulta. Cuando tienes 12 años y tu padre acaba de volar por los aires tampoco discutes, simplemente haces lo que te dicen.

CAPÍTULO TRES

Natalie se sobresaltó cuando oyó el timbre de la puerta. Buscó el reloj que se había quitado unas horas antes y lo encontró en el reposabrazos del sofá. El sentimiento de inquietud que poco a poco había ido creciendo a lo largo de la tarde se desvaneció. En su lugar le invadió una sensación nueva, no sabía muy bien porqué. Quizá de alivio, posiblemente de miedo. Lo esperaba antes. Tenía que haber llegado antes. Había empezado a imaginarse un accidente de coche, un choque en cadena del que no habría escapatoria, ni siquiera para los conductores más rápidos y hábiles. Pero al menos, ya estaba en casa. Sonrió mientras apartaba los trabajos que había estado corrigiendo y pensó en la botella de vino que tenía en la nevera, la cena en el horno, nada muy elaborado pero lo suficiente para demostrar que, a pesar de todo, se alegraba de que ya hubiera regresado. Dudaba que volviera a echarles otro vistazo a esos trabajos esa noche, pero en un instante su sonrisa se desvaneció. Si era Jim el que había llegado, por qué no había entrado en casa directamente. ¿Acaso había perdido la llave?

La persona al otro lado de la puerta estaba tan pegada al cristal que Natalie vio de inmediato de quién se trataba. Se le quitó la sonrisa y le volvió la preocupación, pero esta vez acompañada de enojo. Por un instante se planteó pretender que no había nadie en casa, pero en esta época del año anochecía tan pronto que tenía varias luces encendidas. En su lugar, respiró con profundidad, levantó la cabeza y abrió la puerta. Allí se encontraba una señora con una cacerola que contenía una especie de sopa verdosa y una revista de cotilleo haciendo de tapa.

—¡Ay! —A la señora se le cambió la expresión y no hizo nada por disimularlo—. Esperaba que fueras Jim —dijo la suegra de Natalie.

—Yo también, Linda —contestó Natalie.

—¿Es que no está? —preguntó Linda mientras miraba por encima del hombro de Natalie, como si sospechase que la estaba mintiendo.

—No, aún no ha regresado —dijo Natalie, sin agregar que estaría a punto de regresar—. Ya sabías que se iba unos días ¿no? —le preguntó, con la vaga esperanza de que igual no tendría ni que invitarla a entrar.

—Sí hija, claro que lo sabía. —Linda tenía una manera de tratar a Natalie, como si esta fuera un poco lenta de reflejos —. Pero me dijo que recogería la lavadora para llevarla al basurero.

Natalie no supo qué decir así que Linda continuó.

—La lavadora vieja. Mañana me van a traer la nueva y no tengo donde ponerla.

Natalie reflexionó unos instantes.

—Bueno, me temo que Jim aún no ha regresado —dijo por fin.

Esta respuesta hizo que la señora diera un gran suspiro y mirase de nuevo hacia el pasillo.

«¿Acaso quieres registrar la casa?» pensó Natalie pero no lo dijo. Cuando Jim contestaba así a su madre resultaba hasta gracioso, pero el par de ocasiones en las que Natalie lo había intentado había sonado fatal.

—Es muy raro que Jim llegue tarde, ¿no?

Natalie abrió la boca para contestar, pero cambió de opinión. Claro que Jim siempre llegaba tarde. Incluso después de la pelea que tuvieron por causa del viaje. Incluso después de que hicieran las paces por teléfono. Incluso después de que Jim le prometiera que le dedicaría más tiempo cuando regresara.

—Un atasco, ¿quizá? —dijo Natalie, sin querer tener que hablar de esto con su suegra.

—¿Un domingo por la noche? —Linda lo dijo como si fuera imposible que hubiera atascos los domingos—. ¿Has intentado llamarle al telefonillo ese que tiene él?

—¿Al móvil? Está sin batería. Hablé con él el viernes cuando me llamó desde una cabina. Dijo que no lograba encontrar ningún sitio donde cargarlo.

Linda hizo una mueca como si fuera información muy técnica más allá de su alcance, luego se dio por vencida.

—Bueno, no me puedo quedar mucho tiempo. Solo entro y te dejo la olla. Hice mucha sopa y os he traído las sobras.

Y en un instante Linda se metió por el hueco que había entre Natalie y la pared. Sin que Natalie pudiera pararla, Linda se coló en la cocina y se puso a hacer té de inmediato. Natalie echó un vistazo a la calle; oscura, vacía, todas las cortinas de los vecinos echadas. El resto de la velada dependía de si iba a poder librarse de su suegra antes de que regresara Jim.

«La próxima vez carga el puñetero móvil» refunfuñó Natalie entre dientes.

* * *

HACÍA CASI 6 meses que el marido de Linda había fallecido. Linda no lo llevaba nada bien. Había pasado de ser la típica suegra que guardaba las distancias a convertirse en una de esas que se pasaba por casa, sin avisar, varias veces por semana. Como las abuelas de las telenovelas que a ella tanto le gustaba ver. Jim le había pedido a Natalie que tuviera paciencia, que volvería a ser la de antes con el tiempo. Pero para él era fácil decirlo, casi nunca estaba en casa.

—Bueno, ya que estoy aquí me quedo un ratito contigo a esperarle —dijo Linda. Natalie nunca usaba tetera, pero Linda les había comprado una y sabía que la guardaban en el fondo del armario. Ya la había fregado y secado y estaba fregando las tazas, que ya estaban limpias, mientras el agua hervía. Natalie se sentó a la mesa observándola, aliviada de que al menos la cocina estuviera recogida.

—Dónde se ha ido esta vez ¿viaje de negocios?

—No, se ha ido en una de sus aventuras de surf. —Natalie se esforzó para no sonar enfadada.

—Ah, qué bonito.

—Sí, encantador, sobre todo para él.

Si Linda captó la ironía en el tono de Natalie, no lo dijo.

—¿Y te dijo cuándo volvía? Porque me la traen mañana.

Natalie tardó unos segundos en darse cuenta de que estaba hablando de la lavadora de nuevo.

—No me dijo nada. La última vez que hablamos fue el viernes. Me dijo que me llamaría el sábado para confirmar y evidentemente no lo hizo. Pero bueno, mañana trabaja, así que volverá hoy.

—Ay pobre y tú que te has esforzado un montón hoy ¿no?

Natalie la miró sorprendida.

—He visto el vino en la nevera y la cena huele fenomenal. No te preocupes, en cuanto llegue me quedo un ratito y me voy. Os dejo aquí tortolitos para que disfrutéis de vuestra velada —dijo Linda mientras se sentaba a la mesa enfrente de Natalie—. En cuanto se lleve la lavadora os dejo solos.

Natalie no estaba muy segura pero esperaba que lo dijera en broma. Le dio unos sorbitos a su té.

—Ya sabes que es un idiota si prefiere irse a sus aventuras de surf en vez de quedarse contigo. Un auténtico idiota.

Por primera vez desde que llegó a su casa, Natalie pudo sonreír a Linda con naturalidad.

—Gracias Linda —contestó. A veces vislumbraba un universo alternativo en el cual se llevaba fenomenal con esta señora. Se preguntaba si algún día llegaría a conseguirlo de verdad. Quizá algún día.

—No se habrá ido solo ¿no? —preguntó Linda—. No me gusta que se vaya solo. ¿Está con Dave?

—No, Dave no podía... —Natalie se calló—. De hecho, no lo sé. Creo que igual ha ido con Dave —Natalie se preguntó por qué había dicho eso. Se dio cuenta de que se había puesto un poco colorada y sopló ligeramente la taza, haciendo que aparecieran pequeñas ondas en la superficie del té.

Linda la miró con curiosidad, pero continuó charlando.

—Bueno, pues muy bien. Si está con Dave entonces no hay problema. Dave es un chico con mucho sentido común y no se meterán en problemas estando él presente.

Natalie asintió, pero mantuvo la mirada fija en la taza y apartada de la madre de Jim.

CAPÍTULO CUATRO

—**B**ueno igual se han distraído con algo. O quizá han parado a cenar por el camino —dijo Linda al cabo de un rato. Su taza de té estaba ya vacía—. Desde luego que me dio muchas malas noches cuando era adolescente, te lo puedo asegurar.

Linda sonrió a Natalie para intentar darle ánimos.

A Natalie había algo que le molestaba de todo esto, aunque no sabía muy bien el qué. La angustia había vuelto a apoderarse de ella. Llamó de nuevo a Jim, pero no obtuvo respuesta. Tan solo el pitido del contestador que le indicaba que el teléfono estaba sin batería. Sintió alivio de que Linda no sugiriera que llamase a Dave. Cuando levantó la vista de su móvil se sorprendió de ver a Linda de pie preparándose para irse, diciendo que ya le pediría al vecino que la ayudase mañana. A Natalie se le había olvidado por completo lo de la lavadora. Se le cruzó por la cabeza pedirle a Linda que se quedara, solo hasta que Jim llegara a casa, pero no dijo nada. La verdad es que no era muy buena idea. Se había hecho tarde para la velada romántica que tenía planeada. En su lugar acabarían retomando la discusión que tuvieron antes de que Jim se marchase.

Linda se fue. No parecía muy preocupada por Jim, estaba convencida de que estando con Dave no había motivo de preocupación. Natalie no podía consolarse con eso.

Ahora que Linda se había ido, la casa se quedó en completo silencio. Se oía el tic tac del reloj del salón y el sonido de las tuberías de la calefacción. Natalie encendió la televisión para intentar distraerse y les echó otro vistazo a los trabajos, pero no lograba concentrarse. En su lugar pensó en la conversación que tuvieron el viernes por la noche cuando Jim llamó desde la cabina. No se oía muy bien, porque el teléfono pitaba cada vez que iba a quedar sin dinero y Jim no hacía más que echar monedas cada dos por tres. Hablaron durante unos cinco minutos, ambos cuidadosos de no querer mencionar la discusión que habían tenido. Pero al final Jim sacó el tema. Y dijo que lo sentía. Que se daba cuenta de que estaba siendo un egoísta y que la echaba de menos. A ella se le hizo un nudo en la garganta y le costó contestar. Al final logró decir que ella también lo sentía, pero era demasiado tarde, ya se había cortado.

«Por Dios Natalie ¿qué has hecho?» Natalie se preguntó en voz alta. ¿Cómo había acabado de esta manera con un hombre tan difícil? «¡Dónde leches estás Jim!».

Natalie suspiró. Pensó en todo lo que había pasado en estos últimos días. Había estado tan cerca de echarlo todo por la borda. Pero le había servido para hacerla comprender cuánto estimaba lo que tenía. Cuánto quería que la relación saliera adelante. Lo único que necesitaba era que las cosas fueran un poquito más fáciles, pero este pensamiento la hizo sonreír. ¿Cómo iba a ser todo fácil con un hombre como Jim? No era la primera vez que recordaba cómo se conocieron. En una pelea en un bar, ni más ni menos.

Había un chico joven, muy excéntrico, que se vestía como si fuera un caballero del siglo XVIII, con sombrero, chaleco, pantalones de lana y monóculo. Ella ya lo había visto un par de veces por el barrio, pero nunca había hablado con él. Simplemente le sonreía cuando él, con mucho esmero, le dedicaba una reverencia cuando se cruzaban por la calle. Entonces una noche, posiblemente un jueves, era entre semana seguro, cuando Natalie todavía llevaba poco en la ciudad, ella y una amiga salieron a un bar de moda y allí estaba el chico del sombrero. Estaba solo, concentrado en lo que parecía un libro de poesía. Natalie y su amiga estaban sentadas cerca de la barra charlando acerca del trabajo. No había mucha gente en el bar y habría sido una noche completamente tranquila de no ser por el incidente con los dos niñatos borrachos.

Eran dos chavales que habían entrado en el bar no hacía mucho. Estaban bastante borrachos y completamente fuera de lugar. Se quejaban de que el bar que ellos conocían con pantalla gigante echando fútbol sin parar había cerrado y en su lugar había aparecido esta tabernita de tapas y vinos. Se deberían haber ido a otro sitio en cuanto se dieron cuenta de que no había ni tele ni fútbol. Pero la bravuconería les hizo quedarse y pedir unas cervezas. Eso y que uno de ellos recordó haber bebido San Miguel de vacaciones en Lanzarote y cómo no le dio resaca. Este persuadió a su colega para que se quedasen a tomar una pinta, solo para descubrir que el bar era demasiado elegante para servir pintas y casi demasiado caro para que pudieran pagar dos botellines de cerveza. Los niñatos estaban ahora de pie bastante cerca de la mesa donde el joven del sombrero continuaba leyendo y se pusieron a elaborar, a voces, una lista de todas las faltas que tenía el bar, incluidos los «imbéciles de los clientes». Y fue en esta situación que la vestimenta excéntrica del joven realmente destacó. Después de un rato, comenzaron a terminar todas las frases con la expresión «jodido raro», gritando en su dirección.

Natalie y su amiga estaban sentadas lo suficientemente lejos como para que no fuera su problema y ciertamente no era su responsabilidad hacer nada al respecto. Podían ver y escuchar con suficiente claridad, pero no iba con ellas y si no hubiera pasado nada más probablemente se habrían olvidado del incidente sin más. Los niñatos ya se estaban terminando las cervezas y con un poco de suerte pronto se marcharían a otro sitio y dejarían al resto del bar disfrutando de sus tapas.

Natalie deseó que alguien hiciera algo pero el incidente no parecía haber afectado a su amiga, Alice, quien insistía en que pidieran otra ronda. Alice fue a la barra a pedir y en ese momento sucedió.

Otro hombre caminaba hacia la barra cuando, sin previo aviso, se paró enfrente de los niñatos. Levantó las manos, agarró a uno de los dos tan fuerte como pudo, empujándolo hacia un pilar que sostenía el techo. El chaval se estrelló contra el pilar, sus pies se deslizaron y cayó al suelo. Terminó de espaldas con su San Miguel derramándose sobre la parte inferior de su camisa rosa pastel y la entrepierna de sus vaqueros. El hombre que había causado este incidente no se detuvo a mirar, simplemente siguió caminando hasta llegar a la barra y con mucha tranquilidad pidió una copa. Estaba de pie justo al lado de Alice.

Natalie lo vio todo desde su asiento y notó cómo la ansiedad se apoderaba de ella. Anticipaba que habría una pelea. El borracho se levantó del suelo enseguida, listo para dar un puñetazo, pero no había nadie enfrente de él. El tío que le había empujado estaba ahora en la barra, charlando animadamente con Alice como si nada hubiera pasado. El borracho no se lo creía y el cabreo se le estaba convirtiendo ahora en incredulidad. De ahí pasó a la vergüenza al no saber cómo responder al asalto y notar los ojos de la clientela fijos en él y, en especial, en la mancha de cerveza en los vaqueros que le hacía parecer como si se hubiera meado encima.

El amigo tampoco reaccionó muy bien. Decidió fingir no haber visto el incidente y tan solo procedió a reírse del amigo en el suelo, como si se hubiera resbalado o algo así. Se le notaba que estaba disimulando sobre todo porque ni siquiera era capaz de mirar hacia donde se encontraba el perpetrador. Se terminó la cerveza, mientras refunfuñaba que ya era tarde y que mejor se iban a otro bar, un sitio que estuviera mejor y con más ambiente. Solo cuando estaba claro que ya se iban se dio cuenta Natalie de que había estado conteniendo el aliento todo este tiempo.

Así como iban saliendo del bar parecía que iban recuperando la compostura. El chaval que había sufrido el empujón se despidió gritando que «la próxima vez» alguien se iba a llevar un par de leches. Le dio una patada a la puerta y desaparecieron.

El chico de la poesía, que apenas se había movido durante todo el episodio, ahora se puso en pie y le hizo una elaborada reverencia al hombre de la barra. Este contestó levantado la copa que el camarero le acababa de dar. Hubo un par de silbidos y vítores medio avergonzados desde el otro lado del bar y luego todo volvió a la normalidad. Como si no hubiera pasado nada.

Natalie vio como Alice le decía algo al camarero y después se puso a hablar con el hombre de la barra. Se quedaron ahí charlando un rato mirando hacia Natalie de vez en cuando. Natalie de verdad esperaba que Alice no trajera al tipo a su mesa. No es que no le gustara. Era guapo, moreno, con pelo castaño y unos rasgos faciales muy marcados, que de vez en cuando se transformaban en una bonita sonrisa. No, Natalie no quería que lo trajera porque si lo hacía Alice acabaría hablando toda la noche con él y al final ya se sabía que acabarían en la cama. Y no tenía pinta de ser el tipo de hombre que Alice necesitaba en su vida en este preciso momento.

Alice volvió a la mesa con el tipo.

—Natalie, te presento a Jim —dijo—. He tenido que invitarle a una copa después de lo que ha hecho.

Jim le echó una sonrisa a Natalie que confirmó los temores de esta, Jim era tan arrogante como parecía y continuó tonteando con Alice. Natalie no prestaba atención a la conversación. En su lugar se preguntaba cuánto le duraría este a Alice. ¿A lo mejor sería solo un rollo de una noche? Tal vez no tendría que pasar horas consolando a Alice cuando este la dejara.

Al rato Alice se puso de pie y dijo que tenía que ir al baño y al pasar por donde estaba sentada Natalie se inclinó hacia ella y susurró:

—No es a mí a quien busca.

Y se alejó, arrastrando un dedo por la superficie de la mesa según se iba.

CAPÍTULO CINCO

Nuestro camping estaba a una milla del pueblo, justo al lado de la playa. Tenía tres filas de caravanas estáticas, una zona para las tiendas de campaña y otra fila para las autocaravanas. Había dos bloques de servicios con duchas, que no funcionaban muy bien y un área cubierta con una hilera de fregaderos donde la gente iba a lavar los platos. El césped estaba plagado de madrigueras de topos.

El camping tenía una casa. La habitación principal en el piso de abajo hacía las veces de tienda y recepción del camping. El resto era como una casa normal y se convirtió en nuestro hogar, el de mamá y el mío. Las ventanas eran pequeñas y las paredes gruesas pero eso no había conseguido impedir que el moho entrara y cubriera tanto los muebles como las moquetas. Desde el piso de arriba se veía el mar pero no la playa, ya que había un banco de grava que impedía que la marea llegase al camping. Claro que, si lo comparas con Australia, no era una playa de verdad. El mar azul cristalino y las playas de fina arena blanca habían sido reemplazadas por un mar grisáceo y una playa de piedras con parches de arena sucia.

Mamá descubrió el camping por un artículo en una revista en el avión. Era uno de esos artículos que te dan ideas de cómo cambiar tu vida y convertirla en una aventura. Ya sabes a los que me refiero, esos sobre irse a contar monos al Amazonas o a construir una casa ecológica en México. No sé porqué eligió el camping; en ese momento yo era demasiado joven para que me consultara y después ya no tuvo sentido preguntarme, la decisión ya estaba tomada. Pero me mola pensar que me podría haber convertido en un contador de monos o en un narco mexicano. En cambio, estaba atrapado en Gales, con la puta lluvia.

El camping se vendió como un negocio en marcha, lo que significaba que había clientes desde el día en que nos mudamos. Mi madre pensó que me gustaría trabajar en la tienda y conducir el tractor para cortar la hierba. En circunstancias normales no te digo que no, sin embargo, era un niño de 12 años que acababa de ver a su padre volar por los aires y había perdido a todos mis amigos. Así que la verdad es que no me gustó nada el plan.

NO RECUERDO MUCHO ACERCA de las primeras semanas y lo prefiero así. Tenía un sentimiento de culpa enorme, aunque no tenga mucha lógica. La había cagado y este era mi castigo. Lloraba todo el día sin parar pero no por mi padre. Lloraba por mí, por la situación en la que me encontraba. Por las noches era mamá la que lloraba. Aunque intentaba ocultar la cabeza en la almohada para que no la oyese, sus gemidos eran tan fuertes que yo lo oía todo.

El día en que papá murió fue el último día que fui al colegio en Australia y unos días después estaba en un colegio nuevo en Gales. Eran dos sitios completamente diferentes. Mi cole en Australia tenía más estudiantes que el pueblo entero de Gales en el que ahora vivía. Este colegio nuevo no llegaba a los 100 alumnos. Yo era, probablemente, el primer chico nuevo y sin duda el primer australiano que habían visto en sus vidas.

Me acuerdo perfectamente del primer día de colegio, me parecía como estar en otro planeta. Al menos hablaban en inglés y no en ese dialecto gutural celta que había oído en la cola de la oficina de correos a los mayores del pueblo. Aun así, ningún niño se atrevía a hablar conmigo y yo no ayudaba, gruñéndoles si lo intentaban. Mi clase tenía 12 estudiantes. 12 es un buen número para que los profesores puedan dedicar tiempo a todos. Las mesas estaban agrupadas en dos grupos de seis. «Elegid a un compañero» decían los profesores y, cuando se acordaban, añadían «Jesse, tú de momento puedes trabajar solo».

Llovía sin parar y yo lo odiaba todo. Cada día era un poco peor. Pero no se lo dije a nadie. Cuando acababa el colegio, volvía al camping y le decía a mi madre que había tenido un buen día. Después, me encerraba en mi habitación y me desahogaba llorando. Me dormía oyéndola a ella llorar en su habitación. Lo único que me ayudaba a continuar era la certeza de que solo tendría que aguantar una temporada. Al final mamá volvería a sus cabales y regresaríamos a nuestra antigua vida en Australia.

Pero nunca lo hizo. Ni siquiera se lo planteaba. Mamá pensaba que la gente no iba a olvidar lo que pasó y la manera en la que pasó. Y además tenía miedo de que todos pensasen que había sido una cobarde por haber huido y una fracasada por no conseguir salir adelante. Así que, para mamá, la única opción era conseguir que el camping saliera adelante. Y creo que en realidad le vino bien el ajetreo y el estar ocupada.

EN EL CAMPING había mucho jaleo, no solo por las caravanas, sino por el goteo continuo de autocaravanas y tiendas que aparecían en la hierba como champiñones. También había un chorreo continuo de quejas ya que el camping estaba un poco deteriorado. Así que mamá se pasaba todo el día poniéndose y quitándose el mono de trabajo intentando arreglar la fontanería, el suministro eléctrico y abasteciendo las estanterías de la tienda con marcas de comida que yo no había visto nunca pero que ya había decidido que no me gustaban.

Llevábamos en Gales un mes y medio cuando supe que nunca íbamos a regresar. Era sábado y mi cumpleaños; cuando vivíamos en Australia había tenido planeado hacer una fiesta en la playa con todos mis amigos. Por la diferencia horaria, cuando me levanté en Gales, la fiesta ya habría terminado. Estaba tan emocionado que había invitado a un montón de amigos; antes de que papá muriera, claro. Como la fiesta era en la playa había podido invitar a tanta gente como quisiera. Papá iba a hacer una barbacoa y mis amigos y yo íbamos a jugar al fútbol australiano. Yo sabía, aunque se suponía que iba a ser sorpresa, que mi padre había reservado unos karts; eran como coches de carreras que se conducen en la playa cuando la marea está baja. Pero todo eso era solo en caso de que no se pudiese hacer surf. Lo que nosotros esperábamos era poder pasar el día haciendo surf, atiborrarnos a perritos calientes y hamburguesas con kétchup y luego pasar la noche viendo videos de surf. Iba a ser un cumpleaños perfecto. Me pregunto si a alguien se le ocurrió cancelar las invitaciones. Me pregunto si alguno de mis amigos apareció en la playa ese día, por si acaso. Me pregunto si el surf habría sido bueno. Me pregunto si el encargado de los karts los habría puesto alineados en la playa a nuestra espera y si se habría tumbado a tomar una cerveza mientras nos esperaba.

En Australia, todos los chicos de mi clase eran surfistas, yo incluido claro. El pueblo en el que vivíamos era un pueblo de surfistas. Mis amigos y yo teníamos posters de las leyendas del surf en nuestras habitaciones y nos reuníamos alrededor de la torre del »socorrista en la playa discutiendo si nos habíamos hecho un tubo o no. Nunca lo hicimos, por supuesto, ya que solo éramos principiantes, así era como nos llamaban los otros surfistas. Y como niños que éramos, perseguíamos a los profesionales que venían para participar en la competición que se celebraba todos los años en mi pueblo. Nos pasábamos el día en la playa, intentando conseguir autógrafos de los surfistas según iban acabando sus rondas en la competición. Algunas veces hasta te dejaban cargar sus tablas.

PERO BUENO, mi cumpleaños, mi decimotercer cumpleaños había comenzado mal. Había llovido tanto por la noche que el bloque de los aseos se había inundado. La verdad es que no me importaba; limpiar mierda con mi madre era mejor que ir al cole. Cuando terminamos y nos cambiamos de ropa, mi madre me mandó ir a buscar algo a la caseta al lado de la casa. Me dijo que había una sorpresa esperándome. Me siguió y me miraba atentamente. Yo supe lo que era de inmediato. Mi padre había pasado un montón de tiempo hablando con el chico de la tienda sobre la densidad y la superficie plana de la tabla y resulta que esa era perfecta para chicos de mi tamaño. Aunque a mí lo que más me gustaba era el diseño que tenía, con un gráfico en el centro que se iba transformando de naranja en la punta, pasando por amarillos y rojos en el centro, hasta convertirse en morado en la nariz. Se veía a través del plástico que la envolvía. Era mi tabla de surf. Nuestro antiguo vecino, el del otro lado de la verja, la había envuelto y se la había mandado a mamá. Él también era surfista y la había empaquetado con mucho cuidado, cortando bloques de poliestireno para proteger las grillas.

Lloré mientras la desenvolvía. Mamá también lloró. Ella pensaba que eran lágrimas de alegría o de alivio, o por fin, lágrimas por la muerte de papá. Pero no era nada de eso. Lloraba porque sabía que ahora sí que nunca regresaríamos a Australia.

CAPÍTULO SEIS

P arecía que no había parado de llover durante las seis semanas
que llevábamos en Gales. No era como la lluvia de casa, que
venía en fuertes ráfagas de agua, llenaba en unos minutos las calles de
ríos anaranjados pero después se evaporaba por el calor y se elevaba
hasta volver a las nubes. En Gales la lluvia empezaba cuando te levantabas y duraba todo el día hasta que te ibas a la cama. Y al día
siguiente ocurría lo mismo. En Gales hasta la lluvia era una mierda.

Pero un día el tiempo cambió. Un par de semanas después de que
llegara mi tabla, volvía paseando del colegio y salió el sol. El cielo era
azul. De verdad que no pensé que esto era posible aquí. Pero había
algo más que también era distinto. Primero lo escuché y, aunque era un
sonido familiar, era como si no pudiera ubicarlo. Como si estuviera
fuera de lugar.

El banco de grava impedía ver la playa desde el camping pero aun
así corrí para ver lo que pasaba. El corazón me latía con fuerza en el
pecho. Contuve el aliento mientras subía por el camino que conducía
al banco de grava, no me quería hacer ilusiones, pero ese sonido me
resultaba muy familiar. Y entonces miré por encima de la grava y allí
estaba. En ese mar que hasta entonces siempre había estado gris, en
calma y liso, hoy había una ola de dos metros. El sol se reflejaba en el

agua y parecía que había un millón de diamantes flotando y jugando con un rayo de sol. Lo mejor de todo es que había un grupo de surfistas, solo les veía las espaldas, subiendo y bajando, girando cuando cogían la ola y poniéndose de pie mientras cabalgaban la ola hasta la orilla. No me paré para mirar mucho. Corrí a toda velocidad a casa y mientras me quitaba la ropa y buscaba el bañador.

—¡Me voy a hacer surf! —grité a mi madre. No esperé su respuesta.

Intimida un poco remar en un sitio nuevo con surfistas que no conoces especialmente si acabas de cumplir 13 años. Pero no lo dudé. Esto no era como en el colegio del pueblo donde los niños galeses me miraban raro cada vez que pasaba por su lado. Esto no era como el camping donde los domingueros esperaban que me importase que el agua de las duchas saliera fría. Estos eran surfistas, yo conocía a esta gente. Yo encajaba aquí. Remé hasta el centro del grupo, estaba tan emocionado que giré con rapidez cuando llegó la primera ola.

A veces, cuando estás surfeando, recuerdas durante años esos primeros segundos en los que cabalgas una ola, tan claro como si lo tuvieses grabado en una cinta de video en la mente. Esa primera ola que cogí en Gales fue así. Tuve suerte, estaba en el momento justo en el lugar apropiado y cabalgué la ola con facilidad. Mantuve el equilibrio mientras la ola se inclinó debajo de mí y entonces bajé y conseguí un giro perfecto, al menos para un chico de mi edad. Tenía suficiente velocidad para coger el pico de la ola y hacer otro giro radical, y otro, y otro. Y entonces llegué a una sección en la que casi hice un tubo. Finalmente cabalgué fuera de la ola hacia una zona tranquila. Incluso para el nivel de los australianos esta había sido una buena maniobra. A pesar de, o tal vez debido a, la acumulación de emociones en mi interior dejé escapar un grito de alegría. Sonó como el aullido de un animal salvaje.

Quizá había pensado que era uno más de los surfistas allí, pero la verdad es que estaban todos mirándome asombrados. El chico loco del bañador rojo, con el culo helado, mientras los demás llevaban sus trajes de neopreno negros; no podía ser más diferente. Pero, de todas maneras, así fue como conocí a John Buckingham.

La verdad es que al principio ni lo vi, ni a él ni a nadie. Durante 40 minutos hice surf sin parar, desahogándome de toda la ira y frustración que tenía acumulada e intentando compensar todas las sesiones que me había perdido. Pero luego el frío se apoderó de mí, literalmente agarrándome y obligando a mi cuerpo a acurrucarse en posición fetal, mis brazos y mi pecho una montaña de piel de gallina. Se acercó a mí.

—Eres el chico nuevo del camping.

Tenía aproximadamente mi edad, pero era más grande que yo. Tenía una gran sonrisa y ojos azules y se notaba que iba a ser muy atractivo, ya lo era. Tenía músculos como los adultos y piel suave, excepto alrededor de la mandíbula donde se podía ver que ya se estaba afeitando. Tenía una cara de esas que te gusta mirar. Observaba mi piel azul con interés.

—Eres muy bueno.

Asentí.

—¿Tienes frío?

—Sí, un poco.

—Estás azul.

Me las arreglé para hacer que mi cuello funcionara lo suficiente como para mirar hacia abajo. Vi que tenía razón.

—Necesitas un traje de neopreno, tengo uno viejo que igual te vale.

Le miré extrañado, preguntándome como podía pasar algo así.

—Vale —le dije —. Gracias.

—*Sin problema* —dijo imitando el acento australiano —. Me llamo John.

Llegó una ola y se giró para cogerla. No era muy bueno por aquel entonces pero logró ponerse de pie y se deslizó por la pared de la ola hasta que estuvo demasiado lejos para continuar la conversación.

No podía soportar el frío y no iba a conseguir coger ninguna ola más. Conseguí salirme y fui a cambiarme. Corrí a casa, me puse todos los jerséis que tenía y volví a la playa para ver a los surfistas. Había pensado que este sitio no tenía nada que ofrecerme, pero aquí había algo. Había surf. Había vida.

Me quedé al lado de John, no demasiado cerca para que no pensase que le estaba esperando, pero lo suficiente como para que me viese. Ahora ya de vuelta en tierra firme de nuevo me faltaba la seguridad en mí mismo. Lo observé ir hasta donde tenía su ropa y su bici. Me giré mientras se cambiaba. Tenía un carrito atado a la bici, para llevar la tabla, muchos chicos los tenían en Australia, pero aquí no había visto ninguno. Puso la tabla y la ató. En lugar de irse dejó ahí la bici y se acercó a mí.

—Oye, ¿tienes bici?

Negué con la cabeza.

—No pasa nada, podemos andar. ¿Cómo te llamas?

—Jesse.

—¿Eres australiano? Fui a Australia hace dos años —dijo John. Más adelante me di cuenta de que había estado en casi todas partes —. Venga.

—¿Adónde vamos? —pregunté.

—Vamos a buscarte un traje de neopreno.

La casa de John estaba a unos diez minutos andando, en dirección contraria hacia el pueblo. La casa era el doble de grande que todas las demás de la zona. Estaba rodeada de árboles y metida para dentro, así que no se veía demasiado desde la carretera. Hablamos mientras caminábamos.

Me contó cómo había aprendido a hacer surf. Me dijo que fue en unas vacaciones, que se enganchó y ya nunca pudo parar. Eso le pasa a mucha gente, el surf te hace eso. También me dijo que las olas habían sido muy malas ese verano pero que ahora en otoño podríamos hacer surf al menos dos o tres días por semana. Me lo dijo como si nada, dando por sentado que yo querría. Luego llegamos a su casa y se detuvo.

—Mierda —dijo. Había un coche aparcado, un Mercedes grande y nuevo.

—¿Qué pasa? —le pregunté.

—Mi padre está en casa. Pensé que se iba a quedar en Londres.

Oír la palabra papá aún me traía recuerdos imborrables sobre el accidente. Mi padre sonriendo mientras encendía el mechero, su cuerpo desparramando sobre la tabla de madera del volcán, sangre por todos lados. Hice un esfuerzo para seguir hablando. No sabría qué hacer si no.

—¿No te llevas bien con tu padre? —pregunté.

John se encogió de hombros.

—La verdad es que no.

Una idea extraña me vino a la cabeza.

—¿Te pega?

John me miró como si estuviese loco y entonces me di cuenta de que había dicho una tontería.

—No, ¿por qué dices eso?

—No sé, pensé... —me callé.

—Ni me pega ni me toca.

No dije nada. John me miró extrañado por un rato y luego se encogió de hombros nuevamente.

—No pasa nada, seguro que estará encerrado en su despacho. Vamos.

Le seguí hasta la cocina. Era una cocina enorme y moderna, como las de los anuncios de la tele. John fue a la nevera y sacó una botella de Coca-Cola.

—¿Quieres una?

—Vale.

Sacó un par de vasos del armario. Sabía cómo echarla para que no se derramase la espuma sobre la encimera.

—Mi padre es promotor inmobiliario —dijo de repente. —Y tiene restaurantes, hoteles y seguramente más cosas.

Lo dijo con una mezcla de odio y orgullo. No supe qué decir, así que me callé.

—Gana mucho dinero y se ha convertido en un gilipollas. —Abrió otro armario y empezó a buscar algo—. O a lo mejor porque era un gilipollas ahora es promotor. Nunca he tenido claro que vino primero.

Me sonrió, estaba bromeando. Me relajé un poco. John era bueno haciéndote sentir bien.

—¿Quieres unas patatas fritas?

No esperó mi respuesta, se dio la vuelta y me arrojó una bolsa como si estuviera probando mis reflejos.

—Viviría con mi madre, nos llevamos bien, pero vive en Londres y allí no se puede hacer surf. —Se encogió de hombros como asumiendo que yo entendería que eso era una razón de peso para decidir dónde vivir—. Le pilló cepillándose a su secretaria así que se separaron hace unos años. Ahora no es solo su secretaria sino también su novia y vive aquí con nosotros. No me cae mal, la verdad. Por lo menos compra comida y limpia un poco.

Asentí.

—¿Y tu padre? —me preguntó John con la cabeza ladeada—, ¿está aquí o se quedó en Australia?

Dudé que contestar porque mi madre me había hecho prometer que no le contaría a nadie lo que le había pasado a papá. Me dijo que no habíamos recorrido medio mundo para que su muerte nos persiguiese hasta aquí. Así que le podía decir a la gente que estaba muerto pero no cómo había fallecido. Pero no quería mentir a John. Cuando hablabas con él sus ojos te atravesaban como si pudiese discernir lo que era verdad y lo que no. Y además no quería darle ninguna razón para que dejase de ser mi amigo. No me importaba que hubiera algo aterrador en él, ni que tuviera una arrogante confianza en sí mismo. Habría hecho cualquier cosa para que siguiese hablando conmigo.

—Murió —dije. Me salió un gallo mientras lo decía.

John le dio un trago a la Coca-Cola y se comió unas patatas.

—Vaya —dijo por fin—. ¿Fue un accidente o qué?

—Un accidente —asentí.

—¿Qué le pasó?

De repente me vi atrapado, no podía decepcionar a mi madre, así que miré a mi alrededor para buscar inspiración. Vi a través del salón un cuadro en la pared con uno de esos autobuses rojos sobre el puente frente a Las Casas del Parlamento de Londres.

—Le atropelló un autobús —dije. Me debía haber callado, pero seguí, no era bueno mintiendo por aquella época—. No miró al cruzar, el espejo retrovisor de la puerta del conductor le arrancó la cabeza.

—¡Joder! ¿En serio?

—Sí, en serio.

John dejó de comer y me miró fijamente.

—¿Y tú viste cómo pasó?

—Sí —asentí.

—El espejo le arrancó la cabeza —John repetía lentamente para sí mismo—. ¿Pero eso puede pasar?

No dije nada, no sabía qué me había pasado. Sentí el ardor en mis mejillas.

—A veces desearía que mi padre estuviese muerto. —Acabó su bebida y dejó el vaso al lado de la pila—. ¿Quieres el traje de neopreno? Vamos.

Le seguí hasta afuera y caminamos alrededor de la casa. Se sentó en el capó del Mercedes mientras hurgaba en su bolsillo para encontrar una llave; abrió el garaje. Estaba oscuro y golpeó el interruptor de la luz. Un tubo fluorescente parpadeó unas cuantas veces hasta que se encendió. Había bicis, tablas de surf y, cubierto con una lona, un coche clásico. Un Jaguar, me dijo John encogiéndose de hombros. El traje de neopreno estaba en un riel al fondo del garaje, parecía nuevo.

—No lo he usado mucho, pero se me ha quedado pequeño —dijo John.

Le eché un vistazo y noté que era un poco largo para mí.

—Ya crecerás —dijo. Y me sonrió.

—Gracias, John —dije y me di cuenta de que lo había llamado por su nombre por primera vez y esto nos hacía amigos de verdad.

—¿Es verdad que tu padre está muerto o me lo has dicho solo para sorprenderme?

Durante un rato no dije nada. Pero cuando empecé a hablar es como si no tuviese control sobre lo que decía.

—Está muerto pero no le pilló un autobús.

Miré a John de frente y de nuevo sentí que sus ojos me atravesaban y podían ver la verdad en mi interior. Pensé que si le mentía no pasaría la prueba de amistad así que le dije la verdad. Se lo conté todo. Mientras me escuchaba John quitó la funda del jaguar y nos sentamos dentro. Tenía asientos de cuero y paneles de madera tan suaves que no podías evitar acariciarlos. Él fue la única persona a la que le conté la verdad. Cuando acabé permaneció callado por un rato y entonces fue a buscar una bici que había por ahí y me la trajo.

—Toma, para ti. Las marchas no funcionan, pero a lo mejor las podemos arreglar, —y continuó—no se lo diré a nadie, lo de tu padre. Y tú no te deberías culpar de nada, esas cosas pasan.

CAPÍTULO SIETE

«No es a mí a quien busca».

Esa frase pilló a Natalie por sorpresa y la trajo de nuevo al presente, a esa mesa del bar. Le entró un poco de pánico cuando vio a Alice caminando hacia los lavabos y a Jim mirándola fijamente. Notó que se había puesto colorada. Se fijó en Jim y vio que tenía cara de ser muy astuto. Era muy guapo y con unas facciones muy marcadas. Natalie no sabía muy bien por qué, pero le daba la sensación de que no debía fiarse mucho de él.

Jim dio un trago a su copa y a continuación la puso con cuidado en el centro del posavasos. La base de la copa era rectangular y la movió varias veces hasta que estuvo satisfecho de que estaba alienada con los lados de la mesa. Sonrió y su sonrisa reveló una dentadura perfecta.

—Entonces, Natalie ¿estudias o trabajas?

Esto la tomó por sorpresa. Con una frase tan predecible quizás Natalie se había equivocado al pensar que era un tío interesante.

—Soy psicóloga —dijo. Era prácticamente cierto, ya estaba a punto de terminar la carrera. Esperó la típica respuesta a la que ya se había ido acostumbrando. Todo el mundo contaba chistes de psicólogos.

—¿Por qué?

La pregunta también le pilló por sorpresa.

—¿Perdona? —repitió Natalie.

—Que ¿por qué?

—¿Por qué lo preguntas?

—Porque me interesa. Me interesa la gente y también la psicología. ¿Por qué eres psicóloga?

—No sé, es difícil saber por qué —Natalie dijo mientras lo miraba a los ojos. Los tenía grises con diminutas manchas azules que reflejaban la luz como un espejo al sol—. ¿Por qué estás tú interesado en la psicología?

—No sé —respondió Jim—, es difícil saber por qué.

Natalie dejó escapar una pequeña sonrisa pero consiguió pararse a tiempo antes de morderse el labio inferior.

—Es por la felicidad —dijo Jim—. Me parece una buena idea que haya una ciencia dedicada a encontrar la felicidad.

—Los psicólogos no estudian solo la felicidad, sino todo tipo de comportamientos. Por ejemplo, lo que has hecho antes. Eso es muy interesante.

Jim subió las cejas como sorprendido por algo y Natalie se fijó en el corte de pelo que tenía, corto y muy bien igualado, como de militar. Eso explicaría esa seguridad en sí mismo que desprendía.

—¿Antes?

—Ahí, cuando paraste a los dos borrachos que se estaban metiendo con el chico del sombrero.

—Ah, me tropecé.

—No es verdad.

—Sí, mira, en esa alfombra. —Jim señaló y Natalie se incorporó acercándose a él para poder ver mejor donde apuntaba Jim con el dedo. Pero el bar no tenía alfombra ninguna. Estaban tan cerca que Natalie detectó el aroma que desprendía Jim.

—¿Has oído hablar del caso de Kitty Genovese? —Natalie preguntó casi sin darse cuenta.

Jim pensó durante unos segundos antes de contestar.

—No ¿por qué, debería?

—No, probablemente no. Fue asesinada en Nueva York en los años 60. Lo siento es un poco sórdido, no lo tendría que haber mencionado.

—No te disculpes, estoy intrigado. Sigue.

Natalie se maldijo para sus adentros, pero se dio cuenta de que no había manera de retractar lo dicho sin parecer un poco desequilibrada y algo le decía que no quería darle esa impresión a Jim. Así que continuó.

—Su asesinato es el ejemplo perfecto del efecto espectador. La mataron a navajazos cerca del portal de su casa en un barrio céntrico de Nueva York. Gritó sin parar y algunos vecinos la oyeron, incluso hubo uno que vio algo. Pero nadie hizo nada. De hecho, el asesino se fue y luego volvió al cabo del rato a terminar lo que había comenzado. Kitty tardó más de media hora en morir. Cogieron al asesino al cabo de unas semanas y le preguntaron cómo había sido capaz de atacar a una mujer en una zona tan transitada a plena luz del día y él contestó «sabía que nadie haría nada, nunca nadie hace nada».

Jim esperó para ver si Natalie había terminado su relato. Solo cuando estaba seguro de que así era, contestó.

—Todos los presentes pensaban que alguien debería hacer algo.

—Así es —afirmó Natalie.

Jim no dijo nada, esperando a que Natalie continuara.

—Igual que antes en el bar. Todos esperábamos que alguien hiciera algo. Pero nadie hizo nada. Hasta que llegaste tú.

Jim se reclinó en su asiento y eso le hizo ver a Natalie lo pegados que habían estado hablando hasta ese momento.

—Bueno, no se puede comparar.

—No —contestó Natalie, deseando que Jim se incorporara de nuevo y sorprendiéndose a sí misma al darse cuenta—. Pero ¿cómo sabías que no habría represalias? Ellos eran dos y tú has venido solo.

—Ah, ahí te equivocas. Estoy con el equipo de Rugby —dijo Jim señalando a dos chicos muy jóvenes y muy delgados que hablaban tranquilamente en la mesa de al lado. Ambos tenían gafas.

—El de la derecha ¿lleva un boli en el bolsillo de la solapa? ¿O simplemente parece que debería llevarlo?

—Es un boli que escribe en tres colores. Esos dos, ahí donde los ves, tienen cinturón negro de *kickboxing*. Se ponen las gafas para disimular, para pillar por sorpresa en las peleas.

Natalie no pudo contener la sonrisa.

—Ya ves, éramos tres contra dos.

—Dime, ¿de verdad los conoces?

—No los he visto en mi vida.

Natalie movió la cabeza con incredulidad y le miró a los ojos.

—Entonces ¿cómo sabías que no te atacarían? Me interesa saberlo, llámalo interés profesional.

Jim ni siquiera parpadeó.

—¿En serio? Sabía que no lo harían. La gente así nunca lo hace.

CAPÍTULO OCHO

La tarde se convirtió en noche y seguía sin haber respuesta en el teléfono de Jim, solo ese pitido que probablemente significaba que el móvil estaba ya sin batería. Ahora Natalie ya estaba preocupada. Tanto así, que su enfado de antes se había evaporado por completo y había sido reemplazado por auténtico temor. Con la mente fría, sabía que no tenía por qué preocuparse. La explicación más lógica era que se habría ido a hacer surf por la tarde, después a un pub a cenar y ahora estaría ya conduciendo de vuelta a casa. O a lo mejor había tenido una avería y estaba esperando a la grúa. Lo más sensato era irse a la cama, se despertaría cuando llegase y si no, lo vería cuando se despertase por la mañana.

Soñó que estaba en la cama con ella por la mañana. Fue un sueño tan vívido que aún despierta podía seguir viéndole ahí tumbado, su espalda ancha y morena reposada en su lado de la cama. Pero él no estaba allí. Lo llamó, por si se hubiera levantado para ir al baño. Pero la casa estaba en silencio, su teléfono móvil no mostraba mensajes ni llamadas perdidas.

Le entró el miedo. Que fuera un inconsciente era una cosa. Esto era distinto. Llamó a Dave antes de levantarse para preguntarle si sabía algo de él. El tono sorprendido de Dave le convenció de que no le quedaba otra opción. Se levantó, se hizo un café, cogió el teléfono y llamó a la policía. No sabía qué otra cosa podía hacer.

—Llamo porque creo que mi marido ha desaparecido.

Le sonó raro tener que decirlo en alto. Las palabras sonaban como las frases de las películas.

Al otro lado del teléfono contestó un policía, le dijo su nombre a Natalie, pero ella no prestó atención y lo olvidó al instante.

—Vale —tenía una voz chirriante. Sonaba joven e inexperto—. ¿Cuándo vio por última vez al Sr Harrison?

—Hace cuatro, no, hace cinco días. Se fue de viaje a hacer surf.

—¿A hacer surf?

—Sí.

Pausa.

—¿Se fue solo o acompañado?

Natalie dudó un momento, recordando la conversación con Linda la noche anterior.

—Se fue solo.

—Y ¿podría decirme dónde se fue de viaje?

—No, lo siento, no lo sé. Simplemente sé que se iba a hacer surf. Normalmente va a Devon, creo. A Saunton o a Croyde.

—Entonces, ¿ahí es donde se ha ido esta vez también?

Ella recordó cómo había sido su despedida.

—No lo sé. Igual se ha ido a otro sitio. A veces se va a Cornualles. A veces no —continuó Natalie con vaguedad.

Hubo un silencio largo en la conversación y Natalie se imaginó al policía acusándola de todo tipo de cosas, hasta que se dio cuenta de que tardaba tanto porque estaría tomando notas. Natalie visualizó una letra con muchos garabatos.

—¿Cómo viajaba su marido, iba en coche?

—Sí. —Natalie le dio todos los datos del coche, que tuvo que repetir porque el policía se equivocó al tomarlos varias veces. Natalie pensó que no era el más avispado de su promoción.

—Entonces, ¿cuándo lo esperaba de vuelta? —preguntó, aparentemente inconsciente de cómo su lentitud la estaba irritando.

—Ayer, lo esperaba ayer. No sé exactamente a qué hora, pero ayer por la noche como muy tarde.

La siguiente pausa fue más larga todavía.

—Y él, ¿le dijo a qué hora llegaría ayer por la noche?

—No, no me dijo que volvería por la noche. Tan solo me dijo que volvería ayer. Yo he dicho lo de ayer por la noche, porque era lo más tarde que esperaba que volviera.

Esta respuesta confundió al policía aún más.

—Pero entonces él, ¿cuándo le dijo que iba a volver?

—Ayer, por la noche, por la tarde, no lo sé. No me lo dijo. Pero esta mañana tenía que ir a trabajar y no ha aparecido.

—Ya veo.

El tono del oficial había cambiado. Natalie se lo imaginó pensando «Quizás la llamada prometa después de todo».

—Entonces, ¿su marido tiene trabajo? —Solo con el tono de voz implicaba que pensaba que era improbable que el marido trabajase.

—Pues claro que trabaja.

—De acuerdo Sra. Harrison, necesito que se tranquilice.

—Estoy tranquila.

—Muy bien, pues sigamos así ¿de acuerdo?

Natalie se mordió el labio, se dio cuenta de que estaba respirando agitadamente.

—Y, ¿qué es lo que hace exactamente su marido? —el policía preguntó, como si todavía no se pudiera creer del todo que un surfista trabajase.

—Es el dueño de una empresa de helicópteros. Y también los pilota. De hecho, el mes pasado llevó a su Comisario de Policía a Edimburgo.

Esta respuesta causó el silencio más prolongado de toda la entrevista. Cuando habló de nuevo, el tono del policía había cambiado.

—Mire, normalmente no aceptamos denuncias de desparecidos hasta que no hayan pasado por lo menos 24 horas. Pero en este caso vamos a empezar a movernos ahora. Le debo decir que lo más probable es que su marido regrese por su propia cuenta, suele ser el resultado en la mayoría de casos como este.

A Natalie le sonaba todo esto como si el policía estuviera hablando de un perro perdido. Pero no dijo nada, de hecho, se arrepentía de cómo había hablado antes al joven agente.

Natalie tuvo que contestar más preguntas antes de poder colgar.

Envió la descripción de Jim y los datos de su coche a todas las comisa-
rías del país, con instrucciones específicas de mirar en las zonas
costeras de Devon y Cornualles. Cuando por fin terminó la conversación se fue al fregadero y se bebió un vaso de agua. Lo llenó de nuevo
pero no se lo bebió, simplemente se quedó quieta, pensando. Sentía la
cara colorada y tan solo oía el silencio de su casa. No sabía si había
hecho lo correcto, a Jim no le gustaría nada regresar y encontrarse en el
centro de una investigación policial. Pero todo esto era por su culpa.

—¿Dónde estás Jim? —se preguntó Natalie en voz alta.

CAPÍTULO NUEVE

John tenía razón, empezó a haber buenas condiciones para hacer surf dos o tres veces a la semana, al menos durante los meses siguientes. Siempre surfeábamos en el mismo sitio, la playa frente al camping. Todo el mundo la llamaba «La Playa del Pueblo» aunque aquel lugar era demasiado pequeño para llamarse pueblo. El surf nunca llegó a ser magnífico, no si lo comparaba con Australia, e incluso con mi nuevo traje de neopreno podía sentir lo helada que estaba el agua. Pero era surf y me aferré a él con fuerza para poder salir un poco de mi infierno personal.

O a lo mejor me aferré a John. Normalmente solo hacíamos surf los fines de semana cuando nos pasábamos horas en el agua. Solo salíamos para reponer fuerzas con barras de cereales y plátanos. Después volvíamos otra vez al agua. No nos importaba mucho si las olas no eran muy buenas lo que importaba era estar ahí.

Cuando las olas eran malas estábamos solos pero cuando estaban bien venía gente del pueblo. La verdad es que no me importaba, al contrario, me gustaba. En mi pueblo en Australia había tantos surfistas que aprendí a respetar y a no estropearle ninguna ola a nadie. Por aquel entonces era normal ver peleas en el agua pero no con niños como yo. En realidad nadie pegaba a los niños. Solo te gritaban y luego te dejaban en paz. Pero todo el mundo te miraba y sabían lo que habías hecho. Si molestabas mucho, los socorristas te decían que te salieses de allí y que no volvieses.

Así que al principio yo era respetuoso con las olas de los demás pero la verdad es que no se les daba muy bien. Enseguida empecé a coger más olas cada vez mejor. No parecía que a nadie le importase, al contrario, creo que les parecía exótico; además para eso estábamos allí, para coger las olas. Así que si estaba demostrando un poco de chulería creo que a nadie le importaba. A John le gustaba que le relacionasen conmigo. Le molaba ser el amigo del chico que cogía las olas y sabía lo que hacía. Y si a John le gustaba, a mí me gustaba.

Enseguida empecé a conocer a los otros surfistas. Estaba Charlie, un pescador que trabajaba en un barco que atracaba en el puerto. Se le notaba que era un tipo duro, así que yo mantenía las distancias. También estaba Gwynn, era lo opuesto a Charlie, un hombre de edad, que tenía una tabla de las largas. Se agachaba y cortaba las olas pero siempre animaba a los demás como si lo que más le gustase fuese simplemente estar ahí. Baz trabajaba en la cantera que estaba al final del pueblo, excavando. A veces oíamos las explosiones cuando estaban rompiendo rocas. Creo que le habían dejado un poco sordo así que nadie se molestaba en hablar mucho con él. Barry y Henry eran amigos de Gwynn y también usaban tablas largas. Estos eran los de siempre y luego había otro grupo que venía a veces. Normalmente había suficientes olas para todos. Era un grupo chulo con un ambiente agradable. A veces venía gente de fuera y eso estropeaba las cosas un poco. Algunos surfistas solían quedarse en el camping y otros venían de los alrededores. Cuando eran solo uno o dos no importaba pero cuando eran más se llenaba y ya no era lo mismo. Lo que hacíamos era ayudarnos entre nosotros, hablábamos alto dejando claro que éramos de allí y que era «nuestra» playa. Como hacen los surfistas. La idea era coger las mejores olas nosotros y dejar las peores para los visitantes.

Había otro chico que hacía surf, se llamaba Darren. No me acuerdo del día que le conocí, ahora me parece como que siempre había estado allí. Luego me di cuenta de que estaba en alguna de mis clases. John tampoco se había molestado mucho en hablar con él nunca, la verdad es que no sé por qué. Darren siempre se sentaba un poco apartado y no cogía muchas olas donde se ponía. Pero, rara vez, alguna ola buena llegaba a su zona y Darren la cogía bien, no lo hacía mal.

No me acuerdo muy bien del día que empezó a ser amigo nuestro. Simplemente estaba ahí y el día que no estaba lo echábamos de menos. Aunque Darren era muy raro enseguida nos acostumbramos a él y a sus rarezas.

Pronto formamos un grupo, nuestro grupo, John, Darren y yo, los tres en el agua. Al principio yo era mejor que ellos, pero mejoraron muy rápido. En Australia los socorristas nos entrenaban y nos gritaban palabrotas si no hacíamos lo que nos decían. De nuestro pueblo habían salido dos campeones del mundo y los socorristas querían un tercero. Les enseñé a John y a Darren lo que los socorristas me habían enseñado a mí. Cómo tienes que agacharte rápidamente en la cara de la ola justo antes de girarte y levantarte. Cómo tienes que encontrar el pico de la ola para hacer los giros. Cómo te tienes que inclinar para hacer que los cantos de la tabla se agarren a la ola.

Les enseñé haciéndolo yo y surfeando con ellos pero como más les enseñé fue hablando de surf. John tenía una colección de revistas de surf y nosotros pasábamos las horas muertas leyéndolas. De vez en cuando yo señalaba una foto y les explicaba lo que el profesional estaba haciendo. Creo que esta fue una de las razones por las que John se acercó a mí al principio, él quería aprender bien a hacer surf y no había nadie mejor que yo para enseñarle.

Ese primer otoño pasamos un montón de tiempo en casa de John. Se estaba calentito y siempre había comida en el frigorífico. Pero el padre de John empezó a llegar a casa por sorpresa y no le gustaba que John hiciese surf. Pensaba que el surf era una pérdida de tiempo y que John debía jugar al rugby o algo parecido. Para colmo yo no le hacía mucha gracia y odiaba a Darren, es que ni siquiera lo miraba a la cara. Otro problema era que la casa de John estaba a unas dos millas de la playa y no podíamos ver si había olas. La casa de Darren tampoco nos valía ya que vivía en una casa adosada en medio del pueblo. Además, las habitaciones eran pequeñísimas y su padre siempre estaba ahí bebiendo cerveza. Había dejado su trabajo en la excavación debido a una lesión en la espalda, así que al final no nos quedó más opción que ir al camping.

Nuestra casa era más grande que la de Darren pero como tenía la tienda y la recepción en realidad estábamos un poco apretados. Un día John se dio cuenta de que una de las caravanas al final de la fila no se alquilaba porque estaba pendiente de ser renovada. Decidimos que sería nuestro sitio de reunión. John le dijo a mi madre que la íbamos a usar para hacer los deberes. Mamá sabía que no íbamos a usarla para eso pero aun así dijo que sí. Pusimos una tele y un reproductor de cintas de video; John trajo sus películas y revistas de surf. Era un sito genial para reunirnos, además mamá nunca entraba, ni siquiera para decirme si la cena estaba preparada; llamaba a la puerta, me avisaba y se iba.

¿He dicho ya que John no era del pueblo? Bueno, pues no era de ahí, ni siquiera era de Gales. Nació en Londres y sus padres lo enviaron al colegio más pijo que encontraron que resultaba estar muy cerca del pueblo. Cuando sus padres se divorciaron su padre decidió mudarse aquí para no tener que cambiar a John de colegio ya que pensó que el divorcio ya era suficiente cambio para él.

John era el único surfista de su colegio; decía que los demás jugaban al rugby o al cricket. Además, sus compañeros no tenían muy buena opinión del surf, creían que el surf no era un deporte que chicos de su clase debieran practicar. A veces, cuando mi madre tenía que ir a la ciudad para comprar algo de la ferretería yo iba con ella y veía a los chicos del colegio de John, con sus uniformes, el escudo del colegio en las chaquetas y sus cabezas bien altas. Sin embargo, ninguno de ellos menospreciaba a John. John era el mejor en todas las asignaturas y cuando hacía deporte también era el mejor de su clase. Al igual que su padre, sus compañeros estaban siempre rogándole que se uniese al equipo de rugby pero John no quería. Él no quería comprometerse con nada que le impidiese ir a la playa si había buenas olas.

Ya dije que a mi madre le gustaba John, le gustaba mucho. A lo mejor era porque John era rico y bien educado o porque por fin tenía un amigo. O a lo mejor simplemente porque así era John, caía bien a todo el mundo y siempre conseguía lo que quería, incluso llamaba a mi madre por su nombre.

Un día estábamos en la tienda del camping cogiendo algo para comer, sin intención alguna de pagar, cuando llegó mi madre. Las reglas eran que yo podía coger comida de la cocina pero no de la tienda. John empezó a hablar con mi madre como si no pasase nada y eso que tenía las manos llenas de chocolatinas y chucherías. Hablaba como si no estuviese haciendo nada malo, era alucinante la seguridad en sí mismo que desprendía.

—¡Hola Jude! —le dijo y ni siquiera intentó esconder el chocolate—. ¿Cómo estás?

Mi madre le echó una mirada de «te he pillado» pero John la esquivó como si nada.

—¿Sabes lo que estaba pensando? Mucha gente que viene de camping no se acuerda de lo aburrido que es y se les olvida traer alguna revista o un libro para leer. Creo que deberías vender revistas, ganarías mucho con ellas. —A continuación puso las chocolatinas en el mostrador y empezó a buscar dinero en los bolsillos—. ¿Cuánto te debo?.

Vimos a mi madre mirando las chocolatinas y luego a la cara de John como si no pudiera decidir si cabrearse o tomarlo en serio.

—¿Crees que las revistas se venderían bien? —preguntó por fin mi madre.

—Sí, claro —dijo John—. Pon algunas de surf. Vienen muchos surfistas al camping y seguro que les gustaría comprar alguna revista. Yo las compraría y seguro que Darren y Jess también. ¿Cuánto es todo esto?

Mi madre le sonrió como si le hiciese gracia lo pícaro que era y eso que hacía solo unos días me había echado una bronca enorme por coger cosas de la tienda ya que luego no le cuadraba el inventario. Pero le hizo pagar.

Mi madre probó con unas pocas revistas al principio y se vendieron muy bien. Al poco tiempo pusimos una estantería con periódicos y revistas. John todos los meses le compraba la revista *Surfers* y la llevaba a la caravana para que la leyésemos juntos. Mientras cogía la revista se metía una chocolatina en el bolsillo a escondidas. John nunca se olvidaba de nada así que no se olvidó de la conversación con mi madre y por eso compraba la revista todos los meses. Con el tiempo hubo cosas que me habría gustado que John no recordase, pero no fue así. El cabrón se acordaba de todo.

CAPÍTULO DIEZ

E scribió su número de teléfono en un posavasos de la barra del bar y se lo dio a Jim. Luego se había maldecido a sí misma por el cliché del móvil que no sonaba. Y aunque últimamente eso fuese algo normal, no se acostumbraba. Por aquel entonces trabajaba en el hospital observando las sesiones de psicólogos con sus pacientes todo el día. Al acabar cada sesión miraba su móvil en busca de mensajes y había muchos, de su hermana enviándole fotos de su bebé, de su madre para ver cómo estaba, pero ninguno de Jim. Al cabo de dos semanas, se dijo a sí misma que lo tenía que olvidar. Pudo haber sucedido, pero no fue así. Y ahora qué había pasado tanto tiempo, menos.

Eran las cuatro de la tarde de un viernes cuando llamó. La última sesión en el hospital se había cancelado así que estaba en casa. Reconoció la voz enseguida.

—He estado leyendo.

—Una buena manera de mantener la agilidad mental —dijo, no quería parecer muy interesada—. ¿Has leído algo interesante?

—Por el nombre del artículo igual no te lo parezca, pero escucha: Donald Dutton y Arthur Aaron. ¿Has oído hablar de ellos?

—Creo que no, no me suenan.

—Eso esperaba.

—¿Qué pasa con ellos?

—Son una pareja de americanos que querían ayudar a tipos feos como yo. Hicieron un experimento.

Natalie no dijo que no le parecía feo pero el pensamiento sí que se le cruzó por la cabeza.

—Encontraron una pasarela suspendida que cruzaba un cañón, a lo tipo Indiana Jones y el templo de no sé qué. Luego pusieron a una investigadora en el puente, una investigadora muy atractiva —hizo una pausa—, gran escote, minifalda, piernas bonitas. Ya sabes a lo que me refiero.

—Creo que entiendo lo que significa atractiva. —Se había levantado y ahora estaba en el cuarto de baño mirándose al espejo, su reflejo mostraba sus mejillas sonrosadas al oír la voz de Jim. Se soltó el pelo.

—Vale. Como te iba diciendo, esta guapa investigadora, esta guapísima investigadora, tenía que parar a los hombres que estuviesen cruzando este aterrador puente y hacerles unas preguntas. Ya sabes a qué me refiero, uno de esos cuestionarios en los que tienes que interpretar imágenes ambiguas y líneas onduladas. Los hombres tenían que decir lo que veían y cómo interpretaban las imágenes. Cuando acababan, la investigadora les daba su número de teléfono en caso de que tuviesen alguna duda y quisiesen hablar con ella. Seguro que esto es lo que hacen normalmente los psicólogos.

—Sí, claro, muy normal.

—Ya me imaginaba. Bueno, la misma mujer hizo el experimento por segunda vez pero en un puente normal. La segunda vez el puente no se movía. Imagínate el puente del libro de Winnie de Pooh, un puente en el que te sientes a salvo y no te da miedo cruzarlo. ¿Sabes la conclusión a la que llegaron?

—A la «Teoría de la atribución errónea» —dijo Natalie, se acordaba de haber leído sobre esto.

—Así que ya lo sabías —dijo Jim un poco desilusionado.

—Si y no —respondió ella rápidamente—. No me acuerdo muy bien, la verdad.

—Vale. Te lo cuento entonces. Lo que descubrieron fue que los hombres a los que entrevistaron en el puente peligroso, el que se movía, eran más propensos a interpretar las imágenes con cierto carácter sexual. También había el doble de posibilidades de que llamasen a la investigadora para pedirle una cita. ¿Qué te parece? Resulta que existe una relación entre el miedo y la atracción sexual.

—¿De verdad?

—Sí. Y ¿sabes cuál es la parte más interesante de la investigación?

—No

—Hicieron el mismo experimento por segunda vez pero al revés. La segunda vez no fueron hombres a los que entrevistaron sino mujeres y llegaron a los mismos resultados. Las mujeres demostraron estar en un estado de estimulación mayor en el puente que se movía, lo que les hacía pensar más en sexo. Y había más probabilidades de que encontrasen al investigador más atractivo.

—Es muy interesante —dijo Natalie—. Intentaré acordarme si algún día me encuentro a un hombre atractivo en un puente.

—Sí, creo que te será útil.

—Gracias. —Le pareció por un momento que esto era todo lo que quería contarle. Pero Jim continuó rápidamente.

—Aunque no te he llamado para esto. ¿Estás ocupada esta noche? Conozco un restaurante que está muy bien.

—¿Esta noche?

—¿Te he avisado con poco tiempo?

Natalie pensó en los libros, en la botella de vino en la nevera, la mitad era para ella y la otra mitad para su compañera de piso.

—Bueno, no.

—Menos mal, porque ya lo he reservado. Solo hay un problema.

—¿Cuál?

—El restaurante está en Irlanda —Jim no le dejó tiempo para reaccionar—. La verdad es que eso no es problema, no te lo había contado pero me acabo de comprar un helicóptero. El problema es que es de segunda mano puede ser un poco ruidoso y a lo mejor se mueve mucho. A lo mejor se nos cae alguna pieza importante por el camino. Puede dar un poco de miedo.

—Para, para, ¿qué estás diciendo?

—Has montado en helicóptero antes ¿no?

—¿Qué? No.

—Ah, entonces te dará miedo, seguro. Volar sobre el océano, con esas olas. Deberás tener cuidado para no dejar que la teoría de la atribución esa te afecte.

Natalie dijo lo primero que se le vino a la cabeza.

—Haré lo que pueda. —Se preguntaba si él notó la sonrisa en su voz.

—Te veo en el aeropuerto en una hora.

—¡¿Una hora?!

No le dio mucho tiempo para arreglarse pero Natalie no quería llegar tarde. Se duchó con la puerta del baño abierta preguntándole a su compañera de piso qué se tenía que poner para una primera cita en helicóptero. Al final decidieron que lo mejor era un vestido de verano con una chaqueta vaquera. Bragas y sujetador a juego, ¡menos mal que tenía un conjunto limpio!

Condujo hasta el aeropuerto tal y como él le había indicado, cogió la carretera que rodea la terminal y que la llevó hasta un aparcamiento pequeño. Al otro lado de la valla del aparcamiento había una serie de helicópteros y avionetas. Jim estaba esperándola al lado de la puerta. Le saludó con la mano y le indicó que se acercase, entonces marcó un código en la puerta y esta se abrió. Natalie se fijó en lo que llevaba y se alegró de haberse puesto el vestido y la chaqueta vaquera. Jim llevaba unos vaqueros, unas deportivas y una camisa de manga corta con el último botón desabrochado.

—Esta es mi chica.

Natalie pensó que se refería a ella pero enseguida se dio cuenta de que estaba señalando a un helicóptero parado en el asfalto. Jim la guio hasta él y Natalie se sorprendió al ver que era más grande de lo que se esperaba. Las hélices estaban tan bajas que podía tocarlas. Jim abrió la puerta y la dejó pasar primero pero no la ayudó a subir.

—Como ya te dije es de segunda mano, pero lo han revisado muy bien y está en muy buenas condiciones —le dijo Jim mientras se sentaba en el asiento del piloto.

A continuación, cogió unos auriculares y le dio otros a Natalie. Aunque todavía estaban en el suelo, Natalie ya se sentía como si estuviesen volando. Las ventanillas de los lados estaban mucho más bajas que las de los coches, para verlo todo cuando estas volando, pensó Natalie. Pero la verdad es que el interior del helicóptero le sorprendió mucho.

Parecía como un coche, pero un coche de lujo con botones por todos lados y asientos de cuero, no como su Fiat. El olor también era diferente; probablemente sería la gasolina, pensó. Jim habló con alguien por los auriculares y apretó algunos botones, las hélices comenzaron a girar.

—¿Por qué tienes un helicóptero? Quiero decir, ¿con quién vuelas? —Se dio cuenta de que oía su voz por los auriculares.

—Gente de negocios, vuelos de placer. Por alguna razón que no comprendo a la gente le gusta sobrevolar sus casas. Hay un contrato muy importante que esperamos conseguir con un parque eólico. — Señaló con el dedo gordo hacia la parte de atrás del helicóptero—. Hay seis asientos detrás que se alquilan. En realidad, somos taxistas de lujo —y a continuación dijo, como si se le hubiera ocurrido en ese instante — pero si la teoría esa del miedo y el sexo te ataca, ahí hay más hueco que en el asiento de atrás de un taxi.

—De momento me estoy consiguiendo controlar.

Jim se encogió de hombros como si hubiera tiempo de sobra.

—Vale, pero ten en cuenta que ni siquiera hemos despegado.

Jim volvió a hablar por la radio. Natalie no entendió la terminología, pero entendió lo esencial y solo asintió cuando se volvió hacia ella y le dijo: —Nos toca.

Las hélices empezaron a hacer mucho más ruido. Era un ruido constante que se metía dentro de los auriculares. A continuación, se movieron para un lado y de repente el suelo se estaba alejando de ellos.

—¡Jesús!

Natalie se agarró al reposabrazos con fuerza mientras veía el aeropuerto desaparecer, dando paso a un campo de golf y después a tan solo campo. La ciudad estaba debajo de ellos y se dirigían hacia el oeste. Natalie podía estimar la velocidad a la que estaban viajando según los coches que veía y también por la rapidez con la que llegaron a la costa.

—Vamos hacia el canal de Bristol y de ahí al Mar de Irlanda —dijo Jim—. Llegaremos en menos de una hora. ¿Tienes hambre?

Natalie se había olvidado completamente de la cena.

—Me entrará el hambre cuando lleguemos.

—Por cierto, estás muy guapa hoy.

—Gracias.

A continuación, Jim dejó de hablar y parecía contento con tan solo concentrarse en el vuelo. De vez en cuando decía algo por la radio a quien estuviese al otro lado y en varias ocasiones Natalie lo miró y lo encontró mirándola de vuelta. Cuando así sucedía, él la sonreía y volvía la mirada de vuelta al horizonte.

Dejaron tierra atrás y comenzaron a sobrevolar el mar. Por alguna razón desconocida Natalie se empezó a sentir menos segura ahora que volaban sobre el mar y empezó a pensar en lo que pasaría si el helicóptero se cayese, cómo sería caer en esa agua negra y cómo de lejos estarían de la costa si tuviesen que nadar hasta ella. Desde la altura en la que se encontraban, a unos cien metros, el océano parecía infinito. Entonces se acordó de lo que él le dijo acerca de cómo se suele confundir la excitación y el miedo con algo sexual. Notó la palanca de mando que salía del suelo del helicóptero. La palanca se extendía en vertical y terminaba entre las piernas de Jim, donde sus manos la agarraban a la altura de la bragueta de sus vaqueros. Cuando Natalie se dio cuenta de que estaba mirando fijamente retiró la vista y notó que se ponía colorada.

El viaje se estaba haciendo largo y el océano era enorme. Por fin aparecieron unas rocas y al lado vieron el faro.

—Ya casi hemos llegado —dijo Jim—. Eso es *Tuskar Rock*, mucha gente se ahogó ahí antes de que construyesen el faro.

Natalie se fijó en las rocas mientras las sobrevolaban. Desde lejos, las rocas parecían negras pero conforme se iban acercando se veía que eran de un verde oscuro debido a la capa de algas que las cubrían. Enseguida, un verde más claro apareció delante de ellos y Jim anunció que volaban sobre tierra firme; habían llegado a Irlanda. Natalie empezó a relajarse y solo en aquel momento se dio cuenta de lo tensa que había estado mientras sobrevolaban el mar. Según Jim se preparaba para el aterrizaje, Natalie se relajaba más y más. Giraron hacia la derecha para acercarse a la costa, pasaron una playa y continuaron tierra adentro donde divisaron un edifico alto con una gran marca roja en su tejado. Sobrevolaron el mar de nuevo pero aquí parecía más claro. La playa tenía arena blanca y fina, parecida a la del Caribe, y en tierra había un campo verde intenso.

—¿No vamos al aeropuerto? —preguntó Natalie.

—No hace falta —respondió Jim. Para mostrarle a lo que se refería giró el helicóptero para que Natalie pudiese ver la playa desde su ventana. Luego se nivelaron y descendieron hacia el césped del edificio; ella pasó de ver solo su techo a verlo desde el suelo, un impresionante edificio pintado de blanco como una casa de campo. Luego, con un ligerísimo toque, los patines del helicóptero tocaron el césped y el peso de la máquina aplastó la hierba. Dejaron de moverse y volvieron a formar parte del mundo normal.

El restaurante era caro, el mantel era grueso y la cubertería brillaba. Las paredes de color crema estaban decoradas tan solo con cuadros abstractos, probablemente para no distraer la atención de la vista que había por las ventanas, donde pequeñas olas rompían en la orilla. Natalie pensaba que lo que más sobresalía era el helicóptero aparcado en el medio del campo, como un recordatorio de que esto de verdad estaba sucediendo.

Un hombre vestido con una chaqueta blanca les mostró su mesa. Parecía que conocía a Jim. A pesar de la vestimenta se comportaba de una manera distendida y cordial con Jim, hasta intercambiaron unas bromas. Tenía un acento que al principio le pareció ridículo a Natalie pero que enseguida se dio cuenta de que era el acento irlandés. El camarero le echó un piropo sin ningún reparo.

—He venido aquí unas cuantas veces —le explicó Jim cuando el camarero los dejó solos—. Los clientes suelen venir aquí para impresionar a sus novias. Se pasan toda la noche diciéndoles lo bueno que está el desayuno. ¿Cómo puede alguien tragarse eso? —siguió Jim.

Hasta ese momento Natalie no había pensado en cuándo iba a volver a casa. Mientras escuchaba a Jim se preguntaba si ella era solo una más que se sentaba enfrente de él a esta mesa a su entera disposición. Se sintió indignada y atrapada en una situación de desventaja.

—¿Blanco o tinto?

—¿Disculpa?

—El vino. Dicen que se debe tomar blanco con el pescado, pero yo digo que hay tomar el que nos apetezca, total nadie nos mira.

—Blanco.

—Buena elección.

El camarero vino a la llamada de Jim y después de un intercambio de opiniones se marchó para ir a buscar la botella.

—¿Entonces siempre funciona?

Él la miró completamente perdido.

—Tus clientes, los que se traen aquí a sus novias en helicóptero. ¿Les funciona? ¿Se quedan las novias a pasar la noche con ellos? —Le sonrió mientras lo decía, dándole a entender que no creía que fuesen sus clientes.

Jim pensó por un momento qué decir y de repente se empezó a reír.

—¿De verdad no me crees? Yo solo he venido a este sitio con clientes, de verdad. Normalmente me siento en el bar bebiendo agua mineral, en caso de que no se les dé bien la cita y tengamos que volver. Por eso conozco a Sean. Somos los únicos que no estamos borrachos llegada la medianoche. —Sonrió y añadió—: beber y volar no es una buena combinación.

El camarero apareció con una cubitera plateada por la que asomaba el corcho de una botella que descansaba en una base de hielo. Quitó el corcho con facilidad y sirvió un poco de vino en la copa de Natalie para que lo catase. Estaba delicioso y así lo afirmó ella. El camarero le llenó la copa y miró a Jim para ver si él quería. Pero Jim puso su mano encima de la copa indicándole que no. El camarero dejó la botella en la cubitera y se fue.

—Respondiendo a tu pregunta —le dijo Jim—. He traído aquí a tres clientes y los tres se han quedado a tomar el desayuno. Está muy bueno, te lo aseguro.

A Natalie no le importó si estaba mintiendo o no y soltó una carcajada. Se estiró para coger la botella y al principio parecía que estaba leyendo la etiqueta sin embargo la giró hacía la copa de Jim y empezó a llenarla de vino.

—Eso espero.

CAPÍTULO ONCE

E ra finales de agosto, habían pasado casi dos años desde que nos mudamos a Gales y estábamos pescando en el muelle. Estábamos intentando pescar lenguados. Teníamos un par de cuerdas para cangrejos que queríamos usar como cebos. No pescábamos a menudo, solo cuando no teníamos otra cosa mejor que hacer. Ese era uno de esos días, gris, con un poco de viento, el terreno enfangado después de varios días de lluvia sin parar. Coger cangrejos era fácil. Primero tenías que bajar por la escalera oxidada del lado del muelle, coger un par de mejillones que crecían en las vigas de madera que sujetaban al muelle, coger una piedra y golpear las conchas hasta que vieras la carnecilla amarillenta de dentro con trozos de concha azulada clavados. Después atabas los mejillones a una cuerda y los echabas al mar. Los cangrejos no tardaban en encontrar a los mejillones, solo había que esperar un rato. Eran tan tontos que se agarraban fuertemente al mejillón incluso mientras levantabas la cuerda y los ponías en el muelle. Si una ráfaga de viento los tiraba de nuevo, ellos insistían en agarrarse a las vigas del muelle y volver a por el mejillón.

La siguiente parte no me gustaba tanto.

No me importaba golpear a los mejillones con las piedras ya sé que están vivos pero parece que no lo están. Matarlos era casi como abrir una nuez. Los cangrejos eran distintos. Tienen ojos y todo e intentan escaparse para esconderse si no los agarras bien. Pero la carne de cangrejo es la mejor para pescar lenguados y para sacar la carne primero hay que matar al cangrejo.

Darren era el mejor matando cangrejos. Su hermano, que era vegetariano y estudiaba veterinaria en la Universidad de Swansea, le había enseñado la técnica. Lo que había que hacer era sujetar al cangrejo por el caparazón y de un solo movimiento clavar y girar la navaja entre medio de los dos ojos. Las patas pataleaban durante unos instantes pero era obvio que morían rápidamente. Así era mucho más fácil abrirles el caparazón o si eran pequeños clavarles el anzuelo. Después echabas la cuerda al mar y aunque te sintieras un poco culpable sabías que esa carne fresca te ayudaría a pescar un lenguado y ese lenguado nos lo comeríamos a la barbacoa. Eso lo justificaba todo. Aun así, yo prefería que fuera Darren el que los matase.

Llevábamos allí una media hora y yo había bajado la escalera a coger más mejillones. Me estaba poniendo los zapatos de nuevo mientras John y yo veíamos a Darren tirar de su cuerda. Había cogido un cangrejo, uno enorme. Estaba agarrado al cebo con una de sus pinzas mientras agitaba la otra en el aire, como si nos quisiera avisar que no nos acercásemos. Como si fuera un depredador peligroso o algo así. Darren cogió la cuerda y la sacudió un par de veces para que el cangrejo se soltase. Se cayó en el muelle y Darren se arrodilló, preparándose para la maniobra.

—¿Por qué lo haces siempre así? —John estaba sentado con la espalda apoyada en un muro.

—Ya te lo he dicho. Ben me dijo que se hacía así. Les duele menos.

No sé muy bien explicar por qué pero parecía que a John le molestaba cuando Darren hablaba de su hermano Ben.

—Yo creo que les duele igual, tiene que doler que te claven la navaja esa en la cabeza.

—Sí, pero no dura tanto. No queremos que sufran.

—Es solo un cangrejo, ¿qué más da?

—Es mejor hacerlo así y ya está —dijo Darren. Ben era nueve años mayor que nosotros y John era el único capaz de atreverse a cuestionar sus métodos.

—A lo mejor eso los hace mejor cebo —dije yo. Había aprendido a detectar los cambios de humor de John pero aún no sabía cómo protegerme de ellos—. A lo mejor desprenden un olor o algo si están heridos y eso hace que el lenguado no se acerque.

—Será al revés ¿no? —dijo John mientras se levantaba—. Piénsalo, si fueras un lenguado preferirías al cangrejo herido porque tendrías menos posibilidades de que te picara. Seguro que lo que quieres es detectar ese aroma ¿no?

A Darren le preocupaba el giro que estaba tomando la conversación. Todavía tenía en la mano el cangrejo que había pillado, en la otra la navaja preparada para matarlo.

—Yo creo que esto, en realidad, tiene que ver con ser justos hacia los cangrejos. Ben dice que deberíamos hacer todo lo posible por no hacerlos sufrir.

Darren no había matado aún al cangrejo, era como si supiese lo que se le avecinaba y no pudiera hacer nada para pararlo.

John no dijo nada pero se agachó hasta estar cara a cara con el cangrejo y se quedó mirándolo un buen rato. A pesar de su situación, el cangrejo estaba intentando comerse un trozo de mejillón que tenía entre sus pinzas.

—A mí no me parece que esté muy preocupado. Míralo, sigue intentando comer y todo.

Teníamos solo dos cañas de pescar, la de John era la mejor con un carrete muy bueno. La de Darren estaba un poco vieja, creo que había sido de su hermano. Mi madre no tenía pasta para comprarme una.

—¡Ya lo tengo! —John estaba todavía agachado mirando al cangrejo —. Vamos a comprobar la idea de Jesse. Sube la cuerda, Jesse, y coge un cangrejo. Pondremos el cangrejo medio vido de Darren en una caña y uno muerto en la otra. Así veremos cuál es el mejor para pescar.

—¡Pero no ha sido idea mía! —protesté.

—¡Claro que lo ha sido! —John lo dijo de manera magnánima como si fuera demasiado generoso para llevarse él todo el mérito. Quise discutir, pero no lo hice. En su lugar fui hacia la cuerda y le di un toquecito. Sentí que pesaba un poco más que cuando la había bajado con el mejillón y supe que había cogido un cangrejo. Se me cruzó por la cabeza pretender que no había nada pero sentía la mirada de John en mi espalda.

—Muy bien, sube la cuerda.

Así lo hice y cuando el cebo salió del agua vimos a un cangrejo agarrado a él, una de sus pinzas llevándose carne de mejillón a la boca.

—Ese nos sirve, tráelo aquí y mátalo, Jesse. Mientras tanto, Darren puede herir al suyo.

Probablemente te estarás preguntando, según te voy contando esto, cómo es posible que no viéramos a John como lo que era. ¿Por qué seguíamos con él en vez de salir pitando? Lo cierto es que no sé la respuesta, simplemente te lo estoy contando tal y como pasó. No es que John fuera un monstruo, más bien era que no llevaba bien lo de acatar los límites. Él buscaba nuestros límites, los intentaba sobrepasar, nos ponía a prueba y nos forzaba a ir más allá de donde nos sentíamos cómodos. No era solo matando cangrejos, era así con todo. Saltar del acantilado más alto, bucear más profundo durante más tiempo, y cuando había olas nos incitaba a coger las más grandes y peligrosas. Lo que fuese que hiciéramos John siempre nos empujaba y eso era, no sé, embriagador. Cargaba el entorno con su encanto y energía. Darren y yo éramos adictos a su compañía porque nos hacía mejores personas. O eso era lo que conseguía que pensásemos.

* * *

—VAMOS, tú puedes. Toma. —John solía llevar un machete de cazador atado al tobillo, lo sacó y me lo dio. Había cogido mi cangrejo y lo había dejado en el suelo del muelle donde seguía comiendo del mejillón, inconsciente de su destino.

—Lo tienes que matar. Si quieres pescar, claro.

John se puso de pie para ver mejor. Ya había notado que su técnica era mucho más cruel que la de Darren. John le clavaba la navaja al cangrejo sin mucha fuerza, lo dejaba ahí en el muelle mientras iba a comprobar las demás cuerdas, o algunas veces simplemente lo partía por la mitad y cogía una parte para la cuerda dejando la otra en el muelle supurando. Yo no sabía cómo hacerlo y sentía el peso de la navaja en mi mano. Primero probé a sujetar la navaja como para apuñalar al cangrejo pero cambié de opinión y la agarré para cortarlo.

—Venga, pínchale. —John me observaba curioso. Me estaba mirando a mí y no al cangrejo.

Cogí la navaja preparado para clavarla mientras sujetaba al cangrejo por el caparazón para evitar que las pinzas me pellizcaran. Puse la punta de la navaja en el cangrejo y apreté un poco, pero el caparazón era demasiado duro para la navaja y me faltaba el valor para apretar más fuerte. En su lugar, levanté la mirada para ver a John. Él asintió con entusiasmo, así que levanté la navaja bastante alto y luego la solté, usando su propio peso para dejarla caer. De esa manera pensé que yo no sería tan responsable.

Pero no funcionó, la punta de la navaja no se clavó, simplemente hizo una grieta de la que empezó a salir un pus amarillo.

—¡Qué asco! —gritó John.

—Mátalo de una vez —dijo Darren.

Un poco horrorizado de haberle hecho daño, moví la cabeza para no mirar y clavé la navaja con fuerza; la giré tal y como había visto hacer a Darren muchas veces. Noté que la navaja se clavaba en la madera que formaba el suelo del muelle.

—Muy bien, ábrelo por la mitad y pínchalo en el anzuelo —dijo John—. Lanza la caña y mientras tanto Darren que hiera al otro cangrejo.

Normalmente no me gustaba tener que poner el cebo en el anzuelo pero esta vez me sentí aliviado por la distracción que me ofreció. Igual que con los mejillones, el trozo de carne en mis manos ya no me parecía un ser vivo con sentimientos, a pesar de no saber si los cangrejos de verdad sienten algo. De todas formas, suspiré con alivio cuando por fin lancé la caña y perdí de vista al cangrejo. Pero Darren todavía tenía el suyo entre sus manos. Él y John lo miraban, ambos con ideas muy distintas.

—Prueba a arrancarle una pata. Le podemos meter el gancho por el hueco de la pata —John sugirió alegremente.

La incertidumbre era evidente en la cara de Darren.

—No sé, Ben dice...

Pero no terminó la frase, sabía que mencionar a Ben en este momento no había sido una buena idea.

—Podríamos arrancarle la pata una vez que esté muerto —sugirió Darren. Los ojos del cangrejo iban de uno a otro, como si estuviera siguiendo la conversación y entendiera que esta era la última oportunidad de Darren.

John reflexionó unos instantes y, a continuación, concluyó.

—Yo creo que en realidad no le importa que le usemos para este experimento. Así por lo menos no es una muerte en vano sino por algo importante.

La decisión estaba tomada y Darren lo sabía.

—Tú sujétalo, Darren, yo voy a ver si puedo aplastarle las patas. — John se agachó al lado de Darren, navaja en mano. John sacó la lengua mientras se concentraba en alinear la navaja con las patas, una vez satisfecho empujó la navaja contra el suelo, pillando las patas entre medias. Se oyó un delicado crujido mientras las patas se desencajaban del resto del cangrejo.

—Suéltalo, a ver si puede andar.

El cangrejo no había reaccionado mucho pero una vez suelto intentó escapar hacia el borde del muelle. Su lado bueno funcionaba bastante bien y consiguió dar unos pasos, pero del otro lado empezó a salir un líquido verdoso.

—Si yo fuera un lenguado me comería este cangrejo, sin ninguna duda —dijo John satisfecho. Dio unos pasos para coger la caña adelantando al pobre cangrejo con facilidad. Lo cogió y tras unos instantes decidiendo su táctica, clavó el anzuelo por uno de los agujeros que había dejado una de las patas y lo empujó hasta que reapareció por la tripa. Soltó el cebo, que osciló de un lado a otro mientras John caminaba hacia el borde del muelle. Colocó el cebo detrás de él, soltó carrete y lanzo el sedal al agua. El cangrejo voló por el aire hasta que al final tocó agua.

—Ahora veremos cuál funciona mejor. —John apoyó la caña contra la barandilla y se sentó en el muelle.

Nadie habló durante un rato. A veces teníamos que esperar un montón hasta que pescábamos algo, otras veces esperábamos durante horas y nada. Todavía nos sobraban unos mejillones pero a mí no me apetecía nada pillar otro cangrejo y notaba por la cara de Darren que a él tampoco. En su lugar, observábamos las dos cañas esperando a ver cuál se movía primero.

—Pescar es un coñazo —dijo John al cabo de quince minutos.

—Ya te digo —contestó Darren con normalidad, como si no hubiera pasado nada.

—¿Cuándo vamos a tener olas otra vez?

—Ni idea.

El surf era nuestra conversación favorita. He leído que una parte de por qué es tan adictivo es porque no lo puedes hacer todos los días. Hay veces que no hay olas durante semanas y no hay nada que puedas hacer. Solo esperar y esperar. Pero sabes que un día las olas volverán. A lo mejor esa teoría es verdad, no lo sé. Lo que sí sé es que no importaba lo que estuviéramos haciendo, al final todo era aburrido en comparación con hacer surf.

—Te apuesto lo que quieras a que tu playa en Australia tiene un surf perfecto ahora mismo —dijo John.

John hacía eso de vez en cuando, hablaba de Australia, o de otros sitios que había leído en alguna revista. La manera que tenía de referirse a esos sitios era como si estuvieran ahí, a la vuelta de la esquina. Como si fuéramos a ir en las próximas vacaciones. Supongo que era porque él sí que iba a conocer esos lugares. De vez en cuando desaparecía durante un par de semanas y cuando regresaba estaba moreno y lleno de historias de cómo son las pirámides por dentro o de lo templada que está el agua en el Caribe incluso en el mes de febrero. Pero para mí aquello me parecía imposible. Sentía que, a veces, hasta me costaba recordar Australia. A veces intentaba recordar la senda de mi casa a la playa pero no lo conseguía, no era capaz de conectar mi memoria de la casa con aquella playa de arena blanca, el mar azul intenso y la jungla verde al fondo. Ya no sé si era un recuerdo o si lo estaba mezclando con las fotos de las revistas de surf que leía sin parar.

—Tenemos que ir allí —continuó John—, cuando seamos mayores y podamos ir de viaje. A Australia o Indonesia, para explorar sitios nuevos y hacer surf en playas donde nadie nunca ha hecho surf antes. Podemos abrir un chiringuito en la playa de Indonesia, eso molaría.

Aquello nos dio qué pensar durante un rato. Todavía nos quedaban años. Estábamos atrapados aquí. Un pueblo con una playa donde las olas tenían que haber sido lo suficientemente grandes como para abrirse paso por el mar de Irlanda antes de llegar a nuestra costa. Era un poco deprimente la verdad. Miré a mi alrededor observando la costa que me resultaba ya tan familiar. La marea estaba baja y la playa era una franja estrecha de arena amarillenta con piedras, una línea de algas negras marcaba la marea alta. Dos o tres personas paseaban por la playa y había un par de grupos haciendo picnics, la mayoría eran clientes del camping. Seguí la mirada hacia el sur, donde la playa se chocaba con unas rocas encima de las cuales había unos acantilados no muy altos de arena rojiza. Los acantilados se curvaban hasta que se perdían de vista dejando solo el verde de los campos sobre el mar en la distancia.

—Podríamos explorar aquí un poco más —dije de repente—. Igual hay olas mejores por ahí. Mejores que en la playa del pueblo, al menos.

Darren me siguió con la mirada hacia el sur y cuando habló se le notaba la preocupación—: No, no podemos ir allí. No está permitido.

—Ya sé que no está permitido —dije molesto. Había estado mirando el terreno que continuaba durante varios kilómetros hacia el sur de la playa del pueblo. Era todo propiedad privada y el dueño había puesto verjas por todas partes. Incluso el sendero costero tenía que desviarse tierra adentro para rodear esa zona.

—Todo el mundo sabe que allí no se puede ir. Es propiedad privada —reiteró Darren.

—Ya, ya lo sé. No me refería a entrar en la finca. Quiero decir no sé, pasada la finca.

—Pero ¿cómo vamos a llegar hasta allí? Son kilómetros y kilómetros …—Darren comenzó a explicar, pero John lo cortó de repente.

—Cállate ya Darren, ya lo pillamos.

Darren cerró la boca y miró a John nervioso. Sé perfectamente cómo se sentía.

John tenía ahora la mirada fija en la zona sur también, donde los acantilados al final de la playa del pueblo desaparecían alrededor de un pequeño peñón.

—Bueno ¿no puede ser tan privado no? No para los lugareños como nosotros —preguntó John.

Casi protesté de nuevo. No me había referido a explorar la propiedad privada pero la verdad es que tampoco lo había descartado. Había vivido allí un par de años y los tres habíamos explorado toda la zona, nos conocíamos la playa de punta a punta. Habíamos caminado todas las sendas del acantilado hacia el norte; sabíamos de todas las calas y cuevas y de cuáles eran los mejores acantilados para saltar al mar cuando la marea estaba alta. Hasta ese momento siempre habíamos evitado la zona del sur. Pero ahora era ya solo cuestión de tiempo. Si no lo hubiera sabido ya, lo habría deducido por el gesto de John.

LA PUNTA de la caña de John se movió de repente y sin dudarlo un momento John se puso de pie, con las piernas separadas cogió la caña, le dio un tirón y la sujetó con fuerza. La punta se quedó quieta y miramos atentamente durante unos segundos en los que no pasó nada. A continuación, se dobló y John cogió el mango del carrete y empezó a enrollar el sedal. No se molestó en marear al pez ni nada ya que tuvo que emplearse a fondo para asegurarse de coger al pez antes de que se escapara de nuevo al agua. Darren y yo nos inclinamos sobre la barandilla para ver bien lo que fuera que John había pescado. John jadeaba del esfuerzo cuando por fin vimos una forma gris justo por debajo de la superficie del agua tirando del sedal hacia aquí y allá. Salió del agua y se quedó colgado del sedal, quieto excepto por algún movimiento brusco que hacía de vez en cuando. Era un pez enorme, bastante grande teniendo en cuenta que estábamos pescando desde el muelle. John lo subió por encima de la barandilla y rápidamente le clavó el cuchillo en la espina dorsal para evitar que se moviera mucho mientras le quitaba el gancho. No había nada de triunfalismo en el tono de John cuando este habló.

—Bueno chavales, ahí tenéis la prueba. Los cangrejos vivos son los mejores para pescar.

Probablemente fue solo la suerte lo que hizo que el pez escogiera al cangrejo vivo aquel día, quién sabe, a lo mejor las cosas no habrían salido como lo hicieron si hubiera elegido al cangrejo muerto. No lo sé con certeza. Lo que sí sé es que, a partir de ese día, cientos de cangrejos sufrieron por culpa de ese pez.

CAPÍTULO DOCE

Solo habían pasado unas horas desde que Natalie había denunciado la desaparición cuando la policía encontró el coche de Jim.

Dos policías del cuerpo de Cornualles pararon en el aparcamiento de la Playa de Porthtowan, en la costa norte. En su coche se olía el aroma de los dos kebabs que acababan de comprar en la tienda del pueblo. El policía en el asiento del pasajero ya se había comido la mitad de su kebab y tenía un hilillo de salsa bajándole por la barbilla. Fue mientras se lo limpiaba cuando se fijó en el coche. Le dio un codazo a su compañero.

—Mira, un Nissan de color rojo.

—¿Dónde?

—Ahí.

—Vale, coge la lista y compruébalo.

El agente envolvió lo que le quedaba del kebab y estiró el brazo para coger el cuaderno que había en el asiento de atrás. Pasó un par de páginas de notas que había tomado en la reunión de la mañana hasta que encontró la parte que le interesaba. Señaló con el dedo una frase de la página, levantó la vista para comprobar el coche de nuevo y afirmó.

—Sí, ese es el coche. Miró con tristeza hacia el kebab y a continuación abrió la puerta y salió del coche.

—¡Qué dedicación! —le acusó el compañero mientras seguía comiendo.

—Alguien tendrá que luchar contra el crimen.

Según se acercaba al coche sintió el ya familiar crujido de cristales bajo sus pisadas. «Ladronzuelos de mierda». La ventana del pasajero del Nissan estaba rota, miles de cristales como trocitos de hielo yacían esparcidos en el suelo. Miró por la ventana. Vio más cristales rotos pero también había una pila de ropa en el asiento del conductor. Como si alguien se hubiera cambiado en el coche para ir a hacer surf o a nadar en el mar, ambas actividades muy populares en esta zona. Igual para suicidarse, pensó el policía. Los suicidios también eran comunes.

Había una multa de aparcamiento en el parabrisas. El policía tuvo que estirar el cuello para ver cuándo había sido emitida, hacía solo unas horas. Miró dentro del coche de nuevo, pero no encontró evidencia de que se hubiera sacado un ticket de aparcamiento.

La puerta del pasajero estaba abierta y se agachó para investigar. El arranque estaba intacto lo que indicaba que habían entrado en el coche para robar y no se trataba de un coche robado y abandonado. Pensó que los chavales del pueblo se estaban volviendo muy exquisitos a la hora de escoger coches para hacer el macarra. Observó la pila de ropa en el asiento: unos vaqueros, una camiseta y un jersey.

Se puso de pie, volvió al coche a terminarse el kebab y después hizo la llamada.

CAPÍTULO TRECE

Al poco tiempo John apareció en el camping un sábado por la mañana. No había olas y nada interesante en la predicción del tiempo. Por lo menos no estaba lloviendo.

—¿Está tu madre? —preguntó John.

—Ha ido al pueblo —dije, mientras me comía una tostada.

—Genial. —John salió de la cocina y entró en lo que antiguamente había sido el cuarto de estar pero que ahora era la tienda del camping. Los sábados abríamos dos horas por la mañana. Luego tenía el resto del día libre. John dio un par de vueltas por la tienda mientras cogía una chocolatina y una caja pequeña de cereales.

—¿Tienes leche?

—Cógela de la cocina —le dije sabiendo que no iba a pagar—. Así mi madre no se dará cuenta.

—Vale. ¿Dónde está Darren?

Me encogí de hombros desde la puerta.

—Me imagino que aparecerá por aquí en cualquier momento. No hay olas —dije, indicando que no había prisa.

—¿Vendéis mapas?

Pensé por un momento y luego contesté: —Sí, están en el cajón debajo de la caja registradora. ¿Por qué?

—Vamos a ver uno —dijo, sacando uno del cajón y asegurándose de que cubría toda la zona.

Fuimos a la cocina y mientras se metía la chocolatina en la boca abrió el mapa. La mesa no era muy grande así que tuvo que esperar a que yo quitase los platos del desayuno.

—Estamos aquí, ¿no? —dijo señalándolo con el dedo. Me incliné para mirar. Había visto el mapa antes pero nunca me había parado a estudiarlo. Conocía la zona porque la había explorado a pie pero nunca la había visto en un mapa.

John tenía el dedo apuntando al camping, detrás de la media luna de la playa. Hacia el norte estaba el pequeño puerto pesquero y detrás la raya azul del río que cortaba el verde de la tierra. A ambos lados del río estaba el pueblo. Nuestro pequeño mundo.

—¿Qué hay aquí? —John señaló a una estrecha zona en la costa al sur de la bahía. Como ya había dicho, esa zona de la bahía era privada, desde el interior hasta la costa. Tampoco había un sendero como el que hay hoy en día y solo se veían carteles que decían «Propiedad privada, prohibida la entrada» hasta el final de la playa. En el interior había un muro de ladrillos construido a lo largo del camino que serpenteaba el perímetro de la finca. Era suficientemente alto para impedir ver lo que había al otro lado. Pero en el mapa los detalles del terreno al otro lado del muro se mostraban con el mismo detalle. Tenía las líneas de contorno que mostraban donde las colinas y los valles se encontraban con el mar; y la costa mostraba los símbolos que indicaban como las rocas continuaban con pequeñas calas y promontorios que iban de una playa a otra.

Me acerqué a John y empecé a estudiar la zona en el mapa donde acababa el terreno rocoso para dar lugar al azul del mar.

—Tenemos que ir a esta zona suroeste, ahí es más probable que haya olas más grandes —dijo John.

—O que tenga rocas planas debajo del agua, allí se crean olas enormes —asentí yo.

—Si miramos ahora, cuando no hay olas, tendremos que ser capaces de detectar dónde funcionará cuando golpee una ola.

—¿Crees que lo podremos ver? —pregunté.

—Sí, claro que sí.

—Mira aquí. —Señalé un pequeño pliegue en la costa, una pequeña entrada en las rocas donde la corriente había tallado una muesca—. Me apuesto lo que quieras a que hay una ola que rompe allí. Seguro que es increíble.

Darren ya había llegado y sin decir nada había llenado la tetera, la había puesto en el fogón de la cocina y había echado tres bolsas de té en tres tazas.

—¿Qué hacemos? —preguntó.

—Vamos a visitar este lugar — dijo John señalando con el dedo en el mapa. Su voz sonaba llena de energía y entusiasmo.

Darren se acercó inclinando la cabeza hacia un lado para ver mejor.

—¿Cómo?

—¿Qué quieres decir con cómo? Pues andando.

—Pero es propiedad privada. No podemos entrar.

A veces Darren se olvidaba de las cosas que ya habían pasado o las conversaciones que ya habíamos tenido.

—¿Qué te dije la semana pasada, Darren? Está prohibido solo para los turistas. Nosotros no vamos a hacer nada malo.

Darren lo pensó por un momento y su cara parecía como que era John el que no lo entendía.

—Pero el dueño es ese señor viejo, ese que dispara a los que entran en sus tierras. Eso es lo que dice mi padre; un amigo suyo solía trabajar ahí y por eso lo sabe. Además, vio cómo disparaba a alguien una vez o algo así.

Darren no solía hablar tanto, solamente lo hacía cuando creía que era necesario y eso nos hizo pensar por un momento.

—¿Quién es el señor ese? —pregunté.

—No sé, es un hombre viejo y loco. Al parecer su familia murió. Dicen que lo único que hace es caminar todo el día por sus tierras con su escopeta en la mano, disparando a cualquiera que se atreva a entrar. Todo el mundo en el pueblo lo sabe.

No importaba lo mucho que John estuviera al tanto de los cotilleos de la zona. No cabía duda de que Darren era del pueblo. Todos sus familiares y antecesores habían nacido allí. Estaba claro que los forasteros éramos John y yo y si Darren decía que no debíamos ir, yo le apoyaría. Quizá hubiéramos podido ir a pescar otra vez o a ver quién lanzaba las piedras más lejos en el mar. La misma mierda de siempre. Pero en esa ocasión John estaba ahí y no iba a desistir tan fácilmente.

—No puedes disparar a nadie ni siquiera en tu propiedad. Seguro que solo dispara a los conejos.

—Eso no es lo que dice mi padre —contestó Darren negando con la cabeza, dando a entender que no iba a ceder.

—Tu padre no quiere que vayas allí. Está intentando controlarte.

—No, no es eso. Todo el mundo conoce la historia.

John estaba sonriendo. Le encantaba cuando la gente discutía con él. Era obvio que John iba a ganar.

—Bueno, si es tan viejo como dices no verá muy bien, así que no se dará cuenta de que hemos entrado —continuó sin darnos tiempo a responder—. Y no podrá correr ni perseguirnos. Además somos más, podríamos con él.

—A lo mejor tiene perros, ¿también nos vamos a escapar de ellos? —lo dije sin pensar. No me gustaba estar en el medio de la discusión, pero sabía que eso no se iba acabar ahí. Si John ganaba, cuando John ganase, íbamos a tener que ir y quería estar preparado para todo lo que nos pudiera pasar—. ¿Tiene perros? —pregunté, mirando a Darren.

—Claro que no. Los habríamos oído ladrar. Como dice Darren es solo un pobre hombre que no ve bien. Todo el mundo lo sabe —John respondió por Darren.

John y yo miramos a Darren esperando confirmación. Darren era demasiado honesto para mentir.

—No he oído hablar de ningún perro.

—Pues entonces ya está decidido —dijo John.

Nos pusimos a examinar el mapa de nuevo. Esta vez no solo estaba escaneando en busca de posibles puntos de surf sino examinándolo como si fuera territorio enemigo.

—Pero ¿cómo vamos a llegar hasta allí? —preguntó Darren—. No se ve ningún camino ni nada parecido.

Como ya os he dicho por aquel entonces no habían abierto el sendero de la costa y el mapa no indicaba ningún camino.

—A lo mejor podemos subir por las rocas. Así nadie nos verá —dije esperando que fuese verdad—. ¿Está muy lejos?

John calculó la distancia mirando la escala del mapa.

—A unas 5 millas de la próxima bahía.

—No vamos a poder llegar muy lejos andando por las rocas —dijo Darren.

—Bueno, veamos hasta donde llegamos. —John se estaba cansando de esta conversación—. Cuando ya no podamos caminar más nos volvemos y ya está.

Y con eso se nos acabaron las excusas a Darren y a mí.

—Venga, tenemos que llevar agua y algo para comer. Vamos a pillarlo de la tienda y la tendrás que cerrar más pronto hoy, Jesse. De todas maneras tu madre no está así que no se va a enterar.

Aún era pronto cuando caminábamos por la playa hacia las rocas en el lado sur. Había un pequeño camino que llevaba al final del promontorio y la gente lo usaba para pasear, pero pasado el promontorio solo había zarzas y arbustos que impedían seguir más allá. Allí había una señal enorme que decía «privado» en letras enormes y rojas; era imposible no verlo. Esperamos hasta que no hubiese nadie y traspasamos la señal a través de zarzas que eran más altas que nosotros. Pero unos pocos metros después eran tan espesas que no podíamos atravesarlas.

Darren intentó pasar a través de una, dando patadas a los troncos intentando romperlos, pero sus piernas desnudas y delgadas empezaron a sangrar llenas de arañazos.

—Es imposible pasar —se rindió.

Pero no nos habíamos dado cuenta de lo que John estaba haciendo, buscando algo en su mochila. Sacó un cuchillo enorme y curvado, como los que usan los exploradores en las pelis. A John le encantaban los cuchillos, tenía una colección enorme.

—Apártate —dijo y empezó a cortar las zarzas.

Aun así, no era fácil, nos pidió que le ayudásemos, apartando las ramas para que pudiese acceder a los troncos y después tirando poco a poco hasta que conseguimos sacarlas del ensortijado de troncos. Una vez sueltas retrocedimos como pudimos y las echamos fuera, limpiándonos la resina blanca que nos manchaba las manos. Así seguimos un buen rato y al final John consiguió abrir un hueco, una especie de túnel en la base de las zarzas. Cuando atravesamos la capa externa de las plantas vimos con alivio que el arbusto era mucho menos espeso. Ahí solo había un par de troncos finos con las ramas saliendo a la altura de nuestras cabezas. El suelo estaba cubierto por una capa de ramas caídas ya pudriéndose. No había camino pero si nos manteníamos dentro del arbusto podíamos seguir avanzando y John solo tuvo que sacar el machete de vez en cuando.

En algunos tramos el techo de zarzas era tan denso que casi caminábamos en oscuridad pero en otras partes, no tan densas, se vislumbraban destellos de luz que atravesaban por los huecos. John continuó abriendo camino todo lo que pudo y entonces empezó a atacar las ramas de una de esas secciones. Estaba cabreado y soltando tacos. Supongo que estaría ya harto de que se le clavaran espinas en las piernas. De repente, su cabeza y su torso desaparecieron entre los arbustos y a continuación sus piernas. Hubo silencio absoluto por un momento.

—John —le grité entre dientes. Iba detrás de él y Darren detrás de mí.

Nada.

—John —le llamé un poco más alto, temiendo oír un disparo en cualquier momento.

Su cabeza apareció entre los arbustos. Se puso el dedo en la boca para callarnos y nos hizo una señal para que le siguiéramos.

—Podemos pasar por aquí —susurró—. ¡Vamos!

Me giré buscando a Darren que estaba detrás de mí y, encogiéndose de hombros, me adelantó y se coló por el agujero. No me quería quedar solo así que los seguí.

Enseguida me di cuenta de por qué no debíamos hacer ruido. Habíamos gateado unos 30 metros entre las zarzas y aparecido al otro lado del promontorio. La primera cosa que vimos, en lo alto de una pequeña colina, fue una mansión enorme. Ya no había ni zarzas ni arbustos para escondernos. Entre la casa y el mar nada más que había un césped lleno de parches hechos de grandes rocas grises que sobresalían del terreno. La costa estaba marcada principalmente por rocas negras y menos redondeadas, atravesadas por fisuras y grietas.

En ese sitio estábamos completamente a la vista. Si alguien hubiera mirado por la ventana de la casa nos habría visto. Me entraron ganas de volver a esconderme entre las zarzas.

—Vamos. —John ya se había adelantado—. Bajemos por las rocas donde no se nos vea.

No veía a nadie en la casa pero casi me esperaba sentir el impacto de una bala en el pecho mientras corría hacia la costa donde el césped daba pie a las rocas. Había grietas entre las rocas donde podíamos escondernos y vigilar la casa. Aún no se veía ningún movimiento en la casa ni nadie mirando por las ventanas. Así que uno a uno, corrimos de roca en roca, escondiéndonos. Se veía que no había mucho que correr hasta que estuviéramos fuera del alcance de la vista de cualquiera. Parecía que lo conseguiríamos.

John iba delante, por supuesto. Darren iba ahora en el medio y yo era el último, esperando a que me hicieran la señal de que podía correr hacia la siguiente roca. Hubo un trecho, casi al lado de la casa, donde me llevó por lo menos un minuto correr por el terreno cubierto de pequeñas rocas. John y Darren ya estaban al otro lado y me estaban llamando, mientras vigilaban la casa desde detrás de una roca. Ya estaba a mitad de camino, totalmente expuesto, cuando los oí gritar.

—¡Para! Jesse, agáchate.

No había ningún sitio donde esconderme así que me tiré al suelo intentando fundirme con la hierba. No me atrevía a mirar hacia la casa pero me imaginaba al viejo cargando las balas en el rifle, con el monóculo en su ojo, preparado para disparar. Cerré los ojos y pedí con todas mis fuerzas que el tío fuera tan miope como John había dicho.

—¡Jesse! Venga, rápido.

Abrí los ojos y los vi haciéndome señales para que fuese hacia ellos. Me levanté y sin mirar atrás eché a correr tan rápido como pude, intentando no tropezarme con las piedras que se movían bajo mis pies. Cuando llegué a la roca en la que estaban escondidos John y Darren no podía ni respirar.

—Vi algo —dijo Darren.

Miré a John buscando confirmación.

—Sí, había un hombre, fue del garaje hacia la casa principal. Pero creo que no miró hacia este lado.

—¿Tenía una escopeta? —pregunté. Quería saber cómo de cerca había estado de la muerte.

—Yo no vi ninguna escopeta.

Desde donde estábamos se podía ver la casa con facilidad y eché un buen vistazo pero no vi a nadie.

—Vamos, podemos seguir. En este próximo trecho estaremos fuera de su vista.

John tenía razón. Había un tramo de acantilado y, siempre y cuando nos mantuviésemos al pie de este, no había forma de que nadie pudiera vernos desde la casa. Aunque pareciera de locos seguir adentrándonos más en esas tierras; de ninguna manera quería volver por donde habíamos venido.

Conseguimos llegar al siguiente promontorio sin que nadie nos viese y una vez atravesado, el camino resultó más fácil. No había ninguna casa a la vista y seguimos un camino de ovejas que bordeaba la costa. En algunos tramos, donde la pendiente era muy inclinada, teníamos que bajar por la playa rocosa pero la mayoría del tiempo podíamos andar con normalidad, en fila de uno, John el primero y yo el último. Cuanto más nos alejábamos de la casa, más relajados nos sentíamos y una media hora después llegamos a una zona donde la costa interceptaba el camino. John sacó el mapa y lo abrió apoyándolo en el suelo con cuidado.

—Este es el sitio.

Miramos al mar donde pequeñas olas, demasiado enanas para hacer surf, surgían y rompían en una playa llena de rocas desorganizadas e irregulares, empujando el agua hacia arriba a través de los huecos y luego retrocediendo para dejarla caer nuevamente.

—Pues no me parece gran cosa —dijo Darren sonando un poco aliviado.

—A lo mejor es mejor cuando hay olas de verdad —dije, aunque no lo creía.

John no dijo nada. Simplemente se levantó y lanzó una piedra tan lejos como pudo. Esta rebotó en una roca y cayó al mar sin producir apenas salpicaduras.

—Esto es una porquería, solo hay rocas —dijo Darren—. Vámonos.

John cogió otra piedra y la lanzó. Esta vez llegó más lejos y cayó directamente al mar. No dio ninguna señal de haber oído a Darren.

—Sigamos un poco más lejos. Tiene que haber algo por allí delante.

Empezó a andar y nosotros lo seguimos.

Las rocas eran mucho más llanas y encontramos una zona que parecía buena para la pesca ya que el camino estaba más cerca del agua. Parecía que el agua era más profunda. Aunque el agua era clara y se podía ver el fondo, tenía ese tono verdoso que ves cuando hay profundidad. Había muchas ovejas y nuestra presencia las ponía nerviosas así que corrían para huir y sin quererlo, nos mostraban el camino a seguir. Más adelante había otro promontorio marcado en el mapa, casi a medio camino entre nuestra playa y la siguiente playa hacia el sur, esta ya fuera del límite de la propiedad privada y perteneciente al pueblo de al lado.

—Yo creo que deberíamos volver —dijo Darren cuando nos paramos. Yo estaba de acuerdo, pero John ya había retomado la marcha.

—Vamos a ver que hay más allá de este promontorio y luego nos volvemos —dijo desde donde se encontraba.

Darren no se movió, así que yo lo adelanté.

—Ya que hemos llegado hasta aquí será mejor que echemos un vistazo ¿no? —le dije.

John ya había llegado a la punta del promontorio y se giró hacia nosotros con una sonrisa enorme. Tenía una mirada de triunfo.

—Mirad lo que hay ahí —dijo.

—¿Dónde?

—¡Ahí abajo!

La costa era distinta aquí. De hecho, era bastante insólita. Se veía una pequeña cala, donde un valle se encontraba con el mar. Pero las laderas de este valle estaban mucho más inclinadas, casi como acantilados en vez de laderas que creaban una bahía escondida de la tierra y casi del mar también. Tenía una característica muy extraña en el medio del acantilado del lado norte. Una parte del acantilado se había deslizado del resto pero no había caído por completo. Parecía que esta enorme columna de roca estaba suspendida en equilibrio.

—¡Mola o no! —exclamó John acercándose para investigar.

Alrededor de la roca el terreno se había erosionado y lo único que quedaba era una base pequeña que sujetaba la roca. Parecía como si se pudiese empujar y tirarla al mar. Lo intentamos un par de veces pero era mucho más estable de lo que parecía.

—Parece como que está colgada en el aire.

—Lo llamaremos la «Bahía de la Roca Colgante» —anunció John—. ¿Comemos aquí?

Nos sentamos en la hierba al lado de la Roca Colgante y sacamos las chocolatinas y las patatas fritas que habíamos cogido de la tienda. Era un sitio precioso y privado. Parecía como si estuviésemos solos en el mundo. Nos dimos cuenta de que la parte norte donde estábamos sentados tenía una gran roca plana y enorme que se adentraba hacia el mar.

Era uno de esos días en que el mar estaba raro y cada media hora o así entraban un par de olas. Eso pasaba de vez en cuando en esta zona, no entiendo muy bien por qué. Era como si las olas cambiasen de rumbo, consiguieran evadir a Irlanda y llegar a nuestra costa por el mar de Irlanda. No eran condiciones ideales para hacer surf ya que había que esperar un montón entre ola y ola. Pero nos dimos cuenta de que eran buenas condiciones para observar las mejores zonas para hacer surf. Ahí estábamos tan tranquilos comiendo chocolatinas y observando el mar cuando una de esas olas entró, justo frente a nosotros. Al principio era solo una ondulación en el horizonte y John nos avisó para que mirásemos.

—Mirad esta —dijo John.

Según se iba acercando a la bahía la ola iba creciendo y donde antes había habido solo mar en calma, ahora una pared de agua se iba formando frente a nosotros. Se erguía desde el agua profunda y se empezó a curvar hacia la orilla. Según se iba acercando a la orilla iba creciendo formando una pared cada vez más vertical, hasta que comenzó a romper. Durante unos veinte, tal vez treinta segundos, la ola creció y le salió un labio perfecto que se movía como si una cortina plateada estuviera abriéndose ante nosotros.

Ese set trajo dos olas y nosotros observamos ensimismados cómo la segunda ola siguió el mismo camino que la primera. Era como estar viendo una foto de una de las revistas de John en uno de esos lugares paradisiacos perfectos para el surf. Mirando a la segunda ola nos imaginábamos los giros que haríamos y el sitio donde se curvaba para hacer un giro bajo o de 180 grados. Era alucinante.

—¡No me jodas! —dijo John entusiasmado—. ¡La bahía de la roca colgante tiene olas!

CAPÍTULO CATORCE

El timbre sonó de nuevo. Esta vez, Natalie vio el azul y el plateado de los uniformes a través de la ventana y empezó a temblar según se acercaba al picaporte de la puerta.

—¿Sra. Harrison? —Había dos agentes frente a ella, un hombre y una mujer. La formalidad con la que se dirigían a ella la asustaba.

Fue la mujer la que empezó a hablar. Tendría unos treinta y tantos años, era pelirroja y llevaba el pelo recogido hacia atrás.

—Soy la inspectora Venables, Sue Venables. Este es mi compañero Ian Trunbull, habló con él por teléfono esta mañana. —Ambos le mostraron sus placas.

Detrás de ellos, Natalie vio el coche de policía aparcado en la calle. Era una visión tan extraña en esa calle normalmente tan tranquila que a Natalie le pareció que le habría sorprendido menos si hubieran llegado en una nave espacial. Intentó descifrar el mensaje que le traían fijándose en sus rostros, pero ambos agentes mantenían el semblante en blanco.

—¿Tienen noticias?

La inspectora Venables dudó si decir algo o no pero, en lugar de contestar, hizo una pregunta.

—¿Podemos entrar?

Natalie se sentía confundida pero los dejó pasar. Entraron al pequeño recibidor y se quedaron ahí. El hombre se quitó la gorra e intentó en vano peinarse el pelo.

—Gracias Sra. Harrison. ¿Sería posible sentarnos en algún sitio? ¿En la cocina, quizás?

—Natalie, por favor llámeme Natalie.

Comenzó a andar mostrándoles el camino. Había algo familiar en lo que estaba sucediendo pero no tuvo tiempo de pensar qué podría ser.

La mesa de la cocina era grande y tenía cuatro sillas alrededor. La inspectora sugirió que se sentasen ahí.

—Yo me encargo de hacer el té —dijo antes de que Natalie lo ofreciese, levantando la mano para que Natalie no se preocupase por nada —. Tengo experiencia haciendo tés en cocinas desconocidas —dijo con lo que Natalie asumió era una sonrisa compasiva.

—¿Tienen alguna noticia? —preguntó Natalie de nuevo, sonaba un poco impaciente.

La inspectora Venables no contestó hasta que encontró las bolsas de té y las tazas.

—Sí —contestó por fin.

—¿Qué ha pasado? Soy Sarah, la hermana de Natalie —dijo mientras entraba en la cocina.

Se hicieron las presentaciones por segunda vez y la inspectora Venables pidió a Sarah que se sentase. Tuvieron que mover las sillas para acomodarse todos de nuevo. Sacaron otra taza más de té. Cuando la inspectora terminó de verter el líquido se sentó enfrente de Natalie y empezó a hablar con voz suave.

—Hemos venido para comunicarle que hemos encontrado el coche de su marido. El vehículo ha sido localizado en un aparcamiento de Porthtowan cerca del mar.

Natalie esperó ansiosa el resto de la información deseando que no hubiese ocurrido nada malo.

—Hemos contactado con la policía de Devon y Cornualles para pedirles que busquen en las zonas más frecuentadas por los surfistas —dijo Turnbull como si hubiese sido idea suya.

—¿Han encontrado a Jim? —preguntó Sarah.

La inspectora Venables negó con la cabeza.

—No, me temo que no se encontraba en el vehículo y aún no lo hemos localizado.

Natalie recorrió la habitación con la mirada y reconoció ahora lo que estaba sucediendo. La sensación que había tenido al abrir la puerta era familiar porque era eso lo que pasaba en las películas. Luchó para reprimir el pánico al darse cuenta del papel que le había tocado desempeñar a ella.

—La policía de Devon y Cornualles ha examinado el coche de su marido y han encontrado ropa y zapatos de hombre en el asiento trasero, lo que es consistente con que alguien se haya metido al agua, probablemente para ir a hacer surf. Lamento informarle que han forzado la cerradura y abierto el coche. No hemos encontrado ni el teléfono ni la cartera ni nada que identifique al dueño de la ropa.

La inspectora vaciló antes de continuar.

—Pero me temo que también han encontrado indicios de que el coche lleva allí varias horas.

—¿Qué indicios? —La voz de Sarah entrecortó la turbulenta oscuridad que se cerraba en la mente de Natalie. Le sonaba muy lejana.

—Tiene una multa, del día... —consultó su agenda—, el 3 de noviembre a las 9 en punto. Ah, pues de hoy mismo a las 9 —añadió.

La inspectora les dio unos minutos para que asimilaran lo que les acababan de decir.

—Estamos esperando que nos comuniquen con cuánta frecuencia supervisan ese aparcamiento, sin embargo, tengo que informarle que han inspeccionado la playa y las rocas de alrededor y no han encontrado nada que nos pueda dar ninguna pista. Aparte del coche.

Natalie agarró la taza de té con tal fuerza que casi le quemaba las manos. Quería obligarse a volver a la habitación. Quería romper lo inevitable de esta conversación, este goteo de simples hechos que tan solo llevaban a una conclusión.

—No es su coche, es mío —dijo.

—¿Cómo dice?

—Que el coche es mío. Se lo dejé porque el suyo le estaba dando problemas. Le dije que lo llevaría al taller mientras él estaba fuera.

La inspectora miró a su compañero y luego se giró para mirar a Natalie de nuevo.

—¿Entiende lo que le estamos diciendo, Natalie? Creemos que su marido ha estado en el mar por lo menos seis horas, sino más —y añadió con un tono más suave—, a lo mejor toda la noche.

Natalie asintió con la cabeza. Se sintió castigada, como si hubiera sido estúpida por no darse cuenta de esto.

—Los guardacostas han comenzado una operación de búsqueda y harán todo lo posible para encontrarlo pero en esta época del año el agua está muy fría. Lamento mucho tener que decirle esto.

Natalie tenía la boca tan seca que le costaba hablar.

—¿Está... usted cree que él está...?

La inspectora extendió una mano sobre la mesa y la colocó en la muñeca de Natalie.

—Vamos a hacer todo lo posible por encontrarlo.

Natalie miró la mano que yacía sobre su brazo.

—En este momento estamos tratando esto como una operación de búsqueda y rescate. Seguramente su marido lleva un traje de neopreno lo cual extenderá en gran medida el período que puede aguantar en el agua. Además le ayudará a flotar. También tiene su tabla que le sirve de apoyo. Estamos trabajando a contrarreloj pero aún hay esperanza.

De repente la puerta se abrió y entró un niño llorando seguido de otro que tenía un coche rojo de juguete. Ambos corrieron hacia Sarah para contarle las injusticias que habían sufrido a manos del otro. La escena parecía de lo más natural y familiar hasta que los niños notaron la presencia de los policías y ambos se callaron de inmediato. El mayor de los niños, de unos cuatro años, dijo:

—Mamá, ¿por qué ha venido la policía?

—Daniel, te he dicho que esperases en la sala —dijo Sarah mientras los guiaba hacia la otra habitación.

—¿Se ha portado mal la tía Natalie?

—¡Calla, Daniel! Y ven para acá. Deja a tu hermano jugar con el coche un ratito.

Sarah miró a los adultos en la cocina con un gesto de disculpa y se llevó a los niños a la sala. En la cocina reinaba un silencio absoluto que permitía oír la conversación en la habitación de al lado.

—No, la tía no ha hecho nada malo. La policía está ayudándola a encontrar al tío Jim. Ahora tenéis que portaros bien y quedaros aquí.

La inspectora Venables no había apartado la vista de Natalie.

—Vamos a hacer todo lo que podamos para encontrarlo —dijo de nuevo y esta vez apretó el brazo de Natalie.

—¿Cuántos helicópteros?

La inspectora observó a Natalie durante unos instantes intentando descifrar el sentido de la pregunta.

—¿Perdón?

—¿Que cuántos helicópteros? ¿Cuántos han enviado para la búsqueda?

La inspectora miró a su compañero esperando que él supiese la respuesta.

—Yo... no... no lo sé. Eso lo deciden los guardacostas —continuó, ahora ya más resoluta—. Pero estoy segura de que van a hacer todo lo que puedan.

De repente Natalie sintió la necesidad de hacer algo, ya sabía cómo podía ayudar. Además, no tenían mucho tiempo.

—Su socio ayudará en la búsqueda. La empresa tiene helicópteros. Ya se lo había dicho —Natalie miró acusadora al agente de policía. Luego se levantó de un salto y cogió el teléfono que estaba en la encimera de la cocina. Le temblaba tanto la mano que le costó marcar el número correcto. Pensó en los vuelos que había hecho con Jim, por Irlanda y a través del canal de la Mancha. Miró fijamente a la inspectora.

—¿Sabe lo grande que es el mar? ¿Sabe cuánta agua hay? ¿Lo diminuto que se ve todo desde el aire?

El teléfono dio señal.

—¿Dave? Escucha atentamente: han encontrado mi coche en Porthtowan. Sí, en Cornwalles. Creen que Jim fue al agua esta mañana —su voz tembló— y que aún no ha salido.

Se quedó callada por un momento, escuchando mientras el hombre hablaba al otro lado.

—No, no Dave, escucha. Estoy aquí con la policía. Pero necesito que vayas a buscar a Jim. Ahora mismo. Necesito que lo encuentres,

Dave. No puedo perderlo...no de esta manera. Necesito que te subas a un helicóptero y lo busques.

Los inspectores no oían la conversación al otro lado del teléfono así que continuaron tomándose el té a sorbos, sin mirarse, esperando.

—El coordinador de la búsqueda. —Natalie se giró y se le veían lágrimas que rodaban por sus mejillas—. Dave dice que debe haber alguien dirigiendo la búsqueda. Necesita contactarle.

La inspectora dejó su taza en la mesa y no pudo evitar que en su rostro se deslizase una mirada de tristeza pero miró a su compañero y asintió.

—Vale, dale el número, Joe.

Joe tuvo que usar la radio para contactar con la centralita y conseguir el número. Tras unos segundos le dio un número a Natalie. Esta se lo repitió a Dave que esperaba al otro lado del teléfono. A continuación, escuchó lo que Dave le dijo y colgó.

Natalie miró a los dos policías sentados en su cocina bebiendo té.

—Ha dicho que estará sobrevolando la zona en unos 15 minutos.

CAPÍTULO QUINCE

Tuvimos que esperar un tiempo antes de que pudiéramos hacer surf en la Roca Colgante. Algo pasó que hizo que, aunque solo temporalmente, las cosas cambiasen.

Me iba mejor en el instituto. Darren iba conmigo, claro, y quizá en una escuela normal él hubiera estado en otro grupo distinto al mío por eso de que era disléxico, o un poco lento o vete tú a saber qué, pero ese centro era tan pequeño que estábamos todos juntos en una sola clase. Así que yo iba con Darren. Los demás chicos ya se habían acostumbrado un poco a mí pero ninguno hacía surf y yo no estaba interesado en ellos. Había una chica que sí me interesaba. Recuerdo que me fijé en ella el primer día de clase porque era guapísima pero por supuesto no había hablado nunca con ella.

Se llamaba Cara Williams y para ser honesto, decir que era guapa no le hacía justicia. Era más que guapa. Cara era impresionante. No era la típica chica que uno se esperaba encontrar en un pueblo pequeño de Gales. Estoy seguro de que ahora es modelo o algo así, estará casada con un multimillonario con yate y todo. Era delgada y bastante alta ya por aquel entonces, con 14 años. Y tenía pechos de mujer. A veces me resultaba un poco irónico verla ahí con uniforme rodeada de sus amiguitas, esta tía que estaba buenísima rodeada de las más feas del grupo. Con la pequeña diferencia de que ella no se juntaba con las feas sino con las guapas pero a su lado no lo parecían. Cara las eclipsaba a todas.

Igual suena como que estoy exagerando un poco. Bueno, a lo mejor hay partes de mi relato en las que me estoy pasando un poco, pero eso es licencia literaria ¿no? De cualquiera de las maneras, en este tema tienes que creerme. Cara era un pibón.

Y no había nadie en todo el colegio que no lo pensara. Los chicos babeaban al verla. Todos, incluido yo. Algunos, los más honestos, incluso contaban que se hacían pajas pensando en ella pero ya te puedes imaginar que eso lo hacíamos todos, aunque no lo dijéramos. Y no eran los alumnos solos, algunas veces pillé a algún profe mirándola completamente ensimismado y te apuesto lo que quieras a que los profes también se la pelaban pensando en ella. Pero bueno, a pesar de que ya empezaba a haber parejas en mi curso, Cara Williams nunca había salido con ningún chico del instituto. El porqué estaba muy claro, ella era demasiado para nosotros, no merecía la pena ni intentarlo.

Quizá eso hiciera que se sintiera un poco sola. O quizá como yo era de Australia pues era distinto, exótico y por eso la molaba. No es tan imposible de creer ¿no? Con todo el surf que estaba haciendo me estaba poniendo un poco cachas. Total, que no sé exactamente como pasó pero un día ella iba por delante en el pasillo y me di cuenta de que llevaba la cremallera de la mochila abierta. Un par de libros estaban a punto de caerse y casi sin pensármelo le grité.

—¡Eh, Cara!

Según se dio la vuelta para ver quién la llamaba uno de los libros se cayó al suelo. Mi madre siempre me andaba repitiendo lo de que fuera educado así que me agaché para recogerlo.

—Gracias, Jesse —me dijo, con una sonrisa de estas que hace que te olvides de todo. No me sorprendió que supiera mi nombre, eso era normal en un sitio tan pequeño. Lo que me sorprendió fue que lo usara.

Su mano rozó la mía al coger los libros. Hasta ese momento no me había dado cuenta pero hasta las manos las tenía bonitas.

—De nada —dije yo, no sabía muy bien qué hacer así que me di la vuelta para seguir andando.

—Si llego a perder este libro me cae una bronca impresionante —me dijo—, es el libro del profe de Ciencias.

No me había esperado entablar conversación y ya había empezado a caminar. Me di la vuelta para contestar.

—Ya

—Es superestricto con los deberes ¿a que sí?

Se puso la mochila delante para meter el libro y al hacerlo el asa se le enganchó con la blusa y la descolocó un poco, lo suficiente para que se le viese el tirante del sujetador apretándole su piel suave.

—Eso he oído —contesté.

—¿A ti no te lo parece?

No se me ocurría nada interesante que contestar así que le dije lo primero que me vino a la mente.

—Bueno, en Australia no contaría como uno de los más duros. Más bien sería de los majos.

—¿De verdad?

Se había colocado la mochila a la espalda otra vez y las asas le tiraban un poco de la blusa. Entre dos botones se había abierto un agujerito por donde se le veía un poco el sujetador. Por primera vez durante la conversación me sentí incómodo intentando no mirar.

—O sea que los profesores ¿son mucho más duros?

—Sí, supongo que sí.

Me concentré en mirarle a los ojos pero eso no ayudaba, tenía unos ojos preciosos. Así que decidí mirarle la nariz, aunque también la tenía muy graciosa.

—Iba al cole en una ciudad muy grande donde había un poco de todo, incluidos chicos con problemas. Los profesores tenían que ser muy estrictos.

—Suena horrible.

—No estaba tan mal.

—Y ¿de dónde eras? Ya sé que de Australia, pero ¿de qué parte? —me preguntó ella.

—De la costa dorada, en Queensland.

—Me encantaría ir allí, quiero viajar por todo el mundo. —Cara suspiró con la mirada perdida. Era la primera vez que estaba tan cerca de ella y que hablábamos. Nunca se me había ocurrido que además de ser guapísima era también una persona real con sus sueños y esperanzas. Ese pensamiento me hizo sentir un poco más cómodo.

—¿A sí?

—Claro. Me gusta este pueblo, pero... —Volvió a suspirar así que me concentré en mirarle a los ojos. Te podías perder en esos ojos—... quiero conocer mundo también.

—Yo también —asentí. Habría estado de acuerdo con cualquier cosa que me dijera. Ya me podía haber dicho «quiero que me entierren viva» que yo habría asentido como un idiota.

—Ahora tienes Ciencias ¿no? Estás en mi clase. Por qué no caminamos juntos y mientras me cuentas cosas de Australia.

* * *

NO SÉ si te acordarás de cuando tenías 14 años pero en ese colegio este tipo de relaciones daban un montón de vergüenza. Lo que fuera que estuviera pasando entre nosotros, no lo tenía nada claro, me daba mucho corte. No sabía si quería que fuéramos solo amigos o si íbamos a empezar a salir juntos. Lo que fuera que estaba haciendo Cara, se le notaba que era una experta en ello. Durante las siguientes semanas, lo único que hicimos fue decirnos hola por los pasillos. Algunas veces se las agenciaba para que nos sentáramos juntos en clase o en el comedor pero nunca los dos solos, siempre en grupo. Era como si, poco a poco, me estuviera incluyendo en su pandilla. Cuando los demás hacían coñas de que le gustaba Cara ponía tierra por medio durante unos días y después vuelta a empezar. Poco a poco los de la pandilla se acostumbraron a vernos juntos y simplemente nos veían como amigos. Me imagino que estaría acostumbrada a ser el centro de atención y a que todos hablaran de ella.

Su casa estaba en el pueblo, pasada la casa de Darren. La madre de Darren me había dicho que fuera a cenar a su casa y por eso aquel día nos vimos los tres caminando juntos a la vuelta del colegio, Cara y yo charlando animadamente. Era superraro, en su presencia la mayoría de los chicos no lograban decir dos frases pero ella tenía una manera de hablarme que hacía que me salieran las palabras con mucha facilidad. Puede que yo fuera igual con las demás chicas monas del cole pero con ella era distinto. También ayudaba que Darren estuviera tan cortado como yo debería haberlo estado. Caminaba detrás de nosotros sin decir nada. Pero ni él podía quitarle el ojo a esta preciosa criatura.

—¿Qué haces esta noche? —me preguntó cuando llegamos a casa de Darren.

—No mucho —dije y desearía haber sido un poco más rápido para ver a dónde llegaba aquello.

—Yo tampoco —me dijo—, mis padres han salido y no volverán hasta tarde.

Me echó una sonrisa tan poderosa que casi me derriba y cuando me recuperé solté lo primero que se me ocurrió.

—La verdad es que tengo que hacer deberes de Ciencias, ya sabes cómo es el profe. —Sonreí, como si esa fuera nuestra broma privada que Darren no entendería. En aquel momento pensé que estaba siendo un guay pero ella simplemente miro de refilón a Darren, como si le molestara que todavía estuviera ahí con nosotros.

Esperó un rato, pero al final se encogió de hombros.

—Bueno, pues nada, mañana nos vemos —me echó otra sonrisa, pero esta vez fue más comedida.

—Hasta luego, Jesse. Hasta luego, Darren.

Y se fue colina arriba.

Darren y yo nos quedamos mirándola hasta que desapareció de la vista y solo entonces abrimos la puerta y entramos en casa de Darren. No lo pasé nada bien durante la cena, me estaba arrepintiendo de no haberme ido con Cara. Creo que tenía la sensación de que me iba a arrepentir de ese momento toda la vida. Aun hoy en día pienso lo estúpido que fui por no hacer nada. Es un alivio de vez en cuando preocuparse por estas banalidades, teniendo en cuenta todo lo que sucedió después.

Pero bueno, la semana siguiente me la pasé deseando que la madre de Darren me invitara de nuevo a su casa para así poder caminar con Cara. Esta vez iría con Cara hasta su casa. Mi mente de adolescente se imaginaba toda clase de fantasías que pasarían después.

Darren me las cortó por lo sano.

Estábamos tomando unos bocadillos, sentados en el jardín del colegio, con la espalda apoyada en la verja y las mochilas en el suelo a nuestro lado. Estaba hablando de Cara. A lo que me refiero es que estaba hablando de Cara otra vez. Creo que le estaba diciendo a Darren lo maja que era y que, a pesar de ser tan guapa, en realidad era muy simpática. Supongo que Darren estaba ya harto de oírme.

—Ya sabes que está saliendo con un tío mayor ¿no?

El mundo perfecto que me había construido en mi mente se me vino abajo.

—Quién ¿Cara? —pregunté con desesperación, como si me fuera la vida en ello.

—Pues claro ¡quién va a ser sino! Ella te tiene de amigo solo, vamos que no le molas. Ya lo sabes ¿no?

—Y ¿quién dice que a mí me mola Cara? Yo solo la quiero como amiga —dije con la cara colorada.

—Ya, seguro, Jesse. Les mola a todos los tíos del instituto. ¡No hay más que verla!

Ya os he dicho que todos los tíos andaban detrás de ella pero creo que nunca había conectado eso con el hecho de que ella y yo éramos amigos. No se me había ocurrido que todo el instituto supiera que a mí también me gustaba Cara. Darren tenía esa manera simple y llana de expresarse y lo cierto era que tenía razón.

—Y ¿quién dice que está saliendo con un tío? —pregunté, mi propia voz me sonaba extraña a mí mismo.

—Todo el mundo.

Había oído rumores acerca de Cara prácticamente desde el primer día de curso. Algunas veces los rumores eran tonterías, como que no llevaba sujetador, o que iba a hacer gimnasia en el patio a cierta hora. Otras veces eran cosas más serias, como la de aquel profesor que se fue del colegio porque no era capaz de seguir viviendo con su mujer después de haberle dado clases de mates a Cara, o el rumor de que había perdido la virginidad. Así que no me sorprendió en absoluto que hubiera un rumor en el instituto pero eso no significaba que me lo creyera.

—Mentira.

—No, es verdad.

—Ya, entonces ¿quién es ese tío?

—No sé, no sé cómo se llama. Al parecer es mayor que nosotros. Probablemente tenga coche y todo.

No contesté.

—Vaya tío con suerte, ¿te imaginas poder tirarte a ese pedazo de tía? —Darren continuó. Era peculiar hablar de esa manera, ya que ninguno de nosotros sabíamos cómo sería tirarse a nadie. Pero así era como hablábamos siempre. Como si estuviéramos follando todas las noches.

—Pero ¿cómo lo saben? —pregunté de nuevo. Sentía el pánico apoderándose de mí. Estaba creando excusas en mi mente, razones para creer que este era otro de esos falsos rumores acerca de la pobre Cara. Cara quien, en realidad, estaba secretamente enamorada de mí.

—No sé, se lo habrá dicho a sus amigas.

Según lo dijo, se abrió un hueco en las nubes por el que se coló un rayo de sol que iluminó el instituto. De alguna manera eso hizo que me calmase e incluso pude sonreír un poco. De repente lo vi todo claro. Era muy simple. Había sido la misma Cara quien había empezado ese rumor y yo sabía muy bien por qué. Estaba haciendo lo mismo que había hecho desde el primer día que hablamos. Lo estaba haciendo porque no quería que toda la escuela supiera lo que en realidad sentía por mí.

* * *

AQUEL FIN de semana no había olas pero Darren, John y yo lo pasamos juntos de todas formas. Darren había por fin cedido a las quejas de John y había limpiado la autocaravana. Así que estábamos allí metidos de nuevo. No recuerdo que estuviéramos haciendo mucho en particular pero aun así le dije a Darren que volviera después de cenar. Darren aceptó, por supuesto, pero cuando se lo dije a John esperando la misma respuesta, en su lugar me contestó con evasivas.

—Ya veremos —dijo al principio. Después, como si hubiera cambiado de opinión continuó—: No, esta noche no puedo. Tengo planes.

—¿Qué planes? —pregunté.

—Nada, planes.

—¿Cómo que nada? —No es que pensara que John me lo tuviera que contar todo, era más bien que hasta ese momento no habíamos tenido ninguna razón para no hacerlo. Teníamos dos opciones, hacías lo que querías o lo que tus padres te pedían y no había razón ninguna para no contar esas dos opciones a tus colegas.

—Nada, tengo una cita.

Se notaba que lo intentó decir como si no tuviera importancia pero no lo consiguió. Incluso Darren dejó la revista que estaba leyendo y levantó la vista.

—¿Una cita? —pregunté—, ¿con una chica?

—¡Pues claro que con una chica!

—¿Quién es?

—Nadie, una chica.

—¿De tu colegio? —preguntó Darren, lo que hizo que ambos lo mirásemos como si fuera tonto.

—Darren, voy a un colegio de chicos. Solo hay chicos —dijo John con paciencia.

Hubo un silencio incómodo durante un tiempo pero yo no podía dejar de pensar en ello. Se me ocurrió que nuestra amistad podía entrar en otra fase ahora, una situación en la que ambos, John y yo, salíamos con nuestras novias. Incluso podríamos salir los cuatro juntos como hacían en las pelis, aunque no sabía muy bien lo que eso significaba. Probablemente tendríamos que dejar a Darren de lado, no querríamos tenerle ahí en medio, colgado, diciendo estupideces como la que acababa de soltar.

—Bueno, entonces ¿dónde la has conocido? —pregunté.

Se le notaba que a John le daba vergüenza hablar del tema pero debió darse cuenta de que no le íbamos a dejar en paz así que siguió con tanta normalidad como pudo.

—Viene a mi colegio algunas tardes a clase de música. Toca la flauta o no sé qué —dijo John.

—¡No me lo creo! —Era alucinante porque Cara también tocaba la flauta. La veía algunas veces por los pasillos del cole cargando la caja. La mitad de los chicos se apuntaban a clases de música con la esperanza de estar en la misma clase que ella. Para mí esto significaba que mi novia y la de John tenían algo en común. Podían tocar la flauta juntas mientras John y yo nos íbamos a hacer surf. Perfecto.

—De hecho, yo creo que igual la conoces y todo —John continuó, parecía que le daba menos vergüenza ahora que yo parecía tan entusiasmado con el tema—. Creo que va a tu instituto. Se llama Cara.

Darren se dio cuenta mucho antes que yo. Yo simplemente no me lo podía creer, ¿era posible que tuvieran el mismo nombre y todo?

—No será Cara Williams ¿no? —preguntó Darren.

—Sí, esa, ¿la conoces? —contestó John.

—¿Qué si la conozco? Pues claro que la conozco. ¡Es la tía más buena de todo el instituto! —Darren exclamó mirando a John. John parecía no querer darle importancia.

—¡Joder John! ¡Tienes una cita con Cara Williams! —Darren estaba tan sorprendido que había olvidado que normalmente se sentía un poco intimidado por John—. Y ¿adónde la vas a llevar? —continuó Darren.

—Aún no lo sé —John dijo con preocupación.

Ahora me doy cuenta de que seguramente estaría un poco nervioso. Creo que le habría gustado recibir una segunda opinión pero John sabía que nosotros estábamos bastante verdes en el tema de chicas.

—Supongo que esperaré a ver qué le apetece hacer a ella.

Darren sacudió la cabeza como si no pudiera creer lo que estaba pasando.

—¿Lo oyes, Jesse? John va a salir con Cara Williams! —Darren no lo dijo con maldad ni nada, no estaba intentando recordarme como le había contado palabra por palabra cada conversación que había tenido con ella. Ya se había olvidado de eso. El hecho de que John iba a salir con ella eclipsaba todas las conversaciones que yo había tenido con Cara.

Sentí que me faltaba la respiración. Como si me hubieran empujado de un acantilado hacia el vacío. Pero tenía que contestar. Tenía que decir algo apropiado o si no se darían cuenta del nivel abismal que habían alcanzado mis fantasías sobre ella.

—Ya —casi no me salía la voz—. Sí, está muy bien supongo. Está muy buena. —Vi cómo me temblaba la mano al coger la revista de

Darren intentando fingir que de repente me aburría la conversación. Intenté concentrarme en la foto de una ola perfecta en un mar azulado de algún país lejano pero los ojos se me llenaron de lágrimas y la imagen se volvió borrosa. En aquel momento, lo habría dado todo por estar a miles de millas de allí.

* * *

FUE horrible pasar la noche con Darren pensando en lo que andarían haciendo John y Cara, escuchando a Darren elucubrando. John no dijo nada más acerca de sus planes y nosotros no le preguntamos. Así que nos quedamos ahí, Darren quejándose de lo malas que habían sido las olas últimamente como si eso importase acaso. Como si, de alguna manera, se suponía que la vida tenía que seguir su cauce. Lo único que podía hacer era imaginármelos ahí, en algún restaurante chulo, ella con un vestido negro ajustado, John dando palmaditas para llamar al camarero como si fuera un tío importante. O quizá ella quitándose los zapatos de tacón para poder bailar mejor en alguna discoteca de moda, la gente haciéndoles hueco para que John pudiera girar mientras la levantaba en el aire, su vestido levantándose más y más cuantos más giros daban. Por supuesto que en realidad no hicieron nada de eso. Se fueron al cine y se sentaron en silencio, ambos demasiado cortados para hablar y el padre de ella la recogió a la salida. Pero eso no era lo que yo me imaginaba. Yo no soy de esos que ve siempre el vaso medio vacío, pero aquella noche el vaso estaba seco, no tenía ni una puta gota.

Darren tardó un montón en irse a casa. Cuando por fin se fue me pude ir a la cama. Pasé una noche muy mala, entre insomnio y pesadillas donde veía el culo blanco de John, que tantas veces había visto mientras nos poníamos los trajes de neopreno, moviéndose mientras se la metía a una Cara que daba gemidos de placer en el apartamento de lujo que sabía que John no tenía.

Con el amanecer conseguí recuperar un poco de optimismo. A lo mejor la cita no había ido bien. ¿Igual le había dejado plantado y todo? Esperé a John toda la mañana pero no vino y por supuesto no iba a ir yo a su casa. Me quedé en la mía todo el día y por la tarde Darren me obligó a ir a pescar con él. Igual se había dado cuenta de cómo lo estaba pasando y quería ayudarme.

De hecho, no vimos a John mucho durante un par de semanas. Los rumores en el cole decían que Cara estaba bastante pillada con su nuevo chico, ese que era mayor y conducía un descapotable. También decían que se estaba acostando con él, al parecer se sabía por la manera de andar de Cara. Yo ni me atrevía a mirar.

Está claro que no hablé más con Cara en el cole y ella desde luego no hizo nada por remediarlo. Imagino que ella pensó que con eso de que John y yo éramos colegas era mejor así. Al cabo de los años, cuando ya era capaz de recordar esos momentos sin sentir que me arrancaban el corazón de cuajo, por fin lo entendí. Probablemente habría visto a John por el pueblo y solo se hizo mi amiga para poder llegar a conocerle. Nunca sabré si de verdad tuve una oportunidad con ella aquella noche a la salida de clase. Eso era lo que me torturaba entonces, el pensar que podría haber pasado algo. Haber jodido aquella oportunidad me causó el bajón más grande que tuve desde mi llegada a Gales.

CAPÍTULO DIECISÉIS

A Natalie no le quedaba otra, si no esperar. Su hermana se fue con la promesa de que volvería en cuanto encontrase niñera para los niños. La inspectora se quedó e intentó tomar el control de la situación. Le estaba explicando que ella estaba ahora al frente de la investigación y que el amigo de Natalie, Dave, se había unido a los dos helicópteros y las tres lanchas motoras de los guardacostas de los tres pueblos más cercanos a la zona. Le describió la búsqueda que estaban llevando a cabo y cómo debían tener en cuenta el efecto de las mareas para marcar los límites de la zona. Pero Natalie no estaba prestando mucha atención. Lo único en lo que podía pensar era en ese inmenso mar abierto y lo lejos que podría estar Jim de la costa. Se preguntó qué debe sentir uno ahí en medio del mar, solo, viendo como la luz va desapareciendo poco a poco según anochece y se lleva con ella los últimos vestigios de esperanza.

En ese momento sonó el teléfono de la inspectora. Natalie preguntó qué pasaba pero la policía levantó la mano y negó con la cabeza.

—No, no son noticas lo siento.

Y se fue al otro lado de la habitación para seguir la conversación. Al cabo de unos minutos, colgó. Se giró para mirar a Natalie, se le notaba la incertidumbre en la cara.

—Natalie, debo hacerle una pregunta.

—¿Qué ha pasado? ¿Quién ha llamado?

Parecía que no tenía muchas ganas de continuar, pero lo hizo de todas maneras.

—Era el agente que encontró el coche. Lo han inspeccionado…

—Y ¿qué han encontrado?

La inspectora Venables hizo una pausa, como si estuviera intentando decidir cómo continuar.

—Natalie, le tengo que preguntar una cosa. ¿En qué estado de ánimo se encontraba su marido cuando se marchó? ¿Había algo que le preocupaba, tenían problemas de dinero? —Suavizó su tono para la siguiente pregunta—: ¿Cómo iba su matrimonio? ¿Habían discutido?

Natalie la miró sin parpadear. Los recuerdos le venían a la mente, una imagen en particular grabada tan clara que temía que la inspectora la fuera a ver reflejada en sus ojos.

—No ¿por qué?

La inspectora hizo una pausa antes de continuar.

—Al principio no los vieron porque estaban debajo del asiento, a lo mejor quien fuera que entrase en el coche a robar les dio una patada sin querer o a lo mejor su marido los escondió ahí a propósito. —La inspectora observaba a Natalie.

—¿El qué escondió? —Natalie sentía la mirada de la inspectora fija en ella—. ¡¿Qué escondió?! —preguntó de nuevo.

—Había tres paquetes de analgésicos, de paracetamol, en el suelo del coche. Estaban vacíos. Natalie, ¿estaba Jim bajo medicación por algún motivo en especial?

La pregunta la pilló tan desprevenida que Natalie tardó unos segundos en reaccionar.

—No

—¿Está segura?

—Sí. Bueno, de vez en cuando tiene dolores de cabeza pero nada fuera de lo normal. Lo siento pero no entiendo muy bien, ¿qué está insinuando?

La inspectora no había dejado su teléfono, lo sostenía con ambas manos como si quisiera establecer su peso.

—¿Guarda algún paquete de paracetamol en el coche?

—No

—¿Alguna vez lo ha hecho? ¿Es posible que algunos paquetes vacíos llevaran ahí algún tiempo?

—Creo que no, no recuerdo haberlos puesto ahí.

—¿Está segura?

—No, no lo estoy. ¿No entiendo por qué me lo pregunta?

—Natalie, la cantidad de pastillas que había en esos paquetes …— se detuvo brevemente—, si Jim ingirió esas pastillas solo hay una explicación lógica de lo que estaba intentado conseguir.

—¿Qué? No, ni hablar, Jim nunca haría eso. Pero ¿qué esta insinuando? —Natalie negaba con la cabeza.

—Lo siento Natalie. Debo hacer estas preguntas. ¿Alguna vez ha hecho Jim algo parecido a esto?

—¿Parecido a qué?

—¿Alguna vez ha hablado o se ha comportado de manera suicida? ¿O ha intentado cometer suicido?

—¿Cómo? ¡No! —se notaba el enfado en su voz—. ¡Por supuesto que no!

Natalie se levantó bruscamente de la silla y se dirigió al fregadero. Llevaba la taza en las manos pero le temblaban tanto que cuando intentó enjuagar la taza se le resbaló y cayó en la pila de metal. Se quedó ahí mirándola y a continuación echó un chorreón de líquido lavavajillas en la taza. Pero en vez de fregar la taza se lavó las manos con tanta fuerza que parecía que se iba a arrancar la piel bajo la fría agua del grifo.

CAPÍTULO DIECISIETE

Natalie sabía que necesitaba tiempo. Sentía la presencia de la inspectora detrás de ella, su mirada inquisitiva clavada en su nuca. Respiró hondo e intentó calmarse. No entendía muy bien lo que estaba pasando, pero sentía que como actuase y como la percibiese esta mujer iba a tener un gran impacto en el resto de su vida. Cerró el grifo y poco a poco se dio la vuelta.

—Tuvimos una pelea justo antes de que se fuese. Fue una discusión pequeña, estoy segura de que eso no lo llevaría al suicidio.

La inspectora Venables no dijo nada, esperó a que Natalie continuase.

—Jim ha estado trabajando mucho estos últimos meses. Ha pasado bastante tiempo en Escocia llevando a los trabajadores de las plataformas de petróleo de Aberdeen. Se suponía que sería solo hasta que el negocio se estableciese con clientes aquí en esta zona. Y yo, pues también he estado trabajando mucho, me imagino. Doy clases en la universidad.

—Siga.

—Esto es algo normal en Jim. Desaparece de vez en cuando, sin decir nada, se va a hacer surf. Siempre discutimos por este motivo.

Aunque ya llevaba un tiempo sin irse y yo pensé que igual ya estaba cambiando.

Natalie dejó de hablar por un momento y la inspectora tuvo que indicarle que continuase.

—Jim se cogió unos días libres la semana pasada. Yo tenía que trabajar así que decidimos que iba a aprovechar para pintar la entrada de casa. Y de repente me dice que se va a hacer surf. Yo…, exploté. — Natalie paró por un momento, recordaba perfectamente la discusión. En ese momento se le pasó por la cabeza que esta podía haber sido su última conversación cara a cara con Jim.

* * *

—¿TE vas a hacer surf? —dijo Natalie.

Jim se puso inmediatamente a la defensiva.

—Voy solo unos días. Tú vas a estar trabajando de todas maneras.

—Sí, pero voy a estar aquí por las noches y estaría bien que tú también estuvieses. —Natalie lo fulminó con la mirada hasta que Jim miró hacia otro lado.

—Nat, ya sabes cómo funciona esto. Las condiciones van a ser geniales. Hace un montón de tiempo que no voy al agua.

Natalie sabía perfectamente lo que pasaría. Lo había aprendido desde el principio de la relación. No había nada, ni un solo plan, que no se pudiese cancelar en el último minuto para ir a hacer surf. Al principio, esto le había parecido muy interesante a Natalie. Eso era ser libre. Pero mientras que al principio se había imaginado a los dos dejándolo todo de repente para ir a explorar playas paradisíacas, la realidad era que nada más llegar a la playa Jim se ponía el traje de neopreno y desparecía en el mar durante horas. Natalie tenía todo el tiempo del mundo para explorar, pero sola no era lo mismo, y encima solía hacer frío y demás. Al final acababa en el coche aburrida y esperando.

—¿Y estos viajes cómo los pagamos? Tenemos una hipoteca. Qué sentido tiene que estés trabajando fuera de casa intentando levantar el negocio mientras yo estoy aquí sola, si luego te gastas el dinero en los viajes de surf.

—Me llevo la tienda. Venga Natalie, no voy a gastar dinero.

—Y ¿qué pasa con tu coche? Dijiste que lo ibas a arreglar esta semana.

Jim respiró profundamente antes de contestar.

—Estaba pensando que me podía llevar tu coche, si me lo dejas.

—¡Joder, Jim! A veces eres tan egoísta. ¿Lo sabes?

Al final Jim se fue, como ya sabía que pasaría. Y eso incluso la enfurecía más aún. Jim le prometió que la compensaría, pero Natalie le ignoró a posta. A pesar de todo, incluso antes de que se marchara, Natalie ya se sentía un poco culpable. Sabía que estaba siendo injusta con él, igual que él con ella. Pero en vez de reconocerlo se mostró cada vez más indignada.

* * *

—¿PIENSA que eso no es suficiente para explicar lo del paracetamol? —la inspectora preguntó cuándo Natalie terminó de hablar.

—No, en absoluto. Fue una tontería, una discusión pequeña.

La inspectora Venables la miraba y esperó.

—Jim no es así. No lo es. De verdad. —Natalie sintió que sus ojos rogaban a la inspectora que la creyera.

—¿Qué tal va el negocio? Jim es socio en una compañía de helicópteros, ¿verdad?

Natalie asintió.

—¿Tienen algún problema? ¿De dinero? ¿Algo que le haya tenido preocupado?

—No, que yo sepa, no.

—¿Es posible que le estuviera ocultando algo?

—No lo creo, no me ha dicho nada y además Dave es muy cuidadoso con esas cosas.

—Dave es el socio, ¿verdad? El hombre que está ayudando con la búsqueda.

—Sí.

—¿Cómo es la relación entre Dave y Jim?

—Bien, buena. —Era como si las palabras no le salieran de la boca y le temblaba la voz. Pero la inspectora pareció no notarlo.

—¿Es Jim un hombre callado? ¿Sabría si tiene algún problema o si está preocupado por algo?

—No, quiero decir, sí. Yo lo sabría.

—Y ¿discuten por alguna otra cosa? ¿Tienen otros problemas en su relación?

—No, nada que no le haya contado ya. Mire, ya me ha hecho estas preguntas.

La inspectora levantó la mano para tranquilizarla.

—Ya lo sé. Perdóneme. Es que no encuentro una explicación para las pastillas. A veces, se usa paracetamol para los suicidios pero no es lo normal. De hecho, es bastante extraño. Nunca he visto nada igual. Lo único que estoy intentando es recopilar toda la información que pueda. —La inspectora se giró y miró fijamente a Natalie—: Hay algo que no cuadra.

Natalie sintió la mirada de la inspectora clavada en ella. No era una mirada compasiva. Había duda, claros indicios de sospecha. Quizás eso fue lo que instigó a Natalie a decir lo que dijo a continuación.

—¿Sabe?, creo que igual dejé las pastillas yo en el coche, los paquetes vacíos me refiero. Me temo que no limpio el coche muy a menudo. Estuve tomando paracetamol para el dolor menstrual. —Natalie levantó la mirada para encontrase con la de la inspectora y por un momento se miraron fijamente, sin parpadear.

—¿Tres paquetes?

—No estoy segura, pero eso creo. Como ya le he dicho no tengo el coche muy limpio.

—¿Estaría dispuesta a firmar una declaración? Esto podría ser importante.

—Sí.

—¿Está segura, Natalie? Hace diez minutos me dijo que no estaba segura si las cajas de las pastillas eran suyas. Me parece un poco extraño que ahora esté cambiando de opinión y esté segura de ello.

Natalie sintió como su cara se enrojecía pero continuó.

—Sí, estoy segura. Me sorprendió cuando usted me lo dijo y no me acordaba, eso es todo. Pero ahora estoy segura.

La inspectora la miró por un momento sin decir nada y luego se giró.

—De acuerdo.

CAPÍTULO DIECIOCHO

No es que fuese un gran consuelo pero por lo menos las olas mejoraron mientras John salía con Cara. Entraron olas bastante mejores. Aquí funcionaba así, a veces venían borrascas del Atlántico, una detrás otra. Grandes remolinos de isobaras llenas de lluvia y viento que formaban olas. Cuando eso sucede, es como si el oleaje entrara en una cinta transportadora. Pero lo normal era que pasase lo contrario, un anticiclón que se queda estancado y jode las posibilidades de que entre el surf. Cuando eso pasa, ya sabes que el mar va a estar calmado durante bastante tiempo. Mientras John y Cara salían juntos, tuvimos olas y por primera vez también tuvimos buen tiempo. Estaba soleado, el viento se mantuvo en alta mar, enviándonos olas y dejándolas suaves y limpias. Tal como lo recuerdo, Darren y yo fuimos a hacer surf todos los fines de semana y la mayoría de las tardes al salir de clase, también.

Para entonces la bahía se estaba llenando demasiado. La pandilla de siempre ya se había expandido bastante y veíamos cada vez más personas que llegaban desde la ciudad y desde el sur. Solo se molestaban en venir cuando las olas eran lo suficientemente buenas para la playa del pueblo pero incluso así nos cabreaba. Nos dejaban en paz cuando las olas eran una mierda pero tan pronto como entraban olas decentes, allí se plantaban todos. Aparcaban justo enfrente del camping, diez, quince, a veces veinte coches, cada uno con dos o tres tíos dentro. Y eso era solo entre semana. Cuando llegaba el fin de semana ya era el colmo. El problema era que los pronósticos de surf eran cada vez más fáciles de leer. Cualquier idiota podría ver si se avecinaba un buen oleaje y, si era así, ya se sabía que nuestra playa era a la que había que ir.

El camping no ayudaba, por supuesto. Tenía fama de ser popular entre los surfistas, a quienes les gustaban sus instalaciones básicas. Significaba que ganábamos más dinero pero también había más gente en el agua cuando las olas eran buenas. La bahía era pequeña, recuerda que más o menos nos apañábamos bien cuando estábamos solo los lugareños. Añade otros treinta tíos en el agua, tal vez cuarenta, y comenzaban los problemas con saltarse las olas, con dos surfistas intentando coger la misma ola, en fin, ese tipo de cosas.

Como ya dije, crecí surfeando con multitudes. Realmente a mí no me afectaba eso tanto pero a Darren sí. Él era bastante extraño. Tenía este estilo realmente elegante de hacer surf y no les tenía miedo a las olas pero no le gustaban las multitudes en absoluto. Prefería situarse en las afueras del grupo y esperar a que entrasen olas allí donde nadie más pudiera molestarlo. Era un buen plan cuando la playa estaba tranquila pero cuando venía mucha gente, si te ponías en el borde del grupo, estabas demasiado lejos para coger olas.

Fue por aquel entonces que un sábado apareció este grupo enorme de surfistas mientras Darren y yo estábamos en el agua. Llegaron en dos minibuses con el emblema de la universidad más cercana pintado en el lado. Tenían la baca llena de tablas de surf y hasta una canoa de mierda encaramada en la parte superior. Los vimos desde el agua y vimos que el resto de los surfistas también los observaban, deseando que se quedasen cerca de la orilla donde las olas más pequeñas rompen directamente en la arena, donde juegan los niños. Por supuesto que no sucedió así. Vimos cómo se pusieron los trajes de neopreno y remaron justo hasta donde estábamos nosotros, gritando y bromeando como si no estuviéramos allí.

Normalmente el viejo Gwynn era el tipo más amable que te puedas imaginar y animaba a la gente cuando cogían buenas olas, incluso si no los conocía de nada. Con nosotros, que sí nos conocía, aprovechaba entre ola y ola para preguntarnos como nos iba y demás. Por ejemplo, él sabía lo de John y Cara y pensaba que era graciosísimo que John no hubiera estado haciendo surf durante las últimas semanas, especialmente dado que las condiciones estaban siendo tan buenas. Había estado bromeando con nosotros a su costa antes de que aparecieran los estudiantes. Incluso él dejó de sonreír cuando estos tipos comenzaron a saltarse ola tras ola y a arruinarnos la sesión al resto. El ambiente cambió de inmediato. En parte por la arrogante actitud de los estudiantes pero también porque había demasiada gente en el agua. Gwynn enseguida tuvo una razón buena para cabrearse aún más.

Yo lo vi todo perfectamente. Acababa de coger una ola y estaba remando otra vez hacia el mar. Gwynn estaba justo en la parte de atrás cuando llegó la mejor ola del día. Era una belleza, un poco elevada y se asomaba y doblaba para ofrecer una pared realmente empinada pero gradual, se podía ver que iba a romper perfectamente y no muchas olas hacen eso en la bahía. Era la ola de Gwynn, sin duda alguna. Este se dio la vuelta y comenzó a remar, estaba en el lugar perfecto. Se puso de pie de un salto y dio un paso directo a la nariz de su tablón para colgar su pie sobre el frente. Una gran sonrisa en su rostro, una ola que se alzaba maravillosamente frente a él; el hijo de puta iba a coger la mejor ola del día.

Supongo que tal vez uno de estos estudiantes también lo pensó, porque esperó hasta que Gwynn estuviera correctamente situado, se dio tiempo para ver la situación y, a continuación, se dio la vuelta para coger la ola también. Era imposible que hubiera sido un accidente, que no lo hubiese visto. Tan solo se dio la vuelta y comenzó a remar para coger la ola como si nada. Gwynn le gritó que se quitase de en medio, de la forma en que se supone que debes hacerlo, pero el estudiante le ignoró y siguió adelante. Así que se vieron los dos haciendo surf a lo largo de la misma ola, Gwynn en la punta de su tablón y el estudiante en una tabla corta justo enfrente de él.

Gwynn gritó de nuevo «¡mi ola!».

Sonaba más incrédulo ahora que el chico parecía no darse cuenta de su error y no se había apartado. Vi al estudiante darse la vuelta para mirarle pero aun así no se retiró, simplemente continuó y luego, cuando Gwynn insistió, escuché la respuesta del estudiante, creo que casi todos le oímos.

—Vete a la mierda, viejo —le gritó a Gwynn, luego lo dijo de nuevo haciéndole un corte de manga. Continuó por la ola e hizo un par de giros. La verdad es que era buen surfista, mejor que el resto de los pringados con los que había venido. Apuró el resto de la ola sin dejar hueco a Gwynn, hasta que esta lo alcanzó y lo tiró de la tabla.

Gwynn no iba a permitir esto, no en su playa.

—Eh, hijo, eso no se hace —dijo cuando el estudiante volvió a salir. Todos los demás los estábamos mirando con cautela, sin querer involucrarnos demasiado.

—Compartir es de hermanos, ¿no? —dijo el estudiante surfista.

—¿Qué?

El estudiante no dijo nada, solo trató de ignorar a Gwynn.

—¿Qué? ¿Qué quieres decir? ¿Compartir es de hermanos?

El estudiante murmuró algo que sonó como «que te jodan» pero casi no se le oyó.

—Pero ¿qué dices, chaval? Te has saltado la ola, eso no se hace. Eso lo sabemos todos.

—Que te jodan —dijo el estudiante un poco más fuerte y trató de alejarse un poco.

—¿Adónde crees que vas? —Gwynn cortó el paso con su tabla—. Eso no se hace, no te puedes saltar las olas de los demás. Estoy seguro de que tú ya lo sabes, así que vamos a mantener el buen humor, te disculpas y todos tan amigos. ¿Qué te parece?

Mientras hablaba, el estudiante todavía intentaba remar con su tabla alrededor de Gwynn pero Gwynn lo detuvo e intentó agarrarlo por el hombro. Había visto algunos puñetazos en mi vida pero este fue uno de los más rápidos. El tío arremetió con su puño directo a la cara de Gwynn.

—No me toques, joder. He dicho que te jodan —le gritó al agua donde Gwynn había caído hacia atrás—. Estás cogiendo todas las olas con tu tablón de mierda. ¿Qué tal si te disculpas tú por eso? Hijo de puta.

Cuando Gwynn salió a la superficie, tenía la boca cubierta de un rojo brillante, donde se le había partido el labio.

Un par de nuestra pandilla se habían acercado a Gwynn y lo ayudaron a montarse en su tablón y un par de los otros estudiantes que estaban cerca se acercaron al estudiante e intentaron calmarlo. Por un momento pareció que las cosas se iban a poner feas de verdad pero tal vez estaban estudiando Derecho o algo así y se dieron cuenta de que podrían arrestarles por asalto si se quedaban.

—Oye Graham, tranquilo, ¿vale? No vale la pena —dijo uno de ellos—. Venga, vamos a salirnos, nos piramos de aquí.

Y se salieron. Montaron las tablas en sus putos minibuses y desaparecieron, dejando a Gwynn acostado de espaldas en su tabla tratando de parar la hemorragia del labio.

Igual me equivoco pero creo que fue esa noche cuando volvimos a ver a John por primera vez tras siglos sin verle. Estábamos en la caravana, quiero decir Darren y yo, hablando de lo que había pasado cuando se abrió la puerta y entró John, como si nada.

—¿Qué pasa, chavales? —dijo—. ¿Qué hay de nuevo? —No lo dijo con chulería ni nada, no fue una entrada triunfante. De hecho, tuve la sensación de que sabía que iba a ser un poco incómodo ya que nos había traído unas cosas Puso una bolsa en el centro de la mesa de plástico—. ¿Queréis?

—¿Qué hay? —Darren extendió la mano para abrir la bolsa y John miró sin sentarse.

Darren sacó la bolsa y reveló un paquete de seis cervezas.

—Genial —dijo Darren—. Gran detalle, John. —Cogió una de inmediato y la abrió pero John me miró primero y yo solo me encogí de hombros.

Todavía éramos demasiado jóvenes para comprar alcohol en el pueblo, al menos Darren y yo lo éramos. John a veces podía salirse con la suya.

John se sentó, sacó otra cerveza y me la dio. Yo no la quería, no si venía de él, pero la cogí de todas formas porque no quería que supiera cuánto daño me había hecho. En realidad era una estupidez. Ahora que lo pienso, es obvio que sabían lo que sentía por Cara, pero no querían admitirlo. En teoría John y yo todavía éramos colegas pero, en la práctica, en ese momento, odiaba al hijo de puta. John me sonrió de manera poco convincente y abrió otra cerveza para él. Solo entonces se deslizó detrás de la mesa junto a Darren. Y fue con él con quien habló.

—¿Qué pasa pues?

Darren no perdió el tiempo contándole lo que le había sucedido a Gwynn y a John le vino genial, ya que le dio la oportunidad de encajar de nuevo como si nada hubiera pasado. Se sentó allí como un médico escuchando a un paciente describir sus síntomas.

—¿Sabes qué? Deberíamos ser más como las *Badlands* —dijo John cuando Darren terminó. Parecía cabreado, pero a mí me sonaba un poco falso. Quiero decir, ni siquiera había estado allí. ¿Qué más le daba?

—¿Qué son las *Badlands*?

—¿En serio? Todo el mundo sabe lo que son las *Badlands* —dijo John.

—Pues claro que lo sé —Darren sonaba molesto consigo mismo—. Se me había olvidado.

—Sí, claro. No lo sabes —John se rio—. ¿Cuánto tiempo llevas haciendo surf? ¿Y leyendo todas estas revistas? —John señaló el desastre en el suelo.

—Bueno, realmente no son para leer, ¿no? Más que nada, son para ver las fotos —dijo Darren, lo cual era cierto en realidad. —Entonces —continuó Darren—, ¿qué son las *Badlands*?

John se enderezó antes de continuar.

—Las *Badlands* son este tramo secreto de la costa de Cornwalles. Hay muchos arrecifes y pequeñas bahías y tiene algunas de las olas más increíbles del mundo entero.

—¿Entonces? —Darren tenía un gesto en la cara como que no lo pillaba.

—Entonces, está muy cerca de *Newquay*, que es donde van un millón de pringados de vacaciones y, sin embargo, no se atreven a ir a *Badlands* a hacer surf. Ya saben que las *Badlands* son solo para los lugareños.

—Y, ¿por qué se llaman *Badlands*? —preguntó Darren.

—Porque te pasan cosas malas si vas allí —intervine yo. Era como que Darren nos estaba haciendo parecer estúpidos.

—¿Qué tipo de cosas malas?

—Lo típico. —John estaba empezando a disfrutar con la conversación—. Los lugareños no te dejan pillar ni una ola para empezar. Si lo intentas, te rajan las ruedas del coche o te untan parafina en el parabrisas. Y si eso no es suficiente, simplemente te dan de leches. No un puñetazo como el estudiante de hoy. Una paliza suficientemente gorda para que te pires y se te quiten las ganas de volver en toda tu puta vida.

John tomó un trago de cerveza y echó un eructo. Darren todavía parecía confuso.

—Pero si te rajan los neumáticos, ¿cómo te vas a pirar? Quiero decir, el coche no te va a llevar muy lejos que digamos. Te quedarás atrapado allí.

John suspiró.

—Bueno, solo te rajan una rueda, así que usas la de repuesto para irte a la mierda. Lo importante es que sabes que allí no puedes ir a hacer surf. Y esa es la manera que tienen los lugareños de asegurarse que sus olas sean suyas y de nadie más.

Esto pareció satisfacer a Darren. Terminó su cerveza, siempre bebía rápido y abrió la segunda, que John había alineado frente a nosotros.

—Entonces ¿qué? ¿Vamos a hacer *Badlands* aquí también? —dijo Darren.

—Sí, creo que sí —dijo John, como si hubiera solucionado el problema y eso me molestó.

—Creo que es una idea estúpida.

John se puso un poco colorado.

—¿Por qué?

—Vamos a ser los únicos haciendo esto, ¿no? ¿Poniendo parafina en los parabrisas y dando leches a diestro y siniestro? ¿O vamos a involucrar a Gwynn? Que es el tío más pacífico del mundo. ¿Le explico el plan yo, o se lo cuentas tú?

John pareció por un momento como si fuera a pegarme.

—¿Entonces quieres dejar que cada jodido pringado venga y coja nuestras olas y no hacer nada al respecto? ¿Eso es lo que quieres?

—No. Pero tú ni siquiera viste a esos estudiantes universitarios. Eran un montón y estaban bastante cachas. Y, de todos modos, esto ya no es tu problema; tú estás demasiado liado estos días como para ir a hacer surf. —No había querido decir eso, simplemente me salió e incluso a mí me sonó amargo.

John no dijo nada al principio y cuando lo hizo, su voz sonaba tranquila.

—Bueno, si te refieres a Cara, supongo que es mi problema de nuevo. Hemos terminado.

La mirada confusa volvió a aparecer en la cara de Darren y luego se reemplazó por una de decepción. Aun así fue el primero en hablar.

—¿Has roto con Cara?

—Sí.

—¿Por qué?

John se encogió de hombros.

—No sé. —Se calló por un instante como si no hubiera querido contárnoslo pero luego cambió de idea—. Quiero decir, es bastante guapa y tiene un buen cuerpo, un cuerpazo en realidad... Pero no tiene nada interesante que decir.

—¿No como nosotros, quieres decir? —Darren lo soltó sin ningún rastro de ironía.

—Sí, supongo.

—Es porque a ella no le gusta el surf y eso.

—Sí —John sonaba más seguro esta vez.

Abrí la boca para decir algo pero las palabras se me atragantaron en la garganta. ¿A qué mierda se refería? Nada interesante que decir. Ella quería viajar. Me lo había contado. Pero lo que realmente me dolió fue la confirmación de que John se había acostado con ella. Que él sabía cómo era su cuerpo. Me sentí como si me hubiesen metido varas al rojo vivo por las dos orejas a la vez. La cabeza me retumbaba de dolor de solo oírlo.

—Entonces, ¿ya estás de vuelta con nosotros? —dijo Darren, terminando su segunda cerveza. Intentó un eructo pero no le salió nada, así que se quedó allí sentado abriendo y cerrando la boca como si fuera un pez.

—Sí. Supongo que sí.

—Pues tengo una idea de cómo podemos resolver nuestro problema de las multitudes en la playa del pueblo. —Darren estaba sonriendo ahora. Había pasado de parecer un pez sin cerebro a un astuto gato.

—¿Cómo? —dijo John.

—Vamos a hacer surf a la Roca Colgante.

CAPÍTULO DIECINUEVE

Las horas pasaban lentamente y seguían sin noticias. Natalie abrió la puerta de la terraza y salió al jardín con un cigarrillo entre sus labios. No fumaba desde hacía al menos dos años pero tenía un paquete en un cajón de la cocina que nunca había logrado tirar a la basura. Al principio el viento soplaba demasiado fuerte y no lo podía encender, pero recordó cómo poner las manos alrededor del mechero para protegerlo del aire y pudo dar la primera calada. Un sabor amargo le vino a la boca pero cualquier sensación era mejor que la que sentía.

Se estremeció y miró al cielo, cubierto de nubes. Añadió más nubes con el humo de su cigarro, mientras intentaba no pensar en nada, concentrada en la punta del pitillo que cambiaba de naranja a gris según iba aspirando. Cuando se acabó, lo apagó y volvió al salón. Se tomó otro café y se sentó. Por fin, se dio cuenta del tiempo que hacía fuera. La policía la había intentado avisar al respecto pero ella los había ignorado. Había pensado que daba igual si venía mal tiempo ya que Jim estaría de vuelta antes de que la tormenta llegara. Ahora, según miraba al cielo, observaba un frente borrascoso deslizándose sobre su casa como si se estuviera cerrando el cielo sobre la tierra. Podía incluso sentir la baja presión que había en el centro de la tormenta. Al poco llegó la lluvia. Primero golpeando las ventanas lentamente con gotas tan fuertes que se podían escuchar de una en una y enseguida empezaron a deslizarse formando trazos como si fueran lágrimas. Y con la lluvia llegó el viento.

La tormenta cubrió todo el país pero la zona suroeste fue la más afectada. Al principio hubo rachas de viento que movían las ramas de los árboles y daban silbidos por las calles. Pero no tardó en subir de intensidad. Las tapas de las basuras rodaban por las calles y se disparaban las alarmas de los coches. La gente corría a casa a la vuelta de sus trabajos y empujaba las puertas de sus casas con ambas manos para cerrarlas contra el viento, cuadros tambaleándose en los pasillos y puertas dando portazos mientras tanto. Al anochecer, la tormenta alcanzó su punto cumbre. El viento levantó tejas de los tejados y las mandó volando por el aire, como si fueran cartas de una baraja. Un viejo roble en una calle cercana a la de Natalie, un enorme árbol que había sobrevivido numerosas tormentas, cedió ante esta. Una ráfaga de viento lo levantó del terreno, sus ramas moviéndose como velas de un barco. Cayó sobre un coche aparcado rasgando el techo como si fuera de papel. Fue durante esa tormenta que se halló el cuerpo en la orilla.

* * *

HABÍA algo en la manera en la que la inspectora Venables esperaba aquella mañana en la puerta de la casa de Natalie que hizo que esta supiera que había llegado el fin.

—Lo han encontrado ¿a que sí? —preguntó Natalie ansiosa.

La inspectora contestó cuidadosamente.

—¿Puedo pasar?

Natalie dio un paso atrás y la inspectora entró, rozando su brazo con el de Natalie mientras lo hacía.

—Creemos que sí —dijo por fin cuando se vieron en la cocina. Esta vez no tomaron ni té ni café—. Han encontrado el cuerpo de un hombre esta mañana cerca de Bude, en Devon. La tormenta lo trajo a la orilla. Por la descripción pensamos que se trata de Jim.

Natalie asintió y se restregó los ojos.

—Necesita que identifique el cuerpo —dijo Natalie. La inspectora negó con la cabeza

—Si lo prefiere hay otras personas a las que podemos preguntar.

—No, quiero hacerlo. Quiero verlo.

La inspectora bajó la mirada durante un instante antes de contestar.

—Lo entiendo, Natalie. Pero debo avisarla. El cuerpo ha estado en el mar varios días y con este tiempo… Debe entender que no lo va a ver como lo recuerda. Incluso puede que sea mejor que no lo vea en este estado.

Natalie sentía como si se estuviera desvaneciendo en el aire y se mordió el labio inferior para mantenerse en el presente. Se preguntó por qué no estaba llorando. Se dio cuenta de que la inspectora seguía hablando.

—Siento mucho lo que está pasando. Lo siento de verdad. —La inspectora extendió la mano y tocó la de Natalie y por un extraño motivo este gesto la horrorizó. Sentía que aquella mujer no tenía derecho ninguno a tocarla y quiso arrebatarle la mano pero, preocupada, se dio cuenta de que aquello no sería una reacción normal. La situación ya era bastante difícil sin tener que deducir cómo se suponía que tenía que actuar.

—Quiero verlo, necesito verlo. Para decirle adiós. —Natalie apretó los ojos con fuerza para que se llenaran de lágrimas y con los ojos llorosos vio como la inspectora asentía.

—Lo entiendo.

Había asumido que pedirían una cita, que irían otro día, pero se pusieron en marcha de inmediato en el coche de la inspectora Venables. Ese día no llevaba uniforme y el coche no era de patrulla si no uno normal, pero una vez dentro sonaba el ruido constante de la radio hasta que Venables bajó el volumen. Intentó un par de veces entablar conversación pero Natalie no era capaz de responder. Simplemente miraba hacia delante mientras pensaba en Jim. Intentaba no pensar en la semana anterior. No tardaron en llegar al hospital de North Devon. La entrada al depósito de cadáveres se encontraba en la parte de atrás, fuera de la vista de la entrada principal por donde entraban los vivos.

Natalie se quedó de pie junto a Venables, mientras esta rellenaba los datos de ambas en el libro de visitas. Después se sentaron en la sala de espera, eran las únicas allí. Había una mesa con algunas revistas, todas parecían que habían sido leídas varias veces. Natalie se preguntó cómo es posible que haya gente que este ahí sentada y tenga ganas de hacer algo tan banal como leer una revista. No cogió ninguna y de todas formas no hubo tiempo. La recepcionista entró en la sala y les preguntó si estaban preparadas. Venables le ofreció un brazo a Natalie pero esta lo rechazó.

Pasaron a través de unas puertas dobles a una sala que había visto cientos de veces en películas. Esta vez era ella la que estaba ahí mismo en esa habitación, observando las manchas en el techo y los enchufes en la pared. ¿Para qué servirían? ¿Para enchufar la aspiradora? ¿O para la máquina de cortar cráneos? Estaba intentando pensar en otras cosas para distraerse de lo que iba a ver. Pero era imposible, ya lo podía ver.

En lugar de una larga hilera de cuerpos había solo uno, su marido Jim, un año más joven que ella, tendido en la mesa de metal, su cuerpo frío y rígido cubierto por una sábana verde. Natalie se vio guiada hacia la zona de la cabeza, donde un hombre con gafas y una bata verde de cirujano esperaba instrucciones para destapar el cuerpo. Natalie notó la cantidad de pelo que había en el brazo del cadáver y la marca blanca en la muñeca donde el hombre habría llevado el reloj. Venables miraba fijamente a Natalie y esta asintió levemente.

«Adelante», pensó. «Destruye mi vida. Acepto la pesadilla que está a punto de comenzar».

El médico movió la sábana con un movimiento casi teatral y desveló en un instante la cabeza y el torso del cadáver. Estaba desnudo y tenía la piel llena de manchas moradas, amarillas y marrones. Había un hilillo de sangre que salía de la nariz y las mejillas parecían hinchadas. Tenía la boca abierta y se veía arena entre los dientes rotos. El hombre tenía barba de unos días por la barbilla y el cuello y Natalie recordó que había oído alguna vez que el pelo sigue creciendo una vez muertos. Por eso había ocasiones en las que tenían que afeitar a los cadáveres antes de los entierros. Los ojos eran lo peor. Estaban abiertos pero con la mirada perdida y tenían una especie de cubierta, como la de un pez que está pasado de fecha.

No era Jim, lo supo al instante pero un impulso inexplicable obligó a Natalie a seguir mirando, incluso a estudiar aquella cara. El pelo no era el mismo, era oscuro como el de Jim, pero este hombre tenía entradas y Jim no. También estaba más gordo, se le notaba incluso en la cara. Le invadió la confusión y al mismo momento la necesidad urgente de salir de allí se apoderó de ella. No quería seguir allí.

—No es Jim —dijo y se dio la vuelta para salir.

Venables no escondió su sorpresa.

—Natalie, ¿está segura? Recuerde que las caras pueden parecer distintas…

—No es él, no es Jim, no es Jim, no es Jim… —Natalie se dio cuenta de que estaba llorando y sintió la frustración porque su cuerpo estuviera saboteando sus esfuerzos por mantener la calma y completar este proceso con un poco de dignidad.

—Vale, vale, tranquila —dijo Venables y la rodeó con sus brazos apartándola del cuerpo. Miró al médico y este cubrió el cuerpo, encogiéndose de hombros como si le diera lo mismo si este fuese el cuerpo correcto o no.

—Tenemos la ropa si eso les ayuda en algo —dijo el médico a Venables.

—¿Qué ropa?

—Sí, la ropa. Este vino completamente vestido. ¿Quizá sean capaces de identificar la ropa?

Venables bajó la voz todo lo que pudo, aunque no había manera de que Natalie no lo oyera.

—Me dijeron que llegó con un traje negro de agua.

—Correcto; traje negro, chaleco, corbata y todo. Empapado de agua.

—No, no me refiero a un traje negro de chaqueta sino negro de neopreno. El hombre que buscamos desapareció haciendo surf con un traje negro de neopreno.

—¡Ah! Ya entiendo. Pues no, entonces no va a ser este. A no ser que se cambiara en el agua. —Se le notaba en el tono de voz que la idea le parecía graciosa.

La cara de Venables estaba que echaba ira. Fue a contestar pero miró a Natalie y decidió que era mejor sacarla de allí cuanto antes.

—Lo siento mucho, esto no debería haber sucedido —dijo una vez en el coche de vuelta.

—No pasa nada —dijo Natalie. Se sentía más tranquila ahora,

mirando los árboles deslizarse a través de la ventana.

—Parece que este hombre apareció en el sitio exacto donde los guardacostas esperaban que Jim apareciera. La edad era similar. No se había denunciado ninguna otra desaparición. Creo que a nadie se le ocurrió pensar que ese no fuera su marido. Lo siento.

Venables se calló, no se le ocurría nada más que pudiera decir para mejorar la situación.

—Si quiere poner una queja yo la apoyaré. Creo que lo debería considerar.

Natalie levantó la cabeza y miró a Venables. Le daba la sensación de que aquello era importante para la inspectora, pero no era algo que a ella le interesara. Se sentía aliviada, no enfadada.

—No pasa nada, su trabajo no debe ser fácil. Para ninguno de su equipo. Agradezco todo lo que ha hecho. Y lo que siguen haciendo, usted y todos los demás, los pilotos, los guardacostas, pero sobre todo usted.

—Gracias —contestó Venables.

—Lo siento por quien sea ese y por quien lo esté buscando. Pero por lo menos significa que todavía hay esperanzas, para Jim me refiero.

Y con eso, Natalie fijó su mirada en la de la inspectora, esperando confirmación de que efectivamente no se había perdido la esperanza. Lo único que vio fue a Venables agarrando el volante con fuerza.

—Hay algo más que debo decirle —dijo por fin la inspectora.

—¿El qué?

—Justo antes de salir del hospital hice una llamada para informar que no habías identificado a Jim para que los guardacostas pudieran continuar la búsqueda. Me han informado de que no se va a continuar la búsqueda.

—¿Qué? ¿Por qué no? Todavía sigue ahí en el agua ¿por qué han parado?

—Natalie, entiendo que esto va a ser muy duro de asimilar. Pero una búsqueda como esta solo se continúa si todavía hay alguna posibilidad de encontrar a alguien con vida. Si Jim fue al agua el lunes es prácticamente imposible…—dudó por un segundo y continuó—, me temo que hemos recibido información nueva que parece indicar que eso no es probable.

Natalie sintió una punzada de preocupación cuando oyó la frase «información nueva».

—¿Qué ha pasado? ¿Qué han encontrado?

—Le dije que encontraron el coche con una multa de aparcamiento con fecha de 3 de noviembre. Nosotros asumimos que eso significaba que el coche se había abandonado el 3 y si ese era el caso, indicaba que Jim llevaba en el agua solo unas horas cuando empezó la búsqueda. Un total de 48 horas hasta ahora. Ese es el límite de supervivencia con un traje de neopreno.

—Tenemos que seguir buscándolo —Natalie se sorprendió a si misma por la interrupción—. Jim es muy fuerte. Si alguien puede sobrevivir a esto, es él. ¿Puede hablar con los guardacostas desde la radio esta del coche?

—Natalie, déjeme que termine. Los policías han hablado con el ayuntamiento que puso la multa. Asumieron que los vigilantes del aparcamiento pasarían todos los días varias veces, pero ahora sabemos que no es el caso. De hecho, el operativo que puso la multa al coche de Jim fue el primero en pasar en cuatro días.

La inspectora apartó la mirada de la carretera y se fijó en Natalie, para ver si esta seguía el razonamiento.

—Lo siento mucho Natalie, pero esto significa que es bastante probable que Jim entrara en el agua mucho antes de lo que habíamos pensado en un principio.

Natalie sentía la sangre golpeándole la cabeza. Pensaba como habían hablado el viernes por la noche, el 1 de noviembre. Habían hecho las paces y él había prometido llamarla de nuevo el sábado. Pero nunca llamó. Ahora era miércoles.

—No, eso no es así, no es posible.

—Lo siento. Creo que su amigo sigue con el helicóptero pero ya no forma parte de una operación de búsqueda.

Natalie se quedó mirando a la inspectora, no era capaz de procesar las palabras. Las oía, pero era como si su significado se hubiera despegado del sonido y no pudiera entenderlas.

—No entiendo nada —dijo por fin.

—Lo siento muchísimo, Natalie. Pero se ha ido. Su marido se ha ido para siempre.

CAPÍTULO VEINTE

Iba en el coche de Jim, el olor a cuero de los asientos le recordaba tanto a él que no terminaba de creerse que ya no estuviera. En el taller le habían cambiado los filtros, o quizá una válvula, no estaba segura. Pero le daba igual, no le importaba lo que era ni cuánto costaba. Tan solo entregó la tarjeta de crédito y salió de allí tan rápido como pudo.

Pero ahora conducía despacio, intentando retrasar su llegada a aquel lugar tan familiar. Durante los últimos días se había imaginado varias veces como iría a este encuentro. Ahora que se acercaba el momento ya no estaba segura de qué pensar. Cogió la carretera vieja del aeropuerto, dejo atrás los techos ondulados de metal de las antiguas instalaciones de los pilotos durante la guerra, convertidas ahora en naves industriales y oficinas. Pensó en la última vez que había cogido esta carretera, hacía una semana y qué distinta se había sentido al salir.

Aparcó al lado de una nave, su tejado sin ventanas y ondulado casi rozando el suelo. Sabía que Dave estaba allí, había visto su BMW negro aparcado en la puerta, como siempre. Dave había explicado que él debería quedarse con el mejor aparcamiento porque pasaba más tiempo en la oficina. Era él el que llevaba el papeleo, se encargaba de organizar las manutenciones y de revisar los reglamentos de seguridad que cambiaban constantemente. Ese tipo de tareas no le iban a Jim nada en absoluto. Pero a Jim, siendo como era, le gustaba aparcar en el sitio de Dave, para picarle. Incluso cuando Dave imprimió los nombres respectivos y los pegó en cada hueco, a Jim le daba igual, lo seguía haciendo. Ya no importaba claro, Jim no iba a aparcar allí nunca más. Natalie sintió que se asfixiaba solo de pensarlo. Tuvo que concentrarse y coger fuerzas antes de abrir la puerta y entrar.

Natalie se dirigió a la puerta de la oficina y se asomó por la pequeña ventana que tenía. Dave no la había oído llegar. Estaba sentado a su mesa, mirando la pantalla de su ordenador con cara de concentración. Algo hizo que subiera la mirada y se encontrara con la de Natalie. Ella dijo un triste hola y él se levantó para abrirle la puerta.

Una vez dentro, él no dijo nada. Simplemente abrió sus brazos. Natalie dudó un momento, pero enseguida se acercó y se dejó arropar por sus brazos. Permanecieron así durante un rato, en silencio, él acariciándole el pelo, hasta que ella se apartó y se sentó enfrente de su mesa.

—Se me acabaron las horas de vuelo —dijo Dave—. Ya había hecho más de las que debía y el guardacostas me avisó de que tendrían que informar a las autoridades de aviación si continuaba.

—Ya lo sé —contestó Natalie.

—Mañana ya puedo volar otra vez. Quieres que suba de nuevo… —Natalie estaba negando con la cabeza y Dave se calló.

—Se ha ido Dave, se ha ido.

El asintió lentamente, como si supiera que ese era el caso pero no hubiera estado seguro de si ella lo sabía.

—Lo siento, Natalie, lo siento mucho.

Se quedaron allí un rato, ninguno muy seguro de qué decir. Al final Dave dijo, en un tono bajo y cuidadoso que Natalie ya empezaba a reconocer.

—¿Cómo lo llevas?

Le pilló por sorpresa, no la pregunta, sino su reacción. Le falló la compostura y tan solo consiguió asentir, apretando los labios mientras intentaba contener las lágrimas.

Él se levantó para abrazarla, pero ella se apartó.

—No. Tengo que hablar contigo. He venido para hablar. —Hablaba con la voz firme y el tono un poco frío.

Dave se frotó la cara, pareció sorprendido de notar barba de varios días y no dijo nada. Simplemente asintió, volvió a la silla detrás de su mesa y se sentó. Ella se sentó también, mirándolo. Pero ahora que el momento había llegado, Natalie sintió los nervios apoderándose de ella.

—¿Te ha causado problemas? Desatender el negocio estos días... —dijo Natalie por fin.

Él respondió lentamente, sabía que esto no era de lo que quería hablar ella, pero le contestó de todas formas.

—Un poco. Vamos, no importa, pero bueno, he pedido algún favor que otro.

Ella asintió, mientras buscaba la manera de continuar. Él interrumpió sus pensamientos.

—Uno de los guardacostas me dijo que estas cosas pasan de vez en cuando. No importa lo buen nadador que sea uno, o cuántos años de experiencia tengas haciendo surf. No muy a menudo, pero pasa. —Paró de hablar y la miró, pero ella no contestó—. Ya sé que no ha pasado en el mejor momento.

Natalie lo miró por un instante y a continuación bajó la mirada de nuevo.

—Cómo cambian las cosas en una semana —Dave continuó con un tono de voz ligeramente distinto, al notar hacia donde miraba Natalie. Ella entendió su indirecta pero levantó los ojos y lo miró fijamente una vez más.

—Mentí a la policía Dave, ¡los mentí! —observó a Dave palidecer.

—¿A qué te refieres?

—Encontraron unos paquetes de paracetamol en el coche. Muchos paquetes, todos vacíos. La policía piensa que Jim tomó una sobredosis antes de meterse en el agua.

—¿Qué? ¿Por qué diablos piensan eso?

—Bueno, pensé que a lo mejor tú me lo podrías explicar —le miró fijamente apretando la mandíbula, pero él no dijo nada. Así que ella continuó—. ¿Quizá alguien le dijo que su mujer se había tirado a su compañero de negocios la semana anterior? Eso sería una buena razón, ¿no crees?

Estaban solos en su oficina pero aun así Dave miró a ambos lados y bajó la voz, como si quisiera asegurarse de que nadie los oía.

—Por dios, Natalie —dijo por fin—. No hace falta gritar. Cálmate un poco ¿vale?

Ella lo observó durante unos instantes y tardó en contestar.

—Bueno, entonces ¿tienes algo que decirme o no? Porque no se me ocurre una razón mejor para que Jim se tomara una sobredosis de calmantes.

—Natalie, ¿estás sugiriendo que yo se lo dije? Porque no lo hice, te lo juro. ¿Por qué se lo querría contar?

Natalie no contestó, no tenía respuesta para esa pregunta.

—No lo sé —dijo por fin.

—¡Lo arruinaría todo! El negocio, mi matrimonio… —la miró y continuó—, lo nuestro, lo que quiera que sea esto.

Natalie sentía su respiración agitada pero ahora que se había desahogado se sentía insegura de cómo continuar. Así que no dijo nada y al cabo de un rato Dave le preguntó.

—¿A qué te refieres con que mentiste a la policía?

Esperó a que su respiración se calmase y entonces se lo explicó.

—Les dije que las pastillas eran mías. Firmé la declaración que decía que guardaba las pastillas en la guantera y que llevaba tiempo sin tirar las cajas vacías. Por esa razón no están conectadas a la muerte de Jim lo que implica que Jim no se suicidó. Pero esas cajas no eran mías. No tengo ni idea de cómo acabaron en mi coche.

Dave se frotó la frente, el pensamiento que se formaba en su cabeza no tenía sentido ninguno.

—No, Jim jamás se suicidaría. Incluso si hubiera averiguado lo nuestro. No sé lo que haría, pero suicidarse no me entra en la cabeza. No es posible.

Natalie llevaba tres días pensando lo mismo. En los seis años que llevaban juntos, jamás había visto a Jim estresado o preocupado por nada. Y sonaba normal cuando hablaron el viernes por teléfono. Casi parecía que se le había olvidado la pelea que tuvieron y le comentó que saldrían a cenar cuando volviera, para compensarla por su ausencia.

—En cualquier caso, es imposible que se hubiera enterado —dijo Dave interrumpiendo sus pensamientos.

Natalie lo miró sorprendida. Estaba sentado justo al otro lado del escritorio frente a ella. El escritorio que ahora tenía tanta historia, tanto significado. El escritorio en el que había sido infiel por primera y única vez en su matrimonio.

* * *

DESDE EL PRIMER momento que Jim le había presentado a Dave, esta supo que le gustaba. Estaba claro por la manera en la que evitaba mirarla a los ojos y cómo sentía su mirada siguiéndola por la habitación. Se sentía halagada, era completamente inocente y una buena ayuda para su autoestima. Eran dos tíos que valían mucho, Jim era más guapetón pero Dave no estaba nada mal tampoco. Y ahí estaba ella, capaz de cautivar a uno y atraer la atención del otro. Jim, por supuesto, no se dio cuenta de nada. Estaba más interesado en lo bien que se llevaban Natalie y Elaine, la mujer de Dave. Jim tenía grandes ideas de cómo los cuatro se harían íntimos y serían los padrinos de los niños que tuvieran. Si no fuera por lo trágico de la situación sería divertido ver lo claro que Jim tenía el futuro de los cuatro. Pero ahora se había estropeado todo para siempre.

Ya había comenzado a estropearse la semana pasada.

Jim se había marchado a hacer surf y había dejado unos papeles importantes en su coche. Natalie tenía las llaves porque lo iba a llevar al taller para que le arreglaran una pequeña avería. Por suerte Dave la llamó y le dijo lo de los papeles antes de que dejara el coche en el taller. Quizá, visto como acabó todo, no era tanta la suerte que habían tenido. Natalie había conducido hasta la oficina, estaba anocheciendo. Dave estaba trabajando hasta tarde mientras Jim se lo pasaba bien en el agua. El capullo de Jim.

Ella normalmente no tomaba café a esas horas pero Dave la convenció. Dijo que tenía una larga noche por delante y que necesitaba la cafeína. Quizá incluso implicó que el hecho de que Jim se hubiera marchado dejando los papeles en su coche no había ayudado nada. A lo mejor por eso parecía que ambos tenían un buen motivo para estar cabreados con Jim y ninguno dudó en ser más crítico de lo normal mientras hablaban de él. Pero Dave no prolongó el tema mucho. En su lugar le preguntó a Natalie acerca de ella, cosa que rara vez había hecho antes. Le preguntó qué tal le iba en su puesto nuevo de la universidad y ella le contó con todo detalle mientras el escuchaba atentamente. Le pareció que era la primera vez en mucho tiempo que alguien se interesaba de verdad en ella. Pensó, no por primera vez, en lo majo que era Dave. Jim tenía suerte de trabajar con él. Ella tenía suerte de conocerlo. Dave no era tan interesante como Jim pero era guapo, lo suficiente para notar su presencia si lo viera en una fiesta, y era de fiar. Todo lo que Jim no era. Por alguna razón no estaban sentados, sino apoyados en la mesa. Sus brazos casi rozándose. Se habían acabado el café hacía un buen rato. En ese momento su mente empezó a jugar con ella, preguntándose qué pasaría si se deslizara un poco, lo suficiente para que sus piernas se tocasen. ¿Qué haría él si su hombro se rozara con el suyo?

Entonces supo qué iba a suceder. Podría haberlo detenido, pero no lo hizo. Se miraron y Dave le quitó con cuidado un mechón de pelo que le cubría la cara. Ella trató de detenerlo de la manera menos entusiasta y él le cogió la mano y se la acercó a la cara. Luego se inclinó y supo que iba a besarla. Ella también se inclinó y sus labios se tocaron. Él se giró para apretarse contra ella, sus manos bajaron desde su cara hasta sus pechos, tocándolos a través del sujetador. Ella se separó un poco, desesperada por no querer que nada ni nadie hicieran que ese momento se parara, se quitó el sujetador con destreza y al instante le rodeó con sus brazos mientras buscaba su boca. Y entonces, todo lo que antes había estado en la mesa, papeles y demás, cayó al suelo. Natalie tenía el vestido remangado hasta la cintura, la mano de Dave buscando desesperada la manera de bajarle las bragas, la urgencia de Dave para penetrarla la excitaba y la asustaba a la vez.

* * *

—NO ENTIENDO cómo se podría haber enterado Jim —dijo Dave, arrancándola de golpe de aquel recuerdo.

—Y Elaine, ¿se lo dijiste? ¿es posible que ella lo supiera?

—Pues claro que no, ¿por qué se lo iba a decir?

Se quedaron en silencio unos instantes y entonces ella recordó algo.

—La ventana…

—¿Qué pasa?

—La ventana, recuerdo que te obligué…

No terminó la frase, no hacía falta, era imposible que él se hubiera olvidado.

* * *

CON LA ESPALDA desnuda apoyada en la mesa Natalie echó la cabeza hacia atrás y vio el vacío negro de la noche a través de la ventana, las cortinas abiertas tal y como siempre las tenía Dave. En ese momento vio un reflejo rojo, parecían las luces traseras de un coche atravesando la carretera.

—Para, ¡para!

Le costó trabajo parar, tenía todo su peso echado sobre ella, la bragueta de los pantalones abierta.

—Echa las cortinas, a ver si nos va a ver alguien.

Ella notó como dudaba y se preguntó si intentaría decirle que no se preocupara, que nadie los iba a ver allí, pero en su lugar se levantó y se dirigió a la ventana, jadeando mientras caminaba. Echó las cortinas y se volvió hacia ella, la vio apoyada en la mesa con las piernas separadas, las bragas enrolladas alrededor de su tobillo derecho y apagó la luz. No veía mucho en la oscuridad, pero le oyó volver hacia ella, su respiración todavía agitada. Dave le liberó las bragas del tobillo y comenzó a besarle las piernas, subiendo poco a poco.

* * *

—LE DEJASTE un mensaje en el móvil ¿no? ¿Acerca de los papeles que llevaba en el coche? ¿A lo mejor él también condujo aquí aquella noche y nos vio por la ventana antes de que cerrases las cortinas?

Ahora fue Dave quien se quedó pensativo unos instantes. Se le notaba en la cara como estaba procesando la pregunta, intentando descartar las posibilidades. Al final concluyó.

—¿Y por qué iba a venir él, si no tenía los papeles? No tenía motivo para venir hasta aquí.

Pero Natalie no oyó nada de eso. Estaba pensando en las luces rojas que vio aquella noche.

—Vi un coche pasar por la carretera antes de que echases las cortinas. Seguro que era él, nos debió haber visto... —Natalie se llevó la mano a la boca, no podía continuar, pero se le notaba el horror en los ojos. Dave estaba negando con la cabeza.

—No, tienes que mantener la calma. Jim no nos vio, no podía habernos visto. No me creo por un momento que Jim regresara desde Cornualles solo para devolverme unos papeles. Es Jim del que estamos hablando, ¡él jamás haría eso!

Natalie no se inmutó, seguía cubriéndose la boca con la mano.

—Vale, las luces que viste, el coche o lo que fuera ¿estaba cerca?

Muy lentamente, Natalie se quitó la mano de la boca y se concentró en regular la respiración. Miró hacia la ventana. Agonizaba de solo pensar que Jim pudiera haber estado mirando a través de esa ventana. Se acordaba, con miseria, de cómo le había rogado a Dave que se diera prisa en volver a ella justo antes de que este apagara la luz. Pero no, Jim no podía haber visto eso porque al menos las cortinas estaban echadas.

—¡Mira!, ¡mira por la ventana! Somos la última nave de la zona. Pero ves ahí, la curva de la carretera principal. Eso es lo que debiste ver. Viste un coche conduciendo por la carretera pero es imposible que el conductor pudiera ver dentro de la oficina.

Ella intentó calmarse y concentrarse en lo que él le estaba diciendo. La luz que había visto no había estado cerca.

—Nadie nos vio Natalie, es imposible.

De repente se levantó y se dirigió a la ventana. Fuera todo estaba en calma, como siempre. La mayoría de las naves de alrededor estaban vacías. En la distancia vio la carretera, un coche pasar, frenando para coger la curva. En ese instante vio las luces rojas iluminando la oscuridad de la noche. Empezó a relajarse un poco. Volvió a la mesa y se sentó. Dave le había hecho otro café y le dio un sorbo, el calor amargo la ayudó a reponerse.

—Entonces, si tú no se lo dijiste, yo no se lo dije y no nos vio por la ventana, ¿cómo demonios se enteró Jim?

—No sabemos si se enteró. A ver, no había nota ni nada ¿no? Nada que sugiera el suicidio...

—No, nada que la policía haya encontrado.

—Y tú hablaste con él, ¿el viernes?

Ambos sabían lo que eso significaba, el viernes era dos días después de su encuentro.

—¿Cómo le notaste? ¿Sonaba enfadado, sospechaba algo?

Ella negó con la cabeza mientras recordaba la conversación.

—No, estaba bien. Yo creo que los dos nos sentíamos un poco culpables. Él porque habíamos tenido la pelea a causa de su viaje y yo bueno... —encogió los hombros y pensó que iba a perder la compostura de nuevo pero Dave continuó como si no hubiera notado nada.

—Entonces, ¿la única sugerencia de que no fuese un accidente son las cajas de paracetamol vacías?

Natalie reflexionó y al fin continuó.

—Supongo que sí.

—Y ¿estás segura de que no eran tuyas? Quiero decir, he visto vuestro coche, normalmente tiene un montón de papeles y demás. ¿No es posible que se hubieran acumulado en la guantera con el tiempo?

Natalie notó como se ponía colorada. Era extraño. Se sentía más avergonzada de tener el coche sucio que de ser una esposa infiel.

—No —respondió Natalie por fin—, quizá hubiera un paquete, pero no tres.

—Entonces debe haber una explicación. Quizá le dio un dolor de cabeza o le dio un tirón en un músculo. Eso pasa cuando haces surf. A lo mejor tú tenías un paquete o dos en el coche que se te había olvidado tirar y el compró otro. Y, por alguna razón, lo terminó.

La cara de Natalie hizo que se callara, tenía los ojos muy abiertos como rogándole que lo que decía fuese verdad. Le entró una necesidad inmensa de protegerla.

—Natalie, hiciste lo correcto diciéndole a la policía que los paquetes vacíos eran tuyos. Imagina lo difícil que sería para la madre de Jim, para todos, si pensaran que Jim se ha quitado la vida. Y es imposible que eso sucediera. Fue un accidente, un trágico suceso. Has hecho lo correcto.

Natalie retiró la mirada. Intentó mirarle de nuevo y decir algo, pero no pudo.

—Al final lo averiguaremos —dijo por fin Natalie—, cuando encuentren su cuerpo y le hagan la autopsia. Entonces lo sabremos seguro. Y la policía sabrá que mentí. ¿Qué pasará entonces, Dave?

Él no contestó y parecía que ella iba a empezar a llorar de nuevo.

Dave se levantó y se dirigió hacia ella, le cogió las manos y con suavidad la levantó de la silla. Por segunda vez aquella noche la tomó entre sus brazos.

CAPÍTULO VEINTIUNO

A penas había pensado en nuestro lugar secreto mientras John había estado saliendo con Cara, supongo que estaba un demasiado ocupado revolcándome en la desesperación y la miseria. Pero Darren sí que lo había pensado.

Resultó que se había ido a otro viaje de reconocimiento, solo. Echó otro vistazo al mapa y se dio cuenta de que era más fácil llegar a la Roca Colgante si primero cogías la carretera que pasaba por casa de John, tierra adentro y luego cruzabas unos campos por los caminos. Había que saltar por encima del muro que bordeaba la finca pero no era tan difícil de hacer y tan pronto como cruzabas, nadie desde el exterior podía verte. A partir de ahí, era solo bajar por el lado del valle y seguir todo el camino hacia el mar hasta llegar a la Roca Colgante. Era una caminata la verdad pero la gran ventaja era que estabas fuera de la vista de la mansión, lo cual era mucho mejor que la ruta costera porque aquella pasaba justo enfrente de la casa.

El problema eran las tablas. Los trajes de neopreno cabían en una mochila pero no era tan fácil esconder tres tablas de surf y si alguien nos viera por la carretera sería obvio que nos dirigíamos hacia la propiedad privada.

Entre ellos, John y Darren lo resolvieron todo. La noche anterior llevaríamos nuestras tablas hasta la casa de John. Luego saldríamos de allí temprano, antes de que hubiera tráfico por la carretera. Si tuviéramos mala suerte y algún coche se acercase, lo escucharíamos a tiempo de esconder las tablas en el seto. El trecho del camino probablemente sería más fácil, era poco probable que alguien saliera a caminar tan temprano. Una vez que saltásemos el muro era territorio comanche: no sabíamos a qué nos enfrentaríamos. Esperábamos que, si eras lo suficientemente rico como para tener una casa enorme con tantas tierras, no sentirías la necesidad de levantarte temprano. Contábamos con eso.

Darren y John se encargaron de hacer los planes. Si no hubieran estado en la caravana yo no habría estado involucrado en absoluto. No sabía cómo procesar la noticia de que John y Cara habían cortado. Por un lado, estaba contento y, por supuesto, no me tragué el cuento de que era John el que había terminado con ella. Por otro lado me resultaba incómodo, ya que John pasaba ahora con nosotros más tiempo que nunca y todavía me resultaba difícil hablar con él como antes. Aún se me encogía el estómago cuando John mencionaba su nombre. Y Darren no ayudaba. Decidió que quería saber todos los detalles y le daba la lata durante horas, preguntándole cuántas veces lo habían hecho, en qué posturas y cómo era ella en la cama. John sabía cómo me hacía sentir pero eso no significaba que no fuera a fanfarronear un poco.

* * *

UN PAR DE SEMANAS DESPUÉS, el pronóstico del tiempo parecía bueno para el surf ese fin de semana y pusimos nuestro plan en acción. Le dije a mamá que me iba a llevar mi tabla a casa de John para arreglarla. No es que ella se fuera a dar cuenta de si estaba en casa o no pero era mejor estar seguros. Darren y yo pedaleamos colina arriba bajo una brisa refrescante cada uno con una tabla debajo del brazo. John nos esperó en su cancela y escondimos las tablas debajo de unos arbustos justo detrás de su verja. No nos quedamos mucho tiempo, cada uno nos fuimos a nuestra casa y pusimos las alarmas para las cinco de la mañana del día siguiente.

Por aquel entonces era otoño y apenas había luz cuando me desperté. Había vaciado mi mochila del instituto de libros para dejar espacio para mi traje de neopreno y algunas chocolatinas que había tomado prestadas de la tienda. Darren ya estaba en casa de John cuando llegué y partimos de inmediato, hablando en susurros, aunque no hubiera nadie alrededor.

Pasaron un par de coches mientras caminábamos en fila india por la carretera. John, que iba el primero por supuesto, nos avisaba para que escondiésemos las tablas en la cuneta si veía aproximarse a algún coche. Nos daba la sensación de que los ocupantes de los coches no podían haber estado menos interesados pero aun así fue un alivio llegar al camino. Habría sido muy mala suerte si uno de los surfistas lugareños pasara y se detuviera para preguntarnos adónde íbamos. Vimos a una mujer paseando a un perro, pero estaban muy lejos y se alejaban de nosotros, así que solo les seguimos con cuidado por detrás, listos para tirarnos al suelo si se daba la vuelta. Al poco tiempo giró y se salió de nuestra vista.

No nos llevó mucho tiempo llegar al muro que rodeaba la finca. Tenía letreros que decían «Privado» y «Los intrusos serán procesados», pero eso no parecía muy probable ya que el muro estaba medio derruido en algunos lugares. No nos costó nada treparlo, pasar las tablas y luego pasar al otro lado.

Pasamos de los campos de granjeros a tierras que supongo que se usaban para pastar ovejas. Pastizales, algunos bosquecillos esparcidos y, según como Darren había dicho, no había edificios ni nada a la vista.

A pesar de que esta era la ruta de Darren, aun así, fue John quien tomó la delantera. Lo seguimos a través de media milla de tierra abierta y luego hacia el valle. En algunos tramos por donde había demasiada vegetación para abrirse paso y el camino que usaban las ovejas había desaparecido, continuamos por el arroyo. Justo al final hubo un trecho donde la vegetación era tan espesa que John tuvo que pasar primero, luego le pasamos las tablas una a una y a continuación cruzamos Darren y yo.

Finalmente doblamos una esquina y llegamos a nuestro destino.

CAPÍTULO VEINTIDÓS

La ola en la Roca Colgante era algo especial. Lo que sucedió aquel día, más adelante quiero decir, cuando las cosas se pusieron feas, eso nunca habría sucedido si la ola no hubiera sido tan especial.

El primer día que nos metimos a hacer surf el viento soplaba fuerte y, mar adentro, el horizonte estaba abultado por efecto de la marejada. Incluso en la costa había espuma blanca por todas partes, realmente no era un día bueno para surfear. Justo al lado de donde la cornisa rocosa yacía invisible bajo el agua la superficie del mar se había suavizado de inmediato. Tal vez fuera algo relacionado con los lados escarpados del valle, no sé, pero donde la ola estaba rompiendo era como si fuera un día diferente. Las olas se revolcaban hacia el arrecife como ballenas hinchadas, con la espalda alborotada y molesta por el viento, pero de cerca se espaciaban y estiraban como una extraña criatura que se despierta. Una por una comenzaban a romper. En el momento en que tocaban la zona bajo la Roca Colgante, las olas parecían sacadas de una película de surf. Solo que mejor, por ser reales y no contenidas por los márgenes de una foto o los límites de una televisión.

Yo no sé los otros, pero yo nunca pensé que íbamos a hacer surf ese día. No allí, en cualquier caso. Pensé que llegaríamos allí para descubrir que el lugar no era como lo recordábamos, que la ola en realidad no funcionaba bien después de todo. Que había sido solo un sueño loco que habíamos tenido, que volveríamos caminando sin siquiera mojarnos los pies y eso sería todo. Sabíamos que la playa del pueblo estaría bien más adelante y ahí es donde pensé que terminaríamos. Remando contra el viento con todos los demás.

Debido a que habíamos llegado por la ruta interior de Darren, el contraste de ver lo que se extendía frente a nosotros fue aún mayor. No habíamos visto el mar durante nuestro trayecto, solo cacas de oveja y ramas que nos arañaban la cara y de repente... esto. Esta vasta masa azul que se extendía frente a nosotros y nos ofrecía ola tras ola tras ola, como si fuera operada por una máquina gigante. Y sin nadie más que nosotros. Parecía... No sé cómo describirlo. Estaba de puta madre.

No te creerías lo rápido que tres chicos pueden ponerse trajes de neopreno. Una vez cambiados tuvimos que calmarnos un poco, la entrada al agua era peligrosa. La ola rompía en un arrecife por el lado norte de la bahía; el arrecife asomaba desde los acantilados con la Roca Colgante justo en el medio. Pero el arrecife también estaba salpicado de cantos rodados y profundas grietas, de modo que el agua blanca y espumosa subía y retrocedía constantemente. Atravesarlo no era nada fácil. Igual lo conseguías o igual te tropezabas con una roca que no habías visto. Además había muchas algas así que era muy resbaladizo. Con el tiempo, averiguamos la forma correcta de entrar: tenías que saltar en la cascada que se abría en el cuello de la bahía y desde allí se podía remar fácilmente hacia detrás, donde rompían las olas. Pero esa primera vez no se nos ocurrió eso. Así que, en su lugar, nos abrimos camino hasta las rocas y tratamos de remar a través de las olas rompientes justo antes de que comenzaran a romper en el arrecife.

Caminar con la tabla era casi imposible, el viento la atrapaba, tratando de batirla y golpeando la correa contra ella. Hacía frío también, ya que todavía era temprano. No tenía botas y los percebes me cortaban los pies. Más abajo, las algas parecían grasientas y resbaladizas. Por fin llegué a la orilla del agua, el punto donde la energía de la ola finalmente se disipaba al arrastrar el agua que cargaba hacia las rocas. John y Darren ya estaban allí, a ellos con botas la caminata se les había hecho un poco más fácil. Pero algo los frenaba.

—¿Y ahora qué? —pregunté cuando llegué a la altura de Darren.

Fue casi la primera vez que hablé ese día.

No dijo nada, sino que se agachó, sosteniendo la tabla con ambas manos justo cuando una ola más grande entró, empujando el agua sobre sus pies y alcanzando hasta las rodillas. Se había preparado para esa ola y logró mantenerse en pie pero a mí me pilló por sorpresa por lo que la fuerza de la ola me tiró al suelo. El agua me arrastró de culo por las rocas, la tabla traqueteando contra las rocas detrás de mí.

—¡Mierda! —grité para mí cuando conseguí volver a ponerme de pie—. Tiene un montón de fuerza.

Ninguno de los dos respondió, pero Darren me estaba mirando, dudando. Sin embargo, John no dudó un instante. Justo cuando la siguiente ola entraba, gritó ¡maricón el último! y saltó hacia el agua, sosteniendo su tabla frente a él. Aterrizó con su pecho en la tabla en posición de remo y comenzó a remar con furia, dando fuertes brazadas, tratando de ganar terreno antes de que la siguiente ola golpeara. Cuando esta entró, lo único que logramos ver fue un par de piernas y pies forrados en neopreno que desaparecieron bajo una pared burbujeante de espuma blanca y brillante.

—¡Allá voy! —Darren gritó al cielo y fue el siguiente, copiando la técnica de John y desapareciendo de la misma manera. Ya me había levantado y me había retirado un poco a terreno más elevado. Desde allí pude ver a los dos remando tan fuerte como podían. Estaban remando en línea recta, pero la corriente era tan fuerte que los arrastraba de lado rápidamente, casi trayéndolos de vuelta a donde habían empezado. Ellos ni siquiera se dieron cuenta. Cada dos brazadas o así tenían que interrumpir lo que estaban haciendo para pasar por debajo de una nueva pared de agua que los empujaba hacia atrás y los golpeaba. Tenía muy mala pinta.

Mi corazón latía como loco y sentía el traje apretado contra mi pecho. Ya no me parecía que era tan grueso, lo sentía fino, no era suficiente para competir con el viento que cruzaba el promontorio. No sabía si quería entrar o no; no, en realidad eso es mentira. Me habría quedado sentado observando desde las rocas si hubiera podido. Pero no tenía otra opción. ¿Cómo iba a volver a mirar a John y a Darren a la cara si no me metía ese día en el agua? Decidí caminar de nuevo hacia la orilla hasta que las olas me llegaban de nuevo hasta las rodillas. Apreté los dientes para evitar que chirriasen, no sé si de miedo o de frío, quizá un poco de ambos. Tuve suerte entonces y hubo un parón en las olas, un poco de calma, así que antes de que pudiera cambiar de opinión, antes incluso de que fuera consciente de lo que estaba haciendo, me lancé hacia adelante y comencé a remar, ignorando los rasguños que las rocas me hacían en los dedos.

Debido a que había visto que la corriente arrastraba a John y Darren muy rápidamente hacia la izquierda, apunté hacia la derecha de ellos, lo cual pareció ayudar, o tal vez tuve suerte. Tuve que hacer tres inmersiones rápidas, la última la más profunda en la que sentí la ola queriendo arrastrarme hacia arriba, como una bestia arañándome mientras rodaba sobre mi cabeza. Cuando salí a la superficie, escuché su ira por haberme escapado de sus garras, como un gruñido que seguía gimiendo mientras se alejaba de mí. Después se hizo el silencio. Silencio absoluto. Remé rápido a través de un agua lisa donde el mar burbujeaba y se arremolinaba como un río de rápido movimiento. El aire que las olas habían empujado bajo el agua estaba volviendo a la superficie. Esta era la zona de impacto y sabía que no debía quedarme allí. Delante de mí se acercaba otro grupo de olas y obligué a mis brazos a trabajar más rápido, ignorando el dolor de mis músculos mientras me arrastraba a través del agua burbujeante. Tenía que atravesar las olas antes de que rompieran, eso era lo único que me importaba en el mundo.

De repente, la primera ola se presentó frente a mí, aún intacta, pero a punto de desvanecerse y a punto de romper. Usé toda mi fuerza para mover los brazos a través del agua. Estaba remando cuesta arriba y el oleaje se estaba transformando en una ola rompiente que no estaba frente a mí, sino a mi alrededor, a mi derecha se abría y se ahuecaba mientras lanzaba un rugido siseado y feo que intentaba atraparme las piernas. Esta ola parecía demasiado grande para atravesarla por abajo. Pero a pesar de todo mi miedo, supe que estaba lo suficientemente lejos de la zona rompiente como para abrirme camino hacia la parte superior. Una vez en el otro lado, la espuma me azotó y sentí que el vacío en el aire trataba de absorberme, parecido a estar parado al lado de las vías del tren cuando pasa un tren de alta velocidad. No había forma de volver por donde acababa de llegar. El dolor de brazos me hizo ralentizar el ritmo, pero seguí remando, tirando de mí mismo sobre las últimas olas del grupo. Por fin todo quedó en silencio. Había conseguido atravesar la zona del rompeolas.

El mar estaba enorme. No lo habíamos notado en tierra firme ya que no había nada para usar de escala, pero ahora que estaba dentro del agua yo era la escala. La marejada parecía como montañas errantes con grandes olas del tamaño de coches. Había vetas de espuma corriendo como venas a través de la superficie del agua y cuando rompió una ola, bastante lejos de mí, gracias a Dios, grandes chaparrones de espuma azotaban a sotavento picando mi cara y mis ojos. Me iba a salir el corazón por la boca. Habría dado lo que fuera para salir de allí.

Sé que dije que era bueno, que era bastante bueno, pero esta es la verdad. Puede que fuera bueno en la playa del pueblo. Pero lo que debes saber es que la playa del pueblo era el único lugar en el que había surfeado en los últimos tres años. Y las olas allí eran muy suaves. Incluso antes de eso, en Australia, realmente solo me metí en olas pequeñas. Total, que cuando digo que era buen surfista lo que quiero decir es que era bueno dando pequeños giros y tratando de dar pequeños saltos en olas facilonas. Cosas de niños. No tenía nada de experiencia en olas grandes y aterradoras como en las que de repente me encontraba ahora. Y estaba allí solo. Los otros se habían desvanecido.

Estaba un poco congelado por el miedo, mirando el horizonte y remando como si me fuera la vida en ello cada vez que aparecía un grupo de olas, pero eso me llevaba cada vez más lejos y finalmente me di cuenta de que realmente había remado justo afuera de la entrada de la bahía y estaba en peligro de ser arrastrado por la costa. Si eso ocurría, me enfrentaba a unas cuantas millas de costa sin playa, donde las grandes olas se agolpaban directamente en las rocas de los acantilados, hasta llegar al refugio que ofrecía la arena de la playa del pueblo. No había forma de que pudiera hacer eso. Me ahogaría o, más probablemente, moriría golpeado contra las rocas. Ese pensamiento me hizo entrar en razón y comencé a intentar regresar a la bahía. No había visto a los otros dos desde que me había lanzado al agua, pero cuando una ola me levantó los vi, acurrucados sobre sus tablas. Estaban justo enfrente de la Roca Colgante, resguardados del viento justo donde dijimos que nos colocaríamos. Parecía a kilómetros de distancia.

Como un verdadero idiota estaba luchando directamente contra la corriente y el viento y vi, por el promontorio a mi lado, que estaba poniendo toda mi energía en permanecer en el mismo lugar. Y me estaba cansando muy rápidamente. También estaba llorando, era como si la mitad de mi cerebro se hubiera apagado y estuviera gimoteando dentro de mi cabeza. Pero, afortunadamente, la otra mitad todavía funcionaba. Recordé aquella vez en Australia cuando los socorristas vinieron a la escuela para enseñarnos cómo vencer una corriente. No debías remar o nadar directamente contra ella, sino que tenías que ir en diagonal, o incluso a veces dejar que te llevara de un lado a otro y elegir otra ruta de vuelta a la orilla. Nos entregaron unos posters para que nos llevásemos a casa y pusiéramos en nuestras paredes. «Presa del pánico» Peter hizo lo incorrecto en cada ocasión, mientras Cindy «Con Calma» siempre lo hacía bien y estaba muy guapa con su bikini. Tuve los posters en la pared de mi cuarto hasta que uno de mis amigos se rio de mí por tenerlos allí. Pero todavía los veía cada vez que me iba a dormir. Supongo que se me quedó clavado en la mente. Me di la vuelta y comencé a remar hacia el medio de la bahía, a pesar de que parecía de locos por ser el punto más alejado de la costa.

Desde el promontorio se veía fácilmente lo que estaba sucediendo en el agua. La bahía de la Roca Colgante tenía forma de V y cada lado tenía unos quinientos metros de largo. Era la única característica en una sección recta de costa rocosa y acantilados donde había poco para frenar las mareas que se dirigían hacia el norte cuando subían y hacia el sur cuando bajaban. Lo que significaba que la corriente estaba siempre en su peor momento en la esquina de la bahía. Ahí es donde estaba yo atrapado, bastante cerca de la costa pero justo donde fluía toda la marea arrastrando consigo el agua de la bahía. Si remabas contra ella, estabas jodido. Te convertías en «Presa del pánico» Peter. Eras como una cerilla tratando de vencer a todo el océano Atlántico empujando la marea alta hacia el Mar de Irlanda. Pero si te dabas la vuelta y remabas mar adentro, aunque fuese un trecho largo y no el mejor sitio para estar, al menos tenías una oportunidad remota de sobrevivir.

A veces el océano tiene trucos para ayudarte. Otro grupo de olas hizo que el horizonte se volviera negro y abultado, pero en lugar de girarme e intentar cruzar las olas antes de que rompieran, esta vez estaba demasiado agotado. Me detuve y me tumbé sobre la tabla jadeando, llorando, mirándolo rugir hacia mí. Entonces, justo antes de que me pillara la ola el puro miedo me hizo reaccionar. No quería enfrentarme a una ola, pero definitivamente tampoco quería enfrentarme a un grupo completo, así que decidí intentar coger la primera del grupo. Quizá me ahogara, o quizá me depositaría de vuelta en la zona donde rompían todas las olas. De cualquier manera, no pensaba que mi vida estuviera en mis manos en ese momento.

Esa primera ola aún no había roto, así que giré mi tabla y simplemente remé todo lo que pude, tratando de no escuchar el rugido de la ola al levantarse a mi alrededor. Sentí que levantaba la parte posterior de mi tabla y luego ese océano plano en el que había estado remando se transformó repugnantemente en la pendiente descendente de una montaña acuosa. Sentí que la tabla tomaba su propia velocidad mientras patinaba cuesta abajo y por instinto dejé de remar e intenté levantarme. Al moverme la tabla tembló un poco y perdí el equilibrio, acabé sentado de culo, con las manos fuertemente agarradas a los rieles de la tabla. Pero tuve suerte. La tabla ahora estaba orientada hacia el labio por donde iba a romper la ola. Detrás de mí había espuma pero estaba bastante detrás. A continuación, fue como si la ola me escupiera hacia delante, se formó una pared enorme y me vi en el hueco que se había formado, con un ruido que sonaba cual tren de mercancías. Era la ola más grande y aterradora que había visto en mi vida. La pena fue que en lugar de estar con pose agachada de surfista de puta madre, iba sentado de culo.

Lo único que sabía era que cuánto más pudiera aguantar así, más posibilidades tenía de salir de la corriente, así que simplemente me alineé a lo largo de esa hermosa y perfecta pared. Me atreví a echar un vistazo detrás de mí y vislumbré una preciosa curva negro-azulada que formaba el ojo de la ola mientras intentaba alcanzarme. Luego volví a mirar hacia delante y vi la perfección de la ola que se extendía hasta el centro de la bahía. Intenté recuperar mi dignidad y traté de levantarme pero mientras lo hacía incliné la tabla muy alto sobre la superficie de la ola y no pude rectificar con mi peso a tiempo así que terminé saltando sobre la parte superior y de nuevo me vi en el agua plana que hay entre ola y ola.

Enseguida llegó otra ola, pero esta no parecía tan aterradora como la anterior. Incluso así, remé como un puto idiota para intentar atravesarla y según lo hacía vi un par de cabezas en el agua un poco más lejos. Esa visión me alentó a seguir avanzando hasta que los alcancé, los brazos casi muertos cuando llegué.

—¡Me cago en la puta! ¡Estas olas son increíbles! —John tenía los ojos muy abiertos y rojos por toda la espuma que salpicaba.

—Jesse, estabas superlejos, casi fuera de la bahía —dijo Darren—. No creo que debieras salir tan lejos, no parece seguro.

Estaba jadeando tan fuerte que apenas podía hablar y solo asentí con la cabeza. Pero a John no parecía importarle mucho. Nunca le había escuchado la voz así, no estaba hablando, estaba gritando.

—Pedazo de ola cabrona que has pillado, Jesse. ¡La cogiste en tu puto culo! —Golpeó el agua con ambas manos y gritó al cielo. Un rugido de celebración—. ¿Es posible que este lugar exista de verdad?

Al llegar a ellos asumí que nos concentraríamos en encontrar una manera de regresar a la costa, básicamente salir de allí y nunca más volver. Sin embargo, estaba claro que no se estaban moviendo sino esperando para coger otra ola. De repente fui consciente de lo mucho que había estado llorando y deseé que no se me notase en la cara. Miré a mi alrededor. Estábamos a medio camino del borde norte del arrecife, el agua aquí era mucho más tranquila, estábamos fuera del alcance de la corriente que empujaba hacia el norte por la entrada de la bahía. Las olas, cuando entraban eran más pequeñas, aunque eran grandes en comparación con todo lo que había surfeado antes, pero eran limpias y, bueno, perfectas. Me di cuenta de que estaba sentado allí con el tipo de olas que habíamos soñado y de las que llevábamos hablando años.

John se lanzó a coger una ola en el siguiente grupo que vino. Se dio la vuelta y comenzó a remar mientras este muro se alzaba detrás de él, la ola ya rompiendo. Deseé que no la cogiera ya que al estar todos juntos de alguna manera me sentía más seguro, pero cuando la ola pasó ya no estaba a la vista. Podías ver el rizo de la ola bajando por el arrecife desde atrás y cuando lo vi, la cabeza de John apareció detrás de la ola, debió haberse caído y dejar que la ola rodara sobre él. Remaba con más ganas que nunca.

—Tienes que coger una de estas olas Jesse, esto es mucho mejor que follar.

Incluso ahí sentí la sacudida. Mi mente obediente como el jodido perro de Pavlov, formó una imagen de Cara, tenía el pelo mojado, estaba desaliñada y, para colmo, llevaba el bikini de Cindy «Con Calma». Pero esta vez algo era diferente. Esta vez estaba allí con John. John, que se había follado a la chica más guapa que jamás había visto, que pensé que era imposible que existiera. Él, que había subido su boca por aquel espacio misterioso que existía entre sus piernas. El mismo que había dormido entre esos pechos que torturaban mis sueños. John, quien se la había metido tantas veces que hasta se había aburrido. Y aquí estaba, diciendo que coger estas olas era mejor.

Entonces me di cuenta de que sí que quería una de estas olas. Había sufrido tanto que me merecía una. No una de culo. Ni una temblando de miedo tampoco. Quería una de verdad. La siguiente ola que entró, comencé a remar, pero a remar en serio y lo mejor de todo fue que encima fue muy fácil. Tuve tiempo para ponerme de pie y esta belleza de ola se abrió sobre mí. Me mantuve agachado y metí la mano en la superficie a medida que se desarrollaba a mi alrededor. Tenía el control de la situación. Me puse de pie con los brazos en alto y dejé escapar un grito que provenía de algún lugar muy dentro de mí. La velocidad no se parecía a nada que hubiera sentido antes, podía dar giros solo con pensar en ello, era como si fuera un ave marina atravesando los vientos de una tormenta. Había crecido obsesionado con el surf, pero me di cuenta en esa ola que nunca lo había hecho realmente. Había hecho el tonto en olas de playa, pero nunca antes había hecho surf del de verdad. ¿Y esa imagen de Cara Williams en mi cabeza? Me reí. Desde esa ola en adelante Cara no fue más que una de las olas en la playa del pueblo. Estaba bien, pero nada comparado con lo que ahora sabía. ¿Cómo me había engañado a mí mismo al pensar que ella era importante?

Cuando había tanta vida por vivir.

Cuando había tanto surf por hacer.

CAPÍTULO VEINTITRÉS

Al principio esperaba la llamada. Cada vez que sonaba el teléfono esperaba unos segundos antes de levantar el auricular, para prepararse a recibir la noticia de que habían encontrado el cuerpo de Jim en alguna playa. Después vendrían las preguntas sobre los resultados de los análisis de sangre, en concreto el por qué había mentido a la policía diciendo que los paquetes de paracetamol eran suyos. Pero cuando el teléfono sonaba, nunca era esa llamada. Eran llamadas mundanas, relacionadas con los asuntos de Jim ya que incluso sin haber encontrado el cuerpo, dada la naturaleza de la desaparición en el agua, el forense emitió un certificado de defunción tras solo seis semanas. También recibía llamadas personales, de amigos y familiares, todos queriendo saber cómo lo llevaba, algunos, le daba la sensación a Natalie, de que la estaban vigilando. Las peores eran las llamadas de ventas, extraños preguntando por Jim como si le conocieran, dispuestos a venderle algo, incluso a un muerto. Pero la llamada que ansiaba recibir nunca llegó. Las semanas se convirtieron en meses, los meses en años. Natalie finalmente asumió que nunca recibiría esa llamada. Cualquier resto en la sangre de Jim no aguantaría todo este tiempo. Lo que fuera que le sucedió a Jim, nunca lo sabrían con certeza.

Entonces, cuando menos lo esperaba, ocho años después, el teléfono sonó y le cambió la vida por completo.

No había cambiado mucho en esos ocho años, seguía en la Universidad, mucho más diestra en las clases, asentada en su carrera de docente. Había decorado la casa, las pertenencias de Jim que tenían algún valor económico las había acabado vendiendo, el resto las había regalado o tirado. Después de ocho años sentía que la casa era suya por completo. Llevaba viviendo sola casi el doble de tiempo del que vivieron juntos. Lo único que quedaba de él era alguna foto, una bici en el trastero y dos archivadores llenos de documentos que cogían polvo en la estantería. Aquello era todo lo que quedaba para demostrar su vida y su muerte.

Al principio le parecía que su vida estaba en el limbo, esperando a que el cuerpo de Jim apareciese para que pudieran enterrarle y sobre todo para poder obtener respuestas sobre la causa de su muerte. Pero, al mismo tiempo, no quería que se encontrase el cuerpo. Acabó por aceptar que era improbable que Jim hubiera descubierto lo de su lío con Dave, pero eso tampoco la ayudaba mucho. Seguía sintiendo una punzada de culpabilidad cada vez que se acordaba y las dudas volvían a aparecer. Cuando los meses se convirtieron en años, supo que el secreto de la muerte de Jim permanecería así, un secreto en las olas. Lloró por su muerte hasta que ya no le quedaron más lágrimas y poco a poco la pena se fue debilitando hasta quedarse en un rincón lejano de su alma. Junto con la vergüenza y la culpa. Pero ninguna despareció por completo.

Aquel día le tocaba dar clases después de comer. Se levantó tarde y mientras se preparaba un café sonó el teléfono. Dudó si cogerlo o no, ya que últimamente parecía que recibía más llamadas de telemarketing que reales.

Contestó el teléfono. Se oía ruido de viento, como si él que llamaba estuviera al aire libre.

—¿Puedo hablar con Jim Harrison por favor?

—Me temo que no, falleció hace tiempo. ¿Qué quería?

Suspiró. Otra lista más de la que borrar a Jim.

Hubo una larga pausa y cuando el hombre habló de nuevo su voz había cambiado, parecía confundido.

—Ah, bueno solo llamaba para decir que he encontrado su cartera.

Natalie se había distraído, pensando en la clase que tenía que dar, pero esta información le hizo parar y concentrarse en la llamada. La cartera de Jim no se había localizado nunca y la policía pensaba que la habían robado los mismos que entraron en el coche.

—Perdón, ¿puede repetirlo?

—Bueno, pues eso, que encontré su cartera.

—¿Dónde? ¿Cómo?

El hombre contestó sin retraso, esas preguntas eran las que se esperaba cuando había empezado la llamada.

—Ayer, en el camino nuevo del acantilado. Estamos construyendo un puente para cruzar el arroyo y entre los arbustos encontramos una mochila. Estaba un poco vieja pero no parecía abandonada. Así que la abrimos y echamos un vistazo. Tenía ropa y la cartera. El nombre y la dirección estaban escritos en una tarjeta dentro de la mochila, ya sabe «si se encuentra por favor llamen a este número…» —El hombre no dijo nada más. Fue solo pasadas unas horas que Natalie se dio cuenta de que quizá había esperado que hubiera recompensa. Pero en aquel momento su mente estaba demasiado ocupada tratando de procesar la información

—¿Está seguro de que es el mismo Jim Harrison?

—Yo eso no lo sé, simplemente estoy llamando al número que ponía…

—Sí, claro, lo entiendo. Y me imagino que llaman desde Cornwalles, ¿quizá está en un sitio cerca de Porthtowan?

Aquello le pilló por sorpresa al hombre y contestó.

—¿Cornwalles? No hija, no. Estamos en Llanwindus. ¿Conoce el camino costero nuevo del acantilado que están construyendo?

—LLan… ¿qué? Disculpe, pero ¿dónde está eso? Pensaba que llamaba desde algún lugar de Cornwalles.

—Pero que obsesión con Cornwalles. No, estamos en Gales. Cerca de Llanwindus.

—¿Gales? Pero eso no tiene sentido ninguno. Jim estaba en Cornualles cuando murió, no en Gales. Fue en Cornualles donde encontraron su coche.

Hubo una pausa y cuando el hombre habló a Natalie le pareció notar en su tono como que se quería quitar de líos y colgar.

—Mire, yo no sé nada. Lo mejor es que le mande la mochila y ya está.

Natalie respondió rápidamente, preocupada por si el hombre iba a colgar sin decir más.

—Sí, no, un momento no cuelgue. ¿Le doy mi dirección?

—Ya la tengo, en la mochila ¿no se acuerda?

Y con eso el hombre colgó.

Natalie intentó llamar de nuevo pero le daba número no registrado. Colgó el teléfono y se quedó mirándolo asombrada durante un buen rato.

No le mencionó la llamada a nadie en el trabajo y cuando volvió a casa por la noche ya había decidido que no se lo diría a nadie. No es que quisiera mantener el secreto, era más bien que dudaba de si la llamada había sido real o si lo había soñado todo. Era mejor esperar y ver si recibía algo por correo o si el hombre llamaba de nuevo. Así nadie le podría acusar de estar perdiendo la cabeza.

Pasó casi una semana. Ya casi se había convencido a sí misma de que había sido una alucinación cuando vio al cartero acercarse a su casa. Llamó a la puerta y le dio un paquete envuelto en papel de estraza. Le hizo un comentario sobre el tiempo pero Natalie no oyó nada. Había visto el matasellos del paquete, «Oficina de correos de *Llandwindus*».

Llevó el paquete a la cocina y se sentó a la mesa, mirándolo con asombro. Por fin se decidió y lo abrió. Quien fuera que lo había envuelto le había puesto mucho celo. El papel se rompió fácilmente pero necesitó coger las tijeras para romper el aislante de plástico que rodeaba el contenido del paquete. Reconoció la mochila al instante. La había echado de menos durante una de sus sesiones de limpieza en el trastero después de la muerte de Jim. Era la mochila que usaba para volar, resistente al agua y suficientemente grande para poder llevarla a pasar unas cuantas noches fuera de casa. No estaba vieja, simplemente estaba un poco descolorida en las esquinas. Abrió los ganchos y miró dentro.

Lo primero que sacó fueron unos vaqueros azul claro con unos calzoncillos reliados. A continuación encontró una camiseta y un jersey de lana negro. Se lo llevó a la cara y lo olió pero no quedaba nada de Jim en aquella prenda, solo humedad. Por último, sacó la cartera de cuero marrón.

Se la había regalado por su cumpleaños. Cuero suave, cosida a mano, un poco cara, pero no le había importado. Se la había comprado para sustituir la cartera vieja y barata que había usado hasta entonces, verde fluorescente con el logo de una marca de surf.

Abrió la cartera y examinó el contenido. Sus tarjetas de crédito y de presentación estaban alineadas en las ranuras de la cartera. En la misma sección había también dos billetes, uno de veinte y uno de diez. El bolsillo tenía varias monedas. Las puso en la mesa y observó cómo rodaban ruidosamente hasta que cayeron, devolviendo el silencio a su cocina. También vio el carné de conducir, su cara con la mirada ligeramente hacia la izquierda, reflejando el desdén que Jim sentía hacia la burocracia de esos trámites. Por último la tarjeta con el número de teléfono y la dirección para llamar en caso de extravío. La dirección de la casa en la que había vivido con Jim la mitad de tiempo del que llevaba sola.

Suspiró un par de veces y volvió a mirar dentro de la mochila pero no quedaba nada. Rebuscó por todas partes para ver si había una nota del que se la había mandado. No encontró nada. Observó la ropa de su difunto marido esparcida en la mesa y se preguntó qué significado tenía. Las preguntas que había deseado olvidar hace tiempo volvieron para torturar su mente. Y con ellas, la pena, por haber perdido a Jim y el sentimiento de culpa por el papel que quizá tuvo en su desaparición. Acarició el cuero de la cartera y supo que solo había una persona con la que podía hablar. Estuvo sentada en su cocina varias horas hasta que por fin cogió el teléfono.

—¿Puedo verte? Necesito tu ayuda.

CAPÍTULO VEINTICUATRO

Cuando ya estábamos tan agotados que no podíamos dar ni una brazada más nos dejamos llevar por la corriente hacia el otro lado de la bahía donde las olas rompían más lejos de la playa y dejaban el agua cerca de la orilla en calma. Había una pequeña playa compuesta de guijarros del tamaño de un puño, madera a la deriva y botellas de plástico. No dijimos nada mientras salíamos del agua. Quizá era porque nos concentrábamos en caminar por las rocas resbaladizas pero yo quiero pensar que había otra razón. Lo que nos había pasado… necesitábamos tiempo para procesarlo. Se nos había abierto la mente.

Seguimos en silencio mientras atravesábamos la bahía, cruzando el arroyo hasta que llegamos al otro lado y nos paramos debajo de la Roca Colgante. Fue entonces cuando se rompió el silencio. Y, como no podía ser de otra manera, fue John el que habló.

—Este sitio —comenzó a hablar despacio y con autoridad—, debemos mantenerlo en secreto. No se lo podemos contar a nadie.

Darren se estaba quitando su traje de neopreno, yo hacía lo mismo mientras cogía una toalla de mi mochila. Era como si hubiéramos perdido la capacidad de hablar.

—Si se lo contamos a alguien se echará a perder —siguió John—.

Vendrá gente de todas partes, se llenará. Se arruinará. Esta es nuestra ola, nuestro lugar secreto. No se lo contaremos a nadie ¿de acuerdo?

Esta vez Darren consiguió hablar, asintió.

—Está bien —dijo con solemnidad como si estuviera haciendo un juramento.

—Jesse, ¿y tú?

Los ojos de John estaban clavados en los míos, como si me estuvieran intentando leer la mente, para averiguar si yo aceptaba lo que me pedía. Por un momento me sentí atrapado. La euforia que había experimentado en las últimas horas se chocó de frente contra la miseria que había pasado durante el último mes. Era como si una sensación cancelara a la otra. Pero no duró mucho, el objeto inmóvil colisionó con la fuerza irresistible y mi sonrisa torcida se convirtió en carcajada.

—¡La madre que me parió! ¿Os dais cuenta de lo que hemos descubierto? Por supuesto que no se lo voy a decir a nadie. Esta es la mejor ola del mundo entero, esto es mejor que ganar la lotería. Esto es un sueño hecho realidad. ¡El jodido sueño del surfista!

Ahora los tres nos reíamos a carcajada limpia y no sé muy bien cómo, pero me vi abrazado a John, los dos saltando y dando vueltas mientras nos reíamos, Darren intentando unirse a nuestro círculo. El sonido de nuestras risas subía hasta la Roca Colgante, rebotaba y bajaba de nuevo a la playa donde perfectas olas seguían rompiendo sin parar.

Cuando nos calmamos un poco nos dimos cuenta de nuestro primer problema. Era prácticamente imposible seguir yendo a nuestra playa secreta con las tablas de surf sin levantar sospecha y sin que alguien tarde o temprano nos descubriera. Una vez allí no había problema. No parecía que el dueño de la casa, o ningún vecino, jamás se aventurara hacia la zona de la costa y las laderas de los valles a ambos lados eran tan verticales que una vez en la playa no se nos podía ver a no ser que estuvieras en un barco o en un helicóptero. Pero el paseo hasta el muro de la finca nos dejaba completamente expuestos. La solución más obvia era dejar las tablas allí en la playa. Justo debajo de la Roca Colgante había una pequeña cueva, te tenías que agachar para entrar pero una vez dentro se extendía unos cinco metros hacia el interior. Pero si dejábamos nuestras tablas allí no podríamos hacer surf en la playa del pueblo. Como solo podríamos ir a la playa de la Roca Colgante los fines de semana, eso significaba que no podríamos hacer surf entre semana. Si de repente dejábamos de hacer surf en la playa del pueblo nuestros colegas empezarían a preguntarse dónde nos metíamos y al final se descubriría todo.

Nos pasamos unos diez días dándole vueltas al asunto, hasta que al final fue John el que encontró la solución. Su padre estaba de viaje así que estábamos en su casa, tumbados en los sofás de cuero blanco, con los pies apoyados en la mesa. Darren había sacado una botella de brandy de la vitrina y estaba metiendo el dedo por el cuello, saboreando de gota en gota.

—Ya sé lo que vamos a hacer con las tablas —dijo John mirando a Darren, pero sin hacer nada para pararle.

—¿El qué? —pregunté con desgana. Me imaginaba que iba a darnos una nueva ruta para llegar a la playa ya que esa era la opción que llevábamos investigando varios días.

—Nos van a robar las tablas —dijo riéndose, probablemente de lo brillante que era su plan. Se reclinó en el sofá y estiró los brazos como para tocar el techo, luego los bajó y los colocó detrás de su nuca. Darren y yo no lo pillábamos.

—Y eso ¿cómo nos va a ayudar si se puede saber? —preguntó Darren.

—A ver, si nos roban las tablas, nadie en la playa del pueblo se preguntará por qué no hacemos surf.

—Ya, pero no tendremos tablas —Darren contestó. Dejó la botella de brandy en la mesa y se vino a sentar a mi lado.

—No, lo que va a pasar en realidad es que tendremos dos tablas. Porque vamos y nos compramos unas tablas nuevas, que es lo normal en estos casos. Las viejas, que en realidad no nos las han robado, las llevamos a la playa de la Roca Colgante y usamos las nuevas en la playa del pueblo. Problema solucionado.

Darren no parecía muy convencido.

—Pero yo no tengo pasta para comprarme otra tabla —empezó a decir Darren, pero yo le interrumpí.

—Mi tabla está asegurada.

John ignoró a Darren y continuó.

—Mejor todavía. Así te dan una tabla nueva y gratis.

Lo pensé durante un rato y al final sonreí.

—De hecho, es muy buena idea. Mi madre seguro que pasaría el parte al seguro si me robaran la tabla y no me costaría nada.

John me echó una de sus sonrisas y se inclinó sobre la mesa de madera, dando golpecitos con los dedos como si estuviera mandando un mensaje en morse.

—Tenemos que hacerlo que parezca real. Lo haremos en tu casa. Así sospecharán que ha sido alguien del camping.

—Es verdad, siempre hay tíos con mala pinta allí, los típicos que te robarían la tabla y todo lo demás si te descuidas. Mi madre me está siempre diciendo que tenga cuidado.

—Pero yo no tengo seguro —protestó Darren—. Ni seguro ni pasta.

Le ignoramos. John me miró y vi que tenía una sonrisa de oreja a oreja. Me daba la impresión de que John iba a disfrutar organizando el robo. Y así fue, incluso más de lo que me esperaba. John se lo pasó de puta madre.

John insistió en que tenía que suceder por la noche. Según él era cuando la mayoría de los robos tenían lugar. Así que una semana después, según iba anocheciendo, pusimos las tablas en el césped de delante de la casa, en un sitio en el que mi madre seguro que las iba a ver. Nos fuimos a nuestra caravana y desde allí las vigilamos, no vaya a ser que viniera alguien y nos las robara de verdad. Supimos que mi madre se había acostado cuando apagó la luz de su cuarto. John nos dijo que esperásemos unos cinco minutos más, para asegurarnos de que se había dormido del todo y entonces nos preparamos para actuar. Pero fue en ese preciso instante cuando Darren anunció que no quería seguir adelante. Nos explicó que aún no había encontrado la manera de reemplazar la tabla, pero yo creo que en realidad estaba un poco acojonado. John se encogió de hombros, le dijo que le daba igual y me pidió que cogiera la tabla de Darren a la vez que la mía. Durante un rato pareció como que Darren iba a discutir pero al final se piró. Nos quedamos solos John y yo.

John había traído ropa de repuesto en la mochila y se empezó a cambiar. Pantalones negros, botas, un chubasquero negro y un gorro de lana negro que le cubría la frente y las orejas. Sacó dos pares de guantes y me dio uno.

—Toma.

—No tengo frío —contesté yo.

—No son para el frío, capullo.

La luna estaba casi llena pero el cielo estaba cubierto de nubes que se movían rápidamente y cubrían su superficie, lo que hacía que las linternas que teníamos alternasen de casi inútiles a completamente inútiles. Daba lo mismo, John no quería usarlas no fuera a ser que alguien nos viera. Y en cualquier caso, yo no tenía manos libres ya que cargaba las dos tablas.

Seguía a John tan de cerca que las tablas no hacían más que chocarse. Hasta que se hartó y me echó la bronca. Íbamos por la carretera del interior y, tal y como predijo John, podíamos ver los coches a lo lejos, las luces como dos conos amarillentos moviéndose en la oscuridad. Nadie nos vio, pero aun así fue un alivio dejar la carretera y coger el camino. Las nubes cubrieron la luna por completo y la oscuridad era casi absoluta. De vez en cuando saltábamos del susto cuando una sombra se movía al otro lado de la verja, nos echaba un balido o echaban a correr. Pero no nos paramos, John andaba deprisa y cuando llegamos a la entrada de la playa de la Roca Colgante se paró delante de mí y lo único que oía era mi respiración agitada.

—Ale —dijo John—, mira eso.

Miré. La bahía de la Roca Colgante estaba alucinante aquella noche. La luna se había despejado de nuevo y brillaba grande y baja sobre el mar a la vez que el agua reflejaba destellos plateados. La Roca Colgante tenía un lado iluminado pero todo lo demás estaba a oscuras. Daba miedo acercarse ya que había tantos sitios donde esconderse.

Metimos las tablas en la cueva. Si pensaba que fuera estaba oscuro, allí dentro estaba negro total, de vez en cuando me caía una gota de agua fría en la cabeza o me bajaba por el cuello. Ni siquiera John quiso continuar más de unos pocos metros antes de decidir que habíamos encontrado el lugar correcto para dejarlas.

—Volvamos por el camino costero, es más rápido —dijo John. Apagó la linterna y nos quedamos de pie en la oscuridad total, luego la luz de su reloj nos iluminó las caras a ambos en misteriosos tonos verdes mientras miraba la hora.

Ya sin equipaje pudimos hablar más y con la luna sobre el mar había un poco más de luz. Ahora que el asunto de Cara había terminado, parecía imposible que alguna vez hubiera importado. Nuestra amistad parecía más cercana que nunca. Me gustó estar ahí con John. Me gustó que Darren no estuviera allí y creo que John sentía lo mismo. Caminamos rápido y muy pronto llegamos a la sección final de la pequeña playa donde teníamos que cruzar a la vista de la gran casa. Antes de que saliéramos a plena vista, John me detuvo, me indicó con las manos que iba a echar un vistazo y luego se acercó a la última roca y miró hacia la casa. Un momento después, volvió.

—Apaga la linterna. Hay una luz encendida. La ventana de abajo.

—Veía los dientes de John a la luz de la luna. Estaba sonriendo. Deslizó su propia linterna en el bolsillo. Luego se llevó las manos al gorro y comenzó a desplegarlo sobre su rostro, vi que no era un gorro normal sino un pasamontañas. Cuando terminó, solo se le veían los ojos y la boca.

Entonces la boca habló.

—Vamos a echar un vistazo más de cerca.

—¿Qué?

—Hay luz dentro de la casa. No va a poder vernos.

—Pero ¿y si lo hace?

—Que no. Venga. O puedes esperar aquí. —Y se volvió a la roca, pero esta vez desapareció.

No me daba miedo donde estaba pero no quería romper el hechizo con John. Así que también me escabullí de la roca en la que me escondía y comencé a subir la corta cuesta hacia la casa. La mayoría de la casa estaba a oscuras, excepto una de las ventanas que derramaba luz brillante. Las cortinas estaban abiertas. Supongo que el viejo no tenía que preocuparse por los vecinos. John andaba más adelante, manteniéndose cerca del suelo. Había encontrado un camino hacia la casa pero estaba en plena vista. «Me cago en la leche» pensé. Lo seguí, manteniéndome tan agachado como pude.

Cerca de la casa olía a carbón quemado. El camino cubierto de hierba daba paso a grava que crujía bajo los pies pero entre pasos se escuchaba música clásica sonando a todo volumen. No había dónde esconderse, así que copié a John y corrí lo más rápido que pude hasta el último momento, hasta que ambos estuvimos apretados contra la fría pared de la casa, entre la gran puerta principal y la ventana con la luz.

—¿Qué coño hacemos aquí? —susurré, sintiéndome el pecho con la mano. Pensé que los latidos del corazón nos iban a delatar.

—Solo quiero echar un vistazo, ver con quién estamos tratando.

—¿Por qué? —pregunté, pero me ignoró.

Siguió caminando adelante, avanzando con sigilo por la pared hasta que estuvo debajo de la ventana con la luz encendida. La escala de la casa se veía diferente de cerca, todo era más grande. Parecía que la parte inferior de la ventana estaba a la altura de la cintura, pero en realidad podías pararte debajo de ella y aun así estar demasiado bajo como para mirar dentro, así que también avancé hasta unirme con John, obligando a mi respiración a disminuir y tranquilizarse. John extendió la mano, agarró el poyete de la ventana y se impulsó hacia arriba por lo que su cabeza, aún oculta en el pasamontañas, se bañó en la luz que se escapaba. Estaba lo suficientemente fuerte como para poder mantenerse allí durante un buen rato. Cuando por fin bajó, habló en voz baja.

—Tu turno. Echa un vistazo, pero ten cuidado.

—No quiero.

—Venga hombre, echa un puto vistazo. —Me sonrió, un gesto extraño con la cara oculta—. Vamos, Jesse. Echa un vistazo.

Alcé la mano y sentí la piedra fría y áspera del poyete de la ventana y lentamente me levanté. Sentí a John agarrarme las piernas desde abajo, para sostenerme, supongo, pero me impedía bajar y me entró el pánico, tanto que casi grité. Conseguí calmarme y vi la escena dentro de la habitación.

Era el tipo de habitación que nunca había visto de verdad. Solo en películas en la televisión. Las paredes estaban forradas de madera y colgaban viejos cuadros, enormes, demasiado oscuros para poder verlos con claridad, pero con marcos ornamentados de oro como los que solo se veían en los museos. Había algunas lámparas encendidas, grandes lámparas de pie de bronce, pero la habitación era tan grande que aun así estaba bastante oscura.

Una de las paredes era toda chimenea en la que ardía un fuego. Enfrente de la chimenea había una silla. El hombre estaba sentado allí, o muerto. Nos daba la espalda pero aún se podía ver que era viejo y vestido de manera campera, con panas y franela. Había una mesita junto a él, con una botella que parecía whisky o brandy, un libro y algo apoyado contra él en el suelo. De repente me di cuenta de lo que era y luché para que John me dejara bajar, al principio se resistió, pero yo pesaba demasiado para él. Cuando caí al suelo, tenía el dedo en los labios.

—Tenemos que salir de aquí —articulé, pero él negó con la cabeza.

—Está dormido, no puede oírnos.

—Tiene una escopeta. —Pero John solo sonrió de nuevo.

—Ya lo he visto. Genial, ¿eh?

—Es jodidamente genial. Ahora salgamos de aquí antes de que se despierte y nos meta un tiro a cada uno. —Fui a alejarme de la ventana pero la mano de John me detuvo.

—Vamos a intentar entrar.

—¿Qué? ¿Por qué?

—Vamos, te mueres de ganas.

—¿Qué dices? No, no quiero. No tengo ninguna puta gana.

—El resto de la casa está tranquila, podemos probar las ventanas en la parte de atrás. Es una casa grande. Apuesto a que podemos entrar por algún sitio.

—¿Por qué quieres entrar? Salgamos de aquí. —Mi voz se estaba tensando, incluso yo podía escucharla.

Es curioso cómo puedes decir casi todo sobre la expresión de alguien solo con los ojos. Incluso en la oscuridad, podía ver lo que John estaba pensando. Decepción, pero mezclado con algo más. Algo que no pude entender. Ahora lo sé, por supuesto. Justo allí, John estaba aprendiendo que era diferente. No solo diferente de mí, sino diferente de casi todos los demás. Si bien nos podía persuadir a Darren y a mí para superar nuestros límites, en realidad nunca queríamos hacerlo. Pero John nunca tuvo límite. Y veía los límites de otras personas como una debilidad, para ser explotados a su gusto.

—Si nos atrapa, somos dos y él solo uno —dijo John y le había cambiado el tono de voz, como si esta fuera su última oferta.

—John, el hombre tiene una escopeta apoyada contra la mesa. Aquí no tenemos más que hacer. Vámonos a casa.

John no se movió por un momento pero luego relajó el brazo sobre mi pecho. Aun así no me dejó ir. En su lugar puso su otra mano sobre mi hombro y acercó su cabeza a la mía para poder mirarme de cerca a los ojos. Podía oler el aliento proveniente de su boca. Nos quedamos allí un rato largo, él sosteniéndome debajo de la ventana. Luego se relajó de nuevo.

—Venga, que estaba de coña, Jesse —dijo—. Vámonos.

* * *

—HOLA JESSE, ¿guardaste las tablas anoche? —El tono de voz de John era perfecto, curioso, pero con una nota de preocupación. Su rostro no revelaba nada. Esto fue a la mañana siguiente, solo media hora después de que me hubiera despertado sintiéndome cansado y rígido. Todavía estaba nervioso mientras me echaba los cereales en el tazón. Mamá también estaba allí, por supuesto, eso es lo que queríamos. Estaba vestida con su mono azul, preparándose para cortar el césped. No se suponía que John iba a estar aquí. Se suponía que iba a ser yo quien descubriera el crimen. Ese era el plan.

—¿Qué? —articulé, escupiendo trozos de copo de maíz.

—Las tablas, las dejamos fuera anoche.

Miré a John confundido y él me hizo un gesto de asentimiento. Intenté no mirar a mamá mientras respondía, mi voz sonaba muy mal.

—Yo no las he movido. ¿Estás seguro de que no están ahí?

John sonaba consternado, como si realmente estuviera preocupado y me pregunté por un segundo si era porque mi voz le había sonado tan falsa como a mí. Sabía que mamá no era estúpida, no podíamos joder esto.

—Bueno, definitivamente no están allí ahora. Judy, ¿las has movido tú?

Pero era como si mi madre hubiera estado despierta toda la noche repasando su parte del guion. Un guion que estaba reescribiendo sobre la marcha y en el que yo no tenía nada más que decir.

—No, no las he movido, ¿dónde las dejasteis exactamente?

—Estaban justo enfrente de la caravana.

—¿Y estás seguro de que ahora no están allí? ¿Has mirado debajo de los escalones? ¿Quizás Darren las guardó?

—No, he mirado. Ay Dios. —Se llevó la mano a la frente—. Tengo la desagradable sensación de que hemos sido realmente estúpidos.

—Oh no, John, ¿no creerás qué...?

—Lo creo. Cualquiera podría haberlas cogido. Se veían desde el aparcamiento y anoche hubo muchos coches.

—¡Oh, John!

—Judy —John se volvió hacia mamá—, debo decirte esto: fue culpa mía, no de Jesse. Le dije que las guardaría cuando volviera a casa, pero se hizo tarde y... se me olvidó por completo. —Él me miró—. Lo siento mucho Jesse, yo te la reemplazo, te compraré otra tabla. Tan pronto como haya ahorrado el dinero.

—Ay, John. —Mamá intervino otra vez, esta vez elegida como heroína de la pequeña actuación de John—. ¡Está asegurada! La tabla de Jesse está asegurada. Podemos reclamar una nueva. John, es muy generoso de tu parte ofrecerlo, pero realmente no es necesario. —Se volvió hacia mí, yo con mi cuchara flotando en el aire—. Jesse, eres muy afortunado de tener un amigo como John.

Ambos se volvieron hacia mí y vi que lo iba a hacer incluso antes de hacerlo, me guiñó un ojo. Solo una vez.

Mamá me compró una tabla nueva incluso antes de que le llegara el dinero del seguro. Estaba bien, no tan chula como la de John, que tenía calcomanías por toda la cubierta. Sin embargo, al pobre Darren le llevó casi dos meses convencer a su hermano de que le regalara una de sus tablas viejas, por lo que tuvo que sentarse a mirar mientras hacíamos surf en la playa del pueblo.

CAPÍTULO VEINTICINCO

P ero a Darren no le importaba mucho, ya que no era en la playa del pueblo donde estaba el surf de verdad.

Esas primeras semanas después de que escondiéramos las tablas en la Roca Colgante las condiciones meteorológicas mantuvieron el mismo patrón: las tormentas entraban del Atlántico una tras otra pero nunca llegaban hasta la playa. Esa es la configuración perfecta para el surf. No ves las tormentas en el horizonte, no interrumpen los vientos ligeros, los cielos azules y la luz del sol, pero envían oleaje tras oleaje, tras oleaje. Es mágico cuando eso sucede. Nunca había visto la playa del pueblo funcionando tan bien pero a pesar de que navegábamos durante la semana, eran los fines de semana para los que vivíamos, cuando teníamos algo mucho más especial.

Las excusas fueron fáciles de encontrar. Para los padres de Darren y el padre de John, ambos estaban en el camping conmigo. Yo por mi parte le decía a mi madre que estaba en casa de Darren o de John. De todas maneras, daba igual. A nadie le importaba dónde estábamos en realidad. Siempre y cuando apareciéramos en alguna de las casas para comer de vez en cuando, nuestros padres estaban tranquilos.

Tal vez los lugareños en la playa del pueblo nos echaron de menos, pero para entonces ya había tantos surfistas en el agua, tantas peleas, que seguro se alegraron de que no fuéramos. Siempre tuvimos cuidado al entrar y salir de la finca pero una vez que bajábamos al valle no había necesidad de precaución. Era nuestro propio mundo privado. Y no solo navegábamos en la Roca Colgante, prácticamente nos mudamos allí. Explorábamos los acantilados. La Roca Colgante tenía este magnetismo que te atraía hacia ella, como si no pudieras creer que fuera capaz de mantenerse allí, no eras capaz de entender cómo no se había derrumbado al suelo.

Exploramos hasta la parte posterior de la cueva. Era espeluznante, incluso en los días más brillantes te daban escalofríos. Yo prefería la cascada. Estaba en el cuello de la bahía, donde el agua se canalizaba a través de una grieta perfectamente lisa en la roca, más o menos tan ancha como nuestras tablas de surf, que si no había llovido mucho lo podíamos saltar, pero si había llovido bastante no se podía. Donde el barranco desaparecía, el agua fluía hacia la nada y caía unos pocos metros formando un arco perfecto. Con la marea alta, caía directamente al mar, pero cuando la marea estaba baja se formaba una cuenca redonda y profunda, rodeada de rocas lisas. Era lo suficientemente profunda como para poder saltar, incluso en marea baja, y tan clara y fresca que incluso podíamos beber directamente de ella. Seguro que probablemente no deberíamos, pero lo hacíamos de todas formas.

También hacíamos hogueras. Al principio eran pequeñas porque aún nos preocupaba que nos descubrieran. Pero más adelante nos dimos cuenta de que el humo se dispersaba en el aire y desaparecía al llegar a la cima de los acantilados. Entonces hicimos hogueras grandes, con montones enormes de palos que recogíamos en el camino de entrada y trozos de madera a la deriva. Aquello condujo rápidamente a ideas sobre cómo acampar, ya que no era fácil llegar a casa una vez que oscurecía.

A veces hacíamos misiones de reconocimiento a la mansión. Al principio, el viejo nos daba miedo, no sabíamos si iba a aparecer, así que nos escondíamos en el matorral en lo alto del acantilado y vigilábamos la casa con los prismáticos de John. A veces, aparecía una camioneta y dejaba cajas de comida en el primer escalón que por lo general permanecían allí durante horas antes de que el viejo abriera la puerta y las cogiera. Era tan viejo que apenas podía agacharse para cogerlas. Y John tenía razón sobre la escopeta, solo la usaba para conejos e incluso entonces solía fallar. Lo veíamos cojeando en el césped frente a la puerta de su casa, disparando a lo lejos y luego tardando un montón en recargar, tanto que los conejos se escapaban saltando tranquilamente. No sé quién se reía más de él, nosotros o los conejos. El viejo nunca se acercó a la Roca Colgante, el terreno era muy desigual. Probablemente no había ido allí desde hacía años.

Darren encontró una trampa para langostas en bastante buen estado varada en la playa y entre los tres construimos una balsa de madera flotante para salir a la bahía. Poníamos cebos de caballas, o nuestros viejos amigos esos cangrejos de orilla que matábamos lentamente y la mayoría de las veces sacábamos una o dos langostas. Las metíamos en un cubo de agua hasta que el fuego se apaciguaba y tenía ya solo brasas, entonces las echábamos a la hoguera sujetándolas con palos hasta que paraban de chisporrotear. Si había suerte, John robaba un poco de pan fresco de los suministros del viejo y nos hacíamos bocatas. Estaban deliciosos.

Pero, sobre todo, hacíamos surf. La ola en la Roca Colgante no era mágica, no desafiaba a la física ni nada parecido, era solo una losa de roca que sobresalía en el mar. Simplemente sucedió que sobresalía en ángulo correcto y a la profundidad justa para formar olas huecas y perfectas la mayor parte del tiempo. Hubo días en que no era así, el oleaje provenía del ángulo equivocado, o la marea estaba un poco baja. Hubo días en que era aterrador, la tormenta producía olas que rompían demasiado cerca de la orilla, o quizá olas demasiado grandes. Hubo días en que fue decepcionante con olas demasiado flojas. Pero esos eran los días raros, la excepción que confirma la regla. La mayoría de las veces la ola en la Roca Colgante era increíble. Y era solo para nosotros.

Fue así que, durante unos años, seguimos haciendo surf en nuestro paraíso privado y disfrutando de langosta a la parrilla con pan fresco. Y te lo prometo: solo tenía que haber durado un poco más, igual entonces hubiéramos tenido tiempo para madurar y convertirnos en buenas personas. Habría estado bien que sucediera eso en lugar de lo que sucedió. Habría estado genial, ¿a que sí, John? Pero no, John tuvo que joderlo todo.

CAPÍTULO VEINTISÉIS

Quedaron en una cafetería más cercana al aeropuerto que a la universidad. No quería correr el riesgo de encontrarse con ninguno de sus colegas.

—Entonces, ¿qué es lo que no podía esperar? —Dave preguntó cuando finalmente la encontró. Estaba sentada arriba, en una mesa justo al fondo, medio oculta por un pilar.

Su mente parecía estar totalmente en blanco.

—¿Es por la fiesta? ¿La fiesta de verano de Elaine? Es el próximo fin de semana. Todavía vienes, ¿no?

—Ah. Sí. Lo olvidé. Por supuesto, estaré allí. Escucha, gracias por venir hoy. Toma, te he pedido un café. —. Empujó la taza hacia él.

—De nada. Está bien salir de la oficina.

Natalie sonrió. Habría preferido no tener que quedar con él.

—Entonces, ¿qué hay de nuevo? ¿En qué puedo ayudarte? —dijo, sentándose frente a ella.

Natalie no respondió. En su lugar, metió la mano en su bolso y sacó la billetera de Jim. Presionó el suave cuero con sus manos por un momento y luego lo arrojó sobre la mesa entre ellos.

—Recibí una llamada de teléfono hace unos días. Encontraron esto en *Llandwindus*, un pueblo de Gales. Estaba escondido en un arbusto.

Dave no dijo nada, se inclinó hacia adelante, cogió la billetera y le dio unas vueltas. Luego la abrió y sacó una tarjeta de crédito. Sus ojos se posaron en el nombre de Jim grabado en el plástico y observaron con sorpresa.

—¿Esta es la cartera de Jim?

Natalie asintió.

—¿Dónde dijiste que la encontraron?

—Cerca de una pequeña ciudad llamada *Llandwindus*.

—Y de esto, ¿hace unos días?

Natalie asintió de nuevo.

—¿Escondido en un arbusto? ¿Solo esto? —Levantó la billetera.

—No. Su ropa estaba también. Todo metido en su mochila.

—¿Qué ropa exactamente, la ropa que él se había puesto para...?

—No. La ropa del día, como si se hubiera quitado lo que llevaba puesto para ponerse un traje de neopreno.

—Pero no entiendo, la policía encontró su ropa en el coche, ¿no es así? La que él se había puesto ese día.

—Sí.

Dave arrugó la cara con confusión.

—Y la mochila, ¿seguro que era la de Jim?

—Sí. La reconocí al instante.

Dave guardó silencio mirando hacia la mesa. Parpadeó varias veces y luego continuó de nuevo.

—¿Y quién dijiste que encontró la mochila?

—No lo dije. Creo que fueron unos trabajadores. Dijeron que estaban construyendo un sendero, un camino costero.

—¿Dijeron dónde exactamente?

—Solo el nombre de esta ciudad, *Llandwindus*. Lo busqué en el mapa, está a cinco horas de Porthtowan.

—¿Apuntaste su nombre? ¿Su número?

Natalie sacudió un poco la cabeza.

—No. Me pilló por sorpresa. Y colgó enseguida. Ahora que lo pienso, igual había esperado una recompensa. Quizás cuando le dije que Jim había muerto, no quiso involucrarse.

Dave dejó la billetera y comenzó a tamborilear con los dedos sobre la mesa. Después de unos minutos, se levantó y se alejó hacia el mostrador donde guardaban los sobres de azúcar. Tomó dos, regresó y volvió a sentarse; Natalie podía ver que le temblaban las manos. No abrió el azúcar.

—De acuerdo. Así que tal vez se fue a hacer surf a este otro lugar, perdió su mochila, luego condujo hasta Porthtowan y se metió al agua, pero no regresó. —Sacudió la cabeza—. No tiene mucho sentido.

—No estoy segura de que nada tenga sentido—dijo Natalie.

—Es una secuencia extraña de eventos. Quiero decir, si escondes una mochila en un arbusto antes de ir a hacer surf, ¿por qué no la recoges después?

—¿Quizá se le olvidó?

—¿Dijiste que tenía ropa?

—Sí. Vaqueros y un jersey.

—¿Alguna vez viste que Jim se olvidara de vestirse?

Natalie no respondió.

Dave se rascó la cabeza.

—Estoy confundido, Natalie. ¿Qué me estás diciendo? ¿Cómo encaja todo esto?

—No tengo la menor idea.

—¿Le has contado esto a alguien? ¿Se lo has contado a la policía?

Natalie negó con la cabeza otra vez.

—Lo pensé, pero no sé qué decirles.

—¿Se lo has contado a alguien más? ¿Se lo has dicho a tu hermana?

—No. Eres la única persona que lo sabe.

Algo en su expresión mostró que este detalle le preocupaba pero asintió como si entendiera.

Se sentaron un buen rato sin hablar. Natalie se tomó su café, pero Dave ni siquiera tocó el suyo. Finalmente rompió el silencio.

—Vale. Tal vez deberíamos recapitular. Tal vez podamos resolver esto.

Natalie se encogió de hombros pero asintió.

—Su tarjeta de la cuenta de la empresa está en la cartera. Nunca ha faltado dinero en esa cuenta. El banco nunca me contactó acerca de ningún intento de usar esta tarjeta. Y, ¿su cuenta personal? ¿puedes comprobarla?

—No necesito hacerlo. Cerré la cuenta hace años. Tras obtener el certificado de defunción me dejaron transferir todo.

—Entonces, si alguien robó la mochila del coche no fue para usar las tarjetas.

—No. También hay dinero en efectivo. —Natalie señaló la sección de atrás en la billetera y Dave la abrió.

—Treinta libras.

—Si le robaron la cartera, ¿por qué no se llevaron el dinero al menos?

Dave no respondió.

—¿Crees que tal vez alguien robó la mochila del coche y la escondió para ir a buscarla más tarde?

—¿Y no pudo hacerlo por algún motivo? —Dave se inclinó hacia adelante—. Es posible. Al menos tiene algo de sentido. Pero ¿por qué iban a ocultarlo tan lejos?

—¿Tal vez son de por allí? ¿Tal vez no estaban acostumbrados a robar y se sintieron culpables, o temieron que los atraparan?

—Supongo que eso es posible. —Dave se echó para atrás de nuevo y pensó por un momento—. Entonces. Se encontraron con el coche de Jim en Porthtowan, irrumpieron y robaron la mochila, luego se lo pensaron mejor y la escondieron en un arbusto a cientos de millas de distancia en Gales y nunca regresaron a por ella. —El entusiasmo había desaparecido de su voz—. Y eso ocurrió, qué coincidencia, el mismo día en que Jim tuvo su accidente y se ahogó.

—O el mismo día que decidió tomar una sobredosis porque se enteró de lo nuestro. —Natalie mantuvo su voz firme y sin prejuicios.

—Natalie, no creo que fuera eso lo que ocurrió.

—Yo tampoco estoy segura. Pero tienes que admitir que acabas de describir una teoría bastante floja.

—Sí. Lo reconozco.

—¿Se te ocurre una mejor?

Dave parecía que iba a decir algo, pero luego se dio la vuelta.

—¿Qué?

—Nada.

—¿Dímelo? ¿Qué estás pensando?

—No sé. No es nada.

—Dave.

Él se volvió para mirarla.

—Bueno, hay una posibilidad, pero no sé cómo explicarla.

—Suéltalo y ya está.

Suspiró, pero vio que tenía que decirlo.

—Mira, no sé si esto es una locura, pero si nunca se encontró el cuerpo de Jim y ahora ocho años después aparece su mochila ¿tal vez él no murió ese día en Porthtowan después de todo? ¿Has considerado esa posibilidad?

Al principio ella no respondió, luego asintió.

—Sí. Sí que lo he pensado.

Se miraron el uno al otro por un momento.

—Tampoco tiene sentido. Si él quisiera desaparecer, ¿de qué viviría? ¿Dónde?

Dave resopló.

—¿Amnesia? —sugurió—. ¿Tal vez se olvidó de quién era?

—¿Con su nombre y dirección dentro de la cartera?

—Vale, amnesia descartada entonces. Podría… —Hizo una pausa y suavizó su voz—. Esto suena bastante loco, lo sé, pero podría ser uno de esos tipos que tiene una segunda esposa, una segunda familia. ¿Por eso querría desaparecer?

—Bueno —continuó Natalie al cabo de un rato—. Pues no es que me solucione mucho, la verdad. Mi esposo tal vez no se ahogó cuando desapareció, sino que se fue a vivir con su otra esposa. —Cogió la billetera y con el codo sobre la mesa la sostuvo en alto—. Entonces, ¿qué hago con esto? —La arrojó de nuevo sobre la mesa entre ellos—. ¿Qué se supone que debo hacer ahora?

Dave inhaló y exhaló lentamente.

—Tienes dos opciones.

Ella esperó a que continuara.

—Hay un contenedor allí. Podrías sacar las treinta libras de la cartera, echar todo lo demás a la basura y aceptar que nunca vas a saber qué le pasó a Jim. —Natalie no estaba segura de si hablaba en serio o no.

—¿O…?

—O podrías intentar averiguarlo. No sé exactamente cómo. Pero podrías ir a este lugar, a *Llandwindus*. Preguntar por ahí. No lo sé. Igual hay algo que explique todo este lío.

Natalie bajó los ojos.

—No es una gran elección.

—No tienes muchas opciones.

Natalie permaneció en silencio hasta que Dave interrumpió sus pensamientos.

—Si no quieres ir sola podríamos ir juntos. Podríamos coger la foto de Jim y preguntar allí. A ver si alguien recuerda haberlo visto. Por lo menos podríamos buscar el camino costero, quizá podamos ver donde estaba escondida la mochila. A lo mejor eso nos revela algo. Quién sabe, incluso puede haber algo más escondido allí.

Natalie permanecía en silencio. ¿Era esto lo que quería?, se preguntó a sí misma. Miró a Dave. El chico del que te puedes fiar. Todavía casado, todavía llevaba el negocio en el que ella aún tenía acciones. Seguía guapo a su manera. Y seguía siendo el último hombre con el que se había acostado.

Natalie se encogió de hombros.

—De acuerdo —dijo por fin.

CAPÍTULO VEINTISIETE

S alieron de viaje tres días después. Esta vez fue Dave quien sugirió que no se lo dijeran a nadie y ella estuvo de acuerdo en seguida. No parecía probable que hubiera nada que encontrar y, si ese fuera el caso, ¿de qué serviría poner la muerte de Jim en el punto de mira de nuevo? Si por otro lado descubrieran algo, tendrían que lidiar con eso. Lo que quiera que «eso» fuera.

El camino se hizo más largo que las cuatro horas que predijo el GPS. Cogieron tráfico por las afueras de Cardiff y luego, el último tramo en particular, a través de las serpenteantes carreteras del oeste de Gales, se les hizo eterno. Los altos setos delineaban la carretera y las verjas de madera dejaban entrever campos y fachadas de piedra. Al principio las señales de tráfico parecían indicar sitios con numerosos pueblos y aldeas pero Natalie por fin se dio cuenta de que los nombres se repetían en ambos idiomas, inglés y galés. Entonces sí que pareció ser un paisaje más desolado.

Era mediodía cuando llegaron a las afueras de *Llandwindus*, donde vieron algunos grupos de pequeñas casas grises aglomeradas unas contra otras, a pesar de estar rodeadas por amplios campos abiertos. Siguieron la carretera por la calle principal que contenía una escasa colección de pequeñas tiendas y cafeterías. Aquello era más bonito. El pueblo parecía haber sobrevivido a base del turismo pero en aquel momento no había mucha gente y para Natalie, la calle vacía con tantas ventanas daba un aire de vaga amenaza, como si se estuviera observando su llegada. Llegaron a la ubicación que Dave había puesto en el GPS, un pequeño puerto con un muelle donde se amontonaban las trampas para las langostas y que tenía sucios botes de pesca amarrados. Dave dirigió el coche hacia el aparcamiento de grava de un pub, los neumáticos crepitaron cuando se detuvieron.

—Un lugar curioso ¿no? Pero bonito —dijo Dave cuando salieron del coche.

Natalie miró a su alrededor otra vez. Si hiciera sol tal vez, pero bajo la manta de nubes grises a Natalie le parecía bastante feo. Además hacía frío, se abrazó los brazos para calentarse.

—¿Qué hacemos ahora?

—Bueno, no sé tú, pero yo estoy muerto de hambre. ¿Qué te parece si comemos algo?

El pub se llamaba *Crown and Anchor*. Estaba en la esquina del puerto de modo que a un lado flanqueaba el río y por el lado del muelle se extendía una pequeña terraza. Había mesas para sentarse y admirar las vistas pero estaban todas vacías, excepto una con dos platos con restos de un almuerzo de pescado y patatas fritas por los que se peleaban dos gaviotas enormes. Dentro estaba oscuro pero al menos hacía más calor. Un fuego ardía en la chimenea, los pocos parroquianos que había dentro no parecían interesados en su llegada. Tampoco parecía que estuvieran allí buscando compañía. La mayoría estaban sentados solos, bebiendo cerveza en silencio.

Dave fue al baño y Natalie escogió una de las mesas que daba al río. Aquí la débil luz del día atravesaba la penumbra y Natalie pasó un rato observando el río profundo y lento que corría fuera, remolinos deslizándose y tomando su propio camino hacia el mar. Luego metió la mano en el bolso y sacó la fotografía de Jim que había traído. Se la habían hecho unos meses antes de que desapareciera y salía sonriente, apoyado en una tapia con las colinas de Bristol de fondo. Se le veía feliz, no había ningún indicio en su rostro de que algo le perturbara, sin duda nada que pudiera haberle hecho quitarse la vida. O desaparecer para comenzar una nueva.

Pero el solo hecho de sostener la fotografía en este bar, en este pueblo, la inquietó. Estaba segura de que sentía ojos mirándola, aunque nadie le estuviera prestando atención. Tuvo cuidado de sostener la fotografía para que solo ella pudiera verla, le dio la vuelta y la puso boca abajo sobre la mesa. Se abrazó de nuevo, deseando que alguien avivara el fuego. Dave regresó y colocó un zumo de naranja frente a ella.

—Sándwich de cangrejo, pescado con patatas fritas, o pastel de carne a la cerveza —dijo.

—No tengo mucha hambre.

—Pídete el sándwich. Deberías comer algo.

Natalie le mostró una pequeña sonrisa torcida en señal de agradecimiento por su preocupación.

—Por cierto, ¿sabes que estás preciosa? —le dijo.

La sonrisa se desvaneció.

—No recordemos eso de nuevo, ¿de acuerdo?

Mantuvo su mirada en ella por un momento.

—No lo estoy haciendo. Solo digo la verdad.

Natalie apartó la mirada.

—Lo siento. Ya me callo. ¿Sándwich de cangrejo, entonces?

Pensó por un momento, luego asintió. Cuando regresó, se sentó en la silla frente a ella.

—Aparentemente el chef está muy ocupado así que hay que esperar un poco —dijo, levantando las cejas. Notó la foto en sus manos —. ¿Quieres comenzar de inmediato?

Pero Natalie negó con la cabeza. Las palabras salieron de su boca antes de que pudiera pararlas.

—Dave. Creo que esto podría ser un error, venir aquí.

—¿Por qué?

—No lo sé. Quiero decir, que no vamos a encontrar nada, ¿no?

—Bueno, aún no lo sabemos —respondió con cautela.

—Creo que sí. Creo que ambos lo sabemos. —Natalie renegaba con la cabeza—. Esto pasó hace mucho tiempo. Nadie va a recordar el rostro de alguien que podría haber pasado por aquí hace ocho años.

—Quizás no, pero tal vez alguien lo haga. No lo sabremos a menos que lo intentemos.

—No, no lo harán. Estamos perdiendo el tiempo. Estoy perdiendo tu tiempo. No hay nada aquí que podamos encontrar.

—No estás perdiendo mi tiempo. Jim era mi amigo también.

Se sentaron en silencio un rato largo.

—Lo siento. No quise dar a entender lo contrario. Es solo que... — Natalie apartó la fotografía, como si no quisiera tener nada más que ver con ella—. Algo no me cuadra.

—¿El qué?

—No estoy segura de saberlo yo siquiera. Quiero decir, que ves este tipo de cosas en la televisión todas las noches y crees que será fácil, pero realmente ir y hacerlo... Tal vez tenga miedo de lo que podamos encontrar si comenzamos a mostrar esta fotografía. No sabemos cuándo se dejó su mochila allí. No sabemos quién la dejó allí. ¿Qué pasa si alguien lo reconoce? Tal vez sea mejor dejarlo estar.

Dave no respondió pero la miró hasta que ella deseó que apartara la vista.

—Quiero decir —continuó—. ¿Por qué estás aquí? ¿Dime la verdad? ¿Qué piensas que va a pasar?

Dave extendió la mano hacia la fotografía, empujándola por el borde para deslizarla con cuidado hacia su lado de la mesa, desde donde la cogió.

—No lo sé. Pero sí que sé esto. No creo que tengas elección. Podríamos irnos a casa si quieres pero un día tendremos que volver aquí. No puedes olvidarte de esto. Siempre te preguntarás si alguien aquí sabe algo. La duda te comerá por dentro. Debes asegurarte de que la respuesta no esté esperándote aquí mismo.

Natalie desvió su mirada.

—Está bien —dijo ella. Volvió a mirar el río, donde la turbia agua marrón se arremolinaba y diminutos remolinos se abrían y cerraban nuevamente. Luego se volvió hacia Dave—. Muy bien. Comencemos, pues.

Esta vez fueron juntos al bar. Vio que Dave estaba a punto de hablar pero le puso la mano en el brazo y lo empujó suavemente. Tomó la fotografía de su mano.

—Disculpe —llamó a la camarera, una joven con tatuajes en el hombro—. Esto te va a sonar extraño, pero ¿te importaría mirar esta fotografía y decirme si reconoces a este hombre? —habló en voz baja para que el resto del bar no la oyera pero nadie parecía interesado en ellos—. Creemos que tal vez estuvo aquí hace algunos años. ¿Tal vez sucedió algo para que la gente lo recuerde?

Los ojos de la chica se abrieron un poco, el único signo que demostraba que se había sorprendido, dejó de hacer lo que estaba haciendo y tendió su mano sobre la barra para coger la fotografía. Natalie sintió su sensación de inquietud otra vez cuando dejó escapar la fotografía fuera de su alcance.

La camarera estudió la imagen de cerca, como si fuera un cambio agradable de tomar órdenes y limpiar mesas. Aprovechó la oportunidad para examinar a Natalie y luego negó con la cabeza.

—No, lo siento, no lo conozco. Pero solo llevo trabajando aquí unos meses. Le podéis preguntar a ella. Es la dueña. —Señaló hacia el otro extremo del bar donde una mujer mayor estaba sirviendo una pinta de cerveza oscura a un hombre que estaba sentado solo en un taburete de la barra. Parecía que llevaba allí toda la vida.

Natalie sintió un poco de irritación pero asintió con agradecimiento. Dave y ella caminaron al lado de la barra pero se pararon lo suficientemente lejos del hombro del cliente para que no se diera la vuelta. La casera se dio cuenta de inmediato y mostró una sonrisa para demostrar que enseguida los atendería. Natalie sintió que su corazón latía con rapidez en su pecho.

—Disculpe —comenzó de nuevo—. ¿Es usted la dueña?

—Así es. —La mujer ladeó la cabeza hacia un lado y luego les sonrió. Tenía la cara curtida y el cabello rubio ceniza como el humo de un cigarrillo—. ¿Qué os pongo?

Ya la segunda vez se hizo más fácil.

—¿Me pregunto si podría echarle un vistazo a esta fotografía? Es mi esposo, desapareció hace tiempo. Creemos que algo pudo haberle sucedido aquí en *Llandwindus* —Natalie hizo una pausa— o quién sabe, aún podría estar por aquí.

La mujer alzó una sola ceja y tomó la fotografía sin decir ni una palabra. Natalie sintió esa extraña sensación de nuevo al dejarla escapar de sus manos.

—Un chico guapo.

—¿Lo reconoce? —Natalie respondió rápidamente.

—No —dijo de inmediato, sin dejar de mirar la imagen. Y levantó la vista—. ¿Cuándo desapareció? —La casera no parecía hacer ninguna señal de que iba a devolver la fotografía.

—Hace ocho años. El 3 de noviembre. Ya sabemos que hace mucho tiempo —Dave intervino para decir esto, como si quisiera justificar su presencia allí. La dueña lo miró con curiosidad, intentando evaluar la diferencia de edad entre los dos, buscando dónde podría encajar él en todo esto.

—Llevamos aquí doce años. Antes de eso estábamos en la ciudad. Nos mudamos para vivir una vida más tranquila —miró a Natalie y le echó una sonrisa alentadora—. Hay gente que tiene buena memoria para las caras, no tiene nada de malo preguntar.

—¿Y definitivamente no lo reconoce por la fotografía? Su nombre es Jim Harrison.

Sacudió la cabeza.

—No te podría jurar que nunca lo he visto antes pero no me viene nada a la mente. ¿Por qué crees que pasó algo aquí?

Natalie sintió un leve rubor de alivio. Si ella no lo conocía, al menos no era un hombre loco y sin recuerdos que venía a menudo. O el hombre de familia que solía venir aquí con su esposa e hijos.

—Bueno, es un poco complicado —dijo—. Era surfista, desapareció en el agua, al principio pensamos que en Cornwalles. Ahí es donde se encontró aparcado su coche pero hace poco hemos descubierto que tal vez estuvo aquí. Creemos que alguien aquí podría saber algo sobre lo que le sucedió. —Natalie se calló por un momento y después agregó, sin ganas—: Con el coche tan lejos... Es un misterio.

La casera frunció el ceño de una manera que sugería simpatía pero mezclada con confusión.

—¿Supongo que no tendrá ningún registro de hace tanto tiempo? ¿Quizá alquiló una habitación o algo así? ¿Podría buscar su nombre?

—¿Ocho años? —la dueña negó con la cabeza—. No guardamos registros tan antiguos.

—Ya... Pensamos que valdría la pena preguntar.

La casera le devolvió la fotografía a Natalie.

—Siento no poder ser de más ayuda pero pregunta por ahí. Somos un pueblo bastante pequeño. Puede que te sorprenda cuánto duran los recuerdos de la gente en un lugar donde no ocurre gran cosa.

Natalie le sonrió agradecida y se estaba alejando cuando Dave preguntó.

—Otra cosa, ¿sabe algo acerca del grupo que está construyendo el camino costero? Es solo porque ellos encontraron algo. Algo relacionado con Jim y nos gustaría preguntarles exactamente dónde fue.

Ella pensó por un minuto, pero negó con la cabeza otra vez.

—Lo siento. No sé nada de eso.

Natalie estaba a punto de agradecerle nuevamente cuando ella continuó.

—¿Un surfista dices? ¿El hombre que estáis buscando?

—Sí.

La casera indicó al hombre que había estado sentado junto a ellos durante toda la conversación.

—Entonces debéis mostrarle la foto a nuestro amigo Darren. Él hace surf. Lo lleva haciendo desde que era un chaval.

CAPÍTULO VEINTIOCHO

Al oír su nombre el hombre se quedó paralizado, con su jarra de cerveza a medio camino entre la barra y su boca, como si hubiera estado escuchando pero pensara que nadie se fuera a dar dado cuenta. Lentamente, puso la jarra en la barra, pero un leve tembleque en la mano hizo que el dorado líquido se derramara. Cuando habló, sonó inseguro, a la defensiva.

—Yo no sé nada.

Las cejas de la dueña se levantaron un poco en señal de exasperación. Habló con tono maternal.

—Nadie dice que sepas algo, Darren. Pero podrías echar un vistazo de todas maneras. Mira a ver si lo reconoces. ¿Igual lo has visto en el agua? La mujer dice que es surfista, como tú.

El hombre no dijo nada pero su mano se acercó a la jarra otra vez, todavía temblando. Tenía las manos sucias, con mugre negra alrededor de las uñas mordisqueadas.

—Venga niña, muéstrale la fotografía, nunca se sabe.

A Natalie se le pasó por la cabeza que el hombre podría ser un poco lento pero le entregó la fotografía de todos modos. Sus ojos se movieron alrededor de la imagen antes de clavarse en la fotografía. Luego la miró un buen rato.

—¿Bueno qué? ¿Te suena de algo? —preguntó la dueña.

El hombre no respondió al principio. En lugar de eso, le lanzó una mirada a Natalie, luego a Dave, como si tratara de ubicarlos también.

—Entonces, ¿lo reconoces? —dijo la dueña nuevamente.

—No lo creo —dijo.

—¿No lo crees? Entonces, ¿puede que sí? —preguntó de nuevo la dueña que parecía estar animándose.

—No, quiero decir. No lo conozco —dijo.

—¿Estás seguro? ¿No lo has visto tal vez haciendo surf en algún lado?

—¿Surf? ¿Aquí en la playa del pueblo?

—Bueno, es posible ¿no? —Su paciencia parecía estar evaporándose.

—No, definitivamente no lo he visto haciendo surf aquí. Y me acordaría porque tengo buena memoria para las caras —dijo sacudiendo la cabeza. Miró a Natalie de nuevo mientras decía esto, una mirada fugaz.

—Bueno, no te pasó nada por mirar ¿no? —reprochó la dueña mientras le echaba una mirada comprensiva a Natalie.

—Pensé que valdría la pena preguntar, ya que los surfistas tienden a permanecer juntos —comenzó a decir la casera—. Me refiero a los lugareños... —Pero se calló cuando el hombre se movió de repente. Se bajó de su taburete murmurando algo de que tenía que volver a trabajar y ya estaba casi en la puerta cuando Dave le gritó.

—Oye, ¡la foto!

El hombre se detuvo, se giró lentamente y esperó, mientras Dave daba unos pasos hacia él y cogía la fotografía de su mano.

—Lo siento, colega, me olvidé de que aún la tenía. —El hombre evitó mirarlos a la cara y cuando ya pensó que no iban a detenerlo, comenzó a caminar de nuevo, estaba rígido de piernas al principio, como si hubiera estado sentado en ese taburete el tiempo suficiente para beber demasiado, o tal vez solo para que se le quedasen las piernas rígidas. Cuando llegó a la puerta miró hacia atrás una vez más antes de desaparecer. Hubo un momento de quietud sorprendente.

—Bueno, pues sí que es raro —dijo Dave, luego se volvió hacia la casera—. ¿Este es siempre es así?

Pero la dueña no parecía querer entrar en eso. Alargó la mano y recogió el vaso del hombre que todavía estaba medio lleno de cerveza.

—Para ser honesta —dijo por fin—, nuestro Darren es un poco peculiar. Ahora que lo pienso, no es la mejor persona para preguntar acerca de tu amigo desaparecido. Él es... —se detuvo e hizo una mueca, como si eso fuera suficiente para explicar cuál era el problema del hombre. Luego sonrió a Natalie—. Pero no te preocupes, no todos por aquí son como él. Hay mucha gente muy agradable.

Se acercó y limpió la barra donde el hombre había estado sentado.

—Preguntad por ahí chicos. Nunca se sabe, puede que tengáis suerte. —Los ojos de la casera se deslizaron hacia Dave por un momento—. Espero que encontréis lo que sea que estáis buscando.

Mientras le daban las gracias a la casera, una camarera salió de la cocina con unos platos de comida. Se dirigió a la mesa que habían cogido Natalie y Dave y miró a su alrededor, confundida al ver que estaba vacía, hasta que vio a Dave indicándole que ya volvían. La distracción de comer fue suficiente para calmar las dudas de Natalie sobre la forma en la cual el joven había respondido. Cualesquiera que fueran sus problemas, se alegraba de que no tuviera ni idea de quién era Jim. Se dio cuenta de que estaba hambrienta y cuando hubo terminado de comer se concentró en lo que habían venido a hacer aquí. Quería seguir adelante con el plan, aunque solo fuera para poder acabar y regresar de nuevo a su vida.

Salieron del bar y subieron por la pequeña calle, caminando juntos y preguntando a todos con los que se cruzaban si no les importaría mirar la fotografía. Entraron en cada negocio, haciendo las mismas preguntas y, mientras lo hacían, la sensación de inquietud de Natalie comenzó a desvanecerse. No fue solo la repetición lo que ayudó, fue porque nadie mostró ningún indicio de reconocimiento. Miró a los ojos que estaban llenos de interés al ver la fotografía, pero que no registraban nada al mirar la cara de Jim. Él era un extraño aquí. Comenzó a sentir que no había nada que encontrar. Ningún secreto terrible que descubrir.

Subieron por un lado de la calle principal y bajaron por el otro. Habían pasado menos de dos horas cuando volvieron al coche todavía aparcado fuera del *Crown and Anchor*. No habían descubierto nada, ningún avistamiento medio recordado, ninguna otra pista que los alentara a seguir buscando.

—Y ahora ¿qué? —dijo, apoyándose en el coche.

Dave parecía pensativo, más decepcionado que ella.

—Ese quiosco tenía una fotocopiadora. Podríamos hacer copias de la fotografía y ponerla en tablones de anuncios. Tal vez nos dejen ponerlas en algunos escaparates.

Esta idea no le atraía en absoluto a Natalie pero aceptó de todos modos.

Tardaron otra media hora pero consiguieron cuatro carteles pequeños con la imagen de Jim y las palabras «¿Has visto a este hombre?» escritas en boli debajo. Pusieron el número de teléfono de Dave para enviar información. El pueblo era tan pequeño que con solo cuatro carteles parecía que tuvieran todo el pueblo cubierto.

Con eso hecho, Natalie estaba ansiosa por irse.

—No creo que haya nada más que podamos hacer —dijo cuando volvieron al coche una vez más—. Nadie sabe nada de todos modos. Es como ya dije, ha pasado mucho tiempo. Pero por lo menos lo hemos intentado. —Sonrió aliviada por el prospecto de irse de allí. Todavía había algo sobre la ciudad que no le gustaba. Pero Dave no parecía preparado para rendirse.

—¿Tienes alguna otra idea? —preguntó—. Aprovechando que estamos aquí.

—No —contestó de manera rotunda—. Tengo que trabajar mañana. Incluso si salimos ahora, va a ser bastante tarde cuando regresemos.

Dave asintió pero no dijo nada. Presionó el botón para abrir la puerta del coche y Natalie subió, pero antes de que Dave pudiera abrir el lado del conductor sonó su móvil. Natalie le miró a través del parabrisas mientras él respondía, caminando hacia el río mientras hablaba. La marea había bajado y el agua estaba mucho más baja, descubriendo espesas algas marinas verdes y marrones alrededor de las altas paredes empinadas del puerto. No parecía mejorar el paisaje. Pensó en lo difícil que sería salir del agua, si te cayeras allí, pero sacudió el pensamiento de su mente rápidamente. Cuando Dave terminó la llamada tenía una mirada pensativa en su rostro. Caminó hacia su lado del coche.

—Era Damien —dijo. Cuando notó la expresión interrogante de Natalie agregó—: Es uno de nuestros pilotos. Está haciendo una visita no muy lejos de aquí. Le pregunté si le importaría llevar el coche de vuelta para que nosotros podamos coger el helicóptero. Es solo un vuelo de cuarenta minutos.

En un principio Natalie no entendía lo que estaba sugiriendo.

—¿Vamos a volar de regreso?

—Sí. Mejor que chuparnos tres horas de coche.

Tenía sentido, Natalie se dio cuenta, pero la idea le devolvió la sensación de inquietud. Quería que Dave se subiera al coche, cerrara la puerta y que pusieran algo físico entre ellos y este lugar. Estaba a punto de sugerir que se fueran, de todos modos, para acercarse al lugar donde el helicóptero estaba aterrizando, cuando Dave volvió a hablar y era como si sintiera lo mismo.

—¿Sabes? Creo que ya he visto suficiente de este pueblo. ¿Qué tal si damos un paseo por la playa, hasta que Damien llegue? Le dije que ese era el mejor lugar para aterrizar de todos modos.

Natalie se dio cuenta de que ya estaba todo acordado, así que asintió. Quizás si se marchaban ahora no encontrasen un sitio para aterrizar y terminarían teniendo que conducir todo el camino a casa. Mejor hacer lo que proponía Dave y así saldrían del pueblo. Se abrochó el cinturón de seguridad.

—Buena idea. Vamos.

A solo una milla de la playa el paisaje era mucho más abierto. El aparcamiento de la playa estaba vacío, a excepción de otros tres coches, aparcados al frente, cerca de un camino de madera que subía y bajaba un terraplén de grava. El terraplén era tan alto que no podían ver el mar, solo el cielo gris pizarra que indicaba que la lluvia no iba a tardar mucho en llegar. Cerraron las puertas del coche y subieron la empinada cresta de rocas. En la parte superior había una fuerte brisa que soplaba desde el mar, haciéndola entrecortada y áspera. Abajo, a la orilla del agua, una figura se alejaba acompañada de un perro que corría por el agua.

Caminaron hacia la playa. El camino de madera terminaba a unos pasos de la arena y tuvieron que saltar de piedra en piedra, la más grande del tamaño de una almohada, la más pequeña como una bola de bolos. Parecían huevos gigantes grises y negros esculpidos por el viento y las olas. Pisaron la arena firme y húmeda. Natalie dio media vuelta, caminó hacia atrás y vio cómo sus huellas desaparecían unos momentos después de haberlas hecho, el agua que aparecía en la arena las borraba al instante.

—Mira —le dijo a Dave, señalándolas—. Este lugar no revela sus secretos fácilmente.

Caminaron hasta la orilla, un camino largo ya que la marea estaba baja, luego giraron a la izquierda alejándose del pueblo. De vez en cuando tenían que saltar rápidamente para evitar mojarse con el agua de las olas más grandes que se habían abierto mar adentro y finalmente llegaban a tierra. Era divertido y con cada paso, más lejos del pueblo, Natalie se sentía cada vez más aliviada de estar a punto de decirle adiós a aquel lugar.

—Ha pasado mucho tiempo desde la última vez que vine al mar —dijo para romper el silencio.

—¿Por lo que le pasó a Jim?

—Tal vez. Supongo que sí. Cuando era niña solíamos ir de vacaciones a *Worthing*. En la playa hay piedras tan grandes que no se puede caminar descalzo. Cuando la marea baja tienes que caminar más de una milla sobre barro. Y encima, cuando llegas al mar, el agua está helada. Nunca le vi el sentido.

—Nadie sabe qué sentido tiene *Worthing*.

Ella se rio.

—Tú me entiendes. Para Jim era diferente. Él tenía esa extraña conexión con el océano. A veces solo necesitaba verlo. A veces sentía que era más importante para él que yo. Supongo que eso me fastidiaba un poco.

Dave no dijo nada pero ella sintió que la miraba. Se sujetó el pelo para mantenerlo bajo control con la brisa. Era agradable estar allí, caminando por la playa, con Dave. Una imagen loca se formó en su mente, los dos caminando descalzos sobre una arena diferente. Agua turquesa, palmeras, una playa diferente, un mundo diferente. Negó con la cabeza otra vez para despejar esa idea.

—Después de que Jim falleciera hubo una temporada en la cual odiaba el mar. —Natalie continuó—. Lo odiaba por lo que me había hecho. Quise intentar vivir mi vida sin tener que volver a verlo nunca más. Sin oír hablar de él nunca más. ¿Pero sabes lo difícil que es eso?

Dave sacudió la cabeza.

—Es imposible. Siempre hay algo en las noticias o aparece en las películas cuando menos te lo esperas. Alguien hace un viaje, o deja su trabajo para dedicarse a ser pescador o algo así de tonto —se rio.

—¿Qué sientes ahora? ¿Todavía lo odias?

Natalie dejó de caminar y se volvió hacia las olas. Respiró hondo el aire húmedo y salado.

—Tal vez ya no lo odio pero me molesta. Quiero saber qué le pasó a Jim. Quiero saber por qué mi vida tuvo que cambiar así y la respuesta está ahí, escondida en el mar. Nunca nos lo va a decir. No nos devolverá su cuerpo. El mar simplemente se lo llevó, en alguna parte, de alguna manera. Creo que me molesta eso. Pero ya no lo odio. No odio estar aquí.

Mientras hablaba, las primeras gotas de lluvia salpicaron su chaqueta.

—¿Ves, para qué venir a la playa? ¡Siempre hace frío o llueve, es horrible! Volvamos.

Se giraron y miraron hacia la playa buscando el refugio más cercano. Habían caminado un buen tramo y habían pasado el final del terraplén de grava. Detrás de ellos, tierra adentro, había una cresta de hierba baja, con muchos arbustos y un gran cartel cuya orientación bloqueaba lo peor de la lluvia. Era el único refugio a la vista.

—Parece que es solo un chaparrón —dijo Dave, mirando al cielo—. Vamos a cobijarnos detrás del cartel y ya volvemos cuando haya pasado lo peor.

Comenzaron a correr.

Natalie llegó primero y se albergó con su espalda hacia la señal. El viento se había levantado con la lluvia, soplando más hacia los lados que hacia abajo, de modo que el cartel daba un poco de protección. Cuando Dave llegó, Natalie se movió para dejarle espacio. Estaba resoplando por el esfuerzo de la carrera y comenzó a limpiarse la lluvia de la cabeza. El agua le había aplastado el pelo, resaltando la zona donde se le estaba empezando a caer. Por alguna razón ese detalle le hizo pensar en Elaine, la esposa de Dave. Así que se dio la vuelta, examinando el cartel en su lugar. Mostraba un mapa grande del área con una línea roja punteada que indicaba el trayecto del nuevo sendero que se abría a lo largo de toda la costa de Gales. Imágenes granuladas de hombres en traje de chaqueta dándose la mano acompañados de un breve texto explicando cómo habían recaudado fondos para hacer una ruta ininterrumpida alrededor de la costa. Había información sobre la vida silvestre que los visitantes podían ver, frailecillos, delfines y marsopas y flores silvestres. Ella lo leyó distraídamente antes de hacer la conexión.

—Este es. Este es el sendero.

Dave parecía perdido pero enseguida entendió su significado y leyó el cartel con ella.

—Tiene doscientas cincuenta millas de largo —leyó Dave—. Va a ser bastante difícil encontrar a los muchachos que lo están construyendo.

—Tal vez. ¿Pero podríamos llamarlos?

—¿Cómo?

—Mira, aquí. Donde dice «para más información, llame a este número».

Dave la miró con una pequeña sonrisa de satisfacción, luego se metió la mano en el bolsillo y sacó su teléfono.

—Bien, vale —dijo mientras marcaba el número. Natalie se inclinó cuando escuchó el tono de llamada.

—Consejo del condado de Ceredigion, ¿en qué puedo ayudarle? — La mujer que respondió tenía un acento fuerte. Se oía de fondo los sonidos delatores de un centro de llamadas.

Dave explicó que estaban tratando de contactar con el equipo que estaba construyendo el sendero costero alrededor de *Llandwindus*. Al principio no tenía ni idea de qué estaban hablando pero después de más explicaciones comprendió.

—Entonces, ¿por qué necesitan hablar con ellos? —preguntó. Estaba claro que no mucha gente había aprovechado la oportunidad en el letrero para llamar.

—Uno de los trabajadores que trabajaba en el camino encontró una mochila que se había perdido y nos la devolvió. Solo queríamos agradecérselo personalmente —explicó Dave.

Esto pareció satisfacer a la mujer, de hecho, fue más que satisfactorio. De repente se mostró entusiasmada de poner a Dave en contacto con el «equipo del sendero» y les pidió que esperaran. Esperaron con la lluvia que los rodeaba mientras el sonido metálico de Tom Jones sonaba desde el altavoz del teléfono de Dave. Tom los serenó con una canción casi completa antes de volver a la operadora.

—Vale. He hablado con el equipo del sendero. Dijeron que fue un contratista temporal pero creen que todavía está en la zona. No puedo contactarle yo misma, ¿pero tengo un número de móvil si lo desea?

Natalie asintió con la cabeza. Sacó un bolígrafo de su bolso y lo sostuvo listo para escribir en su palma.

Cuando terminaron, Dave colgó e inmediatamente marcó el número ahora escrito en la mano de Natalie. Después de un momento, cubrió el teléfono con su mano para indicar que había saltado el contestador. Se encogió de hombros y devolvió la frase «deja un mensaje».

Dave explicó rápidamente por qué llamaba y dejó su número, pidió a alguien del equipo que contactara con él lo antes posible y luego colgó de nuevo.

—Bueno, eso ha sido un buen descubrimiento. ¿Ahora qué?

Para entonces ya había dejado de llover aunque parecía más una pequeña pausa en el mal tiempo antes de que empeorara de verdad.

Natalie se encogió de hombros.

—¿No está ese helicóptero tuyo a punto de llegar? Podríamos resguardarnos en el coche antes de que nos caiga el diluvio que se avecina.

Caminaron, ahora más rápido, por un sendero que ascendía suavemente por el banco de guijarros, dándoles una vista de la playa por un lado y del campo por el otro. A medida que se acercaban al aparcamiento, Damien volvió a hablar por el móvil y esta vez Natalie entendió de qué iba la conversación por lo que decía Dave. Parecía que el piloto se había retrasado, solo una hora, hora y media como máximo. Ella decidió, mientras Dave hablaba por teléfono, que incluso así no valía la pena conducir a casa, pero esta vez se sintió mucho menos preocupada. Solo fue irritación lo que sintió por el retraso.

Fue en aquel momento que lo vio. Cuando Dave colgó y comenzó a explicar la llamada, le interrumpió.

—Lo siento, Natalie... —Dave comenzó, luego se detuvo—. ¿Qué pasa?

—Ahí. Mira eso.

—¿El qué?

—Eso de allí. Eso es un camping —dijo.

Estaba mirando detrás del aparcamiento donde una pared baja delineaba varias explanadas. Algunas estaban salpicadas de caravanas, sucias y abandonadas, con césped y malas hierbas a su alrededor. También había un edificio, una casa, a la que se llegaba por un camino desaliñado rodeado de malas hierbas.

—Él estaba acampando. Jim estaba acampando. Casi lo había olvidado. Y lo hemos intentado en todas partes. ¡Vamos! —Natalie se apartó del camino, avanzó por el banco de piedras y entró en el aparcamiento, pero en lugar de caminar hacia el coche, caminó hacia la parte trasera del aparcamiento, donde una verja cerraba un hueco en el muro. Dave le siguió, intentando mantener el ritmo.

La cancela estaba medio fuera de sus bisagras. Al principio, Natalie pensó que no se debía haber abierto en mucho tiempo pero luego notó un pequeño candado de bronce que la encadenaba a un poste. Parecía demasiado brillante para haber estado allí mucho tiempo. Le dio una sacudida, confirmó que estaba cerrado con llave y buscó otra manera de entrar. No tardó mucho tiempo en encontrarla, la tapia al lado de la puerta era baja y fácil de escalar. Aun así, no trepaba muros a menudo y se sintió incómoda balanceando su pierna, deslizando sus manos sobre la piedra mojada.

Saltó al otro lado y sus pies se hundieron en la tierra pantanosa. Se sorprendió de la longitud de la hierba, le llegaba hasta las rodillas.

—¿Dónde vas? Obviamente está abandonado —Dave la llamó, pero le ignoró y siguió adelante. Detrás de ella, lo escuchó murmurar algo sobre un café en el pueblo. Cuando miró hacia atrás, vio que también estaba trepando.

Ahora que estaba más cerca de la casa podía ver cómo la pintura verde se desprendía de las paredes. Las ventanas de la planta baja estaban tapiadas, en el piso de arriba las cortinas cerradas. Por un momento, creyó ver una cara en una de las ventanas de arriba.

«¿Qué estás haciendo?» Pensó para sí misma.

Se detuvo, segura de que era solo un truco de la luz, pero rompió su entusiasmo. Dave tenía razón. La casa estaba claramente abandonada. ¿Qué más daba si Jim había estado acampando? Incluso si estuviera abierto, un camping jamás mantendría registros tan antiguos. Y este no parecía que hubiera estado abierto en mucho tiempo.

Se dio por vencida. En lugar de ir a la casa principal caminó hacia lo que debían haber sido las duchas. Se acercó para investigar. Frente a ella había cuatro puestos de ducha, tres de ellos no tenían puerta; el último, crujía cuando la brisa lo movía sobre sus bisagras oxidadas. Sonaba como un niño llorando o como un animal dolorido. Dentro de cada cubículo se veía una capa de barro sobre las baldosas rotas salpicadas de basura. Había un fuerte olor a orina. Tuberías de plata opacas colgaban en el aire donde los inodoros habían sido arrancados de las paredes. Notó que Dave llegaba a su lado y se alegró de ello.

—Parece que ya lleva cerrado un tiempo —dijo—. Nunca entenderé por qué hay gente que no le importa ducharse en un camping de todas maneras.

Natalie se volvió hacia él y sonrió.

—No todo el mundo puede permitirse los hoteles de cinco estrellas y los helicópteros privados.

—Ya, pero hay un punto medio razonable, ¿no?

Ella se rio.

—En cualquier caso, aquí no hay nadie. ¿Qué tal si buscamos una cafetería en el pueblo?

Dave debió haber pensado que no le había oído y repitió.

—Vamos a tomar un café... ¿Natalie?

Pero estaba completamente parada.

—Hay alguien ahí, en la casa, mirándonos.

Se llevó la mano a la boca y había miedo en sus ojos. Agarró a Dave del brazo.

—Creo que es él.

CAPÍTULO VEINTINUEVE

—¿Quién es? —preguntó Dave con una repentina tensión en su voz.

Natalie bajó la mirada hacia el brazo que estaba agarrando a Dave por la muñeca. Lo soltó rápidamente, como si la extremidad hubiera actuado por sí misma.

—Nada. Nadie —dijo, enrojeciendo a pesar de la frescura del aire. Se preguntó si él sabía a quién se refería.

—¿De quién hablas? —dijo de nuevo.

—De nadie. Pensé que había visto a alguien en la casa. No es nada. Tan solo encuentro este lugar un poco espeluznante. Ha sido un día extraño. —Estaba a punto de darse la vuelta y dirigirse de regreso al coche cuando se detuvo nuevamente—. ¡Ahí! En la ventana de arriba. —El color desapareció de su rostro—. Lo he vuelto a ver. He visto a alguien. Ahí arriba, mirándonos. Escondiéndose detrás de la cortina, mira, todavía se le ve la silueta contra la cortina.

—¿Estás segura?

—Sí. Mira, ¡otra vez!

Dave estaba entrecerrando los ojos mirando hacia la casa.

—¿Hombre o mujer?

—No lo sé. Hombre, creo.

—Bueno, probablemente estamos traspasando su terreno.

—¿Por qué no nos dice que nos vayamos? ¿Por qué esconderse detrás de la cortina? ¿Por qué estar en una casa abandonada con todas las cortinas cerradas en primer lugar?

Dave no respondió y se quedaron mirando la casa, sintiéndose repentinamente expuestos.

—Bueno, vamos a averiguarlo. —Dio un paso hacia la casa.

—¿Averiguar el qué?

—Ya hemos preguntado a casi todos en el pueblo. Veamos si este hombre sabe algo. ¿Tienes la foto?

Natalie no se movió.

—No estoy segura, Dave. No creo que quiera hacer esto.

—¿Por qué no? Probablemente sea solo alguien que se pregunte qué estamos haciendo en su propiedad. Vamos.

Natalie se preguntó si Dave realmente se sentía tan tranquilo como sonaba.

—No sé. Quizás es por eso por lo que nadie en el pueblo lo reconoció. ¿Qué pasa si se ha estado escondiendo aquí solo?

Dave tomó su mano.

—Venga. Ya hemos hablado de esto. Si no lo intentamos, te preguntarás el resto de tu vida si hay algo más que pudieras haber hecho. — Con sumo cuidado, le tomó del brazo y le condujo hacia la casa. Entonces ambos vieron la cortina temblar otra vez.

A medida que se acercaban al edificio, el estado de deterioro se hizo más evidente. Había un pequeño letrero encima de una puerta que decía «Recepción» pero obviamente estaba fuera de servicio. La ventana de al lado, la única que no estaba cerrada con tablas, tenía varios paneles rotos. El vidrio estaba cubierto de mugre así que, a no ser que pegaran las caras contra él, no podrían ver nada dentro. Un segundo cartel colgaba en el interior de la ventana, sus gruesas letras rojas apenas visibles: «CERRADO».

Más allá de la casa había otra puerta a la que se accedía por un tramo de escalones de madera. Parecía que era, o había sido una vez, la entrada principal. Había un timbre en la parte superior de los escalones.

—Sabes, si esto fuera una película de terror, aquí es donde tú sugieres que nos separemos —dijo Natalie.

Dave soltó una carcajada.

—Buena idea. Tú llama al timbre que yo te espero en el coche —bromeó.

Dave puso un pie en el primer escalón, estaba por poner el otro en el segundo escalón cuando se oyó un fuerte crujido. La podredumbre en la madera hizo cederla y el escalón se derrumbó debajo de él. Tropezó hacia atrás pero logrando mantenerse en pie.

—¡Joder!

El buen humor que acababan de tener desapareció por completo.

—¿Estás bien?

—Sí, más o menos. —Se inclinó y se quitó unas astillas de madera de los pantalones—. Supongo que nadie ha pisado estos escalones en mucho tiempo.

Natalie retrocedió unos pasos y ahora tenía mejor vista de la parte trasera de la casa.

—Hay otra puerta aquí.

Ella lideró el camino esta vez. Alrededor del otro lado de la casa vieron un cobertizo y la parte delantera de un vehículo en el interior, una camioneta roja, maltratada y embarrada, pero que parecía que todavía podía funcionar. La puerta lateral, cuando llegaron, también parecía en mejores condiciones, como si todavía la usaran. Dave miró a Natalie cuando ambos se pararon frente a ella.

—¿Estás lista?

Ella asintió.

Tocó dos veces, con más fuerza y confianza de la que sentía.

Natalie le vio los pies primero. Botas marrones sucias; botas pesadas que parecían capaces de hacer daño. Pantalones de camuflaje gris y blanco. Un jersey de punto verde, lo suficientemente ajustado para ver que era delgado, flaco incluso. Alto también, de la altura de Jim. Parecía más joven de lo que Jim sería ahora. Y la cara no era la correcta. Ojos de color marrón oscuro, casi negros miraban desde las estrechas hendiduras en una cara donde la piel se retraía con fuerza sobre los huesos. El pelo era largo y grasiento, el mentón tenía parches de barba incipiente con un crecimiento sucio y descuidado. No era Jim.

—¿Qué desean?

—Hola. Lamentamos molestarle —comenzó Dave—. Queríamos explicarle, creo que nos ha visto deambulando por la finca...

Pero Natalie lo interrumpió. Parecía apropiado dado que el hombre la miraba directamente a ella. Parecía no haberse dado cuenta de que Dave estaba hablando.

—Mi amigo y yo estamos buscando a alguien que desapareció hace un tiempo. Nos preguntamos si quizá acampó aquí.

—El camping está cerrado.

—Ya lo vemos. Pero esto sucedió hace un tiempo. Hace mucho tiempo en realidad.

—Lleva cerrado mucho tiempo también.

—No estamos aquí para acampar.

El hombre sonrió un poco. Luego negó con la cabeza.

—No he visto a nadie.

Natalie se dio cuenta de que había estado conteniendo la respiración.

—¿Tal vez si pudiera mostrarte una fotografía? —Sacó la foto de Jim y la levantó para que el joven la viera.

La miró solo un segundo y enseguida apartó la vista. Volvió a fijar sus ojos en Natalie.

—No lo conozco.

—No has mirado muy bien.

El hombre olfateó. Le lanzó una rápida mirada a Dave, la primera vez que había mostrado interés en él.

—Es mejor que no andéis mostrando eso por aquí.

—¿Qué? ¿A qué te refieres?

—¿Lo habéis estado enseñando?

—¿Perdón?

—He dicho que ¿a quién le habéis enseñado la foto? —El hombre habló con voz monótona que contrastaba con el acento del pueblo.

Examinó el terreno vacío a su alrededor. Luego se alejó de ellos y pareció maldecir por lo bajo. Pareció considerar que decir durante un largo tiempo antes de hablar.

—Mira, ya que estáis aquí tal vez es mejor que entréis.

Natalie miró a Dave pero no consiguió descifrar el gesto de su cara. Tan solo vio que tenía las manos apretadas en puños.

—Vale —dijo ella. No le parecía que pudiera contestar de otra manera.

CAPÍTULO TREINTA

S upe exactamente quiénes eran cuando los vi desde el piso de arriba. No sabía lo que estaban haciendo, hurgando en las duchas, pero sabía quiénes eran. Un hombre y una mujer; tenían que ser ellos.

Acababa de deshacerme de Darren media hora antes, apestando a alcohol, con pánico en los ojos, contándome una historia de que la esposa de aquel tipo había venido y andaba haciendo preguntas en el bar, después de tantos años. Darren dijo que sabían cosas. Dijo que habían encontrado algo en el camino costero, o que alguien lo había hecho y que nos estaban buscando. «Un cadáver», dijo, «seguro que es el cadáver». Le dije que no fuera tan estúpido. Si hubieran encontrado un cuerpo, la policía ya estaría involucrada y estaríamos bien jodidos.

Al principio pensé que podría ser otra de las pesadillas de borracho de Darren. Las tenía a veces, especialmente cuando pasaba demasiado tiempo en ese bar de mierda. Pero era un poco temprano incluso para que Darren estuviera borracho, así que me mantuve atento. Y aquí estaban. Un hombre y una mujer tal y como los describió. De pie en mi puerta preguntándome sobre aquel hombre. De alguna manera parecía que lo sabían todo. O tal vez simplemente Darren y yo solo sufríamos las mismas putas pesadillas.

A veces me pregunto qué me hizo invitarlos a entrar. Me mostraron esta fotografía y yo podría haberles dicho que no lo había visto en mi vida. Casi lo hice. Pero entonces pensé, ¿qué me pasaría? Podrían hablar con cualquiera y yo no habría sabido nada al respecto. Así que en realidad creo que no tuve elección. Los invité porque no me quedaba más remedio.

Y si os soy sincero, creo que también tenía curiosidad por conocer a la esposa del tipo. Me había preguntado cómo sería, qué sentiría al hablar con ella. Por lo que había visto del hombre pensaba que sería un poco vulgar. La había imaginado rubia. Lo típico, pintalabios rojo y tetas grandes. Pero no era así. Era guapa, con esos ojos verdes y pelo largo y oscuro. Pero no guapa corriente, no. Guapa y con clase.

Supuse que el hombre que la acompañaba debía ser su nuevo marido. Ella lo miró como si pensase que «esto es extraño» pero entró la primera cuando abrí la puerta. Pensé que él debía tener pasta, porque era calvo y un poco gordo. Una mujer como ella podría estar con alguien mucho mejor que ese.

Estaba tratando de pensar mientras los guiaba hacia la cocina pero era difícil porque ella no paraba de hacer preguntas.

—¿Reconoces al hombre de la fotografía? ¿Puedes decirnos algo sobre él? Su nombre era Jim Harrison.

No le respondí.

—¿Queréis tomar algo? —dije una vez que habíamos entrado—. Creo que tengo tazas en alguna parte.

Se miraron el uno al otro y luego el hombre habló.

—¿Te importaría hablarnos acerca del hombre de la fotografía? ¿Lo reconoces?

Tenía una voz mucho más profunda de lo que esperaba. Yo estaba tratando de descubrir quién era, dónde encajaba en todo esto.

—¿Reconoces al hombre de la fotografía? —repitió de nuevo.

—Está bien, está bien.

—Entonces, ¿lo reconoces? —dijo ella, mirándome directamente, tan cerca que podría haberme acercado y tocarla.

Me estanqué.

—Déjame verlo de nuevo.

Me entregó la fotografía pero ambos estaban de pie y la cocina no era muy grande, así que les dije que se sentaran y decidí no mirar la foto hasta que lo hicieran. Finalmente, cedieron y se sentaron.

—¿Jim Harrison dijiste?

—Así es. ¿Sabes algo acerca de él?

Ahí estaba, mi última oportunidad para decir que no. Pero ahora sí que sabía que no iba a hacerlo.

—Jim —dije, observando su reacción al nombre—. Bueno, algo sé sobre él.

Ella dio un salto cuando lo dije. En realidad, rebotó en la silla, estaba tan sorprendida. Me miró fijamente a los ojos un buen rato y al final tuve que mirar hacia otro lado.

—¿Qué sabes? —parecía estar en calma, pero su voz era gélida.

El hombre se levantó de nuevo. Era un poco más bajo que yo y se puso de pie muy recto como si no quisiera que lo notara.

—Creo que será mejor que comiences a hablar ahora —dijo. Y eso me molestó, ya sabes, hablarme en ese tono en mi cocina.

—Bueno, ¿quieres el té o no? —respondí dirigiéndome a ella. Me pregunté si él podría tratar de abofetearme. Pensé que ella trataría de detenerlo si lo hiciera. Estaba tan desesperada por saber.

—Es una historia larga. Tal vez quieras un poco de té.

Después de un rato, ella asintió con la cabeza y él se sentó de nuevo mientras yo sacaba las tazas del armario y ponía a hervir la tetera. Me di cuenta de que me estaban mirando pero no me importaba. Necesitaba tiempo para pensar.

* * *

NECESITABA tiempo para organizarlo todo en mi mente. Cómo y qué iba a contarles, así que me aseguré de hacerles el mejor té que habían tomado en mucho tiempo. Lavé las tazas y luego las calenté con un poco de agua caliente y, mientras tanto, les pregunté si les gustaba el té fuerte, si querían leche y azúcar, incluso si preferían azúcar blanca o morena. Sin embargo, realmente no oía lo que contestaban porque estaba pensando, así que tuve que seguir haciéndoles las mismas preguntas una y otra vez. Me llevó mucho tiempo, pero al final puse unas tazas humeantes frente a los dos y esperé hasta que ambos bebieron un sorbo y me dijeran que estaba bueno. Solo entonces comencé.

Al final les conté todo, y cuando digo todo me refiero a todo. Sentí como si me estuviera desahogando. Me salió la verdad con mucha facilidad.

Para cuando llegué a la parte del hombre, esos tés estaban ya helados, pero para entonces ya habían dejado de interrumpirme y simplemente me escuchaban en silencio. Era casi como si yo fuera alguien importante dando un discurso o algo así, como que lo que decía realmente importaba. Así que, aunque John me había hecho prometer que nunca contaría lo que sucedió, «nunca le cuentes a nadie lo que pasó ese día», noté como si las palabras escapasen de mi boca y no pudiera hacer nada para detenerlas.

—Era sábado —les dije—. Un sábado de noviembre. Teníamos dieciséis años...

CAPÍTULO TREINTA Y UNO

L o noté de inmediato. Quiero decir, me di cuenta de que era surfista. Estaba atendiendo en la tienda del camping. Todavía tenía que hacerlo los sábados pero había negociado con mamá que abriría desde las siete de la mañana hasta las diez. Si la gente quería algo después que se fueran al pueblo.

Atender la tienda significaba sentarme detrás de la caja registradora con la cabeza metida de lleno en una revista. Solo levantaba la cabeza si la cliente era una chica guapa o si era alguien que parecía que le gustaba robar en tiendas. Este tipo tal vez parecía que encajaba un poco en esa categoría. Era mucho mayor que yo pero aún era joven. Tenía los ojos afilados y parecía que no se le escapaba ningún detalle.

—Haces surf, ¿verdad? —Cogió una lata de judías y un poco de pan y me los enseñó. No teníamos un escáner ni nada sofisticado, tenía que apuntarlo todo en el cuaderno.

—Sí —vi que estaba mirando el artículo de la revista que había estado leyendo, olas de color turquesa y palmeras—. A lo mejor.

—Te vi en el agua ayer. Eres bueno.

—Gracias. —Respondí tan sarcásticamente como pude. Sabía que era bueno, no necesitaba que este tío viniera a decírmelo.

Se encogió de hombros como si no hubiera sido un cumplido, solo una observación.

—¿Has visto el pronóstico del tiempo?

Por supuesto que sí. Nos asegurábamos de captar el final de las noticias en la televisión, con la esperanza de vislumbrar anillos apretados de isobaras en el Atlántico, que generalmente estaban detrás del culo del presentador mientras hablaban del clima para patos o alguna otra mierda irrelevante. Los anillos mostraban las borrascas en el Atlántico, los sistemas meteorológicos que nos enviaban las olas.

—Es que no tengo tele, estoy acampando —explicó con una sonrisa que coincidía con mi sarcasmo.

—No parece que venga nada bueno —le dije. Había algo en la forma en que el colega me estaba mirando que no me gustó nada. Era como si conociera mi secreto y me estuviera poniendo a prueba—. Puede que haya una pequeña ola después. Tal vez hasta la cintura.

Sus cejas se levantaron con sorpresa.

—¿Eso es todo? —preguntó—. Pensé que sería más grande.

Esta vez me encogí de hombros.

—El promontorio bloquea el oleaje —lo dije como una manera de terminar la conversación. No era que siempre fuera un miserable mal educado con los clientes del camping, pero teníamos una regla que consistía en ser tan groseros como pudiéramos con los surfistas de fuera. John lo llamaba la «Regla de las *Badlands*». Pero en este caso resultó no ser lo mejor que pude decir.

—Sí, ya lo he notado. Dime, tú no eres de por aquí ¿verdad?

—Es una libra y cuarenta y nueve peniques.

Ignoró mi mano extendida al principio pero luego se metió la mano en los pantalones para buscar su billetera.

—Aquí tienes —me dio un billete de diez libras. Era uno de los primeros clientes del día y no tenía cambio.

—¿Tienes algo más pequeño?

Sacudió la cabeza.

—Australia, ¿verdad? —sonrió pensativamente—. El acento. Estaba tratando de ubicarlo. Supongo que estás acostumbrado a mejores olas que aquí, ¿no? —Bajó la cabeza en dirección a la playa del pueblo—. Lo siento chico, eso es todo lo que tengo.

Solté un largo suspiro a pesar de que no tenía que ir muy lejos para obtener cambio ya que mamá estaba en la cocina contando efectivo para ir al banco.

—Vuelvo en un minuto —le dije, levantándome.

—Mira no te preocupes, compro algo más.

Se dio la vuelta y cogió un par de paquetes de arroz, una botella de Coca-Cola y luego escogió una postal al azar del estante.

—¿Vendéis mapas?

Había estado anotando los artículos en el cuaderno pero me detuve al escuchar esa pregunta.

—Algunos —respondí lentamente—. ¿A dónde quieres ir?

—Las olas me parecen un poco pequeñas para hacer surf. Estaba pensando que igual me iba a caminar, a ver qué hay al otro lado del promontorio —indicó señalando hacia el sur de la bahía con un giro de cabeza. No sé cómo lo sabía, pero realmente tuve la sensación de que me estaba poniendo a prueba.

—Por ahí no se puede caminar —dije—es propiedad privada. Los mejores paseos son por el río, al norte de la bahía.

—Sí, ya oí algo así. —No sabía si quería decir que había oído dónde estaban las mejores caminatas, o si sabía que el promontorio hacia el sur era todo privado.

—Hay señales grandes y todo —dije, e inmediatamente me arrepentí.

—Señales grandes, vaya —dijo—. No me gustaría meterme en líos con carteles grandes. —Su sarcasmo burbujeó un poco más cerca de la superficie—. Bueno, ¿tienes el mapa o no?

Vendíamos mapas todos los días pero algo hacía que no quisiera darle un mapa a este tío. Consideré decirle que se nos habían agotado pero me di cuenta de que tan solo tendría que ir a la tienda del pueblo para conseguir uno y nosotros los vendíamos por una libra más, así que sería una especie de victoria. Abrí el cajón y le di uno.

—Gracias, chaval.

Con todos los artículos ya tenía suficiente cambio y se lo entregué. Me echó una sonrisa sarcástica mientras equilibraba su comida sobre el mapa y lo apretaba contra su pecho. No le había ofrecido una bolsa.

—Te veo en el agua, niño —dijo, empujando la puerta con la mano libre.

Observé desde la ventana a qué tienda volvía, estaba junto a las duchas, un Nissan rojo estacionado con la curva blanca de una tabla de surf apenas visible en el interior. Yo sabía de coches, llevaba años conduciendo a mamá por el camping y estaba contando los días hasta que tuviese la edad requerida para hacer el examen. Para poner una tabla de surf en un automóvil tan pequeño tenías que bajar el asiento del pasajero y meter la tabla a través del maletero. Solo quedaba hueco para el conductor. Significaba que el tipo estaba aquí solo. No sé por qué me di cuenta de esto en ese momento, tal vez pensaba que cuantos menos surfistas mejor.

No sé lo que era, una premonición tal vez, pero me sentí incómodo el resto de la mañana. Pensaba dirigirme directamente a la Roca Colgante una vez que hubiese cerrado la tienda. Mi comentario sobre el promontorio que bloqueaba el oleaje probablemente me salió porque había estado pensando en eso. Ese día había un tipo de oleaje pequeño que no llegaba a la playa del pueblo pero que estaría funcionando de maravilla en la Roca Colgante. Darren y John ya estarían allí pero sería mejor por la tarde con la marea, así que no me estaba perdiendo mucho.

Traté de recordar cuánto tiempo había estado allí en su tienda de campaña pero hasta ese momento no me había fijado en él. Supongo que eso significaba que no llevaba mucho allí. Su coche estaba aparcado en paralelo a mí, así que no podía ver el número de matrícula y revisar nuestro libro de visitantes. Pero no quería salir y mirar, porque todavía sentía que el tipo de alguna manera me estaba observando. Me distraje con unos clientes y al rato, cuando volví a mirar su coche ya no estaba.

ÍBAMOS A PASAR esa noche en la Roca Colgante. Le dije a mamá que me iba a quedar en casa de John, mientras que él y Darren les dijeron a sus padres que iban a quedarse en una de las caravanas conmigo. Siempre lo decíamos de manera muy vaga, para que hubiera menos posibilidades de que nos pillaran. Pensamos que probablemente haríamos surf con la marea alta del sábado por la tarde, otra vez el domingo temprano por la mañana y luego a última hora de la tarde antes de regresar a la vida real la noche del domingo. Eso significaba que tenía que llenar una mochila con bastantes cosas, traje, comida y agua. Ya era casi mediodía cuando salí de excursión por la carretera, caminando más allá de la casa de John. No importaba si alguien me veía ya que solo parecería un excursionista normal dando un rodeo por la finca privada. Se veía a gente haciendo eso mismo todo el tiempo. Así que, no estaba prestando mucha atención, incluso cuando escuché el ruido de un coche que se acercaba por detrás. Pero disminuyó la velocidad en lugar de adelantar y decidí pararme al borde para dejar que me adelantara. Pensé que sería un viejo de la aldea que era demasiado mayor para conducir bien. Pero cuando me di la vuelta vi el destello rojo del capó y fui demasiado lento para bajar la cabeza o mirar hacia otro lado. El tipo de la tienda estaba en el asiento del conductor, con un par de gafas oscuras cubriéndole los ojos. Sentí que vaciló por un momento antes de pasar, sentí sus ojos en mí, en el espejo retrovisor, mientras continuaba por la carretera.

CAPÍTULO TREINTA Y DOS

M e mosqueó un poco, pero ya casi lo había olvidado cuando llegué a la Roca Colgante. Vi de inmediato que me había equivocado acerca de que la mañana no iba a ser tan buena. Había largas líneas de olas que se extendían mar adentro y rompían tan bien que a veces había hasta dos o tres olas rompiendo en el arrecife al mismo tiempo, cada una siguiendo la misma ruta que la primera. Brillaban a la luz del sol y parecía casi que estuviéramos en Australia, con el mar tan azul y el cielo tan claro. Darren ya estaba en el agua, acababa de remar a su parte favorita mientras yo cruzaba la maleza. No veía a John en ninguna parte pero me detuve un rato para ver a Darren pillar una ola. Supuse que llevaba ya tiempo en el agua porque su remo era lento y cansado, pero hizo un buen despegue y tuve que sonreír. A pesar de que ya conocíamos bien el lugar, aún te tenías que parar y apreciar lo alucinante que era.

No estaba tan seguro ahora de que la tarde fuera a ser mejor. Pero me venía bien que Darren y John hubieran pasado la mañana en el agua mientras yo estaba fresco y descansado. Tal vez no lo hablábamos mucho pero éramos bastante competitivos con lo de quién era el mejor.

Para cuando llegué a la Roca Colgante había un poco de calma en el oleaje, así que dejé mi bolsa y saqué el traje de neopreno para secarlo al sol. Lo extendí sobre una roca y, mientras lo hacía, vi a John abriéndose camino desde la playa junto al arroyo, con su tabla bajo el brazo. Debía haber cogido su última ola justo antes de que yo llegara. Teníamos sillas muy cómodas que habíamos hecho con maderas flotante, sobre todo de palés viejos y me estiré en una, con los brazos detrás de la cabeza, tratando de decidir si debía entrar ahora para hacer una sesión rápida o esperar a ir luego con los otros.

—Métete en el agua —dijo John cuando llegó. Se había quitado la parte de arriba de su traje de neopreno y el pelo rubio le goteaba agua por el pecho. Se le veía respirando con dificultad por el ejercicio—. Está bastante decente.

—¿Tú te vas a meter luego otra vez?

—Sí, dentro de un rato. ¿Has traído comida?

Señalé mi mochila.

—Coge lo que quieras —luego señalé las olas. Vimos a Darren remar a través de ellas sin darse la vuelta para coger ninguna—. ¿Qué le pasa a Darren? ¿Por qué está desperdiciando esas olas?

—Porque es un marica. —John sonrió—. Bueno, hemos estado toda la mañana y ha estado haciéndolo bastante bien. Hizo un tubo y todo de aproximadamente cuatro segundos. Te apuesto a que es lo primero que te cuenta cuando te vea.

Mientras hablaba, John había arrancado un trozo de una hogaza de pan y estaba ocupado colocando la llave en una lata de jamón, del tipo que hay que enrollarla para quitar la tapa. Normalmente él era bastante diestro con eso pero tal vez tenía lo brazos cansados porque la llave se le rompió a la mitad.

—Mierda —dijo. Lo observé hurgar en su montón de ropa en busca de su cuchillo de caza. Lo deslizó fuera de la funda y preparó la lata abierta con la hoja gruesa. Luego cortó una gran rebanada de carne rosa y la sostuvo contra el costado del cuchillo, comiéndola con cuidado al filo de la cuchilla.

Fuera, en el arrecife, la última ola del grupo se estaba alineando para romper y Darren se giró para cogerla. Se le veían los brazos cavando profundamente y dando patadas con los pies. Casi la perdió, parecía que iba a pasar justo por debajo de él pero en el último momento la ola se inclinó lo suficiente como para que su tabla comenzara a acelerarse y Darren saltó hacia arriba para ponerse de pie, con una mano sujetando el lado de la tabla. Era precioso observarlo desde la Roca Colgante, se veía toda la ola estirada, se podía ver exactamente dónde iba a quedar suficiente hueco para hacer un tubo y donde iba a perder un poco de velocidad y crear una pared empinada para hacer unos cuantos giros. Era mucho más fácil imaginarse a uno mismo subiendo a la ola desde allí arriba, que cuando estabas ahí de verdad con todo el ruido y los golpes del agua y la espuma rompiendo en el arrecife.

—Vamos, Darren, frena un poco. —John también se había girado para mirar. Era obvio que Darren estaba demasiado lejos de la parte rompiente de la ola, la cual parecía estar preparándose para formar un tubo grande y fácil, necesitaba frenar la tabla, reducir un poco la velocidad para dejar que la mejor parte de la ola lo alcanzara. Darren lo hizo, un poco, pero vimos que se podría haber metido en el tubo mucho más profundamente. En lugar de desaparecer de vista detrás de la cortina de agua que caía, aún se le veía en la parte más plana de la ola, haciendo los típicos giros voladores de Darren, que los llamábamos así por cómo extendía los brazos como si fingiera ser un avión. Justo antes de que terminara la ola, vimos algo que nos hizo dejar de mirar a Darren. No, no era algo, era alguien.

—¿Quién coño es ese? —dijo John. No creía haber escuchado su voz así nunca. Tenía conmoción, rabia, miedo y pánico todo mezclado y supe de inmediato que íbamos a tener problemas.

El hombre estaba justo a la orilla del agua, a unos cincuenta metros de nosotros. Llevaba un traje de neopreno y sostenía una tabla de surf blanca bajo el brazo. Era una tabla corta como las nuestras. Se volvió hacia el mar observando la ola que Darren estaba surfeando y una vez que Darren cayó al agua, el hombre se movió de nuevo, caminando bajo nosotros, hacia el punto de entrada. Debió haber pensado que iba a tener la mejor sesión de su vida.

* * *

—HAY UN PUTO COLEGA AHÍ —dijo John. No parecía que me estuviera hablando a mí, era como si se lo estuviera diciendo a otra parte interior suya.

No contesté, así que John se volvió para mirarme.

—¿No lo ves? Hay un maldito hijo de puta que piensa que va a hacer surf en nuestra playa. ¡Oye! —gritó la última palabra, no tan fuerte al principio pero luego se levantó y gritó fuerte. No estaba pensando, solo estaba actuando.

—¡Oye! Tú ¿quién coño eres?

Nunca lo había escuchado tan cabreado.

El hombre se detuvo y se volvió, creo que hasta entonces no nos había visto. Pareció dudar un instante pero siguió su camino, andando cuidadosamente de una roca a otra.

—Vamos, Jesse —John me dijo ya de camino—. Ven conmigo.

Recordaba la manera de ser que el tipo había demostrado en la tienda. Ya había visto que tenía una cierta actitud. Sospechaba que se iba a poner complicado. Simplemente no quería estar allí.

—¿Qué vas a hacer? —pregunté.

—Ven conmigo y verás —se volvió y se fue. Cuando John hablaba así, no se podía discutir. Simplemente hacías lo que dijera.

Difícilmente podría haber seguido a John aun si lo hubiera intentado y lo cierto es que no estaba esforzándome demasiado. Prácticamente corría por las rocas, con los brazos de su traje ondeando alrededor de su cintura. El tipo se había detenido de nuevo, debió haber visto a John acercarse y sabía que tendría que hablar con él al menos. John le gritó de nuevo, bastante alto, cuando estaba a unos cinco metros de distancia.

—Será mejor que te vayas a la mierda ahora mismo, este lugar es privado.

Y entonces lo vi. Vi la misma mirada sarcástica que antes. Quizá pensó que esto tenía gracia y todo.

—Cálmate, chaval. Aquí hay olas para todos. —Me miró y asintió, como si hubiera visto a un viejo amigo.

—He dicho que este lugar es privado —repitió John—. Así que date la vuelta, vete a la mierda y no vuelvas más. ¿Lo entiendes?

Fue solo entonces que noté que John todavía tenía el cuchillo en la mano. No sé si se había olvidado de soltarlo cuando comenzó a correr o qué. Por aquella época nos encantaban los cuchillos, ya sabes, para hacer cosas con madera o limpiar pescado. Pero el de John era el mejor y el más grande también.

—Y yo he dicho que hay olas para todos.

El tipo también había visto el cuchillo. Estaba lo suficientemente cerca para ver cómo le cambiaron los ojos, las pupilas contrayéndose.

—Mira, voy a hacer una sesión rápida, luego salgo y me piro. Y asunto cerrado. —El hombre comenzó a girar como si fuera a seguir pero mantuvo la cabeza girada, sin apartar la mirada de John.

—No lo creo. Esto es solo para lugareños —dijo John.

El colega se rio de esto, se rio a carcajadas.

—Mira chico, no sé lo que piensas que es esto. Sé que este lugar es privado pero estoy bastante seguro de que tú no eres el puto dueño de la mansión. —Me miró de nuevo, estaba sonriendo—. Os entiendo, de verdad que sí. Este es vuestro lugar. Pero yo estoy solo, nadie sabe que he venido y vivo a muchos kilómetros de distancia. Os juro que no le hablaré a nadie de este lugar. Me voy a meter a coger una ola y después nunca más me veréis. ¿Qué tal si te relajas?

Sabía que este día iba a llegar, no había forma de que pudiéramos mantener el secreto de la Roca Colgante para siempre. En realidad fue increíble que nadie hubiera venido antes, sorprendente que ninguno de los pescadores de cangrejos nos hubiera visto mientras recogían sus cajas. La Roca Colgante era solo un secreto porque estaba en la finca, pero ¿una ola tan buena? Tarde o temprano la gente iba a encontrarla. Y nosotros lo sabíamos. Pero John negó con la cabeza.

—He dicho que esto es solo para los lugareños. —Y cambió el agarre de su cuchillo para que la cuchilla quedara oculta dentro de su muñeca, como se le ve a los de las películas que saben manejarse con navajas—. Ahora vete de aquí.

Por un momento, nos quedamos los tres parados allí, luego el hombre habló de nuevo. Ya no se reía.

—Si le sacas una navaja a alguien, tienes que estar muy seguro de saber usarla.

Sin quitar la vista de la hoja, se inclinó con cautela y colocó su tabla en el suelo, la cual tardó en parar de moverse debido a que las rocas eran tan desiguales. Poco a poco se puso de pie otra vez y se enfrentó a John.

—Porque podrías, sin querer, sacársela a alguien que sabe algo acerca de pelear con cuchillos y que te podría romper el puñetero brazo.

Comenzó a moverse muy lentamente hacia donde estaba parado John, subiéndose a una roca más plana.

—¿Sabes que incluso amenazar a alguien con un cuchillo es algo muy serio? Tenemos testigos. Ese chaval ahí detrás. Lo conozco, trabaja en la tienda del camping en el pueblo. —Durante todo este tiempo, no apartó los ojos de John—. No sé qué tonterías habéis estado leyendo en vuestras revistas de mierda pero os prometo una cosa: vais a tener un montón de problemas si ese cuchillo no desaparece de mi vista ahora mismo.

John no dijo nada pero tendió su brazo doblado delante de él para que la hoja apuntara directamente al tipo.

—Te lo digo en serio, chaval. Lo guardas y charlamos un poco, a ver si conseguimos enderezar las cosas.

A estas alturas se había desvanecido su arrogancia y parecía nervioso.

—¿Cómo lo sabes? —preguntó John. Su voz sonaba extraña también, como si por primera vez desde que había comenzado el altercado hubiera recuperado el control de sí mismo.

—¿Saber el qué? —preguntó el hombre.

—¿Cómo sabes que trabaja en la tienda del camping?

—Hablé con él esta mañana. Me habló de este lugar.

—Eso es mentira —espeté—. Está mintiendo, John. No le dije una mierda.

—Me dijo que el promontorio bloquea todo el oleaje, me dijo que debería ir a dar un paseo. —El hombre dejó de mirar al cuchillo por primera vez y miró a John a los ojos—. Incluso me vendió un mapa. —Y con esto, sonrió de nuevo.

Fue entonces cuando John cometió su error. Se giró para mirarme, trató de concentrarse en mi cara como si quisiera averiguar si era cierto.

Yo también le estaba mirando, tratando de decirle que el tipo se lo estaba inventando todo, así que realmente no vi lo que sucedió, no correctamente. Pero el tío hizo un movimiento. Luego vi una imagen borrosa y de repente fue como si estuvieran abrazados y parecía que iban a caerse. Y en estas rocas no quieres caerte. No por el cuchillo de caza de John, es que realmente te podías abrir la cabeza solo con la caída.

Cayeron al suelo juntos. Se oyó un sonido, como un ruido sordo y luego un crujido realmente desagradable seguido de gruñidos, silbidos. Entonces John comenzó a gritar y rodó para quitarse de encima al tío a la vez que se sujetaba el brazo. Se podía ver de inmediato que todo estaba en el ángulo equivocado, me refiero a su brazo. Se le rompió por la muñeca. Se había quedado completamente pálido y cuando le miré me dieron unas náuseas horribles. Me tuve que agachar para no mirar en esa dirección.

—Mierda, tu brazo. Tío, ¡tu puto brazo!

No dijo nada, solo estaba jadeando, tratando de encontrar una manera de sostener su brazo para que su mano no se desplomara horriblemente. Entonces fue cuando me di cuenta de que ya no sostenía el cuchillo. Y por alguna razón, necesitaba encontrarlo. Era como si temiera lo peor. Probablemente por ver tantas películas o algo así. De alguna manera supe dónde lo encontraría y así fue. Allí estaba. Cuando el hombre se había abalanzado hacia John, este había extendido las manos como para pararle, lo que significaba que la hoja del cuchillo también había avanzado. Así que, tal vez fue un accidente que acabase allí, enterrado hasta la empuñadura en el estómago de aquel colega. Pudo ser un accidente.

CAPÍTULO TREINTA Y TRES

—¡Maldito hijo de puta! ¡Me ha roto el puto brazo! —John se había sentado de espaldas contra una roca y había logrado encontrar una manera de mantenerse que le permitiera hablar.

—¿Lo has visto? ¿Tú lo has visto?

No respondí. No podía dejar de mirar al cuchillo.

—¿Qué si lo has visto?

Debí haber negado con la cabeza porque John comenzó a hablar en voz alta.

—Saltó hacia mí. ¡El cabrón se me abalanzó! ¿Por qué hizo eso? —hablaba tan rápido que escupía saliva—. Jesse, ¿viste eso no? Sé que lo has visto. Se me echó encima.

Di un par de pasos hacia adelante para ver mejor al tío. Su boca se estaba abriendo y cerrando como la de los peces que cogíamos desde el muelle. Mientras respiraba le salían burbujas. Al principio eran blancas pero luego comenzaron a salir rojas.

—Ay joder —dije. Entonces John comenzó a hacer este ruido como de arcadas y cuando lo miré estaba vomitando, el brazo bueno sosteniéndole el roto.

Todo comenzó a dar vueltas y creo que estaba gimiendo en voz alta. Sabía que me iba a caer si no me sentaba, así que me incliné sobre las rocas y me sujeté la cabeza con las manos. Me quedé así por un tiempo escuchando a John vomitando. Y luego escuché algo más.

—Niño. Chico, ¿me oyes? ¡Ayúdame! —Levanté la cabeza y lo miré. Estaba mirándome directamente, jadeando las palabras y mientras hablaba se había formado un pequeño charco burbujeante de sangre sobre la roca en la que se apoyaba su cara.

—John, no pasa nada, está vivo. Va a salir todo bien, aún está vivo.

Miré a John, me sentí tan aliviado que casi me estaba riendo, pero John no estaba sonriendo. Era como si no estuviera allí en absoluto.

—¿John?

Fue entonces cuando Darren apareció. Y aquello fue simplemente surrealista.

—¿Qué hay de nuevo, chavales? —gritó antes de llegar a nosotros—. ¿Es un delfín? —Darren se acercó y lo dijo de nuevo—. ¿Habéis encontrado un delfín muerto o qué?

John no respondió, así que tuve que hacerlo yo.

—No, no hemos encontrado ningún delfín muerto.

—¿Qué es eso entonces?

—Es un tío al que acaba de apuñalar John —dije. Darren se rio.

—Sí claro. Venga, en serio ¿qué es eso?

—Te lo acabo de decir ¿vale?

Darren se acercó un poco más y observó la escena. Seguidamente me miró a mí y luego a John con todo el brazo jodido y manchado de pota.

—¿Quién es este?

—No lo sé.

—¿De dónde ha salido?

—No lo sé.

—¿Pero John lo ha apuñalado?

—Sí.

—¿Y por qué?

—Que ya te he dicho que no lo sé ¿vale?

Era un día precioso, el cielo azul apenas tenía nubes, el aire era fresco ya que había llovido la noche anterior y los colores del otoño en los arbustos eran intensos verdes oscuros y amarillos y marrones. A nuestro alrededor escuchábamos el sonido de las olas rompiendo, las gaviotas volando. Pero era como si hubiéramos roto un gran agujero en el medio del cielo. Lo único que podía oír era ese sonido áspero que salía del hombre apuñalado mientras trataba de respirar. Y durante un buen rato eso es todo lo que sucedió.

* * *

A VECES me pregunto qué hubiera pasado si hubiera tenido el coraje de tomar las riendas de la situación antes de que John se recuperara del choque. Si hubiera dicho que no, que no era demasiado tarde para salvar al hombre, si le hubiera pedido a Darren que fuera a buscar ayuda, si le hubiera dicho a John que íbamos a intentar parar la hemorragia o algo por el estilo. Pero eso no fue lo que sucedió. Supongo que por eso era John el que mandaba, nunca yo. Estaba paralizado al saber dónde estábamos, era una caminata de media hora hasta llegar a casa de John y ciertamente no podíamos cargar con el tío todo ese camino. ¿Qué pensaría la gente? El tipo tenía el machete de caza de John clavado en el estómago.

—Estaba cortando una rodaja de jamón de la lata —le expliqué a Darren—. Creo que se olvidó de soltarlo.

Darren no dijo nada por un momento, pero luego asintió con la cabeza.

—No te preocupes colega —le dijo Darren a John—. Si este la palma no pasa nada. Tu padre tiene abogados que trabajan para él. Seguro que te ayudan, no tendrás que ir a la cárcel ni nada por el estilo.

John ni siquiera parecía escuchar a Darren, así que se volvió hacia mí.

—¿Jesse? Su padre lo podrá sacar de este lío ¿no? ¿No le va a pasar nada?

Había sucedido todo tan rápidamente que me costaba seguir el ritmo. Ciertamente no podía pensar en las consecuencias. No sabía si todo iba a salir bien pero no lo parecía.

—¿Qué hacemos? —preguntó Darren.

Era como si tuviera que llenar cada silencio.

—¿Qué hacemos Jesse? Deberíamos hacer algo.

Traté de reponerme, pero cada vez que pensaba en lo que la gente hacía en momentos como este, no parecía tener sentido.

—Podríamos ir a la carretera. Intentar parar a un coche —dije después de un rato.

—Sí. Sí. Buena idea. Igual paramos a un médico y todo. Podrían venir y curarle y ya de paso echarle un vistazo al brazo de John.

—Ya, pero es una buena caminata hasta la carretera —continué—. Y la marea está subiendo. —El hombre yacía entre las rocas a la orilla del agua, por eso estaba tan resbaladizo allí abajo, todas las algas marinas y esas cosas.

—Sí, pero tal vez podamos arrastrarlo un poco —dijo Darren—. Lo suficiente como para que el agua no lo cubra. Antes de ir a la carretera lo subimos y ya está. Podemos ir a la carretera juntos, ¿verdad, Jesse? ¿Tú y yo, quiero decir?

—Pero tiene un machete clavado en el estómago —le dije, era como si eso no lo pudiera resolver—. ¿Qué vamos a decir de eso?

—Pues decimos que fue un accidente. Dijiste que fue un accidente, ¿verdad? Lo viste todo Jesse.

—¿Os podéis callar? —John interrumpió de repente con la voz cansada—. ¿Podéis cerrar la boca?

Y, por supuesto, cerramos la boca.

Entonces John comenzó a negar con la cabeza haciendo una mueca al hacerlo.

—Necesito que os calléis. Tengo que pensar en lo que vamos a hacer.

Esperamos mientras John arrastraba su espalda contra la roca sobre la que estaba apoyado para ponerse más erguido.

—Nadie va a ir a la carretera —dijo por fin.

—¿Qué dices? —Darren parecía a punto de llorar.

—Si vais a la carretera, acabamos los tres en la cárcel por asesinato.

—¿De qué estás hablando? —dije—. ¿Nosotros qué hemos hecho?

—Te lo estoy diciendo. Tenemos que pensar con cuidado. Tenemos que hacer lo correcto aquí.

—Pero si ni siquiera está muerto —le dije—. ¡Míralo!

John lo hizo. Se volvió hacia el hombre y lo observó por un momento. Había mucha sangre goteando donde el cuchillo le había atravesado, era de un rojo brillante y tan espesa que se adhería al negro suave de su traje de neopreno.

—No, pero va a morir. Se le ve, heridas así, en el estómago, siempre tardan un tiempo en morir. No se puede hacer nada con esas heridas, ni siquiera en los hospitales. Lo he visto en películas —dijo John.

Nos giramos para mirar al hombre de nuevo. Nos estaba observando, su boca se movía como si estuviera tratando de hablar, pero no podía, no tenía aliento para pronunciar palabras y cada vez que abría la boca, era solo sangre lo que salía.

—Si tratamos de obtener ayuda va a morir de todas maneras, la única diferencia es que nosotros iremos a prisión —dijo John.

—¿Qué es esto de «nosotros»? —le pregunté. No sé ni cómo me atreví a decírselo a John pero la idea de ir a la cárcel me asustaba.

—Bueno yo voy a la cárcel ¿vale? —Por un momento sus ojos me suplicaron—. Si vais a la carretera no conseguiréis ayudarle pero a mí me mandáis a la cárcel. Tiene mi machete clavado en el estómago. ¿Quién se va a creer que ha sido un accidente?

—Yo lo vi, más o menos. Puedo decirles…

—No te creerán. Te acusarán de ayudar o de mentir. Al final acabarás en prisión también, Jesse.

Sentí como el pánico se apoderaba de mí. Vi que tenía razón.

—¿Y yo qué? —dijo Darren—. Yo podría ir a buscar ayuda, yo no he visto nada.

—Entonces simplemente nos mandas a prisión a los dos —dijo John. De repente sonaba agotado—. Y el colega se muere de todas formas. Enfrentémonos a esto. Estamos en esto juntos.

Nos quedamos en silencio un rato largo. Me sentía mareado.

Pareció que pasó mucho tiempo hasta que John volvió a hablar pero cuando lo hizo fue como si hubiera vuelto. Nuestro amigo John, el chaval tranquilo y confiado que solucionaba problemas, calmado y seguro, que siempre sabía lo que tenía que hacer. Que lo que decía era siempre lo correcto.

—Tengo que hacer un cabestrillo. Jesse, dame tu jersey. —Debí haber dudado ya que lo dijo de nuevo—. Jesse, dame tu puto jersey.

Me lo quité y estaba a punto de tirárselo cuando vi que no podría pillarlo. Su brazo bueno le sujetaba el brazo roto.

—Métsselo por debajo del brazo. Eso es. Ahora pásamelo por el cuello. Con cuidado.

Hice lo que me dijo y deslizó suavemente una manga del jersey por debajo del brazo. Hizo una mueca de dolor mientras dejaba que su peso cayera en el cabestrillo, luego exhaló unas cuantas respiraciones profundas y extendió su brazo bueno.

—Vale. Ahora ayúdame a levantarme.

Cuando estaba de pie, revisó el resto de su cuerpo y pareció aliviado de que no hubiera otros problemas. Luego, lentamente, se dirigió hacia donde el hombre estaba acostado. Se agachó e inspeccionó por dónde había entrado el cuchillo. Yo ni siquiera podía mirarlo.

—Jesse —me llamó sin apartarse—. Dijo que habló contigo en el camping, ¿está acampando allí?

—Sí, pero te juro que no le dije nada...

—Eso no importa —me interrumpió—. ¿Estaba con alguien?

—No sé, cómo lo voy a saber... —De repente me acordé de su coche —. No. Tenía la tabla en el coche con el asiento del pasajero totalmente tumbado y los asientos traseros en ese modelo no están separados por lo que no podría haber asiento para nadie más. —Me sentí orgulloso de haber deducido esto.

—Bueno. Dijo que estaba solo aquí también, antes del accidente, dijo que nadie sabía que estaba aquí. —John asintió para sí mismo—. Muy bien. Entonces nadie sabe que está aquí. Nadie sabe que estamos aquí tampoco. Solo nos queda averiguar, ¿cómo llegó hasta aquí?

Pensé en lo que había sucedido mientras caminaba aquella tarde.

—Lo vi adelantarme justo antes de torcer para coger el camino.

—¿Te acuerdas de qué coche tenía?

—Sí, un Nissan rojo.

—Vale muy bien. Así que sabemos que aparcó en algún lugar de por aquí en un Nissan rojo. Buscaremos el coche y nos ocupamos de eso. Ahora tenemos que pensar qué hacer con el cadáver.

Debí haber estado mirando en aquella dirección y vi los ojos del hombre cuando escuchó eso. Definitivamente todavía oía lo que estábamos diciendo y su rostro se movió ante esas palabras. Trató nuevamente de decir algo, creo que a mí, pero me volví para mirar hacia otro lado.

—Bueno, este no es un cadáver ¿no? —dije. Una parte de mí no quería interrumpir a John en su flujo, pero me parecía un detalle importante—. Míralo. Aún se mueve.

Esta vez John habló en voz muy baja.

—Jesse, te lo acabo de explicar, de este tipo de heridas no se sale.

Mientras hablaba extendió su mano buena y tocó el mango del cuchillo, luego lo empujó ligeramente para que la hoja profundizara en la herida. El hombre emitió un gemido profundo, se le veía que estaba apretando los dientes. John sostuvo el cuchillo delicadamente entre los dedos de su mano buena.

—No eres tan arrogante ahora ¿a qué no? Hijo de puta. —El hombre negó con la cabeza—. Deberías haberme hecho caso. Te dije que te fueras a la mierda. Ahora todos tenemos un problema. Tenemos que decidir qué hacer contigo. —Le dio un pequeño empujón al cuchillo de manera juguetona y luego se levantó torpemente.

Entonces el hombre hizo un gran esfuerzo para hablar conmigo. Apenas podía escucharlo, pero era algo así como «niño, tu amigo está loco. Pide ayuda».

—Cállate o te estampo con una jodida roca en la cabeza —soltó John y nos quedamos en silencio, esperando a ver qué iba a hacer John a continuación. Finalmente se inclinó de nuevo y colocó sus dedos alrededor del mango del cuchillo. Cuando estuvo satisfecho, miró al hombre a los ojos y habló de nuevo.

—Igual esto te duele un poco.

Y le sacó el cuchillo. Debió haber estado encajado con más fuerza de lo que esperaba porque se quedó a medio camino, una mancha de rojo brillante en la hoja plateada. Entonces John le dio otro tirón y esta vez salió del todo. Luego, con calma, lavó la hoja en una de las charcas y a continuación lavó el brazo de su traje de neopreno que todavía tenía un poco de pota. Ignoró por completo al hombre que estaba gimiendo ahora y había movido sus brazos sobre su estómago.

—Mierda, John. ¿Por qué has hecho eso? —Darren sonaba consternado. Mientras el cuchillo había estado clavado, la herida había goteado sangre poco a poco, pero ahora la sangre brotaba a borbotones a través del traje de neopreno.

—Es mejor así —dijo John—. Será más rápido.

Vimos cómo la vida se alejaba del hombre poco a poco. Parecía que ya no le importaba si íbamos a buscar ayuda o no. Todo lo que le preocupaba a su cuerpo era limitar los daños, ya había comenzado los procedimientos de apagado de emergencia. Sus ojos revoloteaban pero no creo que pudiera ver nada. Había estado levantando la cabeza de la roca, pero ahora se dejó caer, una punta aguda de una roca presionó su mejilla y forzó su boca abierta, los dientes rozando los percebes. Nos quedamos allí mirando mientras el estanque de rocas se llenaba de sangre carmesí que se volvía oscura como las gruesas cintas de algas marinas.

—Bueno, pues ahora ya sí que es un cadáver —dijo John unos minutos después, pero ni Darren ni yo respondimos—. Venga. No podemos dejarlo aquí, la marea está subiendo y se puede llevar el cuerpo. Alguien lo encontrará si eso sucede.

Lo intenté una vez más.

—John, ¡esto es una puta locura! Tenemos que ir y buscar ayuda.

—No

—Sí. Esto es una puta locura. ¡Eres un puto loco!

—Darren y tú, arrastrad el cuerpo hasta la Roca Colgante.

—Estás jodidamente chalado. Yo no pienso hacer nada de lo tú me digas.

John se volvió hacia mí, estaba realmente cabreado.

—Jesse, no estoy diciendo que esto sea jodidamente agradable para ninguno de nosotros. Pero tenemos que hacerlo. A menos que quieras encarcelarnos durante mucho tiempo, debemos permanecer juntos. Así que cógele por las piernas, Darren agárrale por los brazos. Vamos a mover al cabrón y acabar con esto.

John todavía tenía el cuchillo en la mano. Abrí la boca para discutir una vez más pero me interrumpió, me puso el cuchillo en la cara y se puso a gritarme como nunca me había gritado.

—¡Está jodidamente muerto Jesse! ¡Haz lo que te digo!

Sentí que me temblaban los labios y tenía lágrimas en los ojos pero asentí e hice todo lo que me dijo.

CAPÍTULO TREINTA Y CUATRO

Le agarré por los brazos y Darren le sujetó las piernas, pero enseguida vimos que no iba a funcionar. No te puedes imaginar lo difícil que es transportar a un cuerpo sobre esas rocas. Cada vez que tratábamos de moverlo o bien no podíamos levantarlo sobre una roca o nos resbalábamos con las algas. Íbamos a caernos. Se le movían los dientes de tanto golpe, algunos incluyo se cayeron. Manojos de pelo y restos de piel se enganchaban en los percebes de las rocas. Pero John nos hizo seguir y al final decidimos coger un pie cada uno y arrastrarlo. Intentamos no mirar mientras el cuerpo resbalaba y patinaba sobre las rocas. Fue bastante asqueroso. Casi me dio un ataque de ansiedad pero John de alguna manera nos hizo continuar. Había dejado de gritarnos y nos alentaba, diciéndonos que qué gran trabajo estábamos haciendo y que todo iba a salir bien. Creo que incluso se estaba divirtiendo. En fin, logramos llevar al tipo a nuestro pequeño campamento al pie de la Roca Colgante.

—Lo estáis haciendo genial chicos. De puta madre —dijo John.

Teníamos el cuerpo del tipo boca arriba justo en el medio del pequeño pedazo de hierba donde solíamos pasar el rato. Estaba hecho un cristo. Tenía la cara destrozada, arañazos en las orejas y mejillas y media nariz había desaparecido, por lo cual lo que quedaba era solo un desastre sangriento. Creo que tal vez incluso se le había roto el cuello porque tenía la cabeza en un ángulo extraño mirando hacia el cielo. Me preguntaba qué demonios se suponía que debíamos hacer ahora. No tuve que esperar mucho para descubrirlo.

—Ahora tenéis que cavar un hoyo para enterrarle.

No dije nada, solo me puse de rodillas y comencé a arrancar la hierba con las manos. Pero Darren no se movió. El cansancio y la conmoción lo habían dejado pálido. No olvidéis que acababa de salir del agua después de una sesión larga de surf.

—¿Vamos a enterrarlo aquí? ¿Esta es tu idea?

—Venga, Darren. Dale. —John comenzó a darle patadas a nuestra tumbona hasta que rompió una tabla de madera que le dio a Darren, supongo que para que la usara como pala.

—¿Cómo va a ayudar esto? Este suelo es todo roca.

Darren tenía razón, tal y como estaba descubriendo yo también. El pequeño hueco plano debajo de la Roca Colgante era el único pedazo de hierba en toda la sección bajo el acantilado, pero solo hacía falta excavar un poco y tocabas la roca de inmediato.

—Y no podemos dejarlo enterrado aquí de todos modos. Sería muy raro saber que está aquí, pudriéndose.

John parecía frustrado, le quitó la tabla de madera a Darren y comenzó a darle golpes a la tierra. Solo consiguió llegar a unos centímetros de profundidad antes de golpear algo sólido.

—Mierda. Vamos a la cueva.

—¿Qué?

—Lo pondremos en la cueva. Tendremos que dejarlo allí de momento.

Darren abrió la boca para protestar pero le di un codazo y sacudí la cabeza. Suspiró y se puso al lado de una de las piernas del cadáver. Llevamos al hombre hacia atrás lo más que pudimos, su cabeza sin vida rebotando de roca en roca con golpes sordos. Cuando salimos no quedaba vestigio de lo que allí había sucedido, excepto el rastro de sangre que conducía a la entrada. No me parecía que hubiéramos resuelto el problema exactamente.

—Te dije que no podemos dejarlo aquí —dijo Darren de nuevo.

—No vamos a hacer eso. Pero ahora tenemos que buscar su coche. Coged vuestras cosas y seguidme.

John nos guio a un ritmo tan rápido que no podíamos ni hablar. Aun así no nos llevó mucho tiempo de todos modos. Tan solo había un lugar donde podría haber aparcado y, efectivamente, el coche estaba allí. Un Nissan rojo, parado en el badén de la carretera a la entrada del camino de la mansión. Tuvimos suerte con las llaves. Me puse de rodillas para mirar las ruedas y allí estaban, un pequeño llavero plateado colocado con cuidado en uno de los amortiguadores. Lo saqué y fui a entregárselo a John pero él negó con la cabeza.

—Tú conduces —dijo señalando hacia su brazo en cabestrillo.

—Pero aún no tengo el carné de conducir.

—Has estado dando clases, ¿no? Llevas ya un huevo de tiempo diciéndome lo jodidamente bueno que eres.

—Sí, pero... —Dudé—. ¿Por qué no conduce Darren?

—No me fio de Darren.

Abrí la boca para protestar pero me di cuenta de que tenía razón.

—¡Me cago en todo!

Abrí la puerta del conductor y me metí dentro, extendí la mano y también abrí el lado del pasajero. John le dijo a Darren que levantara el asiento que el tío, tal y como yo recordaba, había dejado tumbado para que le cupiese la tabla de surf. Luego hizo que Darren se subiera a la parte de atrás y él se sentó a mi lado. Cerró la puerta. El pequeño coche olía a pino y plástico caliente.

—¿A dónde vamos pues? —le pregunté.

John no respondió al principio y cuando le miré a la cara vi que parecía no estar muy seguro de la respuesta. Nada de esto estaba planeado. Recuerda que iba improvisando a medida que avanzaba e incluso John tenía sus limitaciones.

—No sé. Tenemos que encontrar un lugar para esconder el coche para que nadie lo encuentre. Un desguace o algo así. O un lago donde lo podamos hundir. —Se detuvo y vi cómo se concentraba.

—¿Podríamos llevarlo a la bahía? —sugirió Darren—. Se puede conducir hasta el mismo borde.

—Sí, claro. ¿En todo el medio del puto pueblo? No, no puede ser allí. —Abrió la guantera y comenzó a buscar mientras yo miraba los controles del coche, preguntándome qué distancia me iba a hacer conducir. Probablemente sí que había exagerado mis habilidades al volante. Vi a John sacar un mapa de carreteras que no me hizo sentir mejor en absoluto.

—Esto nos vendrá bien —dijo—. ¿Cuánta gasolina tiene, Jesse?

Miré en el salpicadero y sentí un torrente de alivio cuando lo vi.

—Puta mierda. Está vacío. Totalmente vacío. Probablemente ni siquiera podamos llegar a una gasolinera. —Me volví hacia John para ver cómo se lo estaba tomando, pero escuché a Darren desde atrás.

—Enciende el coche —dijo—. Tiene que estar encendido sino la aguja no señala.

Darren tenía razón. Cuando giré la llave, la aguja subió de inmediato a poco más de la mitad.

—¿Lo ves? Te lo dije —comenzó Darren, pero le dije que se callara.

—Medio depósito —le dije a John, esperando que el plan fuera encontrar un lugar donde abandonar el automóvil mucho antes de que usáramos toda la gasolina. Pero él no contestó, estaba hojeando el mapa, sus labios se movían según las ideas se le pasaban por la cabeza.

—Ya lo tengo. —Se volvió hacia mí con una mirada sombría en su rostro—. Lo único es que es un viaje un poco largo.

—¿Un viaje largo? —dije, sintiendo ya las náuseas—. ¿Dónde vamos?

—Abrochaos los cinturones de seguridad. Vamos a las *Badlands*.

Sabes, he leído un poco sobre asesinatos y asesinos desde entonces. Se podría decir que he desarrollado cierto interés en el tema, es comprensible ¿no? En cualquier caso, resulta que a los asesinos a los que se atrapa la mayoría de las veces es porque cometen errores tontos. Vamos que les entra el pánico. No piensan las cosas. Se deshacen de las pruebas lo más rápido que pueden, en lugar de hacerlo prestando la mayor atención posible. Es comprensible, créeme, yo lo sé; te asustas, no quieres estar allí, lidiando con lo que ha sucedido. Tomas atajos. Así éramos Darren y yo, pero no John. Eso es lo que le hizo tan bueno ese día. El brazo le debía estar matando de dolor pero apenas lo mencionó. No estaba entrando en pánico, estaba pensando. Y por eso no estaba cometiendo errores. Para elaborar el plan que hizo, ese joven, tan inexperto… Eso fue de genio.

El único problema era que yo tenía que conducir la mayor parte de la noche.

—¿De qué estás hablando? ¿Para qué vamos a ir allí?

—Mira, escucha. Es un surfista ¿verdad? Ha venido solo. Nos dijo que nadie sabe que está aquí. Podría haber ido a hacer surf en cualquier lugar. Dime, ¿dónde está el lugar más peligroso para hacer surf?

Tanto Darren como yo nos quedamos quietos, con miradas vacías en nuestras caras.

—Las *Badlands*. Si te metes a hacer surf ahí te estás buscando problemas, eso lo sabe todo el mundo. Lo único que tenemos que dejar el coche en algún lugar de por allí. Cuando se den cuenta de que el tipo está desaparecido pensarán que los lugareños de allí lo hicieron. Y allí es donde buscarán el cuerpo.

Sin embargo yo no estaba pensando tan a largo plazo.

—¿Cornualles? ¿Quieres que conduzca hasta Cornualles?

John miró el mapa antes de contestar.

—Son tres horas. Tres y media máximo. Sin problema.

—Pero nunca he conducido más allá del pueblo.

—No pasa nada. Lo haremos juntos. Pero primero tenemos que ir al camping para recoger sus cosas.

No dije nada. Lo único que podía pensar era que tenía que conducir este vehículo durante cuatro horas. Por un momento me pregunté si podría idear un plan para detener esta locura pero sabía que nunca podría superar a John. Miré por el parabrisas un momento y luego encendí el motor.

No había nadie más en el camino pero aun así puse el intermitente para indicar, mejor empezar con buen pie ¿no? Arranqué, acelerando bastante y Darren comenzó a a darme instrucciones desde atrás.

—Todavía estás en primera. Tienes que cambiar de marcha.

—Vete a la mierda. Ya lo sé. Estoy cambiando ahora.

—Esa es cuarta. Has metido la cuarta marcha. Se te va a calar.

—Que te vayas a la mierda, Darren.

John estaba sentado echándome una mirada alentadora, animándome para que lo hiciera bien.

Conduje por el camino la milla que llevaba hacia el camping y disminuí la velocidad justo al llegar a la cancela. Vi el coche de mi madre aparcado en la puerta. John bajó los parasoles y me dijo que siguiera hasta donde estaba la tienda del tipo. Tragué saliva e hice lo que dijo. Había un pequeño giro justo al lado de la casa donde tenías que disminuir la velocidad bastante. Siempre mirábamos por la ventana de la cocina para ver quién venía, si habían pagado o no. Traté de acelerar para pasar rápido por ahí pero la cagué. Intenté cambiar de marcha justo antes y el motor vibró y se caló. Nos quedamos sentados mirando a la ventana de la cocina temiendo que apareciera la cara de mi madre. Incluso John parecía preocupado pero se mantuvo tranquilo y me dijo que pisara el embrague y arrancara el motor otra vez. Pero no lo conseguía y mientras tanto nosotros sentados frente a la ventana de la cocina de mi madre. La ropa estaba colgada en la cuerda. Mi madre definitivamente estaba en casa.

—Lo vas a ahogar, Jesse —dijo Darren. Me temblaban las manos. Sabía que mi madre iba a salir en cualquier momento para ver qué era aquel ruido.

—Cálmate —dijo John—. Despacio. —Extendió la mano y puso su mano buena en mi brazo—. Inténtalo una vez más.

Fue como si el coche hiciera lo que él dijo al igual que nosotros. El motor arrancó y comencé a salir como lo hacen los viejos, con el embrague todavía a medias y el motor acelerando demasiado. Pero avanzamos.

Me detuve en la tienda de campaña para que el coche estuviera entre ella y la casa.

—¡Me cago en la puta! Casi nos pillan —dijo Darren, yo me desplomé sobre el volante pero John estaba ya pensando en el siguiente desafío.

—Cuidado cuando abras la tienda —dijo—. No estamos seguros de que no haya nadie dentro.

Así que salí de nuevo y eché un vistazo. No parecía que hubiera nadie allí pero lancé un «hola» tentativo y sacudí la tienda un poco. Nadie respondió así que lentamente abrí la cremallera. No sé qué hubiera hecho si alguien hubiera salido de allí. Esperaba que John ya hubiera pensado en algo.

Estaba vacía aparte de un aislante, un saco de dormir y algunas ropas esparcidas, el tipo no acampaba exactamente en el lujo, pero eso era bueno ya que significaba que podríamos guardar sus cosas más rápido. Corrí alrededor de la tienda sacando clavijas para que se dejara caer sobre la hierba. John abrió la maleta del Nissan y nos pidió a Darren y a mí que empezáramos a echar cosas dentro, pero que guardásemos la tienda con cuidado porque teníamos que actuar de manera normal. Cuando terminamos, cerré el maletero y nos subimos en el coche. Puse mis manos temblorosas en el volante. Ahí fue cuando tuve una idea.

Teníamos que cruzar el pueblo para llegar a la carretera. Y hay una comisaría al final de la calle principal. Donde quiera que John quisiera que fuéramos, teníamos que pasar por allí. De repente me di cuenta de que John no podría hacer nada si me detenía. Si paraba y salía, corría adentro y les decía lo que había pasado, no sería demasiado tarde. Para John tal vez, pero no para mí. Si les llevaba a John directamente hacia ellos, seguramente no me acusarían de cómplice de asesinato ni de lo que John decía que era. Sería un héroe. El chico que atrapó al asesino. Eso era todo lo que pensaba cuando salíamos del camping e íbamos hacia el pueblo. Tenía que hacerlo. Ni siquiera estaba pensando en cómo iba conduciendo en ese momento solo si podría o no salir del coche a tiempo. Cuando nos acercamos a la estación de policía disminuí la velocidad un poco. Sentí que tenía escrito en la cara lo que quería hacer. Sentí que John me estaba leyendo la mente.

—¿Qué estás haciendo, Jesse? —Me miró así de esa manera suya.

Me conocía esa mirada a la perfección. Era la misma que usaba cuando quería que trajéramos más leña para el fuego o que acabásemos con un conejo que habíamos atrapado en nuestras trampas. Esta vez fue más siniestra todavía.

—¿Por qué estás frenando?

La verdad es que no tuve el valor para hacerlo. Con el brazo roto no hubiera podido detenerme, cómo iba a pararme, pero mi coraje me decepcionó.

—Nada. Solo estoy manteniendo el límite de velocidad. No queremos que nos pare la policía por exceso de velocidad, ¿no?

Mantuvo su mirada fija en mí durante un buen rato hasta que estuvimos fuera del pueblo. Para entonces ya no podía parar, ya era demasiado tarde.

Ese viaje, madre mía. Nunca olvidaré ese viaje. Al principio no había ningún cruce y solo teníamos que seguir la carretera. Aun así, se formó una larga cola detrás de mí y en cada trecho recto los coches me adelantaban tocando el claxon. Luego llegamos a la autopista y o bien íbamos tan rápido que pensé que íbamos a estrellarnos o tan lentos que casi se chocaban los coches contra nosotros. Me puse tan nervioso que John me ordenó que parase en la primera estación de servicio que viéramos. Me hizo tomar un café y habló conmigo hasta que me calmé. Aprovechó para comprar aspirinas o algo así para su brazo. Se tragó cuatro pastillas tan pronto como subió al coche, bajó la ventanilla y echó el resto de las pastillas por la ventana. Luego hizo lo mismo con un segundo paquete y tiró las cajas en el suelo del coche.

—¿Qué estás haciendo? —le preguntó Darren.

—Una pista falsa —dijo—. Venga. Tenemos que continuar.

Ese viaje nos llevó fácilmente el doble de lo que John había dicho que sería. Casi la palmamos en Cardiff cuando un camión se incorporó a la autopista y yo no sabía que se suponía que tenía que apartarme de su camino; nos metió un pedazo de pitido con el claxon que me hizo girar bruscamente e invadir el carril rápido. Me crucé de lleno con un volvo viejo y vi al conductor, completamente pálido, luchando contra el volante para mantener el control. Pero poco a poco le fui cogiendo el tranquillo.

Aun así, era pasada la medianoche cuando llegamos a Cornualles y las *Badlands* estaban muy al sur. John nos llevó a una playa que se llamaba Porthtowan. Para entonces yo ya no hablaba, solo seguía las líneas blancas y hacía lo que John me decía. Encontramos un aparcamiento con vistas a la playa. No había nadie alrededor por supuesto, eran las tres de la mañana, pero aun así lo aparcamos en la esquina.

La idea era dejar el coche allí pero hacía mucho frío y John nos dijo que durmiéramos primero. Estaba tan cansado que caí de inmediato. Lo siguiente que supe fue que se había hecho de día y John me estaba sacudiendo para despertarme. Me hizo sacar algo de ropa de la bolsa del muerto en el maletero y ponerla en el asiento del pasajero, como harías si te fueras a hacer surf. Luego John nos hizo limpiar todo para borrar las huellas dactilares. Finalmente me dijo que cerrara el coche y ocultara las llaves. Mientras estaba arrodillado para hacerlo, oí una enorme explosión y el vidrio comenzó a caer sobre mi cabeza. Como si no estuviera suficientemente nervioso.

—¿Qué leches es eso? —dije arrastrándome por el suelo.

John estaba de pie delante de mí, mirando por la ventana del pasajero que acababa de romper con un ladrillo.

—¿Por qué coño has hecho eso? —le pregunté de nuevo.

—Te lo dije, unas pistas falsas. Venga. Vamos a ver si podemos desayunar y largarnos de aquí.

Era tan temprano que tuvimos que esperar un buen rato pero al final encontramos un lugar que servía desayunos. Darren y yo comimos mientras John investigaba cómo llevarnos de vuelta a casa. Primero cogimos un autobús, no recuerdo dónde, luego subimos a un tren hasta Bristol y luego otro a Carmarthen. Dormí la mayor parte del camino. Cuando llegamos a Carmarthen John nos hizo abandonar la estación e ir a la calle principal. Fuimos a todas las tiendas que parecían vender fuegos artificiales y compramos todos los que pudimos. Se acercaba la fecha de la noche de la hoguera donde se tiran muchos fuegos artificiales, así que las tiendas estaban llenas. John era el encargado de hablar, por aquel entonces pasaba por mayor de edad con bastante facilidad; le costó un pastón pero tal y como había hecho con todo lo demás en aquel viaje simplemente pagó con su tarjeta de crédito. Si hubiera sabido que tenía acceso a tanta pasta le hubiera impedido robar tan a menudo en la tienda de mi madre. Compró tantos que no me cabían en la mochila así que tuve que quitar los palos de los cohetes y tirarlos. No subimos al autobús hasta que nos aseguramos de tener cada uno una mochila llena de cohetes.

Ya era tarde cuando finalmente regresamos al pueblo, así que nos metimos sigilosamente en el camping y pasamos la noche en nuestra caravana, sin encender las luces ya que no queríamos que mi madre viera que estábamos allí y saliera a ofrecernos comida o algo así. Creo que ninguno dormimos mucho.

John nos despertó al amanecer. Parecía cansado ese día. Tenía el brazo de varios tonos azules y púrpuras y se le había hinchado un montón. Era por lo menos el doble de lo normal. Por un momento pensé que no sería capaz de seguir adelante y la idea de que Darren y yo tuviéramos que seguir por nuestra cuenta me asustó. Pero se ajustó el cabestrillo de nuevo y siguió adelante. Me hizo escabullirme y sacar toda la gasolina del tractor cortacésped del camping, después nos pusimos de camino de regreso a la roca. El bidón de combustible pesaba una tonelada. Esa sería nuestra última expedición a la Roca Colgante.

Nuestra caminata fue bastante surrealista. Hacía un amanecer deslumbrante, el sol se levantaba detrás de nosotros y los naranjas, los rojos y marrones de las hojas crujían bajo un claro cielo. Tanta belleza hacía aún más ridículo lo que nos proponíamos hacer. Recuerdo haber pensado que no quería que esa caminata terminara nunca. No quería ver lo que sabía que encontraríamos al final. No es que crea en Dios pero estaba rezando para que, de alguna manera, el tipo no hubiera muerto, que se hubiera despertado de su trance, hubiera rebuscado para volver a ponerse los dientes y se hubiera marchado a alguna parte. Que tal vez todo lo que de verdad habíamos hecho mal fuese robar el coche del tipo.

Pero cuando llegamos al pie de la Roca Colgante todo estaba como lo habíamos dejado. La única diferencia era que parecía que algunos animales habían estado en la cueva y habían atacado el cuerpo. Supongo que no les había sido difícil encontrarlo.

* * *

NOS SENTAMOS ALREDEDOR de las bolsas de fuegos artificiales y, uno por uno, los abrimos y vertimos el polvo negro dentro la mochila de Darren. La llenamos y apretamos la pólvora con fuerza, debía haber unos 20 kilos dentro. Luego John la llevó hasta el fondo de la grieta detrás de la Roca Colgante y la metió hasta donde pudo. Vertió la mitad de la gasolina en la mochila que dejó allí en medio de un charco grasiento y maloliente. Luego colocó como fusible una de las cuerdas que usábamos para anudar la caja de langostas y la roció con gasolina también. Estaba tan concentrando que no dijo palabra. Darren y yo estábamos de pie mirando y esperando.

—¿Estáis listos? —John estaba parado a mitad de camino entre nosotros y la imponente Roca Colgante, al final de su rastro de cuerda y gasolina. Tenía el mechero en la mano.

En ese momento recordé la última vez que vi a mi padre y pensé que sería irónico si esta fuese también la última vez que viera a John vivo. Pero me encogí de hombros como si ya no me importara y luego asentí.

John encendió el mechero y ahuecó la llama con la otra mano. Luego se agachó con cuidado con la llama. Por un momento pensé que no iba a pasar nada pero al instante vi un pequeño destello de chispas amarillas y azules alejándose de él hacia la luz del sol.

John retrocedió hasta que estuvo parado junto a nosotros. Luego la llama llegó a la bolsa empapada de gasolina y llena de lo que fiera que pusieran en fuegos artificiales para hacerlos explotar. Había estado medio seguro de que no pasaría nada, pero estaba muy equivocado. La mochila estalló al instante con una gran «boom» que hizo estremecer todo el acantilado. Todo se movió y sentimos un gran tremor. A continuación, la cuña sobre la que descansaba la Roca Colgante se quedó sin nada contra lo que apoyarse y cedió, se sostuvo por un momento y luego se balanceó hacia delante. Algunas rocas de tamaño diminuto explotaron, pero no fueron más de lo que podríamos haber acumulado sobre el cadáver en cinco minutos de esfuerzo. Miré a John y comencé a hablar.

—¿Y ahora qué?

Pero él no respondió, tenía la cabeza hacia atrás y estaba mirando hacia la parte superior de la Roca Colgante.

Se estaba meciendo. Tambaleándose. En la base se abrió una grieta, una cosa pequeña al principio que creció y se extendió, separándose tan rápido que era como si tus ojos no pudieran seguirle el ritmo. Corrió por la roca, crujió y luego todo se movió. Toda la enormidad de la Roca Colgante y una buena parte de la pared del acantilado detrás de ella, repentinamente entraron en caída libre.

—¡Echaos hacia atrás! —gritó John y no nos esperó, giró y corrió hacia las rocas lisas de la orilla. Darren me agarró por la muñeca y comenzó a arrastrarme. Lo único que podía escuchar detrás de mí era el estruendo de una enorme avalancha de rocas. Solo conseguí dar un par de pasos antes de tropezar y me cubrí la cabeza con las manos mientras me preguntaba si iba a morir.

Pero ya habíamos llegado más allá del final del acantilado, por lo que conseguimos evitar la avalancha. Sin embargo, el ruido fue inmenso. Rugió y retumbó, sacudió el suelo y luego lo hizo de nuevo cuando el eco resonó desde el otro lado de la bahía. Abrí los ojos y vi unas rocas dirigiéndose hacia el mar, golpeando las olas que entraban en la bahía. Se mezclaban y se abanicaban hacia arriba, deteniéndose en seco. Pero luego, lentamente, todo se calmó de nuevo y vi entrar un conjunto nuevo de olas; cuando lo hicieron, eran diferentes. Las rocas se habían desplomado mucho más de lo que pensábamos que lo harían y habían salido directamente al arrecife bajo el agua. La próxima ola que entró, la ola después de esta y todas las olas después y para siempre, en lugar de romper de la forma que conocíamos tan bien, llegaron a mitad del arrecife y simplemente se detuvieron, se estrellaron contra rocas y desaparecieron sin romper de manera especial.

Y donde hasta entonces había estado la Roca Colgante, solo quedó una nube de polvo que se disipó rápidamente dando lugar a un azul brumoso. Una cara nueva y brillante de acantilado se extendía hacia el mar. Las rocas negras, redondeadas, cubiertas de algas que nos resultaban tan familiares fueron reemplazadas repentinamente por otras nuevas y contorneadas. No quedaba hoguera, esta también había quedado enterrada bajo la roca. El cuerpo del hombre, su tabla de surf, nuestro campamento… Todo estaba enterrado. Y vimos de inmediato que se había perdido para siempre.

CAPÍTULO TREINTA Y CINCO

Natalie estaba sentada a la mesa, en silencio. Pensamientos entrecortados recorrían su mente como hojas atrapadas en un remolino de viento. Cuando cerró los ojos, como si se cortase el viento, sus pensamientos comenzaron a calmarse.

Por fin lo supo. Jim estaba muerto. Ya no había ningún residuo de esperanza de que otra cosa podría haber sucedido. No vivía en ningún lado con su memoria borrada. No se había marchado para castigarla por lo que había hecho. Solo estaba muerto. Muerto por nada. Muerto por una de sus estúpidas peleas, escogida en el lugar equivocado y en el momento equivocado. Se sintió vacía. No triste, ni enojada, ni siquiera particularmente curiosa. Simplemente vacía, dejando que la historia la cubriera como si fuera una de las olas que aquel hombre había descrito en ese lugar de la Roca Colgante.

Sin embargo, Dave estaba diferente, parecía enfadado. Y cuando habló sonaba incrédulo.

—Pudiste haberlo salvado —dijo—. Si hubieras obtenido ayuda podrías haberlo salvado. ¿Por qué demonios no lo hiciste?

El joven no respondió. Ni siquiera levantó la vista de la mesa al principio. Mientras les contaba la historia había estado animado, sus ojos recorriendo la habitación de un lado a otro. Pero ahora que había terminado de hablar se desplomó en su silla. Se encogió de hombros.

—Ya os lo he explicado. Probablemente no hubiera cambiado nada.

—Voy a llamar a la policía —dijo Dave, sacando su teléfono.

El joven lo miró y luego a Natalie, pero no dijo nada, solo observó mientras Dave comenzó a tocar la pantalla de su teléfono móvil hasta que se oyó la conexión de la llamada, el mismo tono tres veces. Una voz respondió lo suficientemente fuerte como para que los tres pudieran escucharla.

—Operador de emergencia, ¿qué servicio necesita? ¿Bomberos, policía o ambulancia?

Dave preguntó por la policía y la mujer dijo que esperase mientras conectaba la llamada.

Una nueva mirada había aparecido en la cara del joven ahora, incertidumbre. Luego se oyó otra voz a través del altavoz del teléfono diciendo «Policía, ¿de dónde llama, por favor?»

De repente, Jesse miró directamente a Natalie y sacudió la cabeza con urgencia.

—No llaméis a la policía. Aún no. Aún no lo sabes todo. Haz que cuelgue.

Sus ojos parecían suplicarle.

—Dile que cuelgue —dijo Jesse, un poco más fuerte esta vez.

Se le notaba el pánico en la voz.

—Haz que cuelgue —repitió—. Alguien puede acabar herido, o peor. Tienes una hermana, ¿verdad? ¿Con niños pequeños? ¿Dos chicos?

Natalie agarró el brazo de Dave, le quitó el teléfono de la mano y lo colocó sobre la mesa.

—¿Cómo lo sabes? —protestó.

La voz en el teléfono volvió a preguntarle a Dave de dónde estaba llamando y todos miraron el teléfono.

—¿Oiga? —decía—. ¿Hay alguien ahí? ¿Qué emergencia tiene?

—Cuelga, Dave —Natalie le pidió en voz muy baja.

La observó por un momento y luego muy lentamente levantó el teléfono. Respiró un par de veces antes de volver a hablar por el telé-fono. Le dijo a la mujer que lo sentía. Dijo que los niños habían cogido su móvil. Su voz sonaba dudosa, reacia a finalizar la llamada, pero presionó el botón para cortarla.

—¿Qué sabes de mi hermana? —Natalie preguntó a Jesse.

—Necesito contarte el resto de la historia. —Parecía resignado.

—¿Qué sabes acerca de los niños de mi hermana? —la voz de Natalie sonaba furiosa ahora pero tenía el rostro pálido.

—¿Eso es una amenaza? ¿Le estás amenazando? ¿Es eso de lo que va esto? —Por el contrario, la cara de Dave estaba roja.

—No. Yo no soy el que amenaza. —Jesse extendió las manos delante de él—. No lo entiendes.

—Entonces creo que es mejor que nos lo expliques ahora mismo —dijo Dave.

Jesse respiró hondo. Miró alrededor de la habitación como si hubiera algo allí que pudiera ayudarle a explicar, pero finalmente fijó sus ojos en los de Natalie.

—Es John. Tienes que entender que esto se trata de John. Si hablas con la policía estás involucrando a John. Y lo puedes hacer si quieres, pero es mejor que entiendas a quien te enfrentas. Más te vale que si le atacas lo hagas definitivamente, porque si no lo haces, su revancha será peor. Te aseguro que no quieres que eso suceda.

Dave todavía tenía el teléfono sobre la mesa. Parecía que estaba ansioso por usarlo.

—¿A qué te refieres exactamente?

—Déjame contarte el resto de la historia. Así lo entenderás.

Dave miró a Natalie y sus ojos se encontraron por un momento, luego ella asintió.

—Continúa —dijo Dave.

CAPÍTULO TREINTA Y SEIS

John pasó un par de noches en el hospital pero cuando regresó a casa, cada vez que llamaba siempre lo cogía su padre. Nunca me dejaba hablar con John. Decía que estaba descansando o algo así. Era raro. Estaba acostumbrado a que sonase cabreado, parecía que le molestaba ser el contestador de John, pero siempre le llamaba para ponerse. Sin embargo ahora no lo hacía. Me daba igual lo que pensara su padre. Con todo lo que había sucedido necesitaba ver a John. Así que decidí ir a su casa.

Cuando llegué a la casa, el coche del padre no estaba en el camino de entrada. Pensé que igual no había nadie pero la puerta de la cocina estaba abierta, así que entré. Se me ocurrió que tal vez el padre de John estaba allí de todos modos sin su coche. Esa idea me inquietaba y decidí continuar con sigilo. Subí las escaleras, con cuidado de no hacer ruido y de inmediato me sentí mejor porque vi a John en su habitación, o al menos vi su espalda. La puerta estaba abierta y estaba de espaldas a mí, haciendo algo en su escritorio. Desde la puerta no pude ver lo que era, así que me acerqué. Estaba intentando arrancar algo de un periódico, el hecho de que uno de sus brazos estuviera escayolado casi desde la axila hasta la muñeca no se lo estaba poniendo fácil.

—¿Qué haces? —dije.

Dio un respingo.

—Joder, Jesse, qué susto me has dado. ¿Qué haces aquí?

No entendía la pregunta. Poco más de una semana antes habíamos cometido un asesinato juntos y habíamos borrado todas las pistas. Me parecía que teníamos mucho de lo que hablar.

—¿Qué quieres decir con qué hago aquí?

—¿Cómo has entrado? —preguntó. Tenía una pose extraña. Al principio pensé que era la escayola pero luego vi que estaba tratando de ocultar el periódico.

—Por la puerta. Como la gente normal.

Ignoró mi tono.

—Mi padre está en casa —dijo en su lugar. Creo que lo que quiso decir fue que qué estaba haciendo yo entrando sin llamar cuando su padre estaba en casa.

—Su coche no está.

—Ya, quiero decir, va a volver en cualquier momento. Ha ido a la tienda.

—Sí, quizás. —Como el tema estaba terminado, pregunté nuevamente—. Entonces, ¿qué haces?

—No estoy haciendo nada —dijo de nuevo, pero yo ahora estaba de pie junto a su espalda y no podía ocultar el periódico sin que fuera obvio. Además, ya había visto lo que estaba haciendo.

—Eso es sobre el tipo, ¿no? Lo que estás leyendo ¿Qué dice?

Durante aproximadamente un segundo parecía que lo iba a negar. Luego me deslizó el papel.

—Toma.

Leí el artículo. Era un periódico local pero no local de aquí, así que no sé de dónde lo había sacado. Tampoco decía mucho, solo un par de frases acerca de que se había cancelado la búsqueda y se suponía que el tipo se había ahogado. Sin embargo ponía su nombre. Me dio una sensación rara leerlo.

—Jim Harrison —dije—. No había pensado en él como en alguien con nombre.

John me echó una mirada extraña y me sentí un poco estúpido.

—Quiero decir, no como una persona con sentimientos y esas cosas. Ya sabes, con familia y eso. Me pregunto si tenía hijos.

Miré a John como si supiera la respuesta.

John continuó mirándome durante un rato. Luego me ignoró y siguió recortando el artículo. Cuando terminó, abrió el cajón de su escritorio y sacó una carpeta. Lo abrió y vi un par de recortes de periódicos. Puso el nuevo con los otros y volvió a cerrarlo.

—No. Sin niños. Hay niños pero no son suyos.

No le entendí, tan solo pensé que John estaría en uno de sus estados de ánimo extraños. Se ponía así cuando quería asustarte un poco, jugar contigo.

—¿Qué quieres decir con eso? —dije aunque realmente no quisiera saberlo.

—Quiero decir que hay niños en la casa, pero no son suyos. Por lo que vi eran los críos de la hermana de su esposa.

No había leído nada de eso en el artículo y no me parecía el tipo de detalle que dieran en un periódico.

—¿Cómo lo sabes?

Una mueca apareció en su rostro. Era un rasgo extraño que incluso consiguió que no se le viera guapo. Se le veía desagradable.

—Fui a echar un vistazo.

—¿Hiciste qué?

—Tranqui. Quería comprobar que no sospechaban nada. Solo esperé fuera, eché un vistazo por las ventanas. No toqué la puerta ni nada.

—¿Por qué? —dije de nuevo. Preocupado, recordé aquella vez que nos escabullimos para mirar en la mansión. Recordé al viejo dormido con su escopeta.

—Mira, no tiene importancia. Solo quería echar un vistazo. Bajé en el tren para comprobarlo. Tan solo quería asegurarme. Es una especie de seguro.

—¿De seguro para qué?

—No lo sé. Esa es la idea de un seguro, ¿no?

La sonrisa desapareció, reemplazada por una mirada de calma y seguridad. Como si me estuviera ayudando a comprender algo que era difícil de entender. Aun así incluso entonces tampoco lo entendí. Simplemente me parecía, no sé, me parecía que estaba un poco mal.

Escuchamos un ruido abajo.

—Mi padre ha vuelto —dijo. Volvió a deslizar la carpeta en su cajón y lo cerró. —Vamos, tenemos que irnos.

Antes de que pudiera preguntar por qué, ya estaba yendo hacia abajo y le seguí por la puerta lateral para no encontrarnos con su padre.

—¿Qué problema hay?

—Cállate Jesse. Ven conmigo.

Salió y cerró la puerta detrás de él, luego cogió el camino hacia el jardín al que casi nunca íbamos.

—¿Qué estamos haciendo? —dije.

Entonces tuve una idea horrible.

—¡Mierda! ¿Te han pillado? ¿Tu padre lo sabe? ¿Es por eso por lo que no querías que viniera?

Sentí que se me encogía el estómago al pensarlo y giré la cabeza para ver si había algún coche de policía en el camino. No los había visto cuando llegué, pero podrían estar escondidos, como en las películas.

—Nadie lo sabe —dijo John.

—¿Estás seguro?

—Si.

—Entonces, ¿qué estamos haciendo en el jardín?

No dijo nada. Pero me miró como si estuviera decidiendo algo y siguió alejándose de la casa.

—Estamos en el jardín porque tienes que entender algo. Dos cosas en realidad. Primero, nadie lo sabe. Nadie lo sabe y nadie lo va a saber. ¿De acuerdo? Segundo, no podemos seguir así. No nos queda otro remedio.

No dije nada pero se me debía ver en la cara que no entendía nada, porque continuó.

—Mira, sé que es difícil. Pero tenemos que lidiar con esto. Fue un accidente, un horrible accidente, pero tenemos que aceptarlo.

—Lo acepto —dije, mirando hacia el suelo.

—Vale. Eso es bueno. Pero tenemos que aceptar las consecuencias también.

Seguía alejándome de la casa. Entonces me di la vuelta y vi a su padre en la ventana, mirándonos.

—John, ¿qué está pasando?

Habíamos llegado a los árboles, lo que el padre de John llamaba el huerto de las manzanas.

—Jesse, las cosas tienen que cambiar, lo entiendes ¿no?

—¿Cambiar cómo?

—No podemos vernos tanto por un tiempo. De hecho, no podemos vernos en absoluto.

—¿Por qué?

—Así es como debe ser ahora. —No me miró.

—No entiendo nada. ¿Por qué?

Por un momento se quedó allí, mirando a lo lejos. Luego sacudió la cabeza.

—Hay muchas razones. Alguien podría haber informado de haber visto a tres jóvenes conduciendo ese coche. Ya no podemos ser esos tres jóvenes.

—Pero nadie nos vio.

—Según como condujiste, mucha gente nos vio.

Si quiso decir eso como una broma, no lo tomé como tal. Salté, mi voz aguda y cabreada.

—Pero nadie nos vio y, de todos modos, todo el pueblo sabe que pasamos todo el tiempo juntos. Será más raro si ahora de repente paramos.

—No, Jesse. Te equivocas.

—¿Por qué?

Me ignoró. Levantó la mano, cogió una manzana de uno de los árboles y la sostuvo en su mano mala mientras giraba el tallo con la otra.

—¿Quieres una? —No le hice caso. Se encogió de hombros y luego la mordió. A continuación, me miró y sonrió.

—No te enfades, Jesse. Esto nos libera. Hicimos algo especial allí. Sobrepasamos el límite al máximo. Y lo hicimos a la perfección. Podemos hacer lo que queramos ahora —sus ojos brillaban y por un instante sentí que todo iba a volver a la normalidad.

—¿Simplemente no podemos hacerlo juntos?

Sonrió.

—No íbamos a estar juntos de todas formas, no para siempre.

Noté que fruncía el ceño de nuevo pero antes de que pudiera decir nada John echó su brazo hacia atrás y arrojó la manzana lo más lejos que pudo. Estalló a través de las hojas de los árboles y se perdió de vista.

—En cierto modo, es bueno que hayas venido a visitarnos. Tengo algo que decirte. Me mudo a Londres. Voy a vivir con mi madre por un tiempo.

—¿Qué? ¿Por qué? Odias Londres.

—No, no lo odio.

—Siempre has dicho que sí.

—Bueno... No está tan mal.

Bajó la mirada hacia su brazo.

—No puedo hacer surf durante una temporada de todos modos.

—Pero eso mejorará. No tienes que mudarte. No tienes que irte.

Podía escuchar cuál agudo me había puesto, qué llorón sonaba. En contraste, su voz todavía tenía su habitual calma profunda.

—¿Y cuándo mejore? ¿Entonces qué? ¿Todos volveremos a hacer surf en la playa del pueblo como chavalillos? La Roca Colgante ha desaparecido, Jesse. Era lo único que hacía que este lugar valiera la pena.

—No entiendo —dije después de un rato.

—Vamos Jesse. Sí que lo entiendes. Quizás Darren no lo haría, pero tú sí. Tú lo entiendes todo.

—No es verdad. —Sentí el pánico brotar de nuevo.

—¿Qué más hay aquí? ¿Qué más hay sino un pequeño pueblo de mierda en medio de Gales?

Me quedé callado mientras continuaba.

—Voy a empezar a trabajar para mi padre. En su negocio inmobiliario. Eso siempre iba a suceder, ya lo sabías.

—No, no lo sabía.

—Jesse... —comenzó, pero no estaba por discutir conmigo.

—¿Y qué pasa con el surf? —pregunté—. Eso en Londres no lo puedes hacer.

Una mirada pasó por su rostro. Algo como irritación. Aburrimiento. Entonces su atención se alejó de mí y dirigió la mirada hacia el horizonte, se veía cómo se le contraían sus pupilas.

—¿Realmente no lo sentiste en absoluto? —Ahora estaba confundido.

—¿Sentir el qué? —dije.

Me miró de nuevo y esta vez sonrió, una sonrisa amplia y profunda; lo llamábamos su sonrisa de superhéroe porque cuando la ponía, se parecía al tipo que interpretaba a Superman en esas viejas películas.

—La emoción. Más grande y mejor que cualquier otra cosa antes.

—¿Emoción?

—Ya sabes. Cuando pasó todo. Conducir el coche de ese tipo mientras yacía allí frío e inmóvil. Enterrar al hijo de puta bajo toneladas de rocas. ¿No lo sentiste? ¿No sacaste nada de eso?

Ya nos habíamos detenido y me estaba mirando. Traté de apartar la mirada de sus ojos pero no pude.

—¿No disfrutaste un poco?

No dije nada. No pude decir nada

—Vamos Jesse, puedes admitirlo. Estamos solos, tú y yo, aquí. — Esos ojos azules danzantes me miraron hasta que tuve que mirar hacia otro lado.

—Me dio náuseas y me asusté —dije por fin.

Su rostro cambió a una expresión de tristeza falsa, luego se echó a reír.

—Mentiroso —contestó.

Entonces me lo encontré girándome con su brazo escayolado en mi espalda y caminamos en silencio hasta que llegamos a la cancela de su casa. Supe que no planeaba ir más allá.

—¿Eso es todo? Quiero decir ¿te piras? ¿Así? ¿Me dejas aquí solo?

Me miró de nuevo y la luz desapareció de sus ojos esta vez. Eran fríos y oscuros.

—No seas así, Jesse.

—¿Cómo?

La ira que había estado reprimiendo durante toda la semana estalló de nuevo.

—¿De verdad? ¿Lo jodes todo y ahora nos abandonas aquí?

—No es para siempre, Jesse. Simplemente no podemos ser esos tres amigos por un tiempo. Créeme.

—¿Cuánto tiempo es un tiempo? ¿Cuánto tiempo, John?

Pero no respondió, sino que cerró la puerta.

—¿Cuánto tiempo es un tiempo? —dije de nuevo. Creí que no me iba a responder, pero igual pensó que no me iba a marchar. Que me iba a quedar allí, gritando la misma pregunta una y otra vez como un energúmeno.

—Cuando sea el momento adecuado, te llamaré. Solo mantén la cabeza baja y la boca cerrada.

Se apartó de la cancela, levantó su mano buena y con ella sostuvo su brazo derecho, señalándome directamente.

—Sé que puedo confiar en ti, Jesse. No me decepciones.

CAPÍTULO TREINTA Y SIETE

No volví a ver ni saber nada de John en seis años. Oí rumores, por supuesto, especialmente al principio, que si había empezado en otro colegio en Londres, que terminó los exámenes rápido y comenzó a trabajar para su padre. Al cabo de un tiempo incluso los rumores se agotaron. Por eso me pilló aún más de sorpresa cuando el nombre de John surgió de nuevo. Más aún porque lo leí en los periódicos.

* * *

LAS COSAS HABÍAN CAMBIADO un poco aquí por supuesto. No me fue muy bien en la escuela después de lo que sucedió en la Roca Colgante así que estaba trabajando a tiempo completo en el camping. Seguía saliendo con Darren que también estaba trabajando, arreglando motores o algo así en el taller del pueblo. Habíamos dejado de echar de menos a John para entonces, o al menos, habíamos dejado de preguntarnos por él y hablar de él. Pero todavía sentíamos su ausencia; cada noche que nos sentábamos a leer revistas de surf en la caravana, todos los fines de semana, cuando esperábamos en vano a que sucediera algo emocionante.

Fue mi madre quien lo vio, una fotografía pequeña en una de esas revistas que vienen con el periódico del domingo. Había un artículo sobre la actriz Sienna Rowlands, antes de la que se publicó después en *topless*, cuando era conocida por hacer esas películas de las «Jóvenes Detectives». En cualquier caso, la revista hablaba de cómo estaba saliendo con un misterioso y guapo joven. Imprimieron una foto y mi madre me la mostró porque pensaba que se parecía mucho a John.

Habían hecho la foto en la calle en la puerta de su casa en Londres. La pareja iba cogida de la mano y ella miraba un escaparate, por lo que ni siquiera se podía ver quién era. Pero él miraba directamente hacia la cámara. Su ropa era diferente. Parecía una de esas víctimas de la moda de las que solíamos reírnos, con vaqueros caros y una camiseta de surfista. Le había crecido mucho el pelo y se había convertido en una gran onda rubia. Cuando éramos pequeños siempre hablábamos del pelo de los «surferos». Si alguna vez había algo en la televisión o en una película sobre surfistas, siempre los mostraban con el pelo rubio y largo y nosotros sabíamos que los de verdad nunca lo llevaban así. El pelo largo molestaba en el agua y después tardaba un montón de tiempo en secarse. Además el salitre lo dejaba todo crujiente y pegajoso. Así que nosotros siempre habíamos llevado el pelo corto. Pero allí estaba John, el vivo retrato del surfista de película.

Aparte de eso, estaba claro que era John, la misma mandíbula cuadrada, esos mismos ojos azules claros. Y, se hubiera esforzado en la apariencia o no, sí parecía el novio de una estrella de cine y quienquiera que escribiera el artículo también lo pensaba. Intentaron que Sienna hablara de él, pero ella se negó. Ni siquiera decía cómo se llamaba. El artículo lo describía así: «*Sienna se ríe tímidamente cuando se le pregunta por su nuevo, e increíblemente guapo, novio, pero lo único que revela es que llevan juntos unos meses y están muy felices. ¡Chica con suerte...!*».

Fue jodidamente raro verlo en esa fotografía y no paré de pensarlo en toda la tarde. Estaba currando en la tienda pero no hacía tiempo para acampar, así que no estábamos ocupados. No creo que entrara ni una sola persona y simplemente estuve allí sentado, preguntándome cómo sería su vida. Cómo pudo haber conocido a esa chica de las películas de las «Jóvenes Detectives». Y lo que podrían estar haciendo, justo en ese momento, mientras yo estaba rodeado de cajas de cereales y cubos y palas. Seguía pensando en eso más tarde cuando Darren se acercó después del trabajo. Nos sentamos en la caravana bebiendo cervezas y en silencio, tal y como lo habíamos hecho la noche anterior. Y la anterior también.

Quizás es por eso por lo que me obsesioné un poco en buscar más información de a qué se dedicaba John por aquel entonces. Yo desde luego no tenía mucho más que hacer.

Seguíamos vendiendo revistas y periódicos en la tienda del camping, por lo que me era bastante fácil echarles un vistazo todos los días. Los ponía en una pila y los miraba de uno en uno, ignorando las páginas de noticias y yendo directamente a la parte de cotilleo, buscando cualquier cosa que pudiera encontrar de Sienna Rowlands. En la mayoría no decían nada. De vez en cuando recibía una mención, o una foto. Ella en la puerta de una discoteca, saliendo de un taxi con un vestido mini y tacones altos, o con su brazo alrededor de otro que también era famoso. Pronto aprendí que Sienna era el tipo de chica a la que tenías que invitar si hacías una fiesta en Londres. Parecía estar relacionada de alguna manera u otra con casi todas las películas que salían a la venta. Todo lo que encontré, lo recorté y lo guardé en una caja debajo de mi cama. Lo oculté porque no quería que mi madre se hiciera una idea equivocada y pensara que estaba usando las fotos para machacármela por las noches.

* * *

DE ESTA FORMA pude averiguar algunos detalles sobre John. Fue *The Sun* el primero que descubrió el nombre de «el chico de Sienna», como lo habían estado llamando hasta entonces. Sin embargo, lo que escribieron sobre él no tenía mucho sentido. Decían que era el hijo de un promotor inmobiliario, pero también que era una especie de genio de los negocios o algo así. Hablaban de cuánto había crecido su compañía desde que había tomado John los mandos, como si fuera solo por John, cuando en realidad sabíamos que lo había recibido todo de su padre. Estaba claro que el autor del artículo estaba más interesado en su aspecto y en ese largo cabello rubio que en comprobar los hechos. Unas semanas después de que su nombre apareciera, Sienna dio una entrevista completa en la que «revelaba todo» acerca de cómo se habían conocido en una fiesta en no sé qué sitio y de lo enamorados qué estaban. Se quejaba porque siempre estaba trabajando pero también decía que la compensaba llevándola a lugares tropicales y enseñándola a hacer surf.

Mi caja de recortes creció más rápidamente cuando salió su siguiente película. Era una película artística en la que ella andaba desnuda más tiempo que vestida. La vi un par de veces pero no entendí nada. A alguien le debió haber gustado ya que recibió un premio. Vi a John al fondo cuando se lo entregaron en una gran ceremonia en alguna parte. Estaba sentado a una mesa, llevaba chaqueta de gala y la gente lo aplaudía y le daba palmaditas en la espalda como si hubiera hecho él algo inteligente.

No sé por qué pero no se lo conté a Darren. De todas maneras él lo descubrió muy pronto. Recuerdo que estaba lloviendo bastante. Darren entró en la caravana empapado. Venía directamente del trabajo pero no traía su usual bolsa de comida para llevar y las cervezas. En su lugar, tenía una revista. Estaba molesto, se le notaba. Ni siquiera se sentó, simplemente me puso la revista en la cara.

—¿Has visto esto?

No dije nada pero le cogí la revista. Era un supletorio con las 100 mujeres más guapas, de esos que solían aparecer en las revistas para hombres. Miré a Darren, me encogí de hombros.

—Continúa, léelo —dijo simplemente.

Así que miré a las mujeres en ropa interior y traje de baño. No tardé mucho en encontrarla, una nueva entrada en el número treinta y seis. Por su aspecto en la imagen yo la habría puesto un poco más arriba.

—¿Esta?

—Léelo —dijo Darren.

—Ya lo he leído.

—No, que lo leas. —Darren no era bueno leyendo y escribiendo. Así que lo leí en voz alta.

—Sienna Rowlands: la actriz más caliente de la serie «Jóvenes Detectives» ahora estrella de la sensacional película *El agujero negro*. Sienna también está desarrollando una carrera como modelo y es fácil ver por qué con tan buenos atributos. Pero antes de que te entusiasmes demasiado, Sienna tiene una relación seria con el empresario millonario John Buckingham.

—Ese es John.

—Ya.

—Lo dijeron en el trabajo. Dan estaba hablando de la chica de «Jóvenes Detectives», que salía con alguien de por aquí y Lloyd dijo que no le creía, así que Dan trajo esto para probarlo y se lo mostró a Lloyd... Y ese John de quien están hablando, ese es John. Nuestro John.

—Lo sé.

—Y dice que es millonario.

—Sí, ya lo sé.

—Y pone que está liado con la actriz de «Jóvenes Detectives».

—Sí

—Siempre me ha gustado la chica de «Jóvenes Detectives».

Miré a Darren.

—Ya lo sé Darren, lo sé.

Pero no me molestó el éxito de John, no en esa etapa. Lo admito, tal vez lo que no me gustó es que fui yo quien se quedó en el camping con Darren, mirando las fotos de la novia de John en ropa interior y leyendo sobre las fiestas a las que ambos asistían. Tal vez se piense que soy bastante ingenuo ya que por aquel entonces todavía creía lo que me dijo ese día cuando estábamos en su jardín. Que si nos teníamos que separar, que sería solo temporal. Quiero decir, tenía que ser verdad. Con lo que habíamos compartido juntos, con lo que sabíamos de él. Así que no me molestó su éxito, cuanto más subía, mejor iba a ser cuando me llamara. Vi por los periódicos que Sienna tenía amigas bastante guapas. Pronto John me las estaría presentando. Pronto iría a esas fiestas. Estaría en esas fotografías con la gente guapa y sonriente en las secciones VIP de las discotecas de moda.

* * *

ASÍ QUE NO ME MOLESTÓ, en su lugar, comencé a esperar la llamada. Cada vez que sonaba el teléfono sentía una oleada de anticipación nerviosa preguntándome si sería él. Cada vez que un coche se detenía en el camping me preguntaba si sería un coche deportivo con él dentro, que venía a buscarme. Pero nunca lo era.

Luego, unos siete años después de lo sucedido en la Roca Colgante, finalmente lo vi. Estaba caminando por la calle principal de *Lland-windus* cuando salió de una tienda, casi se tropieza conmigo, con una botella de vino en la mano. Llevaba un traje elegante con rayas en los pantalones. Tenía el pelo hacia atrás y recogido en una cola de caballo. No tuvo oportunidad de evitarme, se quedó allí mirando por un momento y finalmente dijo «Hola». Y me echó esa sonrisa con dientes que estaban demasiado blancos.

—Jesse ¿eres tú? ¿Qué tal te va, colega?

Había entusiasmo en su voz pero justo antes de que pusiera su encantador gesto, noté cómo sus ojos habían buscado una forma de pasar de largo.

—Bien, eso creo.

—¿A qué te dedicas? Toma, échame una mano.

Y me puso el vino en las manos mientras rebuscaba en los bolsillos de su chaqueta hasta que encontró un juego de llaves. Un todo terreno blanco con ventanas oscurecidas que bloqueaba media calle parpadeó con sus luces naranjas.

—Sube, vamos a charlar.

Dio la vuelta al lado del conductor y yo abrí la puerta del pasajero que reveló un interior de cuero color crema. Llevaba el uniforme de la obra, que tenía el nombre de la empresa bordado y no estaba precisamente limpio, así que traté de sacudirme un poco antes de entrar.

—Cierra la puerta —dijo y la cerré, atrapándome en el lujoso interior de aquel vehículo—. Entonces, ¿sigues trabajando en el camping? Pensé que igual te habrías marchado o algo así.

—No, la verdad es que no —le dije, lo que mató la conversación, así que agregué—: estoy pensando en ir a la universidad. —Aunque no era cierto.

—Ah, ¿sí? —No intentó ocultar su falta de interés.

A pesar de todo, de la forma en que nos habíamos encontrado, de lo obvio que era que no había tenido la intención de verme, todavía se me ocurrió que este era el momento que llevaba esperando tanto tiempo. No sabía cómo iba a salir solo que tenía que mantener la conversación de alguna manera.

—Te vi en la tele hace poco. Los Oscars o algo así.

Su frente se frunció en señal de confusión.

—Creo que te refieres a los BAFTA. Con Sienna, ¿verdad? —Y se le iluminó el rostro con una gran sonrisa—. Esa fue una pedazo de noche. —Por un momento pensé que me iba a empezar a contar cosas, pero se sumió en el silencio.

—Está bien, Sienna —dije—. Quiero decir, que parece maja. —Me puse nervioso porque sabía que no la había visto nunca y pensé que igual se pensaba que quise decir que estaba buena para masturbarse o algo así. La cara me ardía de lo roja que estaba.

—Sí. Está bien —dijo y luego pareció pensar en ello un rato. Finalmente continuó—. ¿Tienes novia, Jesse?

—No. Nada serio.

—¿No? —Me miró, una ceja levantada.

—Quiero decir, sí, unas cuantas chavalas, pero nada serio. Ya sabes, ¿no? —Me arriesgué y decidí echar una indirecta—. Quiero decir que no hay nada que me ate a estar aquí, eso es a lo que me refiero. —Cuando terminé, volvió a mirar hacia adelante, no habló durante un rato y me pregunté cómo sería la vida trabajando con John en Londres. Me imaginé con una chica como Sienna. Una de sus amigas con la que salía en muchas fotos, una morena, estaba muy buena. Me gustaba la idea de salir con ella.

—Acabo de regresar para ver a mi padre —dijo por fin, sin dejar de mirar al parabrisas. Puso sus manos sobre el volante acolchado como si quisiera moverse. El brazo de la chaqueta de su traje se deslizó hacia atrás para enseñar un reloj de aspecto caro. Estaba interpretando tan mal la situación que seguía pensando que en unos pocos meses tal vez yo también tendría un reloj así.

—Sí, estoy pasando el rato, esperando a ver si me sale algo interesante —intenté de nuevo.

En ese momento sonó su teléfono y miró la pantalla. Chasqueó la lengua, como en señal de disculpa y respondió. Tuvo una conversación inútil con alguien llamado Brad.

—Lo siento colega, era Brad —dijo—. Hemos quedado para almorzar cuando vuelva a Londres.

—Sin problema.

—Entonces, ¿te está yendo bien? Eso es bueno. Me alegro de oírlo.

—Sí. Realmente bien.

De repente, se me ocurrió que tenía que tranquilizarlo, recordarle que era de fiar, que podía confiar en mí en cualquier crisis.

—Estoy, ya sabes, vigilando el terreno. Asegurándome de que nadie haga nada estúpido. Ya sabes, Darren o cualquiera.

Sus ojos se estrecharon.

—¿Vigilando el qué?

—Asegurándome de que Darren no, bueno ya sabes, no le diga nada a nadie.

No dijo nada pero se llevó uno de sus dedos a los labios y me hizo callar, sacudiendo la cabeza con suavidad.

Sonreí.

—Claro, sí lo siento. No hay nada que mencionar, ¿a qué no?

Nos quedamos callados y volvió a poner ambas manos en el volante. Luego carraspeó como si tuviera algo atrapado en la garganta.

—¿Y Darren? ¿Todavía os veis?

Antes de que pudiera responder, su teléfono volvió a sonar.

—Joder —dijo esta vez—. Jesse, es una llamada de negocios. Tengo que contestar... ¿Te importaría?

—No, claro. Lo entiendo. —Abrí la puerta, salí y John no comenzó a hablar hasta que había cerrado la puerta de nuevo. Había un poyete junto al coche, así que me senté y pensé que me invitaría a entrar cuando terminase la llamada. Mientras estaba sentado allí incluso me pregunté si tal vez me quería fuera porque iba a preguntarle a quien fuera con el que estuviera hablando si me podrían dar un trabajo. Quiero decir, estaba claro que no habíamos terminado de hablar y así de jodidamente iluso era yo en ese momento.

Al cabo de unos cinco minutos arrancó el motor, metió la marcha y simplemente se alejó. Y me dejó allí, sentado como un paria, esperándole de nuevo. No le veía porque el cristal estaba completamente oscurecido. Pero yo había estado dentro y sabía que él sí podía verme.

CAPÍTULO TREINTA Y OCHO

Ahí fue cuando supe que John nunca iba a llamarme. Tuve que renunciar a la pequeña fantasía que me había creado en la cabeza en la que alguien me iba a salvar y alejarme de mi vida. Y lo más gracioso de todo fue que una vez que dejé de pensar que aquello iba a suceder, entonces pasó.

Habían pasado siete años desde que destruyéramos la Roca Colgante y no me podía creer que hubiera pasado tanto tiempo. Lo único que había hecho era perder el tiempo en el camping. Incluso Darren me estaba adelantando, había hecho unos exámenes en el taller y ahora tenía un título y todo. Mi madre llevaba dándome la lata durante años para que fuera a hacer uno de esos cursos de educación para adultos, o hacer algo, lo que fuera. El caso es que hiciese algo con mi vida. Y así fue como, después de encontrarme con John, algo me animó a inscribirme.

La ciudad principal de por aquí está a unas diez millas de distancia y los cursos los daban allí, en el sótano de las oficinas del Ayuntamiento. La mayoría de los estudiantes eran viejos, ya sabes, con treinta o cuarenta años, una panda de inútiles. El instructor nos dijo que le llamáramos Paul. Creo que esto era para que pareciera diferente a un colegio, pero si eso era para nuestro beneficio o el suyo, no estoy seguro, ya que Paul no habría durado ni cinco minutos en un aula de verdad. Estaba escuálido y hablaba con voz de niña. Tenía barba, tal vez para hacerlo parecer más varonil, no le funcionaba. Paul era un pringado tan obvio que me hubiera pirado de la clase en el primer minuto si no fuera porque me había sentado lejos de la puerta. Y además me la hubiera perdido.

Tenía el pelo largo y rojo. Rojo brillante, no pelirrojo, si no tan intenso que tenía que ser teñido en lugar de natural. Llevaba una falda horrorosa larga con flores y hojas bordadas y botas grandes con cordones del estilo Dr. Marteens. Se sentó en la primera fila y al principio me ignoró, pero después de que Paul nos pidiera que nos presentásemos a la clase, se dio la vuelta un par de veces y me miró. Era mona. Quiero decir, no estaba buenísima, John no se habría fijado en ella, pero tenía los ojos bonitos y una sonrisa sarcástica. Hubiera salido de esa clase si ella no hubiera entrado, pero con ella sentada allí, me quedé.

No fue hasta después de la clase que hablamos por primera vez. Estaba esperando el autobús de regreso a *Llandwindus* pensando que la educación para adultos probablemente no era lo mío cuando pasó caminando por mi lado empujando una bicicleta vieja.

—Hola —dijo. Yo estaba solo allí, así que supuse que se refería a mí. Asentí de vuelta—. Tú eres el tío malhumorado de la última fila que no habla con nadie —se apartó el pelo de la cara. Tenía los ojos marrones. De cerca, seguían siendo bonitos.

—Sí, que pasa.

—Hola, chico malhumorado —levantó una mano de la bicicleta y movió los dedos.

—Hola —le respondí.

Me miró por un momento.

—Ángela

—¿Qué?

—Es mi nombre. Me llamo Ángela.

—Ah. Hola Ángela.

Se quedó de pie mirándome hasta que me di cuenta.

—Jesse —dije.

—Ya lo sé. Lo dijiste en clase, ¿te acuerdas? Cuando el instructor nos hizo presentarnos.

Así se describió a sí mismo, en lugar de profesor. Sonrió con la misma sonrisa sarcástica que había visto antes.

—No parece que estuvieras prestando mucha atención.

—Bueno, fue un poco aburrido.

—Paul es un idiota, ¿no?

—Sí, un poco idiota.

—Son todos unos pardillos.

No se me ocurrió nada que contestarle, pensé que iba a seguir caminando, pero no lo hizo.

—¿Te obligan a venir a ti también?

—¿Quién?

—Los de la oficina del paro. Tengo que atender el curso entero o me suspenden los pagos del paro.

—¿De verdad? Vaya putada —dije.

—Sí, muy putada. Y a ti ¿también te obligan?

—No. —Pensé en explicar que era mi madre la que me obligaba a mí, pero no me parecía que sonase muy guay y vi que venía el autobús.

Se detuvo a unos pasos delante de nosotros pero yo no me moví.

—¿Este es tu autobús?

—Sí.

—¿Vas a subirte?

—Sí, probablemente. —Estaba buscando algo que decir, algo memorable. Pero no se me ocurría nada. Al final Ángela fue más directa que yo.

—¿O podrías venir a mi piso y nos fumamos algo? Está ahí al lado.

Tuve que controlarme para que no se me notara la sorpresa en la cara.

—Sí, vale —dije con la mandíbula cerrada.

El autobús permaneció vacío y el conductor me miró de mala manera mientras nos alejábamos, su bicicleta oxidada chirriando entre nosotros.

* * *

LLEGAMOS A SU CASA. Mientras caminábamos, estaba bastante seguro de que «ven y nos fumamos algo» significaba lo mismo que cuando en las películas dicen «entra a tomar algo», así que cuando entramos en su estrecho pasillo, me preguntaba si debería lanzarme allí mismo. Pero había metido la bicicleta con ella y eso lo habría hecho bastante incómodo. Me llevó a una sala pequeña y vi que realmente quiso decir «ven y nos fumamos algo».

Nos sentamos en el sofá. Sacó una bolsa de plástico con cristales amarillos opacos y eligió un par para poner en su pipa. Luego puso el mechero en el tazón y lo encendió mientras aspiraba el humo con fuerza. El humo subía hacia el techo de la habitación formando una nube densa. Ya casi no quedaba nada cuando me lo pasó. Ni siquiera estaba seguro de qué era aquello, pero pensé que tendría que probarlo al menos si quería quedarme allí esa noche, así que cogí el mechero e imité sus movimientos. En cuestión de segundos, la habitación, el mundo entero, se derritió como si mis ojos fueran linternas de gas y todo lo que miraba se quemara frente a mí. No sé si pasaron segundos o minutos hasta que pude hablar.

—¿Qué coño es esto? —Tosí.

—¿A qué es alucinante? —Se inclinó hacia mí—. Te ayuda a durar más.

Me quedé ahí sentado, jadeando, mientras la habitación se iba y se venía a su ritmo. Ángela se acercó y me cogió la polla. Traté de poner las manos sobre ella, de tocarle las tetas, pero mis brazos se movían muy lentamente, como si tuviera los brazos de plomo. Escuché un ruido en el pasillo y una cabeza asomó por la puerta mientras yo seguía extendiendo los brazos, como si fuera a una especie de *zombie*.

—Hola Ángela, ah hola.

—Hola Meg. Jesse, esta es Megan, mi compañera de casa —dijo Ángela. Se había deslizado de nuevo a su lado del sofá y su voz sonaba tan normal. Yo no estaba muy seguro de si Megan era real o una alucinación. Pero asentí con la cabeza y logré bajar los brazos.

—Voy a hacer pasta, ¿quieres un poco? —Sus ojos observaron la pipa de metanfetamina que había en la mesa de café y me pareció ver un ligero ceño fruncido en su rostro.

—No, gracias. Estamos bien aquí, ¿a qué sí, Jesse? —Cuando quise decir algo Megan ya se había ido a la cocina y estaba cogiendo cacerolas. Me volví a mirar a Ángela que me echó una sonrisa traviesa mientras sacaba otra piedra de buen tamaño de su bolsita.

* * *

NO RECUERDO cuánto acabamos fumando pero estaba demasiado ido como para tirarme a Ángela. Megan entró al rato y se comió la pasta de un tazón que apoyaba en las rodillas, no pareció darse cuenta de que yo estaba básicamente en estado de coma. Cuando me desperté era de día y seguía en el sofá. Solo. Me dolía la cabeza y sentía la boca como si alguien me hubiera puesto una alfombra en la lengua y me la hubiera clavado con chinchetas. Pero lo peor de todo es que supuse que la había cagado con Ángela. Me obligué a levantarme y fui a la cocina a tomar un trago de agua. Pensé que me escabulliría en silencio. Abandonaría el curso y volvería a trabajar en el camping. No podría volver a la ciudad nunca más. Entonces entró Ángela. Estaba descalza, con una camiseta grande con Mickey Mouse en la parte delantera y unas braguitas naranjas. Se las vi cuando se inclinó para sacar algo de la nevera. No sé si ella lo hizo aposta para calentarme, pero funcionó. Cuando se enderezó de nuevo y llevé mis ojos de vuelta a su cara vi que tenía medio porro y le brillaban los ojos. Lo encendió y luego, sosteniéndolo en la boca, me cogió de la mano y me llevó fuera de la cocina. Pasamos junto a su bicicleta en el pasillo, subimos unas escaleras muy estrechas y entramos en su habitación.

Era como una extraña caverna púrpura llena de chismes, plumas colgando del techo, velas, posters psicodélicos, cojines morados y ositos de peluche en todas partes. Había un intenso olor a incienso. Me quedé parado un instante, me sentía perdido. Enseguida me besó y sopló humo dentro de mi boca. Cuando terminamos el porro, me desabrochó el cinturón y me bajó los pantalones al suelo. Luego se subió la camiseta por encima de la cabeza y no llevaba nada más que sus braguitas naranjas. Me agarró las manos y las puso en las tetas.

La metanfetamina no había desaparecido por completo y tenía razón. Duré un montón. Follamos en su cama pegada a la pared. Al principio estábamos rodeados de peluches pero, uno por uno, cayeron al suelo, hasta que quedamos solos ella y yo, ella con las piernas tan abiertas que casi tocaban ambas paredes de la habitación a la vez.

* * *

ÁNGELA Y DARREN NO CONECTARON. Ella y yo pasábamos mucho tiempo juntos y él no entendía por qué de repente no estaba en la caravana por las noches cuando se pasaba a la vuelta del trabajo, con su bolsa de plástico llena de latas de cervezas. Ángela tampoco entendía a Darren. Era demasiado lento para coger las indirectas que le echaba Ángela cuando bajaba a la caravana a visitarme. A ella le gustaba echar una fumadita mirando al mar y simplemente no entendía por qué teníamos que esperar hasta que Darren hubiera terminado su paquete de seis cervezas antes de que pudiéramos bajar la cama y hacer que la vieja furgoneta crujiera. Al principio pensé que podría haber algo de futuro con Darren y Megan, que resultaba que no había sido una alucinación y que era lo suficientemente fea como para ser el tipo de Darren, si es que tuviera un tipo de verdad. Pero cuando se lo mencioné a Ángela, levantó las cejas y dijo «¿Megan y Darren?» y supe que me había equivocado. Poco a poco, Darren empezó a pillar las indirectas. Ya no aparecía todas las noches y sentí que el equilibrio de mi vida había cambiado. Había comenzado un nuevo camino.

¿Y quién sabe? Si las cosas hubieran permanecido como estaban por un tiempo, mi vida podría haberse establecido en este nuevo camino. Un camino que no tenía nada que ver con Darren ni con John ni con toda la mierda que había sucedido en la Roca Colgante. Tal vez si hubiera seguido ese camino habría llegado a un punto en el que no había vuelta atrás. Pero el destino tenía otro plan. Se sacó un as de la manga. Hizo que sucediera algo que me lanzó de golpe a mi antigua vida y que finalmente me condujo a John. Tal vez me estoy engañando ahora si pienso que alguna vez hubiera habido otro final.

Parece que vino de la nada pero cuando me detuve a pensarlo, mi madre ya me había mencionado bastantes veces los dolores que tenía en la axila. Cuando por fin fue al médico la llevaron al hospital de la ciudad ese mismo día. Le dijeron que el bulto en su seno era el más grande que habían visto. Creo que estaban bastante impresionados.

Las pruebas mostraron que el cáncer ya se había extendido a los pulmones, el corazón y los riñones. Le preguntaron si quería un pronóstico y cuando dijo que sí, le dijeron que tenía un treinta por ciento de posibilidades de estar viva en seis semanas.

Siempre había dicho que las mujeres de su familia eran duras pero que no duraban. Su madre había muerto a los sesenta años, su abuela también, así que supongo que mi madre lo había estado esperando toda la vida. Aun así, fue un gran choque. En dos meses estaría muerta.

Y lo curioso fue que, mientras mi madre moría, fue Darren quien lo entendió, no Ángela ni yo. Ángela pensó que fumando metanfetamina juntos solucionaríamos las cosas. Pero Darren venía y hablaba con mamá. Se sentaba con ella y hablaba de cuando éramos niños. Le recordaba cuántas veces nos había gritado por derrapar las bicis en el césped. Las veces que habíamos pescado lenguados desde el muelle para que nos los diera para la cena. Y cuando hablaba así, ella sonreía a pesar del dolor. E incluso yo, completamente ido por la droga como andaba por aquel entonces, notaba que eso era algo bueno.

* * *

FUE idea de Darren contactar a John. Estaba convencido de que, por lo bien que siempre se había llevado con mi madre a lo largo de los años, a John le gustaría saberlo. Al principio dije que no. Todavía estaba cabreado con él por lo que sucedió en el todo terreno, pero al final acepté. A mamá siempre le había gustado John, igual le agradaba verle una vez más. Pero por aquel entonces yo ya no tenía forma de contactarle así que tuve que ir a la casa de su padre para que me diera sus datos. Después, durante más de un mes, tuve la dirección de John escrita en un trozo de papel en mi habitación. Cuando me decidí a mandarle la carta, ya era tarde para pedirle que viniera a verla antes de que falleciera. Porque ya estaba muerta.

CAPÍTULO TREINTA Y NUEVE

Ángela se quedó conmigo en el camping la noche antes del funeral. Era la primera vez que dormía en casa en lugar de en la caravana y aprovechamos al máximo. Darren apareció antes del desayuno y, desde el principio, se estaban poniendo nerviosos el uno al otro. Pasamos el día matando el tiempo, ellos dos discutiendo y nosotros vaciando la bolsa de marihuana de Ángela.

La iglesia era deprimente. No estábamos solos nosotros tres, pero ni siquiera llenamos la mitad de un lado y el cura no sabía ni quiénes éramos. Había unas señoras del pueblo que mamá conocía. Gywnn, el viejo surfista de tablón también vino, pero eso fue todo. John no vino, por supuesto. Me pasé la ceremonia mirando hacia la parte trasera de la pequeña capilla del crematorio por si viniera con retraso, pero nunca llegó.

No importaba. Incluso en su ausencia fue John del que terminamos hablando de vuelta a casa. Encendí la chimenea y Ángela estaba acurrucada en el sofá, con su larga falda estirada sobre sus piernas de manera que solo se le veían los calcetines naranjas. Darren estaba en el sillón, con la cara enojada y triste, mirando los troncos mientras ardían. Fue Darren quien sacó el tema.

—Realmente pensé que vendría —dijo, sin apartar los ojos del fuego—. ¿O que mandaría flores o una nota o algo así? Eso es lo mínimo ¿no? ¿Pero no hacer nada?

Me encogí de hombros y me uní a Ángela en el sofá, dejándola descansar las piernas sobre mi regazo. Normalmente me gustaba estar así, pero aquella noche le sentía las piernas pesadas. Pensé en empujarlas al suelo pero no lo hize.

—No lo hemos visto en años. ¿Qué esperabas?

—¿Después de lo que hiciste por él, Jesse? Esperaba un poco más que esto.

—Estaría ocupado. —Estaba cansado y drogado y miré a Ángela, pero no parecía estar interesada.

—Sí. Probablemente ocupado con su novia la estrella de cine.

Darren agarró el atizador del juego de herramientas de fuego y comenzó a mover la leña.

Lo ignoré y volví a mirar a Ángela quien estaba ahora mirando con más interés. Apartó sus piernas de mí y se enderezó en el sofá.

—Entonces, ¿es cierto? —preguntó por fin—. ¿Conocíais bien a John Buckingham cuando vivía aquí?

Nunca habíamos hablado de John con ella pero la mayoría de la gente del pueblo sí que lo hacía. Incluso la gente que realmente no le había conocido. Lo veían en los periódicos con su novia estrella de cine y les gustaba hablar de él. La gente estaba orgullosa de que fuera de aquí.

—Todavía lo conocemos —dijo Darren.

—Sí claro —dijo subiendo las cejas.

—¿Qué quieres decir?

—Obviamente, lo conoces muy bien. Por eso ha venido hoy con todo su séquito.

Fijé la mirada en la hoguera.

—Lo conocemos —dijo Darren—. Lo conocemos mejor que nadie.

—¿A qué te refieres?

—Sabemos cosas sobre él que nadie más sabe —dijo Darren. Ángela se rio.

—¿Qué? ¿Cómo la vez que os emborrachasteis cuando teníais trece añitos?

—No, como la vez que... —comenzó a decir Darren, pero le interrumpí.

—Oye, Darren, pon otro tronco en el fuego, ¿vale? —Lo miré fijamente, una advertencia para que se callara.

—Continúa entonces —dijo Ángela cuando Darren terminó de echar el tronco y un millón de chispas subieron en espiral por la chimenea—. ¿Qué sabéis de John Buckingham? Si realmente hay algo se lo podríais vender a los periódicos. Está visto que no es un colega verdad. Podrías ganar algo de pasta a su costa.

Darren me miró sin decir nada.

—Vamos Darren. O sabes algo o te estás echando un farol. Una de dos ¿Cuál es el gran secreto?

Darren no la miró cuando respondió. Bajó la cabeza y murmuró algo. Hablaba en voz tan baja que apenas entendí lo que dijo.

—Íbamos a hacer surf juntos.

Ángela sí que le oyó. Se llevó las manos a la cara como si hubiera visto un fantasma.

—¡No! Pedazo de historia, Darren. Ya la estoy viendo en todas las portadas. —Me miró para alentarme y vi a Darren abriendo la boca para decir algo más, así que tuve que saltar.

—Joder, Ángela, ¿te puedes callar la boca? De verdad, esta no es la mejor noche para hacer esto.

Esto la molestó de inmediato y quitó sus piernas de mi regazo, luego agarró su droga de la mesa y anunció que se iba a la cama. Por la forma en que lo dijo, no era bienvenido a ir con ella, así que la dejé ir.

—A veces no te entiendo, Jesse —dijo Darren cuando dejamos de escuchar los pasos de Ángela en el piso de arriba—. ¿No te sientes traicionado?

—¿Cómo?

—Traicionado. Lo ayudamos y luego desaparece. Lo siguiente que sabemos es que es un tío importante que no tiene tiempo para nosotros. ¿No te molesta un poco?

—Sí, un poco. —Suspiré.

—A mí sí que hay veces que me jode —dijo Darren.

—Sí, bueno, no hay nada que podamos hacer al respecto. —Quería cambiar de tema. O simplemente sentarme allí en silencio mirando el fuego.

—Especialmente porque ni siquiera fue un accidente.

—¿El qué?

—En la Roca Colgante. Nos hizo ayudarlo de esa manera y ni siquiera fue un accidente.

—Por supuesto que sí.

—No, no lo fue. —Sacudió la cabeza.

—Tú ni siquiera viste lo que pasó —dije.

—Da igual. He pensado mucho en ello. No apuñalas a alguien así por error. Es obvio.

—John dijo que el tipo se abalanzó sobre él. Estaba resbaladizo. Dijo que fue un accidente.

—Sí, eso es lo que dijo. Pero no creo que lo que dijo tenga nada de sentido. Al menos no para mí.

—Estaba aturdido por lo que había hecho. Se había roto el maldito brazo, Darren. Estaba dolorido, en estado de shock.

—Bueno, ¿y cuándo fuiste a verlo? Antes de irse a Londres. Que nos teníamos que separar un poco. Eso también fue una mierda. Ni siquiera se molestó en venir a verme.

Se calló y pensé que por fin iba a dejar el tema pero no lo hizo.

—No es justo, Jesse. No es justo lo que está haciendo con su vida y lo que estamos haciendo con la nuestra. No con lo que sabemos de él.

A veces me daba una sensación rara con Darren. Era como si esto no era algo que se le acabase de ocurrir. Había estado dándole a la cabeza por un tiempo. Mucho tiempo. Me alegré de que Ángela se hubiera ido a la cama.

—Sí, bueno, como ya te dije. Realmente yo tampoco vi lo que pasó. Te estaba mirando cuando sucedió, así que no lo sé.

—Ahora sí que lo sabes porque te lo acabo de decir.

No dije nada más y pensé que ya lo había dejado estar. Tomamos unas copas y miramos la hoguera. Pero todo el tiempo podía sentir a Darren mirándome. Luego comenzó de nuevo.

—No fue un accidente, Jesse.

—¿Qué importa eso ahora? Ya no podemos hacer nada —espeté.

Se inclinó hacia delante, agitando su bebida en su vaso.

—Nos traicionó. Haciéndonos ayudarle así. Haciéndonos arrastrar el cuerpo del tipo sobre las rocas, conduciendo su puto coche hasta Cornwalles y haciendo detonar la Roca Colgante. Después de hacer todo eso ya no podíamos ir a la policía. Nosotros no hicimos nada y nos hizo tan culpables como era él mismo.

—Bueno... no hay nada que podamos hacer ahora.

—Y ni siquiera se molesta en venir al funeral de tu madre. Lo ayudamos y ni siquiera puede venir para esto. Ni siquiera envió una carta para darte el pésame, ni unas flores, ni...

—Tal vez estaba ocupado —le interrumpí.

Darren lo consideró por un buen rato, asintiendo con la cabeza suavemente todo el tiempo.

—Sí, ocupado. Probablemente. Pero no entiendo por qué no lo ves Jesse. Él está endeudado con nosotros. Una gran deuda.

Me miró con sus pequeños ojos, una mirada dura.

—Nos debe mucho, Jesse. Y creo que deberíamos hacer algo al respecto.

Me contó su plan esa misma noche. No era sofisticado. Ni siquiera tenía mucho sentido. Se suponía que debíamos escribirle una carta, diciéndole que iríamos a la policía a menos que nos pagase. Darren no sabía cuánto. Solo sabía que tenía que ser suficiente para que nos pudiéramos ir y hacer lo que quisiéramos.

Al principio no pensé que hablara en serio. Era tan estúpido, pero lo conocía demasiado bien. Para él, sí tenía sentido.

—Pero ¿cómo vamos a ir a la policía si estamos involucrados? ¿Para qué nos metan en la cárcel a nosotros también?

Sacudió la cabeza.

—No, si ambos les contamos la misma historia, que vimos a John hacerlo, entonces lo pondrían a él en prisión. Nos pondrían en el programa de protección de testigos o algo así.

—¿Entonces quieres hacer chantaje a John? —Lo miré, sentado allí, inclinado sobre la mesa.

Parecía sorprendido por esto, como si no se le hubiera ocurrido que lo que estaba sugiriendo podría tener un nombre. Luego asintió.

—Chantaje. Sí. Así es.

Me quedé callado.

—Y nos hará caso, nos pagará, Jesse. Tendrá que hacerlo, piensa en todo lo que podría perder…

Aun así, no le respondí.

—Piensa en lo que podríamos hacer con el dinero, Jesse. Podríamos irnos. Podríamos mudarnos a Indonesia o algo así, solos tú y yo. Podríamos abrir un chiringuito en la playa. Solos los dos, Jesse.

Me levanté y me fui a la cama.

CAPÍTULO CUARENTA

Tengo que hablarte del chiringuito de Darren. Según él, eso es para lo que estábamos ahorrando. Había leído una historia en una revista sobre dos tipos que se mudaron a Indonesia y abrieron un bar en la playa. Hacían surf por el día y trabajaban detrás de la barra por las noches. Llevaba hablando de esto años. De cómo surfearíamos unas olas tropicales y serviríamos cervezas frías a pedazo de pibones toda la noche. A veces incluso ajustaba su sueño para permitir que Ángela estuviera también. En su fantasía, no podía entrar detrás de la barra pero soportaba la idea de que limpiara las mesas.

Algunas veces yo le seguía el rollo pero otras veces le decía que volviera a la realidad. Necesitabas tener mucho dinero para hacer algo como eso. Yo nunca tenía dinero y él, aunque estaba trabajando, no conseguía ahorrar nada. Lo que sea que le pagaran en el taller se lo gastaba de inmediato en el bar o en comprar bebidas. La fantasía del chiringuito de Darren en Indonesia era solo eso, un sueño, y al principio pensé que su idea de chantajear a John entraba en la misma categoría.

También pensé que ahora que mi madre ya no estaba las cosas iban a cambiar. No es que me alegrara de que hubiera muerto ni nada, pero ahora que se había ido el camping era mío. Lo que significaba que podía venderlo y hacer otra cosa. Nunca consideré seriamente lo de Indonesia, pero sí pensé que podría hacer algo útil con mi vida. Tal vez podría seguir los pasos de John e irme a Londres. Cualquier cosa para salir de *Llandwindus*. A los pocos días del fallecimiento de mi madre me llevé una sorpresa desagradable. Miré las cuentas del camping y a pesar de que no era bueno en matemáticas pude ver de inmediato que no tenían buena pinta. Por fin entendí por qué mamá se ponía el mono para arreglar los desagües en vez de llamar a un fontanero. Diez años después de comprar el negocio debíamos más de lo que pagamos por comprarlo.

Si eso era deprimente, aún empeoraron más las cosas. Ahora que mi madre no estaba, el trabajo comenzó a acumularse bastante rápido. Al principio hice lo que pude pero era imposible. Llevaba la tienda, controlaba a los clientes, mientras Ángela se paseaba descalza, con un porro en la mano y cogiendo lo que le apeteciera de las estanterías de la tienda. Había que cortar el césped, hacer inventario y, por supuesto, las putas duchas que nunca funcionaban. Y acuérdate de que ahora yo era el dueño del negocio. No iba a ser yo también el que fregase los baños. Total, que parecía que lo único que teníamos eran clientes quejándose todo el día. Así que un día me harté, cerré la cancela y no dejé entrar a nadie más.

Excepto a Darren. Él seguía viniendo. Y cuando Ángela no estaba no dejaba de hablar de su nueva idea.

Trató de redactar la carta de chantaje. Me la enseñó y era un desastre. Darren no era completamente analfabeto, pero escribir no era su fuerte y este no era el tipo de carta de la que se podía obtener ayuda en la biblioteca. Pero incluso teniendo en cuenta todos los errores que había cometido, había algo convincente en ella. Cuando logré entender las razones de Darren para justificar por qué John nos debía tanto tuve que admitir que tenía sentido.

Habíamos ayudado mucho a John aquel día y todo había sido por su culpa. Y, por alguna razón, nosotros no habíamos podido superarlo tan fácilmente, no como él. Nos había afectado. Ambos la cagamos en los exámenes poco después de que ocurriera, era difícil concentrarse en las putas matemáticas cuando te preocupaba que la policía fuera a venir a arrestarte por asesinato. John nos debía algo por eso. Ahora

John tenía tanto. No estábamos pidiendo una fortuna. Solo lo suficiente para poder establecernos en algún sitio. Empezar de cero. Y John podría olvidarse de nosotros para siempre. No tendría que preocuparse de cómo nos iba. La verdad es que tenía sentido.

Además de todo, también me di cuenta de que, si yo no ayudaba a Darren a escribir la carta, acabaría pidiendo ayuda por ahí. Era capaz de prometerle una parte del dinero a alguien del taller o del bar, porque era lo suficientemente estúpido como para hacer eso. Si permitía que eso sucediera, podríamos perder el control de la situación muy rápidamente. Y supongo que pensé que, si Darren iba a sacar algo de dinero, yo también quería mi parte. De eso sí que estaba seguro. Era lo justo. Fui yo quien condujo el coche cuando me lo pidió John. Yo ayudé más que Darren. En realidad, no tenía elección. Supongo que así fue como terminé ayudando a Darren a escribir su carta de chantaje.

Darren estuvo de acuerdo en firmar la carta con su nombre. Incluso lo quería de esa manera. Desde que murió mi madre, era como si quisiera que John supiera cuánto le odiaba. Realmente quería que John creyera que era solo Darren el que lo estaba engañando. Como si eso demostrara que era lo suficientemente inteligente como para planear algo así. A mí me parecía bien, pero cuando miré en Internet y descubrí en cuánto estaba valorada su fortuna, le dije a Darren que teníamos que pedir más dinero. A él también le pareció bien.

Estábamos emocionados la noche que terminamos la carta y la metimos en el sobre. Escribí su nombre y luego agregué «estrictamente privado y confidencial, para la atención exclusiva del Sr. John Buckingham». Subrayé «exclusiva» tres veces para asegurarme de que le llegara directamente a él. Lo llevamos al buzón del pueblo y compramos ocho latas de cerveza para celebrarlo. Darren se pasó la noche hablando de cómo finalmente nos iríamos a Indonesia. Por un momento incluso comencé a creerle.

La carta era muy sencilla. Le pedía a John que pagase el dinero directamente en la cuenta de Darren, un pago único para comprar su silencio por ayudar a encubrir su crimen. Si John no pagaba, Darren iría a la policía y les contaría todo. Estábamos convencidos de que pagaría y, cuando lo hiciera, Darren me daría la mitad. Le diría a

Ángela que el dinero provenía del negocio. Ella no sabía hasta qué punto estaba endeudado.

Todas las noches durante la semana siguiente comprobamos la cuenta de Darren en Internet, cada noche esperábamos ver el dinero, pero cada noche era lo mismo. Tenía unos cien pavos en la cuenta, pero las transacciones eran todas iguales, veinte libras en el bar o en el supermercado. Ningún depósito grande. Darren pensó que la carta podría haberse extraviado. Empecé a preocuparme de que fuera otra cosa lo que hubiera salido mal.

Hasta que John respondió. Una noche Darren no apareció. Prácticamente vivía en el camping por aquel entonces, así que tuve que llamar por teléfono a varias personas para averiguar dónde estaba. Al final me enteré. El hermano de Darren había sido asesinado. Había tenido una pelea de navajas cerca de una discoteca en Cardiff. Una lucha de navajas por el amor de Dios. El hermano de Darren, el pacifista. El vegetariano. El cobarde más grande que te puedas encontrar jamás. Era imposible que se hubiera metido en una pelea con cuchillos. Fue John. Esta era su respuesta. Debió de haberse escabullido por la noche y seguir al hermano de Darren hasta que saliera de la discoteca. Entonces lo metió en un callejón y lo apuñaló una y otra vez.

Pero eso no fue suficiente para John. Yo recibí mi mensaje también. Había pasado varias semanas con Darren y Ángela se había cabreado conmigo y se había vuelto a su apartamento. El mismo día que me enteré de lo del hermano de Darren recibí una llamada de Megan, la compañera de piso de Ángela. Nunca me había llamado antes, así que sabía que tenían que ser malas noticias. Y así fue. Al lado de su piso había un parque pequeño y abandonado y a veces los yonquis usaban los aseos públicos de allí para pincharse. No Ángela, ella nunca estuvo metida en heroína. No era una adicta ni nada de eso. Pero ahí es donde la encontraron de todos modos. Estaba en el suelo, en un cubículo, con la aguja aún clavada en el brazo y el émbolo presionado. Pero esa vez, sus labios azules no tenían nada que ver con el maquillaje.

No había nada que conectara las dos muertes. Al menos nada que pudiéramos contarle a la policía. Pero sabíamos que era John. El cuchillo que apuñaló a Ben tenía una hoja de ocho pulgadas. Era un cuchillo de caza, como el que John había usado en la Roca Colgante hacía ya tantos años. Quién sabe, igual fue incluso el mismo cuchillo. No había huellas digitales, ninguna otra prueba, ningún testigo. Debió haber ido directamente desde allí a ver a Ángela. Nunca le dijimos cómo era John en realidad, así que le habría sido fácil lograr que Ángela se fuera con él. No sé cómo consiguió que se pinchara, probablemente la forzara. El compartimento donde la encontraron no tenía techo así que podría haber escapado por ahí. Pero la policía no aceptó esa teoría, dijeron que debido a que la puerta estaba cerrada por dentro todo apuntaba a una sobredosis accidental. En realidad, no les importaba. Una menos. Para ellos, era una yonqui que nadie iba a echar de menos. Para mí, había sido mi única oportunidad de poder alejarme de John.

CAPÍTULO CUARENTA Y UNO

—Eso sucedió hace seis meses. Fue cuando de verdad me di cuenta de cómo era John. El tipo de persona que es en realidad. No es como nosotros, no tiene los límites que tenemos los demás. —Jesse sacudió la cabeza, como si todavía no pudiera creerlo—. Era como si estuviéramos en una película.

Natalie y Dave no le dijeron nada y después de un momento Jesse continuó.

—A día de hoy aún creo que el tío de la Roca Colgante, bueno, tu marido —dijo mirando a Natalie—, creo que fue el primero, pero sé que desde entonces ha matado a otros. No solo a Ángela y a Ben, sino también a otros. Le gusta. Es lo que le pone. Si vais a por él, os pondréis en su punto de mira. y os puede hacer daño.

Jesse se recostó en su silla y a Natalie y Dave les costó un rato darse cuenta de que ya había terminado su relato.

—¿Y? —Dave sonaba cabreado—. ¿Eso es todo?

—Si. Más o menos.

—Muy bien, pues yo lo siento. Lamento escuchar todo lo que te ha pasado pero esto no cambia nada. Tenemos que llamar a la policía. Ahora mismo.

Pero tan seguro como sonaba no cogió el teléfono, sino que miró a

Natalie. Ella no le devolvió la mirada, sus ojos parecían enfocados en un punto pequeño en la pared del fondo.

Jesse suspiró, hizo una mueca extraña. Parecía derrotado.

—Genial. A mí me da igual. Es vuestra elección. Yo solo estoy tratando de ayudaros —sonrió débilmente—. Sea lo que sea que John vaya a hacer ahora estoy seguro de que podréis solucionarlo.

Dave lo fulminó con la mirada y levantó el teléfono, pero volvió a dudar.

—Solo pensé que ella querría saberlo. ¿Qué pasa con los hijos de su hermana y todo eso? —Jesse continuó.

—Como les menciones otra vez te arranco la cabeza —soltó Dave.

—Joder tío, cálmate. Solo estoy tratando de explicártelo. —Jesse tenía las manos delante de él, con las palmas hacia arriba—. Hay veces que yo también quiero llamar a la policía e intentar encontrar la manera de terminar con esta pesadilla. Pero luego recapacito y sé que no puedo. La policía no me creerá, no le harán nada y él solo se vengará. Tal vez tenga suerte y simplemente me mate. Tal vez ni siquiera me duela demasiado. Pero hay otras personas: Darren, su padre, su madre. John los conoce. Si quiere hacerme más daño hay otras maneras. Y no dudará. Él no pierde el tiempo. ¿No entiendes lo que te he estado diciendo? —Los ojos de Jesse miraban a Dave. Suplicándole.

—Mira... Jesse. Entiendo la situación perfectamente. Pero no podemos permitir que una amenaza nos detenga hacer lo correcto, este es un asunto policial. Quiero decir, ¿cómo se supone que esto va a terminar?

Por un momento Jesse no dijo nada, luego sus hombros se desplomaron y parecía que iba a llorar.

—Todavía no lo entiendes. No estoy solo yo ahora, ¿verdad? Su hermana y los...

—No te atrevas a decir eso otra vez —Dave intervino.

—¿Qué voy a decir?

—Vas a decir tonterías acerca de que la familia de Natalie está en peligro, pero es ridículo.

Jesse abrió la boca, pero no habló.

—Vino a mi casa —dijo Natalie. Ninguno de los dos sabía con

quién estaba hablando—. Después de que mataran a Jim, vino a mi casa y me espió. ¿Cómo dijiste que lo llamó? ¿Una póliza de seguros?

Jesse asintió, sin apartar los ojos de Dave.

Hubo un largo silencio. Finalmente, Jesse lo rompió.

—Vamos a intentarlo a tu manera. Díselo a la policía. ¿Qué van a hacer? Si logras convencerlos de que no estás pirado, podrían ir a interrogar a John Buckingham, el exitoso hombre de negocios con una novia famosa. Podrían preguntarle cortésmente su versión de la historia. Tal vez le muestren fotografías como me las has mostrado tú a mí. «¿Conoce a Jim Harrison?» Dirá que nunca ha oído hablar de él y será convincente porque, créeme, puede ser jodidamente convincente cuando te miente. Quizás llame a sus abogados, abogados caros. Tal vez todo será tan amistoso que ni siquiera lo necesite. Y cuando la policía se vaya él comenzará su trabajo sucio. No sé si empezará por los niños. Tal vez no. A lo mejor esta vez no se anda con rodeos y nos mata a los tres. Y después sigue como si nada. Pero lo dudo. Conozco a John y ese no es su estilo. Creo que intentaría divertirse. Igual averiguaría a donde van al cole. Los atraería a su coche, o a una camioneta vieja. Creo que los amordazaría, los amarraría. Creo que se aseguraría de que supieran que iban a morir, les mostraría el cuchillo, lo clavaría lentamente y …

—Vale. Para, ¿quieres? Déjalo —suplicó Natalie mientras se cubría los oídos con las manos.

—¿Ahora ya lo entiendes? ¿Entiendes el problema? —Jesse miraba fijamente a Dave.

Por un momento lo único que se oía en aquel cuarto era su respiración. El zumbido de aspirar y expirar el aire que sonaba como olas en una playa. Fue Dave quien se recuperó primero.

—Bueno, si no podemos ir a la policía, ¿qué sugieres exactamente que hagamos al respecto? No podemos escondernos sin más.

Jesse echó la silla hacia atrás y se levantó.

—Voy a hacer más té —dijo y se volvió hacia los armarios.

—No quiero más té —dijo Dave, pero Jesse lo ignoró y comenzó a llenar la tetera. Recogió las tazas vacías de la mesa sin mirarlas y solo cuando dejó caer una bolsita de té fresca en cada una volvió a hablar.

—No lo sé. —Tenía la cabeza inclinada, sus ojos mirando al suelo—.

Si supiera qué hacer, ¿no creéis que ya lo habría hecho? —Jesse los miró a ambos y luego continuó—. He pensado mucho en la policía, incluso cogí el teléfono una vez, también escribí cartas, pero siempre me contuve porque sé cómo terminaría todo. Yo conozco a John. Crecimos juntos.

La tetera hirvió y en silencio Jesse llenó las tazas, luego sacó las bolsitas de té con el dedo y echó un poco de leche. Puso una taza delante de Natalie y otra delante de Dave.

—¿Queréis saber lo que tenéis que hacer? Tenéis que matarle. Esa es la única forma de detenerlo. ¿Queréis volver a vuestras vidas y no andar preocupados de si John Buckingham va a entrar en casa una noche y os va a degollar? Si vais a la policía eso es lo que haréis que suceda. Si queréis detenerlo la única forma es acabar con él.

Se detuvo y miró a los ojos a Natalie.

—Lamento lo que he hecho y lamento en lo que estás involucrada, pero esa es la verdad.

Ella vio que tenía una sola lágrima en la mejilla. Parecía extraño, irreal incluso, y cuando cayó al suelo olfateó y miró hacia otro lado.

Se oyó un ruido fuera, un zumbido bajo que Dave reconoció al instante. Se levantó y se dirigió a la ventana desde donde vio las palas del rotor que atravesaba el aire. Por primera vez, Jesse parecía confundido.

—¿Qué es ese ruido? ¿Qué está pasando? ¿Habéis llamado a la policía? —preguntó Jesse.

—No te muevas —Dave ordenó a Jesse—. Natalie, ven conmigo. Voy a ayudarle a bajar.

Natalie le siguió en silencio y ambos salieron. El helicóptero se cernía sobre el aparcamiento y el piloto vio a Dave haciendo señales con los brazos. Natalie no entendió el intercambio, en realidad prestó poca atención al suave aterrizaje del helicóptero sobre el camino de entrada a la casa, donde había más hueco. No fue hasta que había aterrizado que Natalie notó que Jesse no se había quedado dentro, sino que se había unido a ellos, mirando con los ojos muy abiertos mientras la máquina pintada de rojo y azul apagaba sus motores, sus patines de aterrizaje en ángulo recto a la carretera. Lentamente, los rotores disminuyeron hasta que se podía distinguir cada paleta a medida que giraban. Finalmente se detuvieron por completo y el único sonido fueron los silenciosos gemidos y tics de la máquina mientras se asentaba en su improvisado aparcamiento.

—¿Qué es eso? —preguntó Jesse.

—Es un helicóptero —dijo Natalie.

—Ya, quiero decir, ¿qué está haciendo aquí?

—Es de Dave. Lo vamos a coger para volar a casa. El negocio de Dave es una empresa de helicópteros. Jim también era piloto —agregó la última parte como una ocurrencia tardía.

—¿Este tipo puede volar un helicóptero? —Jesse parecía incrédulo.

Dave caminó hacia ellos y se llevó a Natalie para que estuvieran fuera del alcance del oído de Jesse.

—Le voy a dejar el coche a Damien. Así tenemos el helicóptero todo el tiempo que queramos. No tiene ninguna reserva hasta dentro de unos días. —Miró a Jesse para asegurarse de que no les había seguido otra vez—. ¿Qué quieres hacer al respecto?

—No sé —respondió ella—. Tenemos mucho que pensar ¿no?

Dave asintió con la cabeza.

—Supongo. Ya sabes que hemos esperado tanto tiempo, qué más da si no llamamos a la policía de inmediato. Pensemos en ello primero.

Dave no dijo nada y su mirada se fijó en Jesse. Se encontraba a medio camino entre la casa y el helicóptero, parecía incapaz de apartar los ojos de la máquina. Luego le hizo a Natalie un breve gesto de asentimiento. No le dieron ninguna explicación a Damien y él ni siquiera parecía curioso. A pesar de ser el piloto más joven de la empresa ya había aprendido que no había nada inusual en cambiar un helicóptero por otro, o incluso por un coche, si aquello permitía al jefe llevar el negocio de la manera más eficaz. Los tres vieron cómo Damien arrancaba el coche y salía del camino. Luego Jesse caminó hacia el helicóptero y extendió una mano para tocar la pintura brillante.

—Entonces, ¿nos podemos subir en esto? Porque si es así, puedo mostraros dónde está. Dónde está enterrado tu marido, quiero decir. Iba a preguntarte si querías que te llevara allí, pero es una caminata de una hora y no llegaríamos antes del anochecer. Pero en helicóptero no llevaría nada de tiempo.

Dave miró a Natalie y leyó algo allí que lo hizo asentir.

—No sé si podremos aterrizar, solo podremos mirar desde el aire.

—Hay un buen espacio abierto en la cima del acantilado —dijo Jesse—. Podrías aterrizar un avión allí. Fácil.

—¿Qué opinas? —de nuevo, Dave solo se dirigió a Natalie.

—Me gustaría verlo.

Dave le dirigió a Jesse una clara mirada de desprecio y se acercó al helicóptero. Pusieron a Jesse en el asiento trasero y procedió a acariciar los asientos de cuero y ajustar con entusiasmo el nivel del volumen de los auriculares que colgaban en los estantes del techo. Dave le dijo a Natalie que lo vigilara, luego centró su atención en preparar el vuelo. Con los motores ya calientes no fue un proceso largo. Miró a Natalie y asintió para hacerle saber que se iban y agarró la palanca de mando. El helicóptero se levantó, primero en un vuelo estacionario constante y a continuación Dave lo empujó suavemente hacia la playa.

—Seguiré la costa hacia el sur —le dijo a Jesse a través de los auriculares—. Me avisas cuando lleguemos.

Jesse no hizo ningún esfuerzo por ocultar su sensación de asombro y deleite al poder observar desde el aire el terreno tan familiar, pero Dave no perdió el tiempo dándole un vuelo de placer. Bajó la nariz del helicóptero hacia adelante y se instaló en un vuelo a cien metros sobre el mar manteniendo la escarpada costa a su izquierda. Un momento después, la voz de Jesse llegó a través de los auriculares.

—Ahí es. Está ahí abajo.

Ahora Dave levantó la nariz para bajar su velocidad e hizo un giro a la izquierda para que el helicóptero mirara hacia la tierra. Delante de ellos había una entrada en forma de V, un acantilado a un lado que conducía tierra adentro a un barranco muy arbolado.

—Allí, en la cima de los acantilados, puedes parar allí —sugirió Jesse.

Se acercaron hasta que estuvieron en un vuelo estacionario constante justo enfrente de los acantilados, Dave se inclinó hacia delante inspeccionando el terreno.

—¿Pensé que habías dicho que estaba plano?

—Más o menos plano.

—Y que se podría aterrizar un avión aquí, ¿no?

—Desde aquí arriba se ve más pequeño. Parece que está abandonado y la vegetación se lo ha comido todo —admitió Jesse—. ¿Qué tal allí? —Señaló un poco más hacia el interior donde había un claro.

Dave no respondió, pero permitió que el helicóptero se moviera hacia allí y luego los sostuvo en un vuelo estacionario sobre el claro mientras miraba a su alrededor. No parecía muy contento, pero murmuró que sí. Bajaron los últimos metros, tocaron el suelo con un ligero golpe y, cuando los motores del helicóptero se habían calmado nuevamente, se bajaron. Jesse se alejó de inmediato, hacia el borde del acantilado.

—Allí mismo, esa es la caída de rocas, todavía se puede ver bastante claro —dijo Jesse cuando se unieron a él—. Podemos bajar por el camino.

Lideró y siguieron por un sendero que volvía sobre sí mismo varias veces mientras rastreaba el empinado terreno. Y aunque la caída de rocas a su izquierda claramente no era fresca, se podía ver por la vegetación y el color más pálido de las rocas que era reciente en términos geológicos. También era enorme. Cientos de miles de toneladas de roca. Y si lo que Jesse les había dicho era la verdad, que en algún lugar debajo de todo eso estaba Jim, era abrumadoramente claro que no lo iban a encontrar. Natalie lo miró e intentó imaginar a un equipo de policía excavando el acantilado. Era enorme. Sería imposible.

—¿Y volasteis todo esto con pólvora de fuegos artificiales? —Dave preguntó cuando llegaron al fondo.

—Si. La Roca Colgante estaba allí arriba. —Jesse señaló sobre sus cabezas—. Cuando cayó se llevó una sección entera del acantilado. Las rocas cayeron directamente al mar. Cambió la ola de inmediato y, con el paso del tiempo, incluso empeoró. Creo que cambió las corrientes o algo así. Sea lo que fuera, la ola dejó de romper. —Jesse parecía entristecido mientras hablaba.

—Mira, no me importa una mierda tu ola —dijo Dave.

Luego se hizo el silencio.

Los tres contemplaron la gran cantidad de rocas y tierra. El helicóptero todavía estaba visible en la cima de la pendiente, a cincuenta metros sobre ellos.

—Y Jim está ahí abajo —continuó Dave—. En algún sitio.

—Pues sí. Ahí está el hombre —dijo Jesse.

CAPÍTULO CUARENTA Y DOS

Pasaron tres días y ni Natalie ni Dave hablaron con nadie acerca de lo que habían descubierto. Ni siquiera se comunicaron entre ellos. Necesitaban tiempo para asimilar lo que les habían revelado. Y les era más fácil no pensar.

Pero a Natalie le resultó imposible no pensar. Durante el día, los pensamientos le interrumpían en su trabajo. Se veía perdiendo el hilo de las conversaciones con colegas y clientes. Por la noche, lo primero que hacía era abrir una botella de vino y cuando se la había terminado ya no había nada que pudiera distraerla. Ningún sitio donde poder esconderse de sus pensamientos. Y una vez que comenzaba se le llenaba la cabeza de un extraño mundo de miedos. Una vez que los engranajes de su mente comenzaban a moverse, se aceleraban rápidamente hasta que estaban fuera de control.

Sentía otra vez la pérdida de Jim. Pero no era el mismo dolor que cuando desapareció por primera vez. El doloroso vacío de no saber lo que le había sucedido se había desvanecido. Sintió cierto alivio al saber que no se había quitado la vida. Y una gran vergüenza de que se pudiera haber visto empujado al suicidio como consecuencia de sus acciones. Pero ya no lloraba por la muerte de su esposo. Había pasado demasiado tiempo para eso.

* * *

LO QUE ELLA sentía ahora era diferente. Al principio no reconocía lo que era, este sentimiento que se apoderaba de ella. Pero mientras se sentaba sola y pensaba, lo que fuese que era, le amenazaba con abrumarla. De vez en cuando explotaba, un destello de emoción tan brillante que era como un rayo crujiendo en su cerebro. Finalmente se dio cuenta de que no era dolor, sino terror.

La tercera noche Dave la llamó y le dijo que necesitaban hablar. Se encontró casi incapaz de responder y al principio asintió atónita al teléfono. Finalmente, logró responder y media hora después oyó como su coche se detenía en la puerta de su casa.

—Es cierto —dijo Dave sombríamente, a modo de saludo—. No sé si lo has buscado, pero casi todo lo que Jesse dijo lo he comprobado. Hay un personaje llamado John Buckingham, novia famosa. Es de *Llandwindus*, lleva una cadena de empresas. Restaurantes, hoteles, ese tipo de cosas. —Dave se detuvo—. Sé que no debería decir esto, pero tienes una pinta terrible.

—Gracias, Dave —respondió medio riendo medio llorando—. Tú tampoco estás muy bien que digamos.

Y era cierto. No se había afeitado desde la última vez que lo había visto, su barbilla y la papada colgaban como si el peso de la barba grisácea las empujara hacia abajo.

—Será mejor que entres —dijo Natalie. Le condujo a la cocina y sin preguntarle le sirvió una copa de vino blanco.

—Gracias. Lo siento, debería haber preguntado. ¿Cómo estás? —preguntó Dave.

Echó una sonrisa débil, se llevó la copa a los labios y luego pareció cambiar de opinión.

—No lo sé.

—No estoy seguro yo tampoco. Esto es un poco surrealista ¿no?

Ella asintió.

—Me temo que no estoy aquí solo para hablarlo. He descubierto algo más. Creo que es importante.

Natalie sintió que su ritmo cardíaco aumentaba y casi le dijo que no quería saberlo. Pero inclinó la cabeza hacia un lado con el más ligero de los encogimientos de hombros y Dave suspiró antes de continuar, su voz ahora más tranquila.

—Traté de averiguar sobre él en internet. No hay mucho, sobre todo se trata de su novia. Parece que es... reservado, no busca a la prensa en absoluto. Pero su empresa sí que es noticia de vez en cuando. Cuando lo hace, generalmente es por adquisiciones. Tiene fama de ser despiadado, en los negocios, quiero decir.

Natalie no dijo nada, pero por la expresión de su rostro esto no le sorprendió.

—Hay más.

—¿El qué?

—No te lo vas a creer —suspiró. —Es cliente nuestro.

—¿Qué dices?

—Es cliente de nuestro negocio. John Buckingham es un cliente bastante regular. Incluso tiene un vuelo reservado para finales de la semana que viene. Le tenemos que llevar a Irlanda.

Natalie entrecerró los ojos como si la luz le estuviera lastimando.

—¿Cómo? ¿Por qué?

—No lo sé. Podría ser una coincidencia. La mayoría de sus intereses comerciales están en Londres, pero también tiene algunos aquí y en Cardiff. —Se encogió de hombros—. Si estás en esta zona y necesitas un helicóptero somos los primeros de la lista. Pero creo que también tenemos que considerar si esta pudiera ser su forma de... No sé. Mantenernos vigilados o algo así. Sin embargo, no lo entiendo. ¿Por qué correr el riesgo de usar nuestra empresa? ¿Por qué alguien haría eso? ¿Natalie?

Dave se preguntó si lo había escuchado, sus ojos parecían haber perdido el foco y no miraba a nada. Pero entonces ella respondió.

—He estado pensando un poco yo también —dijo Natalie. Giró la cabeza como si le doliera el cuello—. Y también he hecho algo de investigación.

—Sigue.

—Investigué acerca de las personas psicópatas. No son solo algo que ves en las películas de terror, son personas reales. Algunos de ellos cogen algo de notoriedad. Gente como Ted Bundy en los Estados

Unidos, mató a casi cuarenta mujeres antes de que lo atraparan. Jeffrey Dahmer, mató a quince. Había un hombre llamado Gary Heidnik. Mantenía a mujeres jóvenes en un sótano. Las raptaba de noche y las violaba y torturaba. Las torturaba hasta matarlas y después cocinaba las extremidades y se las comía. Le echaba los restos a los perros. Son personas reales, Dave.

Cuando no respondió, Natalie continuó.

—La gente se piensa que son increíblemente raros. Y los que son como esos sí que lo son. Son atípicos. Pero la mayoría de los psicópatas, nunca llegas a oír sobre ellos. A estos se les llama psicópatas de alto funcionamiento. La parte de alto funcionamiento solo significa que pueden ocultar sus rasgos psicópatas a otras personas. Nadie sabe cómo disfrutan del dolor de otras personas. El sesenta y cinco por ciento de los asesinatos nunca se resuelven. Hay quien piensa que los psicópatas no diagnosticados son responsables de muchos de ellos.

Dave no dijo nada.

—No es exactamente mi área de especialización pero sé un poco al respecto. Todo lo que Jesse describió es extremadamente plausible. Dios, podría haber estado leyéndolo en algunos de los archivos de casos que veo de vez en cuando. Estas personas matan, roban, violan... Y a veces los atrapan, pero la mayoría de las veces no lo hacen porque cuando actúan no entran en pánico, como lo haría la gente normal. No cometen errores. Cuando matan a personas, se divierten. Se vuelven expertos en matar. Las personas normales no esperan que se comporten como lo hacen. Porque las personas normales no harían lo que hacen. Lo que digo es... —Se detuvo y se frotó la cara con ambas manos—. Lo que estoy diciendo es que si este hombre es un psicópata según como lo describió Jesse, y creo que lo es, reservar un vuelo con la empresa de Jim es exactamente el tipo de comportamiento que deberíamos esperar. No para vigilarnos. No, a pesar del riesgo. Lo haría precisamente por el riesgo.

—No entiendo —dijo Dave después de que la habitación se hubiera quedado en silencio.

—Bueno. Me alegro. No deberías. Una persona normal no debería entender las motivaciones de un psicópata peligroso. Es posible que tengan un impulso para herir o matar que no tiene ningún sentido para nosotros. Pero para ellos es todo lo que importa.

—Entonces, ¿qué hacéis vosotros, los psicólogos, cuando un psicópata viene en busca de tratamiento? Quiero decir, ¿qué les pasa a estos tipos?

Natalie respiró hondo.

—No lo hacen. Eso no pasa. Vemos a muchas personas afectadas por psicópatas, pero los psicópatas mismos casi nunca se presentan para recibir tratamiento. No saben que tienen un problema. ¿Y por qué lo iban a saber? ¿Sabes que hay estudios que dicen que uno de cada ocho de los directores ejecutivos de las principales empresas y los principales políticos son psicópatas? No digo que sean necesariamente asesinos, pero son psicópatas de todas maneras. Esas características les ayudan en la vida. No sienten las mismas limitaciones que las personas normales. No vienen a buscar ayuda precisamente porque esa capacidad de infligir dolor y sufrimiento a otros sin sentir nada al respecto es lo que les ayuda a progresar y a alcanzar el éxito. —Dave no dijo nada y continuó—. ¿Y sabes lo que les decimos a las personas que se ven afectadas por un psicópata? ¿Cómo les tratamos?

—¿Cómo?

—Les decimos que se alejen lo más posible. Tratamos de arreglar lo que queda de sus vidas y decirles que huyan. Sin más. Y ahora nosotros estamos involucrados con uno. Tú, Elaine, mi hermana y yo, y sabe Dios quién más, atrapados con uno de estos monstruos, vigilándonos.

—Entonces vayamos a la policía —dijo Dave.

El cuerpo de Natalie se puso rígido ante las palabras y sacudió la cabeza.

—¿Qué quieres decir? Tenemos que ir a la policía.

—No lo estás entendiendo, Dave. Jesse tenía razón.

—El jodido Jesse. No le deberías hacer caso a ese… ese cabrón. A él también le tienen que encerrar.

—No. Sé que no te cayó bien, pero él es tan víctima como lo fue Jim. Como lo estamos siendo nosotros. En cierto modo, él es más que una víctima. Ha vivido la mayor parte de su vida manipulado por este hombre. Y tiene razón porque ha tenido años para pensarlo…

—No. No, te equivocas. Él está equivocado. Ha fumado demasiado y tú, tú estás... —Dave dejó la frase sin terminar.

—Si John Buckingham usa los helicópteros de la empresa eso indica que sabe todo acerca de nosotros. Me vigiló cuando Jim desapareció, por eso sabe de mi hermana y los niños. Sabrá que puede controlarme amenazándolos. También sabrá de ti, sabrá sobre Elaine.

Dave respiraba con dificultad como si hubiera estado corriendo.

—Entonces llamemos a la policía. Maldita sea, precisamente por eso tenemos que llamarles.

—Ya ¿y qué les vas a decir, Dave? ¿Qué les decimos? Un multimillonario, el novio de una estrella de cine es un asesino psicópata ¿Qué pruebas tenemos? ¿Les enseñamos el acantilado? Tú lo viste. Se reirán de nosotros. Nos querrán acusar a nosotros.

—Podemos mostrarles la mochila. El archivo de Jim muestra que el coche se aparcó en Cornwalles.

—Y ¿qué prueba eso? Nada.

—Entonces les entregamos a Jesse. Les decimos que hablen con él, que les repita a ellos lo que nos dijo a nosotros.

Natalie suspiró.

—Incluso si él aceptase a hablar con la policía, lo cual dudo dado lo asustado que estaba, ¿por qué iban a creerle? Lo verían como un amargo drogadicto.

—Entonces tú ¿por qué le crees? —soltó Dave, su voz bastante más alta de lo normal. Se miraron el uno al otro hasta que Natalie miró hacia otro lado.

—Porque yo sé algo acerca de este tipo de gente. —Natalie cerró los ojos con fuerza por un momento y cuando los volvió a abrir miró a Dave, su voz ahora sonaba más calmada—. Vale. Digamos que Jesse convence a la policía, no nos ayuda porque no hay pruebas suficientes para actuar. Entonces, todo lo que haría es alertar a Buckingham de que sabemos de él. Probablemente sea por eso por lo que nos ha estado observando todo este tiempo. Quién sabe lo que podría hacer.

Por la forma en que Dave la miraba, Natalie se preguntó si lo que estaba diciendo era una locura.

—Entonces, ¿qué? —dijo al fin Dave—. Por favor, no me digas que estás considerando la solución de Jesse...

Natalie hizo una pausa antes de responder y cuanto más se prolongó el silencio, más siniestro le sonó.

—Estoy... estoy tratando de pensar de otra manera. Pero no soy capaz de llegar a otra solución. ¿Qué pasa si no hay otra solución?

CAPÍTULO CUARENTA Y TRES

En los días previos al fin de semana las previsiones del tiempo habían dado lluvia. Pero cuando llegó el sábado por la mañana, el cielo estaba despejado, las pocas nubes que había eran tenues, nubes de gran altitud que el sol de finales de verano probablemente disiparía. Mientras que preparaban la fiesta, Elaine se había preocupado por el clima y lo había hablado con su esposo, o al menos había tratado de hacerlo; para su frustración, él parecía desinteresado, preocupado por algo, el qué, no se lo había dicho. Al principio se preguntó si lo estaba imaginando. Después de todo, siempre había estado menos interesado en el aspecto social de sus vidas que ella.

A Elaine le gustaba organizar una buena fiesta cada año. Era un hábito que había heredado de sus padres, quienes habían organizado numerosas fiestas durante su infancia, aunque algo más grandiosas. Y al igual que sus padres, ella le decía a la gente, a cualquiera que quisiera escuchar, que el propósito de la fiesta era compartir parte de su buena fortuna con amigos y familiares.

Elaine llegó a comprender que para su madre había otro motivo menos saludable para sus fiestas de verano. Le permitían mostrarles a sus amigos, familiares y a los concejales locales, prominentes hombres de negocios, los que se controlaban la ciudad, cuán afortunada había sido al casarse con un hombre de dinero. Pero no podía decirse lo mismo de Elaine. A pesar de su accidente, Elaine todavía se consideraba afortunada en la vida y tal vez esa experiencia la cambió. Cualquiera que fueran las razones, las fiestas de Elaine eran menos pretenciosas que las de su madre, no menos exclusivas, pero sí dirigidas a un círculo diferente. No era la fiesta en la querías que te vieran, más bien un evento para disfrutar. Eran simplemente más divertidas. Y a lo largo de los años, la fiesta de verano de Elaine y Dave se había convertido en un importante evento anual, no solo para ella, sino para sus amigos y familiares.

Dicho esto, Elaine nunca se había engañado a sí misma con que Dave compartiera por completo su entusiasmo. Normalmente se quedaba con sus amigos pilotos, bebiendo cerveza y charlando de vuelos mientras ella hacía de anfitriona, pero no le importaba. Eso era con lo que ella disfrutaba. Y al menos Dave se tomaba en serio los preparativos. Ayudaba a elegir vinos que fueran apropiados para la comida. Se ocupaba de que se limpiara la piscina. En general, se interesaba.

Pero este año, algo era diferente. Durante varios días, Dave había estado distraído y distante. Ella esperaba que saliera de este humor, pero había empeorado. Estaba totalmente desinteresado. Y no fue solo la fiesta, parecía haber perdido su interés en todo. No se estaba afeitando, de hecho, apenas le dirigía la palabra. Salía mucho, lo que ayudaba a ocultarlo, pero cuando estaba en casa, era como si solo él supiera que el mundo estaba a punto de terminar. Y cuando le preguntó al respecto, él negó que hubiera algo malo. Cuando insistió, Elaine sabía cómo hacerlo, murmuró algo sobre un problema en el trabajo. Esto de ninguna manera la satisfizo. Tenía poco interés en cómo el último modelo de *Eurocopter* se diferenciaba de su predecesor y había tenido que escuchar suficientes conversaciones sobre los niveles de vuelo y tipos de timones para durarle toda una vida. Sin embargo, cuando Dave le dijo que no se preocupara porque se trataba del negocio, eso la molestó. Sobre todo cuando era el dinero y las conexiones de su padre lo que le había ayudado a él a hacer del negocio lo que hoy en día era.

Y esta mañana, la mañana de la fiesta, Elaine finalmente perdió la paciencia y le gritó. Le sacó la lista de trabajos que debería haber hecho y no había completado, luego movió la silla de ruedas bruscamente y se alejó. Él murmuró algo en respuesta pero no lo captó con el ruido de las ruedas rodando sobre los azulejos. Cinco minutos más tarde vio que finalmente había dejado de hacer lo que había estado haciendo toda la mañana, escondido en su estudio encorvado sobre su escritorio. Momentos después, vio que estaba fregando la plancha de la barbacoa, con la bolsa de carbón a sus pies. Se calmó un poco. Rodó por su enorme cocina adaptada, dando los últimos toques a mesas bellamente vestidas, cargadas de canapés, flores y copas de champán alquiladas. Se sintió reivindicada pero todavía insatisfecha.

Quizás no debería haber gritado; pero, en realidad, fue Dave quien insistió en no emplear a un catering de comida para el evento y ahora tenía que molestarlo para que le ayudara a preparar las cosas. Y eso después de haber estado ignorándola toda la semana. Luego comenzó a sentir un poco más de culpa que de ira. Dave normalmente no tenía mal humor. Y ya sabía que estaba preocupado por el negocio. Había asumido la dirección de la empresa desde que Jim murió y desde entonces había crecido muy rápido. Además le estresaban los eventos sociales mucho más que a ella. Realmente, no eran lo suyo. No era como Jim. Detuvo lo que estaba haciendo y sonrió. Jim. Recordó las cosas que había hecho Jim a lo largo de los años. Lo que le gustaba ir de fiesta. Se mordió el labio. Era extraño pensar en Jim de repente después de todo este tiempo. Pero bueno, probablemente sería porque Natalie vendría esta tarde. Con su hermana también y los niños. Tendrían, ¿qué? nueve y diez años ahora.

Dave interrumpió sus pensamientos al entrar en la cocina. Comenzó a abrir las puertas que separaban la cocina del patio. Cuando hacía bueno se podían abrir completamente y se plegaban para que no estorbaran. Era uno de los pocos trabajos que ella no podía hacer en esa cocina tan bien adaptada, pero habían decidido no gastarse los miles de libras que llevaría la instalación eléctrica. Decidió perdonar a su esposo por los malos aires de antes. Comprendía cómo se sentía incluso si no lo entendiera. Le sonrió cálidamente.

—Deberíamos mantener las mesas principales en el interior en caso de que llueva —dijo.

La miró sin comprender, como si no hubiera entendido una palabra.

—¿Cómo dices?

Dos horas después y la fiesta estaba en marcha. Las mesas estaban ahora medio vacías, debajo había una veintena de botellas de champán apiladas. La barbacoa estaba encendida, destellos de llamas amarillas bailaban a través del carbón amontonado. La banda estaba tomando un descanso, bebiendo botellines de cerveza mientras charlaban con Damien, uno de los pilotos más jóvenes que parecía conocerlos de otro evento. La mayoría de los invitados habían llegado. A Elaine le dolía un poco el cuello por tener que estirarse hacia arriba para recibir beso de bienvenida tras beso de bienvenida. Volvió a sonar el timbre. Se excusó, se dio la vuelta y se impulsó hacia el pasillo. Abrió la puerta y extendió los brazos.

—Natalie, Sarah. Me alegro tanto de veros.

—Hola Elaine, lamentamos llegar tarde —dijo Sarah y miró a sus hijos. El chico mayor parecía furiosamente avergonzado de tener un ramo de flores. Lo tenía agarrado cerca de su pecho hasta que su madre le empujó por detrás y entonces se lo tendió a Elaine.

—Son para ti —murmuró.

—Ay, Daniel. Son preciosas. Ven aquí y dame un abrazo.

Los muchachos se turnaron para hacerlo, su incomodidad se agravaba por la dificultad de recostarse en la silla.

—Gracias, Sarah —dijo Elaine cuando terminó—. Se están haciendo mayores. Ya son más altos que yo.

Sarah parecía insegura de cómo responder a esto, por lo que sonrió y luego continuó.

—Muchas gracias por invitarnos. Los chicos están muy entusiasmados por la piscina.

Daniel tomó esto como una señal.

—¿Podemos ir mamá?

—No soy yo a quien debes preguntar. Es la casa de la tía Elaine.

Pero Elaine no esperó a que le preguntaran.

—¿Habéis traído los bañadores?

—Sí —respondieron al unísono.

—¿Os acordáis de dónde está?

—Parece que sí —dijo Sarah riéndose, mientras los chicos le tiraban del brazo para que les siguiera. Pero dejó de reír y agregó.

—¿Estarás bien, Nat?

Hasta ese momento no había habido nada fuera de lugar en el saludo, pero Sarah hizo la pregunta con un tono de preocupación tal que Elaine se volvió hacia Natalie sorprendida. Parecía no estar mirando a nada. La sonrisa de Elaine cambió a un ceño fruncido.

—Qué chicos tan encantadores —dijo, para romper el trance de Natalie.

Fue un comentario bastante inocente y también cierto, eran buenos niños, inusualmente educados y amables para su edad. Entonces, ¿por qué el comentario hizo que Natalie se estremeciera? Elaine no entendía el motivo. Sonrió de nuevo a Natalie, que aún no había entrado. Pero la sonrisa que recibió a cambio fue breve y débil.

—¿Estás bien? Te veo un poco cansada.

Natalie parpadeó y, por un segundo, a Elaine le pareció que se estaba conteniendo las lágrimas.

—Estoy bien —cuando vio que Elaine todavía la estaba mirando, agregó—, lo siento. Estoy un poco estresada en el trabajo. Eso es todo. —De nuevo llegó la sonrisa, pero esta vez fue aún más débil que antes.

Elaine trató de parecer comprensiva y retrocedió un poco para permitir que Natalie entrara por la puerta.

—Bueno pasa, déjame que te traiga una copa.

Un poco más tarde Elaine estaba sentada con las manos apoyadas en la parte superior de sus ruedas, observándolos. Natalie y Dave, juntos y separados de todos los demás. Ambos con la misma pose, con los hombros tensos, las cabezas un poco inclinadas. Echando un vistazo a su alrededor, como para comprobar que nadie los escuchaba. Siguió observándoles mientras uno de los pilotos se acercó a ellos, buscando cualquier cosa para la barbacoa. Charló por un momento, mostrando una sonrisa de dientes blancos a la bella Natalie, cuyo comportamiento había cambiado de repente. Estaba más sonriente ahora. Cortés, pero de alguna manera seguía logrando que su lenguaje corporal fuera desinteresado. El hombre se quedó un minuto, pero luego se alejó, mirando por encima del hombro mientras lo hacía. Natalie siempre había llamado la atención de los hombres. Su tragedia, la pérdida de su marido, de alguna manera parecía exagerarlo. Ciertamente, no podría decirse lo mismo de quedarse sentada en una silla de ruedas de por vida.

Ese pensamiento le trajo un sentimiento amargo. Un sentimiento amargo vagamente familiar y se preguntó si podría haber otra explicación, otra razón por la que le estaba martilleando la cabeza. «¿Podría estar sucediendo de nuevo?»

* * *

ELAINE COMENZÓ A SALIR con Dave en el instituto y siguieron juntos hasta que rompieron cuando fueron a universidades distintas. Dave le dijo que era porque no quería una relación a larga distancia, pero Elaine sospechaba que la verdadera razón era su insatisfacción con el lado físico de su relación. O más bien la falta de. No era que no se hubiesen acostado, sino cuánto tiempo los había llevado prepararse para el evento, con qué frecuencia ella le había detenido en el último momento y, cuando finalmente había sucedido, con qué poca frecuencia parecía dispuesta a repetir la actuación. Pero durante toda la carrera mantuvieron la amistad y cuando varios años después coincidieron en una fiesta en la que ambos habían bebido demasiado, acabaron juntos en la cama. Elaine se prometió no cometer el mismo error dos veces. Juntos de nuevo, lo hacían con bastante frecuencia, ella se aseguró de eso y lentamente aprendió a relajarse. Nunca podría comportarse como las mujeres de esas revistas que ella y sus amigas solían intercambiar. Pero crecieron juntos como pareja. Lo hicieron funcionar para ellos, pese a que generalmente lo hacían en silencio, con las luces apagadas.

Y luego vino el accidente. La larga estancia en el hospital, las esperanzas de que después de que se curaran sus heridas físicas podría recuperar algo de movimiento en sus piernas, la decepción cuando eso no sucedió. Meses después, un médico se sentó con ella y le habló sobre sexo. Fue una conversación muy normal, estaba sorprendida de que el hombre pudiera sentarse y hablar aparentemente sin ningún tipo de incomodidad. Todo tenía que ver, dijo, con el conjunto de nervios que une los genitales con el cerebro y que están totalmente separados de la médula espinal. Parecía fascinado por esto, como si fuera un extra brillante en un coche nuevo. El médico le dijo que en algunos casos había gente que podía sentir un orgasmo solo en las partes del cuerpo que le quedaban. Unos pocos afortunados podían experimentar el orgasmo en todo el cuerpo, tal como lo habían hecho antes. Pero también había una minoría de desafortunados que no sentían nada.

Teniendo en cuenta cómo habían sido las cosas antes, Elaine estaba bastante segura de saber en qué grupo se encontraba y tal vez esa actitud apilaba las probabilidades contra ella. El sexo se volvió muy diferente y mucho menos frecuente, solo esperaba que esta vez Dave lo entendiera.

Y luego llegó aquella noche. Dave iba a salir tarde de la oficina y ella acababa de pasar la prueba para conducir su coche nuevo, adaptado para su discapacidad. Decidió ir a dar una vuelta, le sorprendería en la oficina. Llegó allí sin problemas, pero al acercarse vio que no había hueco para aparcar: el coche de Jim también estaba allí. Se detuvo al otro lado de la carretera. Estaba a punto de comenzar el largo proceso de mover la silla para salir del coche cuando miró hacia la oficina, a través de la ventana, para ver si Dave la había visto.

Claramente no lo había hecho. Estaba medio de pie, medio sentado en su escritorio, la esposa de Jim, Natalie, a su lado. Estaban muy cerca, muy muy cerca. Mientras lo observaba, él extendió la mano y le tocó la cara y luego se besaron, sus manos estaban sobre ella. Elaine se llevó las manos a la boca. Sintió náuseas. Falta de aliento. Quería gritar, quería irrumpir allí. Pero eso llevaría diez minutos, ¿y qué lograría? Se obligó a no mirar de nuevo. Arrancó el coche, dejó las luces apagadas para que no la vieran y se alejó, reduciendo la velocidad solo un poco en el cruce con la carretera principal. Nunca se lo dijo. Nunca le desafió al respecto. Al fin y al cabo, ella lo entendía. Miró ahora lo guapa que estaba Natalie allí de pie. De pie. Piernas bien formadas que lucían con su corto vestido de verano.

Elaine pensó en su propio cuerpo y sintió una sensación de luto por lo que había sido. Pero se obligó a sonreír. Somos humanos, se repetía a sí misma. Tenemos nuestras necesidades. Y aceptó que, probablemente, estaba sucediendo de nuevo.

CAPÍTULO CUARENTA Y CUATRO

Cuatro días después de enterarse de cómo había muerto su esposo y que el hombre que lo mató seguía representando una amenaza para ella y su familia, ir a la fiesta de Elaine y Dave era lo que menos le apetecía. Pero como no se lo podía contar a nadie, no tenía razón para no ir. Consideró fingir una enfermedad, pero recibió un mensaje de texto de Dave que le hizo cambiar de opinión; «¿Vienes mañana? Tengo que hablar contigo».

Natalie atravesó la casa aturdida. La mayoría de los invitados se reunían en el patio, fuera de la cocina. Tocaba una banda y el jardín estaba lleno de sillas y tumbonas, muchas ocupadas formando círculos más pequeños. Natalie conocía a la mayoría de las personas allí, al menos de vista. Era la misma gente cada año. Asintió con la cabeza a una pareja pero no fue a hablar con ellos. Vio a su hermana más lejos, donde el césped daba paso a la piscina en forma de riñón, gritando a los muchachos que no salpicaran a la gente. Normalmente se habría unido a ellos pero había visto a Dave, junto a la barbacoa, al lado de la verja, de espaldas a la fiesta.

Se giró y la vio, observándola mientras ella se acercaba. Parecía un hombre incapaz de sonreír.

Vio lo que estaba asando: tiras de filete adobado, brochetas de verduras y langostinos, y salchichas.

—Hola. ¿Quieres algo? — preguntó.

—La verdad es que no.

—Yo tampoco. Es difícil entrar en ambiente de fiesta, ¿no?

Sonrió, la misma sonrisa débil de antes pero para Dave tenía más sentido.

Dave se volvió hacia la parrilla. Agarró una salchicha con las pinzas y le dio un cuarto de vuelta, luego siguió con el resto haciendo lo mismo. Cuando terminó, Natalie todavía estaba allí. Mirándolo.

—¿Has pensado más en lo que quieres hacer?

—No he podido pensar en nada más —dijo Natalie—. Todavía no lo sé.

Había una mesa junto a la parrilla, un pesado zócalo de hormigón sostenido por una pared de ladrillos en cada extremo e incrustado con baldosas de terracota. La bebida de Dave descansaba sobre uno de ellos, un vaso de algo, el remolino almibarado de su alcohol evidente. Lo levantó ahora y agitó el hielo antes de tomar un sorbo.

—¿Quieres un trago?

—No, tengo que conducir.

—Te traigo uno de todos modos. Necesitamos hablar.

Cuando le entregó un vaso de gintonic fuerte, la comida en la barbacoa estaba lista y se formó una cola irregular y jovial. Natalie tomó un plato de ensalada por hacer algo y se unió a su hermana en la piscina. Los chicos estaban buceando. Habían venido preparados con gafas y podían bucear todo el largo de la piscina bajo el agua. Se sentó a horcajadas en una tumbona y tomó su bebida, mirando a Dave. Cuando había terminado con la comida, le buscó, asintió y desapareció dentro.

—No estoy seguro de poder seguir así. Ya nada parece real.

Estaban arriba, donde Dave tenía una pequeña oficina, su ventana daba al jardín trasero. La decoración era típica de Dave, presumiblemente porque a Elaine le resultaba difícil llegar allí. Natalie estaba sentada en su silla, un modelo ejecutivo de cuero con respaldo alto y con palancas de ajuste. Él estaba apoyado contra la pared blanca y lisa, con una bebida en la mano. Natalie volvió a hablar.

—No puedo hablar con la gente. Ni siquiera parecen reales. Es como si estuviera viviendo una pesadilla.

—Lo sé. —Dave respiró hondo.

Se hizo un silencio entre los dos.

—Y si eso no fuera lo suficientemente malo, creo que Elaine sospecha que estamos teniendo una aventura o algo así. No me quita ojo de encima.

—Lo sé.

—Entonces, ¿qué era lo que querías decirme? —preguntó Natalie.

Dio otro suspiro. Luego echó la cabeza hacia atrás y miró al techo. Lo miró durante mucho tiempo antes de comenzar a hablar.

—No encuentro la manera de decir esto —dijo al fin—. Una vez que diga estas palabras, no podré retractar lo dicho. Y he pensado en una docena de formas de comenzar, pero cada una me parece incorrecta. —Dave no continuó, pero se volvió para mirarla. La expresión de su rostro era siniestra. La asustó.

—Quieres hacer lo que Jesse dice, ¿no? —Ella alejó la cabeza lejos de su mirada—. Quieres matarlo a sangre fría.

—No. Por supuesto que no —dijo rápidamente—. No quiero hacerlo. No hay nada que quiera menos. Pero... —Dave se acarició la barbilla. Se había afeitado para la fiesta. Lo hacía parecer aún más cansado—. Mira, la forma en que quería decirlo es así. La ley permite que una persona... mate —bajó la voz al pronunciar la palabra—, que mate a otra persona si es en defensa propia. Y esa es la situación en la que nos encontramos. No es nuestra culpa. Esa es la verdad. Nuestras vidas y las vidas de personas completamente inocentes están en riesgo si no actuamos. Normalmente, lo correcto sería ir a la policía, pero en este caso no podemos.

—Estoy de acuerdo contigo —dijo en voz baja.

—Simplemente no puedo creer que me encuentre diciendo esto, pero... —Se detuvo, de repente registrando lo que había escuchado—. ¿Qué has dicho?

—Que estoy de acuerdo contigo. Si pudiéramos hacerlo, sería una forma de salir de esto.

—¿Lo sería? —Dave se dio vuelta para mirarla.

—Si pudiéramos, sí.

Dave revisó sus ojos, la confusión había aparecido en su expresión.

—Creo que, Natalie... —se detuvo. Respiró fuerte—, si considera-ramos seriamente esta... opción necesitamos hablar con certezas. Se puede hacer.

Ella no respondió, pero mantuvo sus ojos en él.

Había un pequeño sofá de cuero en la pared del fondo, se acercó y se dejó caer sobre él, con la cabeza hacia atrás. Él habló mirando al techo.

—Necesito decirte algo. Necesito contarte una historia. ¿Me dejas?

—Sí. Vale. —Ella se encogió de hombros.

—¿Sabes cuándo realmente me di cuenta de que la vida es injusta? ¿Realmente, fundamentalmente injusta? Después del accidente de Elaine. No fue el accidente en sí, eso fue solo mala suerte. Pero después. ¿Sabías que la policía apenas buscó al conductor? Era antes de que todo estuviera cubierto por cámaras de seguridad, supongo. Tal vez hubiera sido diferente si Elaine hubiera recordado algo más acerca del coche. Tal vez si hubiera habido un testigo. Pero no lo hubo. Estaba oscuro, le dieron por detrás. El hijo de puta no se detuvo. No hubo pistas. Cuando nadie se entregó, eso fue todo. Pero él lo habría sabido, por supuesto. No te llevas a alguien por delante en un cruce de peatones sin darte cuenta.

Dave bajó la mirada para comprobar que Natalie seguía escuchando.

—Se dieron por vencidos con el caso antes de que volviera a casa del hospital. Pasaron a ocuparse de casos que sí que podrían resolver. Ni siquiera importaba quién era su padre. Nunca volvería a caminar, no podría tener hijos. Eso no les importó. El conductor se escapó sin ningún castigo. Tal vez un parachoques abollado. Algunas noches en vela, tal vez. —La miró de nuevo—. Durante años pensé en el hombre que conducía ese vehículo. —Ante esto, bajó la mirada hacia ella—. O la mujer, podría haber sido una mujer, pero siempre lo imaginé como un hombre. Y fantaseaba con lo que haría si alguna vez lo encontrara. No se trataba de denunciarlo a la policía. Ese no era el tipo de justicia que quería. Mis fantasías siempre fueron sobre lo que le haría. Al prin-cipio se trataba más de hacerle lo que le había hecho a Elaine. Algo relacionado con todas esas misas católicas que mis padres me hicieron pasar, supongo, ojo por ojo. Un bate de béisbol, darle una paliza y salir corriendo. Pero no me parecía práctico. En realidad, nunca me pareció justo. Lo único que conseguiría sería mandarme a prisión. Perdería de nuevo. Elaine volvería a perder. Entonces comencé a pensar en hacerlo desaparecer. Matarlo, supongo. —De nuevo su voz se aquietó con la palabra. Se detuvo y esta vez se miró la mano. Estaba descansando en el brazo del sofá, aún sostenía su bebida, pero su mano temblaba tan violentamente que el hielo golpeaba contra el cristal. Se inclinó hacia delante y dejó el vaso en la mesa—. Parecían inofensivas, útiles incluso, estas fantasías. Una vía de escape para mis frustraciones. Nunca pensé que fuera real. Nunca pensé que realmente lo encontraría, ¿cómo podría? Pero, aun así, planeaba como hacerlo para que no me pillaran. —Dave comenzó a sonreír ahora. Una sonrisa irónica—. Averiguar cómo se podría hacer es entretenido, es como un rompecabezas. Un rompecabezas con un número infinito de respuestas correctas. Me pasaba horas pensando en eso. Pasé muchos largos vuelos pensando cómo se podría hacer. Y si se hace a sangre fría, sin que tu víctima ni siquiera sepa que vienes a por él, no es tan difícil. No lo es, una vez que te comprometes. Por lo tanto, no se trata de si lo pudiéramos hacer. La pregunta es ¿deberíamos?

Ahora que Dave se había sentado, sus cabezas estaban al mismo nivel. Natalie parpadeó varias veces antes de responder. La única respuesta que le llegó fue profesional.

—No es una respuesta poco común —dijo, su voz era plana, como si hubiera desconectado de algo emocional—. Fantasías como esa. Todos tenemos un mundo interno que se mantiene privado, donde exploramos opciones que nunca consideraríamos llevar a cabo.

Dave asintió y cuando ella no continuó, respondió.

—Ya no hay posibilidad con Elaine. El hombre que destrozó su vida desapareció hace mucho tiempo. Pero el hombre que mató a tu marido no. Va a estar solo en uno de nuestros helicópteros la semana que viene.

De repente Dave se detuvo y se mordió el nudillo. Cerró los ojos con fuerza por un segundo.

—Voy a dejar de andarme con rodeos y lo voy a decir. Creo que no tenemos otra opción. Creo que tenemos… El derecho moral de tomar este asunto en nuestras propias manos. La obligación moral. Creo que deberíamos matarle, Natalie.

Se miraron el uno al otro un buen rato hasta que Dave continuó, ahora su voz sonaba mucho más tranquila.

—Y ya sé cómo lo podemos hacer.

Natalie, que estaba acurrucada en su asiento, sintió que su cuerpo se encogía aún más. Sintió que la sangre le bajaba de la cabeza y su visión comenzó a cerrarse, se preguntó si iba a desmayarse y no le importó, quería hacerlo. Cualquier cosa menos esto. Cualquier cosa menos estar aquí en esta sala escuchando esto. Pero entonces su cuerpo comenzó a recuperarse. Sentía su corazón martilleando en su pecho, sus ojos lentamente recuperaron la visión a su alrededor, la oficina pequeña de Dave, los sonidos distantes de la fiesta de abajo. Estaba acorralada. No había forma de salir de esta, aparte de la única y horrible solución final. Se recuperó lo suficiente como para hacer una simple pregunta.

—¿Cómo?

CAPÍTULO CUARENTA Y CINCO

El vuelo que John Buckingham había reservado con la empresa era desde su casa, en el oeste de Londres, directo hacia Irlanda. Era el segundo vuelo de ese tipo que había tomado y, al igual que el primero, era para visitar a su novia, Sienna, que llevaba varias semanas rodando una película allí. Su papel era de novia de un soldado del IRA.

No fue fácil para el director encontrar un lugar en el que pudieran rodar las tomas panorámicas del paisaje de los años ochenta, pero sin las numerosas turbinas eólicas que habían surgido desde entonces, y en el que se les permitiera explotar bombas tan a menudo como el guion lo exigiera. El sitio que escogieran también tendría que albergar un alojamiento medio decente para las casi cien personas que trabajaban en la película. Y para colmo, el coprotagonista de Sienna había exigido una casa propia al puro estilo Hollywood. Al final consiguieron encontrar un lugar perfecto, con la única pega que estaba a tres horas, por carreteras sinuosas, del aeropuerto internacional de Dublín. Fue por esta razón que John había reservado el helicóptero. O, para ser más precisos, que su asistente personal, una mujer llamada Carol, lo había reservado para él. Dave sabía todos estos detalles por el correo electrónico que le había mandado Carol. Pero se atrevió a apostar que a lo largo de los años, su razón para usar los helicópteros de su empresa había pasado de ser una manera de vigilar a Natalie, a un mero hábito de conveniencia. Si puedes permitirte viajar en helicóptero, la velocidad, la comodidad y la capacidad de llevarte de puerta a puerta son realmente muy útiles.

Comprobó los datos de vuelo. Durante su primer viaje, hacía casi tres semanas, el helicóptero había volado desde Londres al estudio de rodaje, habían recogido a la actriz y luego la pareja había pasado dos días volando por Irlanda, primero visitando el Anillo de Kerry donde pasaron una noche y después se dirigieron al norte para pasar una segunda noche en una isla en el lago *Strangford*. Damien había sido el piloto. Esta vez, las instrucciones de Carol, quien supuso que Damien sería el piloto de nuevo, eran que debían recoger a Sienna en el mismo lugar pero para ir a Dublín, donde Carol les había reservado una suite en el Hotel Hilton.

Por lo tanto, la primera tarea de Dave fue decirle a Damien que no era necesario para este viaje. Tuvo suerte con la excusa. Les había entrado una reserva de última hora, un evento corporativo de un club de golf que Dave hubiera tenido que volar él mismo ya que no había otros pilotos disponibles. Era lo suficientemente posible que Dave prefiriera volar a Irlanda él mismo y Damien no se sorprendió cuando le comunicaron el cambio de planes. Lo único que le sorprendió fue cuando Dave mencionó que tomaría el *Eurocopter*, pero incluso eso no le extrañó demasiado. El *Eurocopter* era el helicóptero más grande que operaban, capaz de llevar a siete invitados y realmente demasiado grande para solo los dos clientes que estaban reservados para usarlo. También era el más nuevo y Dave le mencionó a Damien, tan casualmente como pudo, que quería llevarlo para hacerse un poco con él. Dave no le mencionó que Natalie vendría con él. Eso sí que hubiera sido notorio.

En realidad Dave conocía muy bien el helicóptero, había pasado suficiente tiempo investigándolo antes de firmar el calendario de cuotas para agregarlo a su flota. Y sabía que era el único helicóptero de su flota que les permitiría llevar a cabo su plan. Lo que hizo que el *Eurocopter* fuera inusual era su diseño interior. Los dos asientos delanteros miraban hacia delante, para el piloto y el copiloto. Los clientes viajaban en una cabina trasera separada donde seis asientos de cuero blanco, sillones realmente, estaban dispuestos uno frente al otro alrededor de una mesa baja. Debajo de su hermosa tapa de madera de cerezo había dos vitrinas con frontales de cristal, una era un pequeño horno y la otra una nevera. Cuando los clientes reservaban el *Eurocopter*, podían elegir entre una variedad de comidas ligeras para tomar a bordo, cada una preparada por un equipo de chefs con estrellas Michelin y diseñada para mantenerse en su mejor momento en un vuelo de hasta tres horas de duración. No había tripulación de cabina, los pasajeros tenían que servirse solos, pero si esto era una desventaja, había champán de cortesía para calmar las iras de los clientes VIP.

Dave informó a Carol por correo electrónico sobre el cambio de helicóptero, haciendo notar que la mejora era de cortesía. Le adjuntó el menú y la lista de bebidas, junto con una solicitud de que se le hiciera saber lo antes posible lo que querían para que pudieran asegurarse de que su pedido estuviera listo para el vuelo. A continuación, Dave tuvo que esperar ansiosamente durante cuatro largas horas hasta que ella respondiera, tiempo durante el cual pudo preocuparse de si el hombre sufría de vértigo o si comía a horas inusuales, o incluso si había algo en su correo electrónico que de alguna manera podría haber levantado sospechas. A Dave le dio un salto el corazón cuando oyó el sonido de su ordenador notificándole que tenía un correo nuevo en su bandeja de entrada. No tenía por qué haberse preocupado. Ella fue breve, pero entusiasta.

«¡Eso no es problema! ¡A John le encanta que le suban de categoría! No hace falta comida, pero una botella helada de champan estaría perfecta».

Incluso agregó una cara sonriente después de su nombre.

Hecho esto, Dave pasó a la siguiente etapa del plan. Pinchar la jeringuilla a través del corcho de la botella fue más difícil de lo que había anticipado. Tuvo que llevarla a su taller, colocar la botella en un soporte, envolverla en una toalla para no marcar la etiqueta y luego cargar la jeringa en su taladro. Rompió dos botellas y tres agujas antes de que se le ocurriera calentar la aguja con un soplete. Una vez que estuvo al rojo vivo, atravesó el papel de aluminio y el corcho. Apenas dejó marca.

Tampoco fue fácil elegir qué inyectar. Sabía un poco acerca de analgésicos por haber vivido con Elaine, y su repleto botiquín de medicinas, durante tanto tiempo. Natalie también tenía algo de experiencia, pero ninguno de los dos sabía cómo adaptar sus conocimientos para asegurarse de dejar inconsciente a un hombre. Tampoco estaban seguros de cómo se ocultaría su brebaje en una copa de Moët&Chandon. Era complicado, ya que no sabían cuánto bebería su víctima, ni a qué velocidad. Al final, pusieron un poco más de lo que creyeron necesario, para estar seguros.

Llevó a cabo estas preparaciones con tal ligereza de mente que parecía incluso que no fuese real. El alivio de pensar que podrían despertar de aquella pesadilla dominaba cualquier oportunidad de considerar que el plan era una locura.

Una sensación de paranoia se apoderó de ellos. No pusieron nada por escrito, ni mensajes de texto, ni correos electrónicos. Usaron el teléfono solo para acordar dónde encontrarse. No volvieron a hablar con Jesse. Dave insistió en que era mejor que no supiera nada al respecto. La corta escala de tiempo, el subterfugio y los preparativos conspiraron para hacerles sentirse mejor, al menos durante el día. Era por las noches que les surgían las dudas y cada mañana ambos sentían la necesidad de ponerse en contacto, para tranquilizarse mutuamente y asegurarse de que estaban haciendo lo correcto.

Pero ahora estaban nerviosos. Obviamente nerviosos. Estaban en el aire, en ruta desde Bristol al oeste de Londres, sentados en silencio con náuseas por la inquietud de lo que se les avecinaba. El viaje solo duró cuarenta minutos y Natalie los contó de uno en uno. Frente a ella, una pantalla de GPS mostraba su ubicación, el tiempo hasta el destino pasaba demasiado rápido. Luego, un punto en la pantalla se unió al punto de destino, el pequeño hotel, cerca de la casa de John Buckingham, donde era posible aterrizar el *Eurocopter*. Estaban a cinco minutos y no pudo soportar más el silencio de Dave.

—No me puedo creer que estemos haciendo esto —dijo ella, solo por decir algo.

Él la miró, extendió la mano y la reposó en su brazo.

—Lo hemos pensado a fondo, Natalie. Hemos cubierto todos los ángulos.

—Pero ¿y si nos reconoce? Conoce nuestras caras. ¿No va a sospechar que aparezcamos en su vuelo?

—Probablemente ni siquiera vea quiénes somos. Por lo que dijo Damien, pasa todos los vuelos con la cabeza agachada revisando papeles.

—Ya, ¿y si esta vez no lo hace así?

—Solo tenemos que actuar de forma totalmente natural. No hay ninguna razón por la cual yo no pueda pilotar el helicóptero, es mi negocio y soy piloto. Y tú eres accionista de la empresa que viene a probar nuestra última adquisición. Este vuelo lleva reservado desde hace tiempo, mucho antes de que recibieras la mochila de Jim.

—¿Y si sabe que hemos estado husmeando por *Llandwindus*? ¿Mostrando la foto de Jim a la gente?

—No lo sabe.

—Igual sí.

—Pero probablemente no. Por eso lo estamos haciendo ahora. Antes de que se entere. Tenemos que hacerlo Natalie. Ya lo hemos hablado.

—Ya —sonaba triste.

—Respira. Respira hondo y cuenta hasta diez —dijo Dave—. Solo tenemos que superar este obstáculo, conseguir que se siente en la parte de atrás, beba y se acabó. Y piensa. Acuérdate de lo que este hombre te ha hecho. Lo que te ha quitado. Y lo que aún podría hacer si no llevamos esto a cabo.

Cerró los ojos y dio un par de respiraciones rápidas. Luego tomó algunas más profundas. Sintió que se calmaba, luego lo miró y asintió.

—Esta es la única manera de recuperar nuestras vidas. Esto es lo correcto.

La pantalla frente a Natalie mostró que estaban a un minuto de distancia y Dave comenzó a bajar la velocidad de la gran máquina. Estaban sobre un campo de golf y, delante de ellos, el hotel apareció a la vista, el jardín contenía un gran estanque ornamental y la H pintada en un helipuerto de asfalto.

—Ya estamos aquí.

Aterrizaron a las dos y cuarenta y cinco, quince minutos antes de lo acordado, pero mientras Dave marcaba el número de Carol para hacerle saber que estaban allí, Natalie señaló desde la cabina hacia el *Range Rover*, sus ventanas tintadas a los lados. Se detuvo a pocos metros de distancia y una mujer en el asiento del pasajero los saludó con la mano a través del parabrisas. Dave colgó el teléfono.

—Este es nuestro momento, Natalie. Mantén la calma.

Se quitó el cinturón y abrió la puerta, de repente el zumbido del motor, hasta ese momento amortiguado por la insonorización, fue reemplazado por un rugido. Dave bajó los dos escalones hasta el suelo y caminó hacia el coche, con un brazo en alto por encima de su cabeza para protegerse de la ráfaga de viento que generaban los rotores. Natalie se quedó donde estaba. Observó el coche mientras la puerta del conductor se abría y salía John Buckingham.

Lo reconoció por las fotografías en Internet, pero se sorprendió de su tamaño en la vida real. Llevaba un traje azul que parecía caro y que hacía poco para ocultar aquel poderoso cuerpo. Estaba bronceado y llevaba el cabello rubio recogido en una cola de caballo. Aun así, era sorprendentemente guapo. La asistente personal salió del otro lado y se cruzaron el uno con el otro, presumiblemente ella para coger el coche, él para unirse a Dave, que ya había prácticamente llegado al coche. Observó a los dos hombres darse la mano y luego acercarse el uno al otro, probablemente para tratar de hacerse oír por encima del ruido. Vio a Dave moviéndose para recoger la pequeña maleta de John Buckingham, pero este lo rechazó. A cambio, Dave movió los brazos para mostrarle el camino hacia el helicóptero.

Si en algún momento a lo largo de toda esta locura se había sentido en paz consigo misma, desde luego este no era uno de esos momentos. Y si hubiera habido posibilidad alguna de abandonar el plan en ese instante la habría cogido, pero ya estaban solo a unos pasos de distancia. Por primera vez se dio cuenta de lo que realmente estaban haciendo. No era pánico lo que sentía ahora, sino náuseas. Unas náuseas intensas que le dejaron clavada al asiento. Y así fue como su última oportunidad de terminar con esta locura se desvaneció.

Dave abrió la puerta y volvió la avalancha de ruido. Se dio cuenta de por qué los gestos habían sido tan obvios: el ruido era tan fuerte que no podrían haberse escuchado. John Buckingham subió y Dave cerró la puerta de golpe desde fuera. En un momento se encontraron a solas dentro del helicóptero, ella oliendo su presencia. Loción para después de afeitar. Notó que llevaba gemelos en la camisa, gruesos pedazos de oro. John Buckingham eligió un asiento que miraba hacia adelante y echó un vistazo alrededor de la cabina. Se acomodó, se pasó una mano por el cabello para comprobar que todavía estaba en su lugar. Y entonces la vio.

CAPÍTULO CUARENTA Y SEIS

Se le cambió la cara. Al principio, se quedó demasiado atónito para poder ocultar su expresión de sorpresa, pero inmediatamente cambió. Una sonrisa fácil apareció en su boca, que se apartó para mostrar sus dientes, perfectos y blancos. Se inclinó hacia adelante, agachándose en la cabina y extendiendo la mano.

—Hola.

Sin siquiera ser consciente de ello, Natalie extendió su brazo detrás del asiento, como si algún poder fuera de ella la impulsara. Como si fuera capaz de atraerla hacia él. Antes de que se tocaran, sintió el temblor en su mano.

—Soy John Buckingham. —Parecía tranquilo ahora, totalmente en control. Le miró a los ojos y su sonrisa se amplió. Le tomó la mano y se preguntó si sería una trampa para empujarla hacia atrás y preguntarle qué estaba haciendo allí. Pero no lo hizo. Tan solo le estrechó la mano, tal vez la sostuvo un segundo más de lo normal, pero luego la soltó y volvió a sentarse.

Ella todavía no había dicho nada.

—No te había visto ahí. No esperaba tener copiloto hoy.

Natalie se libró de responder gracias al ruido que invadió la cabina cuando Dave abrió la puerta y se subió a su lado. Estaba hablando, probablemente continuando la conversación que habían mantenido fuera.

—Lo siento. Se genera un montón de ruido.

—No pasa nada —dijo John, que seguía mirando a Natalie para que esta no pudiera darse la vuelta sin parecer grosera.

—Espero no haberte hecho esperar.

—En absoluto, llegué un poco antes. Carol me mantiene con un horario muy estricto. —Sonrió de nuevo, sus ojos se mantenían en ella, aunque ahora estaba hablando con Dave. Natalie sabía que tenía que comenzar a actuar normalmente, o si no él notaría que algo andaba mal. Obligó a su rostro a sonreírle y apartó la mano. Él la observó mientras lo hacía, pero Natalie se volvió hacia el frente de todos modos.

—Dime, Dave ¿qué le pasó al otro chico, Damien? Él fue quien me llevó la última vez y me dijo que estaba reservado para hoy también.

—Sí, lo siento —dijo Dave un poco demasiado rápido—. Me temo que se lesionó el pasado fin de semana jugando al futbito. Nada serio, una mala caída. Ya sabes. —Habían planeado innumerables maneras de responder a esta pregunta si surgía. Natalie no se atrevió a darse la vuelta otra vez para ver cómo se lo había tomado.

—Vaya —dijo John.

—En efecto. ¿Espero que el cambio a este helicóptero sirva de recompensa? —Dave continuó, su voz más firme ahora—. El *Eurocopter* es nuevo en nuestra flota. Estamos intentando ofrecer este cambio a nuestros clientes importantes. Realmente es la última novedad en viajes VIP.

John Buckingham miró alrededor de la cabina, observando sus sillones de cuero crema y madera pulida.

—Es agradable.

—Por favor, ponte cómodo.

—Gracias. Lo haré. —John Buckingham se recostó y apoyó los brazos sobre los reposabrazos de la silla. Era un hombre grande, incluso en la amplia cabina era obvio, esa cabeza tan guapa casi tocaba el techo. Su sonrisa, inamovible.

—Podemos despegar de inmediato —continuó Dave—. Tenemos

un poco de viento en contra, pero esta máquina navega a 143 nudos, así que haremos un buen tiempo.

A Natalie le pareció que estaba concentrándose en el helicóptero para tratar de olvidar lo que de verdad iban a hacer. Pero la sorprendió agregando.

—Por favor, sírvete una copa de champán. Hay una botella con hielo en la vitrina delante de ti.

—Gracias —respondióJohn Buckingham, pero no dio señales de hacerlo. En cambio, se dirigió a Natalie.

—Entonces ¿tú quién eres? ¿El copiloto?

—Así es, estamos familiarizando a todos nuestros pilotos. ¿Espero que no te moleste? —Dave respondió por ella.

—De ningún modo. ¿No me quedé con tu nombre?

No habían planeado qué contestar a esta pregunta y cuando Natalie abrió la boca para responder, se dio cuenta de que no tenía ni idea de lo que iba a decir. Nombres medio inventados se atragantaron en su garganta, pero casi sin darse cuenta contestó.

—Natalie —su voz sonó poco más que un susurro. Le pareció mal estar mirando hacia adelante, así que se dio la vuelta otra vez e intentó sonreír. Él le devolvió la sonrisa.

—Natalie —repitió el nombre nuevamente como si probara cómo se sentía al decirlo en voz alta—. Natalie —sonrió de nuevo—. Bueno, es un placer conocerte, Natalie —dijo y se acomodó en su asiento. Ella se volvió para mirar hacia el frente, pero sintió su mirada clavada en su espalda.

—Estamos listos para despegar. —La voz de Dave sonaba demasiado lejana cuando habló, John Buckingham estaba de alguna manera mucho más cerca.

—Absolutamente, Dave. Ahora que ya nos hemos presentado todos pongámonos en marcha.

Natalie observó a Dave manejando los controles. Los nudillos de la mano que agarraban el cíclico estaban pálidos. Apenas sintió cómo el gran helicóptero despegaba y los levantaba suavemente en el aire. Cómo la nariz se hundía. Antes de que ganaran velocidad, observó que el *Range Rover* salía del aparcamiento del hotel y se dirigía a la carretera principal. Luego desaparecieron, volando sobre los árboles de un pequeño bosque.

—Él lo sabe —susurró Natalie mientras miraba a Dave.

Dave no respondió, ni dio ninguna señal de haberla oído, sino que se concentró en volar el helicóptero hacia el oeste. Para entonces ya estaba atardeciendo, la luz del sol entraba en la cabina, dándoles a ambos una excusa para llevar gafas de sol. Durante mucho tiempo ninguno de ellos habló. En la cabina de detrás, su pasajero había sacado unos documentos y los estaba leyendo, garabateando notas con un bolígrafo caro. Natalie esperó hasta que pensó que tenía la atención de Dave y volvió a hablar.

—Él lo sabe.

Esta vez Dave sacudió la cabeza en respuesta. Luego se aclaró la garganta y gritó más fuerte.

—¿John? Perdona la interrupción. Solo quería decirte que ya estamos a la velocidad de crucero. Va a ser un vuelo fácil hasta Irlanda. —Dave le lanzó una mirada a Natalie—. Por favor, sírvete una copa. Ahí está el champán. También hay un termo de café recién hecho y unos bollos en el horno frente a ti.

Buckingham levantó la vista de sus papeles, se subió la manga de la camisa y miró el reloj.

—Las cuatro. Pues no es mala idea.

Puso todo lo que sostenía en el asiento junto a él, se enganchó los dedos y estiró las manos frente a él.

—Se supone que esto es un descanso después de todo. —Se agachó y abrió la nevera. Sus anchas y bronceadas manos tiraron de la botella de champán y arrancó el papel de aluminio con destreza. Las botellas estaban provistas de un pequeño tope para atrapar el corcho cuando se abrieran.

—Las copas están en la despensa.

—Gracias. —La abrió, cogió una copa de champán de cristal y la colocó sobre la mesa. Su base era más ancha de lo normal para aumentar la estabilidad. Luego dudó—. ¿Supongo que ninguno de los dos podéis uniros a mí?

—Me temo que no —Dave sonrió.

—¿Ni siquiera tú, Natalie? ¿No pareces que estés haciendo mucho?

—No, lo siento —dijo ella echándole una mirada furtiva.

—Es una pena. Pero admiro tu sentido del deber. —Le dio al corcho una media vuelta y luego se escuchó un fuerte estallido. Buckingham llenó la copa con burbujas de color marfil que rápidamente se convirtieron en media copa de líquido dorado. Luego lo rellenó para que la copa estuviera casi llena. Volvió a meter la botella en el cubo de hielo y se sentó de nuevo. La copa descansaba sobre la mesa. No la había probado.

En la parte delantera, Natalie apenas podía sentarse quieta. Sentía como si estuvieran jugando a un juego en el que Buckingham sabía exactamente lo que estaba pasando. Sintió que el pánico le invadía de nuevo. Iba a notar el sabor del compuesto que habían disuelto en la botella. Por supuesto que lo notaría. Ya sospechaba. Sabe Dios lo que estaría planeando. Apenas podía ver lo que estaba haciendo por el reflejo en el interior del parabrisas, pero sintió, más que vio, cuando él levantó la copa. Había cogido los documentos de nuevo y sostenía la copa a su lado. Por fin la levantó y se la acercó a la boca. La olisqueó. No fue un gesto de sospecha, ni siquiera de aprecio, solo un olfateo, como si tuviera un poco de resfriado. A continuación, se llevó la copa a los labios y tomó un sorbo.

Un único sorbo y continuó concentrado en sus papeles. No miró el cristal. No había nada en su rostro que sugiriera que el champán tenía un sabor inusual. Y luego tomó un segundo sorbo, más grande esta vez. Natalie pensó que iba a gritarle a Dave que hiciera algo para detener esto, o incluso al propio John Buckingham, para que lo tirara al suelo. Confesarle por qué no debía beberlo. En cambio, se obligó a agarrarse a los reposabrazos tan fuertemente como pudo. Se dijo a sí misma que respirara e intentó recordar. El hombre que tenía detrás había matado. Una joven forzada a tomar una sobredosis en un baño público. Un chico muerto a puñaladas en la puerta de una discoteca. Jim. Su marido Jim. Apuñalado hasta la muerte por la simple razón de que quería ir a hacer surf. Aquel hombre era responsable de todas esas noches vacías de llanto que había sufrido. Probablemente hubiera otros también. Otros que había matado, otras personas que habían sufrido por su culpa. Y este era un hombre que mataría de nuevo, lo sabía por su trabajo, por su investigación. Y por eso no gritó, no dijo nada. En cambio, rezó, no para que un dios le detuviera, solo para que se diera prisa y terminase con esto de una vez.

Les llevó menos de una hora despedir la costa galesa y empezar a cruzar el mar de Irlanda. A mitad de camino, Buckingham ya se había terminado su primera copa. Poco después, mientras Natalie echaba una de sus miradas furtivas, parecía que las drogas comenzaban a surtir efecto. Empezó por dejar los papeles, parecía que se había cansado de ellos. Luego se sirvió una segunda copa, pero no había conseguido beber nada antes de que pareciera echarse hacia delante, parecía confundido. Se le cerraron los ojos y su cuerpo se desplomó de lado, sostenido solo por el lateral del helicóptero. Pasados cinco minutos, Dave se dirigió a él.

—¿John? Oye, ¿te encuentras mal?

No hubo respuesta.

—¿Me oyes? —Dave subió el tono de voz. Aún sin respuesta. No había ningún movimiento.

Dave miró a Natalie.

—Venga. Terminemos con esto.

Natalie era apenas consciente de cómo le temblaba todo el cuerpo y lo único que podía hacer era seguir con lo que habían planeado. Metió la mano debajo de su asiento y sacó una bolsa que puso en su regazo, de ahí sacó un pequeño neceser con cremallera. A pesar de que sabía que estaba inconsciente, giró su cuerpo para evitar que Buckingham viera lo que estaba haciendo. Abrió el neceser y dentro, sujeta con dos gomas elásticas, había una jeringuilla con una tapa de plástico protegiendo la aguja. Estaba llena de un líquido incoloro.

Esta era la segunda etapa del plan. Habían estado tan preocupados de si notase las drogas en la bebida, que habían usado solo lo mínimo para sedarlo. Ahora necesitaban terminar el trabajo. Era la parte más desagradable del plan, pero no habían podido pensar en ninguna forma de evitarlo. Natalie tendría que inyectar a John Buckingham el contenido de esta jeringuilla, que eran unos calmantes muy fuertes que habían cogido del botiquín de Elaine. Estaban mucho más seguros acerca de esta dosis. Una vez que se le inyectara no se despertaría.

En la parte trasera del helicóptero, Buckingham estaba sentado con la cabeza hacia atrás, los ojos cerrados y una línea de baba escapando por la comisura de los labios. Tenía las piernas ligeramente separadas, la tela de los pantalones apretada sobre la parte superior de sus muslos. Muslos gruesos y poderosos. Era el blanco perfecto, pero fuera del alcance de Natalie desde donde estaba sentada. Sostuvo la jeringa con el pulgar apoyado contra el émbolo y miró al hombre detrás de ella. Entonces dudó.

—No puedo alcanzarle.

Dave echó un vistazo a la situación y luego volvió a mirar los controles.

—Tendrás que ir a la cabina.

—¡No! No puedo.

—No pasa nada. Está fuera de combate. Venga.

Natalie notó la urgencia y el miedo en su voz y se preguntó enojada por qué le tocaba a ella hacer esta parte. Pero se contestó a sí misma. Tan solo porque ella no podía pilotar el helicóptero.

—Joder, joder, joder —dijo—. Agarra esto.

Le dio la aguja a Dave y se quitó el cinturón de seguridad. Puso los brazos en el espacio entre los dos asientos delanteros y se propulsó hacia la cabina, poniéndose en cuclillas en uno de los asientos orientados hacia atrás mirando a Buckingham. Ahora que estaba en la parte trasera del helicóptero podía escuchar su respiración, un sonido áspero. Alargó la mano y cogió la jeringa de Dave y, sin dudarlo, le quitó la tapa. Su corazón latía con fuerza en su pecho, pero externamente se sentía tranquila. Como si estuviera actuando en un sueño, no importaba lo que hiciera porque no era real, no podía ser real.

Los ojos de Buckingham permanecían cerrados, su hermoso rostro parecía relajado ahora, su piel bronceada, el grueso algodón de su camisa estaba ligeramente abierto, revelando su pecho. Unos cuantos pelos amarillentos habían escapado y brillaban a la luz del sol. Ella extendió la mano que sujetaba la jeringuilla y lentamente la sostuvo sobre su pierna, la aguja apuntando hacia abajo. Se formó una pequeña gota en la punta que cayó sobre la tela del pantalón, donde se extendió instantáneamente y comenzó a absorberse. Le miró a los ojos. No parpadearon. Se contuvo el aliento.

Sabía de inyecciones. Sabía que los músculos relajados permitirían que la fina aguja pasase desapercibida entre sus fibras. Y que tenía que presionar suavemente el émbolo y se acabaría todo. Sabía que no se despertaría. Sería indoloro para John Buckingham.

Así había funcionado cuando formaban el plan en su cocina. Aquí, en la parte trasera de un helicóptero a unos cientos de metros sobre el mar de Irlanda, con el gruñido suavizado del motor y el ruido del viento, con este hombre tan cerca de ella, su fragancia invadiéndole las fosas nasales, de repente parecía imposible.

Obligó a su mano a moverse, pero no lo hizo. En un momento de locura se preguntó si tendría que usar su otra mano para hacer que la primera obedeciera, usar dos manos como si estuviera empujando contra una fuerza invisible. Pero luego su brazo cayó, como si tuviera vida propia, o como si simplemente hubiera habido un retraso en recibir sus instrucciones. El resultado no fue la acción suave y firme que había planeado, sino un pinchazo con una aguja que penetró la pierna, rebotó nuevamente y luego volvió a clavarse bajo el peso de su brazo. Esta vez se mantuvo en su lugar, pero solo debajo de la piel. Le entró el pánico y apretó el émbolo de alguna manera y el material de sus pantalones se volvió húmedo y oscuro.

Se dio cuenta de que estaba gritando. Un sonido inhumano de frustración y miedo. Intentó empujar la aguja más profundamente, pero lo hizo en ángulo y se atascó. Aun así presionó el émbolo con fuerza de todos modos. Lo que fuera por terminar con esto.

En ese momento los ojos de Buckingham se abrieron y se encontraron con los de ella. Apartó la mano de la jeringa como si le hubiera dado calambre. Casi se la llevó en la mano, pero en su lugar permaneció allí, tumbada ahora sobre la parte superior de su muslo, el émbolo todavía un tercio lleno. Buckingham miró hacia abajo y vio la jeringuilla.

Buckingham la observó por un momento, luego giró sus ojos hacia Natalie, sentada frente a él, su mano sobre su boca, sus ojos asustados mirándolo.

—¿Qué coño? —gritó—. ¿Qué demonios está pasando? —Su voz se arrastraba salvajemente—. ¿Me acabas de pinchar?

Fue a quitarse la jeringa de la pierna, pero la aguja estaba incrustada y solo logró pincharla más profundamente, empujando un poco más el émbolo. Gritó de dolor.

—¡Joder!

Dave se dio la vuelta tan rápido que casi perdió el control y el helicóptero vibró debajo de ellos, girando de lado en el aire. De alguna manera, John Buckingham fue el primero en recuperar la calma.

—¿Qué está pasando?

Dave se volvió para enderezar el helicóptero pero luego se dio la vuelta otra vez.

—No te hagas el inocente. Sabes perfectamente lo que está pasando.

—¿De qué leches estás hablando?

Los ojos de Buckingham estaban completamente despiertos ahora. Sus fosas nasales se dilataban. Volvió a mirar su pierna.

—¿Qué me habéis metido?

El ruido en el helicóptero parecía haber aumentado.

—Lo sabemos todo —gritó Dave con los dientes apretados—. Sabemos que mataste a Jim Harrison. Sabemos todo sobre ti, Buckingham. El champán estaba drogado. Natalie acaba de inyectarte suficientes tranquilizantes para dormir a un caballo. Estás jodido. Te ha llegado la hora de pagar por tus crímenes.

John miró a Dave con asombro, abrió la boca para gritarle algo, pero luego volvió a cerrarla.

—Joder —dijo al fin—. Vais... ¿Me vais a matar?

—Sí. ¿Qué pensabas? ¿Qué te íbamos a dejar que acabases con nosotros de uno en uno?

—¿De qué coño estás hablando? ¿Estás loco?

—Mentir es malo —dijo Dave.

Buckingham volvió a mirar su pierna y su respiración se aceleró.

—¿Mentir? ¿Sobre qué estoy mintiendo? ¿Qué me habéis inyectado? Pero ¿qué está pasando?

Miraba a Natalie ahora. Pero no decía nada, permanecía pegada a la esquina opuesta a él, ya no estaba gritando, sino jadeando con fuerza, intentando recuperar el control.

—¿Te he preguntado qué es esto? ¿Qué me has metido, hija de puta?

—¿Qué más da? —Dave gritó de vuelta.

John logró reír.

—Esto es una puta locura. No me puede estar sucediendo. Sois un par de locos. ¿Habéis perdido la cabeza? ¿Es eso? —Miró a su alrededor buscando alguna salida.

A continuación, se hizo un silencio en la cabina. Natalie no supo por qué empezó a hablar, solo pensaba que quería que supiese de qué se trataba. Ella quería justificar sus acciones.

—Mataste a mi esposo. Ahora ya sabes de qué va esto —dijo.

Cuando respondió, su aliento se hizo pesado.

—¿Pero qué coño dices? Me has pinchado sin motivo alguno.

—He dicho que mataste a mi marido.

—¡Que te jodan! —gritó esta vez—. Ni siquiera sé quién coño eres.

—Llandwindus. Hace ocho años. La Roca Colgante. El hombre que mataste era su esposo. Mi mejor amigo. Lo sabemos todo —dijo Dave.

Esto detuvo a John. Su boca entreabierta.

—¿La Roca Colgante? Joder. —Se llevó la mano a la frente y luego la empujó contra el asiento frente a él, como si tratara de hacer más espacio para respirar—. Es Jesse, verdad. Jesse os ha enviado a matarme.

De repente, un enorme espasmo sacudió su cuerpo. Se tensó, los músculos de su cuello se hincharon, su cabeza se sacudió de un lado a otro. Natalie, mirando desde atrás, pensó que se estaba muriendo, pero luego se golpeó el pecho con la mano y rugió de dolor. Se recostó jadeando, sudor goteando por su rostro.

—Jesse. Os ha mandado Jesse. ¿Qué demonios os ha contado?

Era una extraña forma de sentimiento de culpa lo que estaba impulsando a Natalie ahora. Culpa, con pequeñas dosis de incertidumbre.

—Nos dijo que mataste a Jim —dijo—. Mi esposo. Lo apuñalaste en vuestro lugar secreto. La Roca Colgante.

Buckingham no respondió y Natalie se preguntó si aún podía hablar. Tras un momento continuó.

—Dijo que le obligaste a él y a vuestro amigo Darren a encubrirlo para que ellos también estuvieran involucrados. Intentaron chantajearte al respecto y atacaste de nuevo. Apuñalaste al hermano de Darren e hiciste que la novia de Jesse tomara una sobredosis. Jesse dijo que probablemente habría más víctimas... —Se detuvo cuando Buckingham cerró los ojos.

—Me apuesto a que eso dijo.

—¿Qué quieres decir?

Hubo un largo silencio, pero finalmente Buckingham volvió a abrir los ojos y la miró directamente.

—¿Y tú le creíste? Creíste a ese puto sociópata... —Sacudió la cabeza—. Apuesto a que dijo eso. Y mucho más. Lo que fuera necesario.

Hubo otro silencio. Pero esta vez la verdad comenzó a relucir.

—Mira, Natalie, es mejor que me creas. Nunca he matado a nadie. Ese hombre, tu esposo, fue Jesse quien lo apuñaló.

Por un momento no hubo nada más que el ruido de los motores y el sonido de la respiración. Entonces Natalie respondió.

—¿Qué?

Los hombros de John Buckingham se hundieron un poco mientras hablaba.

—Yo estaba allí en la Roca Colgante cuando sucedió. Pero no maté a nadie. Fue Jesse. Tenía esta obsesión de que como éramos los lugareños de allí teníamos que protegerlo. Entonces, un día apareció este tipo y Jesse se volvió loco. Agarró su cuchillo e intentó asustarlo. El tipo incluso intentó alejarse, pero Jesse corrió tras él y le clavó el cuchillo en la espalda. Luego se volvió loco, el tipo era duro, de alguna manera le rompió el brazo a Jesse, pero Jesse consiguió volver a coger el cuchillo y le apuñaló una y otra vez.

Buckingham dejó de hablar y el único sonido fue el gruñido de los motores y el viento azotando la parte delantera del helicóptero.

—Sin embargo, le ayudé a cubrirlo. Darren y yo lo hicimos. No debería haberlo hecho. Era joven, estaba asustado. Se suponía que yo era su colega. Y Jesse puede ser bastante persuasivo —John soltó una breve carcajada—. Os ha convencido para que tratarais de matarme, ¿no? —Bajó la mirada hacia la aguja que aún estaba sobre su muslo.

Natalie también lo miró, preguntándose cuánto podría haberse filtrado en sus pantalones. Cuánto se había incorporado en su torrente sanguíneo.

—¿Y los demás? —preguntó Natalie de repente.

Otro espasmo pareció golpear a Buckingham y apretó la cara para resistirlo. Cuando pasó, respondió, pero su voz sonaba más débil, más distante.

—El hermano de Darren era un hijo de puta desagradable y violento. Oí que se metió en una pelea en la puerta de una discoteca. Tal vez eso fue todo, tal vez fue Jesse. Jesse siempre le había odiado, así que no me sorprendería. ¿Y la novia de Jesse? Era una drogadicta. Tal vez se metió una sobredosis. O tal vez Jesse la ayudó a tomar una. No lo sé. Después de lo de la Roca Colgante intenté alejarme lo más posible de él.

—Pero, no puede ser —Natalie hablaba rápidamente ahora—. ¿Por qué Jesse intentaría chantajearte si fue él quien mató a Jim? Eso no tiene sentido.

—Yo no sé nada de ningún chantaje. Sé que me pidió un trabajo.

—¿Qué dices? No entiendo.

—Hace unos seis meses. Después de que su madre muriera. Y no necesita pasta, créeme. Ese camping vale una fortuna. No. Quería venir a trabajar conmigo. Quería que fuera como en los viejos tiempos, los dos danzando juntos por Londres. Yendo a fiestas. Probablemente con Darren también. Sacudió la cabeza.

—¿Le diste un trabajo?

—¿Qué si le di un trabajo? ¿A mi amigo de la infancia a quien vi asesinar a un hombre a sangre fría cuando tenía dieciséis años sin ninguna razón? No. Curiosamente no lo hice. Compré el puto sistema de alarma más grande del mercado, le advertí a los de seguridad de mi oficina que era un acosador y le dije que si alguna vez volvía a acercarse a mí iría a la policía, aunque acabase yo también en la cárcel. Pensé que el truco había funcionado. Hasta ahora.

Natalie renegó con la cabeza. Había demasiada información nueva. Nada de eso encajaba. Nada tenía sentido.

—Pero me reconociste cuando subiste al helicóptero. Lo noté. Si eres inocente, ¿Por qué me reconociste?

—No soy inocente. No lo soy. Investigué un poco acerca del tipo que Jesse había matado. Leí que tenía una esposa. Eso es todo. Así que sí. Sabía quién eras. Lo que no esperaba era verte aquí sentada hoy. Pero supuse que era solo una extraña coincidencia.

—Pero no es una coincidencia que hayas utilizado esta empresa.

Elegiste usar esta empresa. Eso prueba que mientes, prueba algo de todos modos. —La voz de Natalie se desvanecía, incierta.

—Sí, quizás. Solo pensé que al ser cliente vuestro... Fue como una pequeña forma de... No lo sé. De intentar compensar.

Buckingham volvió a cerrar los ojos y nadie habló durante un minuto mientras Dave dirigía el helicóptero hacia el mar. Luego olisqueó y volvió a abrir los ojos.

—¿Qué es esto? En la pierna ¿Voy a morir? —Se giró hacia Dave—. ¿Hay alguna manera de dar la vuelta y volar hacia un hospital?

Dave dudó.

—Estamos a unas sesenta millas náuticas de la costa de *Pembrokeshire*. Podríamos regresar a tierra en media hora tal vez. —Sin embargo, no hizo ningún movimiento para dar la vuelta.

—Entiendo —dijo Buckingham—. Lo entiendo. Quiero decir que entiendo por qué habéis hecho esto. Jesse te obliga a hacer cosas que normalmente no harías. A mí me hizo lo mismo. Me lleváis al hospital y os juro que diré que todo fue un accidente. Un jodido extraño accidente. No pondré denuncia.

Dave se giró para mirar a Natalie. Se miraron por un momento y luego ella asintió.

—Da la vuelta, Dave —dijo.

Buckingham la miró.

—Gracias —dijo simplemente.

Por unos momentos nadie habló y Dave maniobró el helicóptero en un giro cerrado. Mientras lo hacía, la cara de Buckingham se dividió en una sonrisa.

—Entonces, ¿qué ibas a hacer de todos modos? ¿Cómo ibais a explicar el cliente muerto en el helicóptero?

Natalie no respondió y Buckingham se volvió hacia Dave.

—Cuéntamelo.

—Íbamos a decir que abriste la puerta y saltaste. Asumirían que fue un suicidio. Cuando la policía te investigara se darían cuenta de lo que eras. Tal vez imaginarían que tu conciencia te atrapó. ¿A quién le importa? No hay razón para que tengamos algo que ver con eso.

—Ya veo. Sencillo. Jodidamente sencillo.

Buckingham permitió que su cabeza cayera de lado contra la

ventana. Parecía que estaba listo para dormir, pero luego volvió a hablar.

—Sabéis, la primera vez que lo conocí me dijo que había matado a su propio padre. Algo sobre un experimento científico que había salido mal. Me contó cómo su padre le pegaba cuando era pequeño. No creo que eso fuera verdad, tampoco. Pero no me estaba llevando muy bien con mi propio padre por aquel entonces y pensó que teníamos algo en común. Era muy raro. Supongo que me impresionó de alguna manera. Dijo que solo tenía la intención de lastimarlo, pero que salió mal. Puso demasiado gas y terminó haciendo una bomba. Por eso vino aquí. Porque voló a su padre por los aires. Si eso no hubiera sucedido, podría haber vivido su pequeña vida psicótica a miles de kilómetros de distancia. Nada de esto tendría que haber sucedido. Nada que nos afectase a nosotros de todos modos.

Volvió a tener espasmos, solo que más fuertes y esta vez parecía que no iba a recuperarse. Su cuello se puso rígido y las extremidades se sacudieron. Su rostro cambió de rojo a púrpura y se formó una espuma blanca en su boca. Sus ojos miraban a Natalie todo el tiempo y luego estallaron rojos cuando los vasos sanguíneos se abrieron. A continuación, sus brazos y el pecho dejaron de sacudirse, simplemente se detuvo. Su cabeza cayó hacia atrás, su boca abierta. Sus dedos continuaron temblando pero nada más se movió.

Durante un tiempo, el único sonido fue el ruido sordo de los rotores y el rugir de los motores. Dave miró hacia adelante, sus dedos deslizados sobre el control suavemente, como si cuanto más suavemente volaran menos real fuese ese momento.

Finalmente, Natalie se inclinó hacia él. Acercó su mano al cuello y, después de un momento, se decidió a tocarlo con tres dedos. Observó su boca y pecho. Cuando habló, sonó distante.

—No respira.

Las hélices rotaban. Dave no volvió la cabeza.

—¿Di algo Dave? ¿Me has oído? No respira. Le he matado y él no lo hizo.

Dave aún no hablaba.

—Dave, háblame. Por favor ¡háblame!

CAPÍTULO CUARENTA Y SIETE

—Tenemos que seguir adelante con el plan —dijo Dave finalmente, tras quince minutos donde el único sonido eran los sollozos de Natalie. Tenía las manos sobre los ojos, su cuerpo acurrucado tan lejos del muerto como le permitía estar aquella cabina —. Ahora que lo pienso no tenemos suficiente combustible para volver. Y no podemos explicarlo. No podemos aterrizar con... No podemos aterrizar con eso. Tenemos que seguir adelante con el plan.

—¿Y qué hacemos con Jesse? —Natalie apenas podía pronunciar las palabras.

Dave no respondió.

—¿Vas a convencerme de que lo mate también?

* * *

SIGUIERON VOLANDO durante otros diez minutos, el único sonido sobre el viento y el motor eran los gemidos de Natalie. Finalmente, Dave la interrumpió de nuevo.

—Mira, no sé qué decir, Natalie. No sé qué pensar. Pero tenemos que lidiar con la situación en la que estamos ahora. Tenemos que seguir con el plan. No hay otra opción.

Se volvió para mirarlo, los rastros de lágrimas visibles en su rostro. No le salían las palabras, pero fue capaz de asentir.

Dave quitó una mano de los controles y se secó la frente, dejando su mano allí como si solo quisiera protegerse los ojos de lo que estaban presenciando.

—Ahí. —Señaló el asiento al lado de donde estaba el cuerpo de John Buckingham.

Al principio no entendió, pero luego se dio cuenta de lo que quería decir. Y una vez que comenzó a moverse fue más fácil. La acción era mejor que la inacción. Se arrodilló en el piso de la cabina y sacó la bolsa de Dave de debajo del asiento. Abrió la parte superior y miró dentro. Contenía cinturones de plomo, del tipo que utilizan los buceadores.

—Tienes que amarrarlos alrededor de su cintura, uno por uno. Pesan mucho, ten cuidado.

Natalie sacó el primer cinturón, una gruesa cinta negra enhebrada con cuatro pesas opacas y plateadas. La forma en la que el cuerpo de Buckingham se apoyaba contra la ventana había dejado un espacio entre la parte baja de su espalda y el asiento y le resultó más fácil de lo que había temido pasar un extremo del cinturón por aquel hueco y alrededor de su estómago. Apretó el cinturón alrededor suyo y se lo abrochó.

—Ponlos todos —dijo Dave desde el asiento delantero—. He leído que hay algo sobre el gas que los hace flotar después de un tiempo. No queremos que eso suceda.

Bloqueó esa imagen de su mente y procedió a sacar dos de los otros cinturones e hizo lo mismo. No había espacio para el último.

—Las piernas. Ponlo alrededor de las piernas. Será suficiente.

—Ya voy, Dave. ¡Ya voy! —reprochó, pero hizo lo que le dijo. Y cuando terminó, se recostó y miró lo que había hecho.

—Vale —dijo Dave—. Ahora engancha tu brazo a través del cinturón de seguridad. Cuando se caiga, el peso en la cabina cambiará. Puede que el piloto automático no pueda mantenernos estables.

Sin responder, Natalie pasó uno de sus brazos a través de las correas en el asiento al lado de Buckingham.

—Ya está —dijo Natalie.

Dave miró a su alrededor hasta que estuvo satisfecho de que no había nada en el horizonte. Presionó un interruptor hacia abajo y se sentó por un momento con las manos sobre los controles, sin tocarlos. Luego se levantó con cuidado de su asiento y se metió por el hueco en la cabina trasera.

—Terminemos con esto.

Mientras Dave extendía la mano para abrir la puerta, Natalie miró a John Buckingham a la cara. La piel se le había quedado muy pálida y los ojos aún estaban abiertos, la boca también, de manera que parecía que estaba a punto de hablar, pero su pecho estaba quieto, no había respiración entrando y saliendo del cuerpo.

Dave deslizó la puerta para abrirla. El ruido de los motores y el aire húmedo y espeso inundó la cabina. Natalie retrocedió alejándose de la apertura que ofrecía una gran caída y se alegró de que Dave le hubiera dicho que se enganchara el brazo por el cinturón de seguridad. Juntos empujaron, solo necesitaban hacer rodar el cuerpo hacia la puerta para que la gravedad se hiciera cargo del resto, alejándolo de sus vidas para siempre. El helicóptero se balanceó primero en una dirección y luego en la otra, por lo que solo vieron la última parte de la caída. Con los brazos y las piernas cayendo, parecía que estaba corriendo hacia el agua. El cuerpo golpeó las olas y produjo un extraño chapoteo blanco en la superficie azul del océano. Se hundió de inmediato, pero dejó un residuo por unos momentos. Y luego eso también desapareció, borrado por la acción del viento y las olas.

Dave tiró toda la comida después. Vació la botella de champán por la puerta abierta, arrojó la botella y luego hizo lo mismo con la jarra de café. Podría haber parecido extraño si hubieran aterrizado sin suministros, por lo que tenían otros listos, limpios de veneno. Luego volvió a cerrar la puerta y el ruido y los golpes desaparecieron. Dave voló el helicóptero hacia el norte, de regreso hacia el camino que habrían volado si de verdad hubieran tenido intención alguna de viajar a Irlanda. Veinte minutos más tarde, respiró hondo y abrió el canal de radio.

—*Mayday, Mayday, Mayday.* —Dio el número de registro y la posición. Dijo que su pasajero acababa de saltar. Le dijo a la Guardia Costera que mantenían su posición sobre el lugar donde el hombre había golpeado el agua, pero no había señales de él. Permanecieron allí durante media hora, hablando intermitentemente por la radio hasta que un helicóptero de la Guardia Costera se hizo cargo. Luego, con poco combustible, regresaron a Bristol.

* * *

FUERON RECIBIDOS POR DOS POLICÍAS. Ambos dieron declaración por separado. Habían ensayado, por lo que sus historias coincidían. John Buckingham no había dicho nada más que un saludo cortés. Ninguno de los dos lo había notado desabrocharse el cinturón de seguridad. Ambos miraron a su alrededor cuando oyeron que se abría la puerta. No. No habían tenido posibilidad de detenerlo. No. No había dicho una palabra. ¿Pudo haber sido un accidente? No parecía. Parecía que saltó. ¿Alguna idea de por qué? No. Ninguna en absoluto. No les costó mucho esfuerzo parecer conmocionados. Eso les salió con naturalidad.

EPÍLOGO

Estoy sentado encima de mi tabla de surf en el agua más cristalina del mundo mientras veo a Darren pillar una ola. Estamos por encima de un arrecife, a unos cien metros de una playa donde las palmeras se mecen al compás del viento en la mañana. Hay un chiringuito. Es solo una choza con pocas mesas y una nevera llena de cervezas. Pero está justo en la playa, puedes sentarte con los pies en la arena y mirar el océano. Y también es popular. La gente viene a ver a los surfistas. Les gusta que el dueño salga al agua todos los días también, lo hace más auténtico. Ahora veo a algunos clientes, tomando café y saludándome con las manos cuando me ven en el agua.

Hace calor. Lo suficiente como para llevar pantalones cortos, siento el salitre secarse en mi espalda, tensando mi piel desnuda. Aquí también llueve, pero no como en Gales. La lluvia no dura mucho tiempo e incluso cuando llueve hace calor.

Haremos surf un par de horas y luego nos saldremos del agua. A Darren le toca trabajar el turno de tarde y yo tengo algunas cosas que hacer. Tengo que comprobar unas cuantas inversiones. Y después, pues nada, ambos tenemos novias aquí y yo estaba planeando pasar la tarde con la mía. Son chicas de aquí, tez oscura, cabello oscuro. Jovencitas.

De las dos, la mía es la más guapa pero lo curioso es que ambas cuestan lo mismo.

Podría ayudar a Darren en el bar esta noche si se llena. O tal vez no. La verdad es que ahora puede manejarlo bastante bien él solo. Él y el resto del equipo. Le di un ascenso el otro día, ahora es «gerente». Estaba tan orgulloso. Y a mí me viene genial ya que me puedo relajar un poco. Tomármelo con calma. Hace calor. No es cuestión de matarse ¿no?

¿Querrás saber qué pasó después? Sé que te lo estás preguntando. Tuve que deducir lo que habían hecho por lo que salió en los periódicos. Y fue un notición, al menos durante unos días. No tanto por lo de John. Los empresarios siempre andan suicidándose. Les sale mal algún negocio y se tiran a las vías del tren, o estrellan el Porsche contra un árbol. Apenas es noticia.

Pero lo que sí que lo hizo interesante fue el asunto con Sienna; «terrible tragedia para la chica dorada de Hollywood» leían los titulares. Y eso daba mucha oportunidad para imprimir más fotos de ella con la cara triste. Triste con una blusa con el escote muy bajo. Triste con minifalda luciendo sus largas piernas. Tengo que admitir que hasta triste estaba buena. Al principio hubo algunas sospechas. No de que ella estuviera involucrada, nadie sospechaba que la muerte de John había sido otra cosa que suicidio. Pero hubo quien se preguntó si había sido un poco traviesilla y fue eso lo que finalmente le empujó al borde del abismo, por así decirlo. Nadie pareció sospechar que el piloto del helicóptero tuviera algo que ver con eso. ¿Y por qué iban a sospechar? Aunque lo cierto es que a mí me viene fenomenal. Si alguna vez me veo mal de pasta ya sé a quién tengo que llamar.

Y en cuanto a su desamor, pues le duró bien poco la verdad. Tampoco es que tuviera razón para durarle mucho, ya que John no tenía nada de especial. A los pocos meses la fotografiaron en el Caribe, paseando por la playa con su co-protagonista de Hollywood. Y luego salieron más fotos, triste en bikini, no, olvídate de eso. Esta vez, besándose en el agua. No se veía, pero parecía que el novio le estaba agarrando bien el culo. Algunos de los periódicos mencionaron el nombre de John, pero solo para mostrar cómo había logrado superarlo y lo contentos que estábamos todos de que Sienna estuviera viviendo su final feliz. El romance salió a la luz justo cuando se estrenó la película y parece que la publicidad ayudó bastante. Fue un gran éxito. Me siento orgulloso de mi pequeña contribución.

Pero no puedo seguir hablando. Darren está remando de nuevo. Le llamo y me sonríe, enseñándome esos dientes blancos que brillan al sol de la mañana y que dan tal contraste con su cara oscura. Siempre sonríe cuando le llamo Darren. Comenzó como nuestra pequeña broma, lo de llamarle Darren, porque a mí no me salía pronunciar su nombre. Pero ahora ya se le ha quedado y no creo que nadie se acuerde de cómo se llama de verdad.

Y ahora él rema hacia mí, luego se sienta en su tabla y salpica el agua con inocente deleite. Está respirando con dificultad por haber remado tanto pero no espera hasta recuperar el aliento para comenzar a contarme qué pedazo de ola acaba de pillar. Es curioso, porque eso es, precisamente, lo que habría hecho el verdadero Darren. Es una pena lo que le pasó. Al verdadero Darren le habría encantado este lugar.

MUCHAS GRACIAS POR LEER EL SECRETO DE LAS OLAS

Si te ha gustado, te agradecería que escribieses una reseña en Amazon. Así ayudarás a otros lectores a descubrir esta novela.

Valora la novela en Amazon

Tu opinión es muy importante para mí.

También te invito a que me sigas en Facebook, anímate!

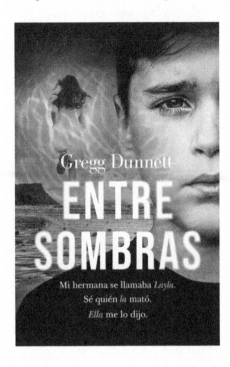

La historia se inspira en algo que mi hija Alba dijo durante el desayuno
hace dos años. Le estaba enseñando lo complicado que puede ser escribir, utilizando mi novela a medio terminar como ejemplo (vale lo
admito, me estaba quejando porque me encontraba atascado con la
trama) cuando ella dijo algo así:

¿No sería más fácil si la persona muerta simplemente dijera quién
lo hizo?

Alba terminó su tazón de cereales y se fue a su habitación, pero yo
me quedé sumido en mis pensamientos. Más tarde, en mi escritorio,
abandoné el libro a medio escribir y comencé a trabajar en convertir la
idea de Alba en una nueva historia. No lo tomé completamente literal,

porque eso sería una simple historia de fantasmas, y yo no creo en fantasmas. O al menos creo que no.

Pero fue esa ambigüedad lo que me atrapó. ¿Podría escribir un thriller sobre un fantasma que podría, o no, estar allí? ¿Una trama donde un personaje pudiera ser un fantasma, pero donde su presencia también pudiera ser explicada de manera racional, sin necesidad de hacer uso de lo sobrenatural?

Reserva tu copia en Amazon

UN LIBRO GRATIS

Suscríbete a mi lista de lectores para conocerme un poco mejor y recibir todas las novedades que lanzo. Además llévate este libro totalmente GRATIS. Para apuntarte a mi lista, visita la siguiente página:

http://www.greggdunnett.co.uk/spain

Y si te ha gustado esta novela, ya puedes leer **La isla de los ausentes**, la primera novela de la serie Isla de Lornea.

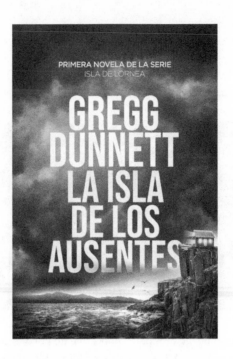

Cómpralo ya en Amazon

Y por último, algunas lectores me han contactado confundidos o frustrados por el final. Si bien es intencionado que el final sea una sorpresa, no quería que los lectores se sintieran frustrados, o que el repentino final estropeara la experiencia general de la lectura, por eso he escrito una breve explicación de cómo creo que el final encaja en la historia. No es necesario leerlo, los hay que prefieren la ambigüedad de resolverlo ellos mismos, pero otros prefieren un poco más de explicación. Ambos enfoques tienen sentido para mí; pero si deseas leerlo sigue este <u>enlace</u>.

greggdunnett.co.uk/el-secreto-final

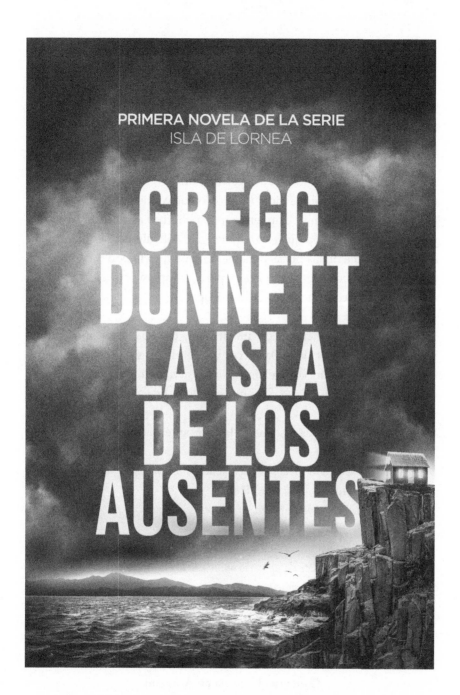

PRIMERA NOVELA DE LA SERIE
ISLA DE LORNEA

GREGG DUNNETT

LA ISLA DE LOS AUSENTES

Un asesinato sin resolver. Una remota isla.
Un oscuro pasado.

La isla de los ausentes

La infancia de Billy Wheatley se ve interrumpida por la desaparición de una joven turista. Billy sabe que no debería involucrarse pero no puede resistirse. Después de todo, nadie conoce mejor que él las playas, los acantilados y las cuevas de su isla. Además, Billy fue la última persona que vio a la joven viva.

Sin temor al peligro que vaya a encontrar, Billy comienza a destapar pistas que le cambiarán la vida. Pronto, lo que comienza como una inocente investigación se convierte en un peligroso asunto de mentiras y secretos familiares ya que el culpable no es sólo alguien a quien conoce, sino una de las pocas personas en quien creía poder confiar. Billy cree que puede resolver el caso, pero ¿escapará con vida de su enfrentamiento con un despiadado psicópata?

La isla de los ausentes es un thriller de suspense y misterio psicológico con más de 100.000 copias vendidas y miles de reseñas internacionales de cinco estrellas. Es la primera entrega de una serie de cuatro novelas de suspense por fin disponibles en español.

Estas son algunas de las reseñas de lectores internacionales:

> *«Muy agradable. Un nivel por encima de un thriller habitual y te mantendrá adivinando hasta el final».*
> *«¡Billy se acaba de convertir en mi personaje favorito!».*
> *«Le daría 6 estrellas si pudiera».*
> *«¡Sin duda mi mejor lectura del año!».*
> *«Un fantástico thriller de misterio ambientado en una isla evocadora y solitaria, y con el personaje más agradable que he leído en mucho tiempo».*
> *«No me decepcionó. ¡Una lectura fabulosa!».*
> *«Una historia y un protagonista inusuales. ¡Me encantó!».*

Consigue tu copia en Amazon

OTRAS OBRAS DE GREGG DUNNETT

Serie Isla de Lornea

La isla de los ausentes

El club de detectives

Misterio en las cuevas

La playa de los dragones

Novelas

La torre de sangre y cristal

Próxima publicación Agosto 2023

Entre sombras

Made in the USA
Las Vegas, NV
02 May 2024

89453534R00194